MIA
KANKIMÄKI

眠れない
夜に思う、
憧れの女たち

ミア・
カンキマキ

末延弘子訳

NAISET
JOITA
AJATTELEN
ÖISIN

草思社

眠れない夜に思う、憧れの女たち

Naiset joita ajattelen öisin
by MIA KANKIMÄKI

Original edition published by Otava, 2018

Japanese edition published by agreement with
Mia Kankimaki and Elina Ahlbäck Literary Agency, Helsinki, Finland,
through Japan UNI Agency, Inc., Tokyo

旅が与えてくれるものを知っているつもりでも、実際はまるでわかっていないのです。

（カレン・ブリクセン、一九一七年一月十八日付のアフリカからの手紙）

来たれ、美しい娘たちよ、麗しい髪の女神たちよ

（サッフォー、紀元前六〇〇年）

目次

第三部　芸術家たち

引用文に訳者名がないものは末延弘子訳。
傍注はすべて訳者（末延弘子）によるもの。

I　夜の女たち：告白

私はM。四十三歳。夜に女たちを思って何年も経つ――セックスのこととはなんら関係はない。人生が、恋愛が、置かれた状況がつまらなくて、恐ろしい悪夢が永遠に終わらないように感じられると、私は眠れずに夜に女たちを思ってきた。そうした夜は、歴史上の女たちに目に見えないボディーガードや守護聖人になってもらって、私を前へ引っ張ってもらう。

活気を与えてくれるこれらの夜の女たちの人生はありきたりなものではなかった。彼女たちは型を破り、離れ業をやってのけた。その多くが芸術家や作家で、ひとりで黙々と仕事をしていた。ほとんどが家族も子どもも持たず、型にはまらない恋愛をしていた。旅をしたり、新しい文化の地へ移り住んだり、年齢を重ねてもなお人生の大きな転機を迎えたりした女たちばかりだ。死ぬまで母親と暮らした女たちもいる。多くが病気を患い、心に問題を抱えていたが、どの女たちも自分たちの情熱に従い、世間の目を気にせず、自分のことは自分で決めてきた。これらの理想の女たちは私のプランB――ほかのすべてがうまくいかないときに参考にしたい。

そのうちのひとりは、千年前の京都で暮らしていた宮廷女房であり作家の清少納言で、彼女については前作で触れた。でも、彼女だけじゃない。夜にフリーダ・カーロ[1]を思う。彼女の伝記を読んだのは十八歳のときだった。フリーダはこれまでの女らしさについての私の概念を変えた。

ジョージア・オキーフ[2]を思う。彼女は牛の頭蓋骨を描くためにひとりでニューメキシコの砂漠へたどり着き、七十歳を超えて初の世界一周旅行をした。日本人の草間彌生(くさまやよい)を思う。彼女は画家になると決め、ジョージア・オキーフへ助言を請うために手紙を書いた。その後、六〇年代のニューヨーク美術界を震撼させ、東京へ戻って、精神科病院で暮らしたいと申し出た。カレン・ブリクセンを思う。彼女は夫を追ってアフリカへ渡り、ひとりで農園を経営することになった。ジェーン・オースティンを思う。イギリスの田舎の実家の屋根裏部屋で結婚することなく暮らし、長編小説のあり方を刷新した。江戸時代に生きた文人画家の江馬細香(えまさいこう)を思う。穏やかで落ち着いた彼女のおかげで私はようやく未明に眠りにつく。

これらの女たちの勇気がどこからきたのか考える。もし私たちが出会えたら、彼女たちはどんなふうに私に助言をしてくれるだろう？　そもそも私は彼女たちを追いかけて探検の旅に出てもいいのだろうか？

この旅に出てしばらく経つ。心を奮い立たせる忘れられた夜の女たちは増える一方だ。私の脳

1　（一九〇七〜一九五四）。メキシコの現代画家。自画像を数多く残す。

2　（一八八七〜一九八六）。アメリカの現代画家。クローズアップされた花、空漠とした砂漠、動物の骨など、エキセントリックで力強い作品を描いた。

内で世紀をまたいで彼女たちの繋がりは広がり続け、世界各地で生きていた女たちが混ざりあう。メアリー、カレン、イーダ、ネリー、マーサ、アレクサンドラ、ソフォニスバ、バッティスタ——彼女たちは作家であり、画家であり、探検家であり、鬱になった未婚女性であり、従軍記者であり、ルネサンスの貴族の妻だ。

彼女たちが、私が夜に思う女たちである。もともとは、眠れない夜に力やインスピレーションや生きる意味を探すために彼女たちを思っていた——今は、彼女たちのために夜も眠らず、彼女たちのおかげで心が奮い立つ。なぜ、彼女たちは私の目の前に現れ、私をとらえ、私を一緒に連れていったのか？　なぜ、私は彼女たちの写真で仕事机を囲んでいるのか？　なぜ、彼女たちについて書かれた本の山が床の上で揺れているのか？　なぜ、彼女たちについて細かいことまで私は護符のように集めるのか？

では、ひとりずつはじめるとします。

ですが、フライトまで間もないので、先に荷物をまとめます。

第一部　アフリカ

［紙ナプキンに書いた手紙］

親愛なるカレン

ＫＬＭ（オランダ航空）の紙ナプキンに、取り急ぎ、あなたに手紙を書いています。私は飛行機でキリマンジャロへ向かっています。怖いです。体が震えるほど怖い。いったいどうしてこんな状況に自分をまたも追いこんでしまったのか――こんなにも怖いのに、なぜアフリカへいかなければならなかったのか？　家から出ずに『広大な自然』[3]をただ観ていることだってできたのに。

最悪なのは、自分がどこへ向かっているのかわかってすらいないということ。タンザニアに住んでいる、とあるフィンランド人男性に私は手紙で連絡を取りました。彼と面識はありません。彼からは、いつでもお待ちしています、という返事があり、それで今、向かっているというわけです。キリマンジャロ国際空港で彼が待っていてくれますように。だって、私は彼がどこに住んでいるのかすら知らないのです。

カレン、こうなったのはあなたのせい。世に聞こえたあなたの勇気を少し送っていただけませんか？　それが今、必要なんです。

あなたのＭ

II　白い霧、冬――夏

話せば長くなるけれど、私の状況はこんな感じだ。

去年の十一月のこと。私は京都の凍えるように寒い畳部屋で寝ていて、布団から出る気になれない。私のデビュー作が二ヶ月ほど前に出た。で、つぎはなにを書くか考えるためにここにきた。この大好きな町の細い路地をあてもなく歩きまわり、友人に会い、喫茶室で休み、オレンジ色に燃える秋の寺をめぐったけれど、考えは進まない。

この状況は絶対零度だ、と思う。

私は四十二歳。独身、子なし、仕事なし。住んでいた家を売り、第一作を書きあげ、勤め先を退職した。私は白い霧のなかへ踏みだした――私は自由で、なににもとらわれていない。が、どうやら見通しは最悪で、つぎになにを書けばいいのか本当にわからない。どこにいこう？　だれについていこう？　家族も仕事も家もあとにした四十代の女は人生でなにができるのか？

3　YLE（フィンランド公共放送局）で一九八四年から放送されている高視聴率のネイチャードキュメンタリー番組。

ここ数年は本当に私の人生でもっとも素敵な時間だった。各地を転々としながら暮らした。京都、ロンドン、タイ、ベルリンで過ごし、フィンランドにいるときは、友人たちにかわって留守番をしたり、実家の屋根裏部屋で暮らしたりした。私は本を書いて、自由のなかを、自分の思うままに自分の時間を使えるというありえない感情のなかを漂った。

バーンアウト寸前で揺らいでいる友人たちを見ると、もやもやした罪悪感を覚える。労働時間の奴隷でもない、労使間の協定もない、家で待っている扶養家族もない——アルカトラズ島[4]からうまく逃げてきたような、フローティングマットに揺られながら他人の苦役を不当に見ているような気がする。自分で自分のことを決めることがはっきりいって悪いことのように感じる。生きるってたぶんこんなふうであってはいけないのよね？

基本的に万事うまくいっている。でも、なにかが引っかかる。

私の人生は友人たちとは逆の方向へ進んでいるような気がする。彼らはインテリアに凝ったり、子どもたちの学校のバザーのためにトスカケーキ[5]を焼いたり、マラソンをしたり、サマーコテージを手に入れたり、中央ヨーロッパへご褒美の週末旅行をしたりする。私は、四十代で二十代の生活状況に戻った——私にはスケジュールも、義務も、職場もない。とくにお金が。学生時代ですら住んだことのない犬小屋のような狭いワンルームへ引っ越した。私は自由だ。と同時に部外者だ。

調子の悪いときは、自分がこの二十年間でなにひとつ成し遂げていないように感じる。

調子の良いときは、すべてから解放されたように感じる。

この探検に——四十代の女の人生に——新しい道筋と意義を見いださなければ。京都の布団で悶々としていると、酔狂な考えが頭のなかにそっと忍びこんできた。私はこれらの私の理想の女たちについていくべきなのではないか？　私が夜に思う女たちに。私はものを書く探検家になって、彼女たちが見た景色のなかへいく。アフリカへ、メキシコへ、ポリネシアへ、中国へ、ニューメキシコの砂漠へ、世界をまわる。でも、どうすればそれができるだろう？

そうして、ある日の晩のこと。以前に見つけた喫茶室で目の覚めるような緑色の濃茶をかなり遅い時間に飲んで、私の脳はヒートアップした。私が今いちばん気になる場所はアフリカだと思った。アフリカはとんでもなく怖いとも思った。でも、だからこそ、そこへいかなければならない。

京都からフィンランドへ戻った私は、『清少納言』をタンザニアへ郵送することに決める。小

4　サンフランシスコ沖の小島。かつては刑務所として使われていた監獄島。
5　ローストしてカラメル色にしたアーモンドスライスをたっぷりトッピングした、北欧のバターケーキ。

包の宛先にインターネットで見つけた住所を書く。Box 10, Arusha, Tanzania。私のデビュー作[6]を、某フィンランド人野生動物研究者へ送る。三三頁で簡単にあなたに触れています、という口実をつけて。サバンナへ旅するのが私の夢です、と書いた一筆箋を添えた。セイ、私の使者よ、スカウトよ、エキゾチックなおとりよ、あなたは私をどんなふうに旅へ引っ張っていってくれるのだろう。私はうっとりと（そして、とんでもなく理不尽に）思いをめぐらす。

はたせるかな。

大晦日に野生動物研究者からショートメッセージがきた。「本をありがとう！　詳しくはeメールに書きますが、気が向いたらいつでもきてください。お待ちしています」

なにかのサインを待っていたとすれば、それこそがこれだ。お腹のなかで恐怖がぐるぐるまわっている。が、当たって砕けろ。今思いきって出発しなければ、私は絶対に後悔する。このオッリという人を私はこれっぽっちも知らないし、私たちは会ったこともない。でも、タンザニアの自然について書かれた彼の本と三年前の一本の電話から、彼は誠実な（そして、ものすごくおしゃべりな）人だという印象をどことなく受けていた。インターネットでわかったのは、オッリにはアルーシャ近辺の田舎に家があるということ――そこへ私は招かれたのだろうか？（ジャカランダの並木や料理人や庭師の姿が目に浮かぶが、とんでもない泥小屋の可能性もある）。こんなふうに押しかけることになったけれど、よもや私が甘い下心かなにかを抱いていると思われてはいまい（元カレいわく、「いやいや、アフリカに住んでいる白人男性が中年のフィンランド人女性に惹かれるなんてありえない」）。

たぶん今こそ、カレン・ブリクセン口座を——預金を使うときなのだ。夢の旅のためにこつこつと貯めてきた預金を。勇を鼓していく旅、臆してはいけない旅のために。

カレン・ブリクセンは私にとって未知の大陸であり、アフリカの手つかずの自然であるだけでなく、勇気のお手本だ。

私はこれまでに二度、アフリカを訪ねた。どちらも念願の夢が叶った旅で、どちらも死ぬほど怖かった。なにからなにまで手配された団体旅行で怖がる理由が自分でもわからないが、ツアーとなるとどうしても受け身になってしまう——南アフリカの旅では、私たちはマイクロバスにあまりに長いこと乗っていたので（一日に七百キロ走る日もあった）、エスワティニ王国の田舎で車酔いのまま立ちあがってようやく伸びをしたとき、空気で膨らませるネックピローを外す気すら起きなかった。それでも怖かった。サバンナでサファリ泊をした初日の夜、ライオンの咆哮をはじめて聞いた。歯の根が合わなくなるほど怖かった（恐怖で歯が本当にカチカチ鳴ることも、このときはじめて知った）。

ひるがえってカレン・ブリクセンは、まずまちがいなく恐れなかった。彼女は東アフリカの高

---

6 『清少納言を求めて、フィンランドから京都へ』（末延弘子訳、草思社）。

地で農園を経営し、何週間、何ヶ月におよぶハンティング・サファリ[7]をこなした。野営の焚き火で雇い人たちが用意した夕食に舌鼓を打ち、最高級のグラスでシャンパンを飲み、蓄音機でシューベルトを聴いた。私が頭のなかで思い描くカレンは、長いスカートに白いシャツを着て、革のロングブーツを履いている。彼女の向こうに見えるのは、黄色い草が果てしなく広がるサバンナ、雨傘のようなアカシアの木、シマウマ、キリン、タイプライター。映画『愛と哀しみの果て』[8]を観た人がいるなら、スカーフを首に巻いて肘をつくハンサムな男性も見えるかもしれない。

カレン・ブリクセンの回想録『アフリカの日々』を読むと、カレンは勇敢で、活発で、行動力があり、賢い人だということがよくわかる。彼女にはうらやましいほどの生存スキルがあった。たまにカレンは比類のない女傑のようにも見える。男のようだといってもいい。おおよそのプロフィールですらインパクトがある。

（一）カレンはアフリカでコーヒーを栽培している。

（二）カレンは腕の立つハンターである。家畜を狙っているライオンを撃ちにきてほしいとマサイ族に頼まれたり、農園で働く人たちの日曜日の食料としてシマウマを一頭か二頭しとめたりする。

（三）カレンは遠乗りに出かける。キクユ族やソマリ族と一緒に出かけ、アンテロープの群れに囲まれながら犬たち[9]を連れて馬を進める。

（四）カレンは、毎朝、大勢の患者を診る評判の医者である。患者は、ペスト、天然痘、腸チフス、マラリアに罹っていたり、切り傷や打ち身をつくっていたり、手足を骨折していたり、火傷を負っていたり、蛇に噛まれていたりする。重篤な患者は、ナイロビや宣教団[10]の病院へ連れていく。カレン自身、あやまってヒ素を過剰に摂取するも、アレクサンドル・デュマの小説[11]からヒントを得て、牛乳と卵白でなんとか中和する。

（五）カレンは教師[12]であり、裁定者であり、慈善活動家である。農園に学校を設立し、土地の人たちの揉め事を仲裁している。毎朝、カレンは農園で働く人たちとコーヒーの実を摘む。カレンは彼らを愛し、日曜日には老女たちに嗅ぎ煙草を配っている。

（六）カレンが道端でクヌッセン老の死体を発見したとき、彼の住まいまで土地の子ども[13]と遺体を運ぶ。彼女は土地の人（や私）と違って、死体を恐れない。彼女に怖いものはなにもない。

7　サファリとはスワヒリ語で長い旅のこと。昔は大型動物を狩猟することを目的とした旅だった。

8　一九八五年に公開。カレンをメリル・ストリープが、デニスをロバート・レッドフォードが演じた。アカデミー賞作品賞を受賞。

9　狩猟犬のスコティッシュ・ディアハウンド犬。カレンの遠乗りの相棒だった。

10　農園の近くにスコットランド教会宣教団の病院があった。

11　『王妃マルゴ』。

12　カレンは農園の人たちのために夜学を開いていた。

13　農園時代にカレンがもっとも気にかけた子どもで、カマンテという名のキクユ族の少年。

（七）カレンはすばらしい料理人である。カレンは高級デンマーク料理店のフランス人の料理長に料理を習っており、彼女のディナーは東アフリカ中に知れわたっている。

（八）雨季がこないとき、夜にカレンは物語を書く。いうまでもなく、彼女には文才がある。カレンの声は穏やかで優しくて澄んでいる。この女性はたくましい。この女性は自分がだれだか知っている。自分にはできるとわかっている。彼女を揺るがすものはなにもない。

ああ、私はカレンだったらいいのに。

でも私はまちがってもカレンではない。私はKLMの座席でパニックに陥ろうとしている。夜の九時にキリマンジャロへ、アフリカの暗闇のまっただなかに着くだろう。この「オッリ」ははたして迎えにきてくれるのだろうか？

オッリには、マラリア対策としてガイドブックが強く勧めている「衣服の徹底したペルメトリン殺虫剤散布」と蚊帳についてeメールで尋ねた。が、オッリからは、落ち着くようにといわれた。予防薬を服用したら、すっかり呆けてしまうらしい。だとしても、診療所の先生は心配そうな顔で抗マラリア薬の処方箋を書いてくれたと断言してもいい。

西欧諸国でのアフリカについての認識は、たとえばキアズマ[14]で観た展覧会でチリ人の芸術家アルフレッド・ジャー[15]が明言していたように、偏っていて歪んでいると思わずにはいられない。彼が集めた『タイム』誌の表紙を見れば、アフリカがどんなイメージを私たちにもたらしているのか、火を見るよりも明らかだ。野生動物、飢餓、病、戦争。かわって都市、文化生活、大学――

学識のあるアフリカの中産階級の日常――はイメージからそつなく消し去られていた。まさに私自身がそれらのイメージにとらわれている。アフリカを考えるとき、頭に浮かぶのは、病、衛生問題、テロ攻撃。強盗、強姦、人さらい、交通事故。蚊、蛇、ツェツェバエ。アメーバ、ビルハルツ[16]、脳性マラリア。下痢、熱中症、黄熱、コレラ、エイズ、エボラ出血熱。

もう存在すらしないような、もっとひどいことまで頭に浮かぶ。ナイロビで働いていた友人の友人二人に旅のコツを尋ねたとき、自分がすっかり幻想を抱いていたことに気がついた。二人はキベラの大規模スラムや難民支援機関の活動について話す。なぜなら、ケニアにいくのは開発援助と難民キャンプとストリートチルドレンのために働くのが目的であって、それが二人にとって当然だからだ。それなのに私は、植民地様式のサファリや過ぎ去った世界の虜になり、小型飛行機でサバンナの上空を飛ぶことを夢みて、象の言葉がわかるようになり、ライオンと目を合わせ、毎晩テントの前でサファリチェアに座って昔のタイプライターで書き物をし、クリスタルグラスを手に革張りの本を読む夢を追いかけている。こんなこと、とても口に出していえない。

14　フィンランドの首都ヘルシンキにある現代美術館。

15　サンティアゴ生まれの現代美術家。ジャーナリスティックな視点で世界各地の社会的な不均衡を写真や映像で表現している。

16　住血吸虫症。

旅支度とカレン調査。春はそれでなくても珍しく妙だった。二月にたちの悪い親知らずを抜くことになり、術後三週間は口が開けられなかった。実家の屋根裏部屋で薬漬けになって寝こみ、母がつくったシチューをストローで食べ、アクセリ・ガッレン＝カッレラ[17]の『アフリカの本』[18]を読む。テレビに映っている、口を百八十度開けられるカバを妬む。三月には声の問題で音声治療を受ける。水の入ったグラスに突きさしたガラス管を吹きながら、フィンランド国歌『わが祖国』を言語聴覚士と二声のように一緒に歌うという、なんともおかしな声の訓練をし、声域調査の結果に唖然とする。私はどうやらもっとも低い声で話しているらしい。実際にはソプラノだという。ソプラノ！　笑止千万。私自身が抱くセルフイメージは低音の陰気で無気力なアルトだというのに、まるで別人だなんて――ほがらかで意欲があって精力的な人間、四十二年間まちがった声で話してきた人間だなんて！

　意味深長な暗示だ。まさしく新しい声を探しに、私はこの旅に出るのだから。ゆとりを持ってほほえみながら生き抜いていく、そういう勇気のある女性の声を。

　その声はまだ見つかっていない。

　カレン宛てに紙ナプキンにメッセージを書く。彼女との関係が驚くほどこじれることになろうとは、このときはまだ知らなかった。

17　（一八六五〜一九三一）。フィンランドの画家。叙事詩『カレワラ』を題材にした絵で知られる。写実的でもあり装飾的でもある絵に母国フィンランドへの思いをこめ、フィンランドの人びとの民族意識を高めた。

18　ガッレン＝カッレラのアフリカ滞在記。

カレン

アフリカへいけ。

夜の女、その一：カレン・ブリクセン。旧姓ディネセン。職業：コーヒー農園経営者を経て作家。一九一四年一月、二十八歳のときにアフリカに到着。アフリカでコーヒー農園を営みながら十八年を過ごす。一九三一年、四十六歳のときに鬱と梅毒を抱え、なにもかも失って身ひとつでアフリカを去る。母親のいる実家へ移り、最初の本を書きはじめた。

カレンが一九一三年に二十八歳でアフリカへ出発したとき、彼女もひとつのことを考えていた。それは人生の転機だった。カレンは若い女性に世間が差しだすすべてのことにすっかり嫌気が差していた。アフリカへ渡って暮らすことは彼女のプランBだった。

カレン・ディネセンは一八八五年に裕福なデンマーク人家庭に生まれた。幼少期はコペンハーゲン近郊の海沿いの町ルングステッドの古いマナーハウスで過ごした。カレンは（家族のあいだではタンネと呼ばれていた）父親っ子だった。さもありなん――父親はアメリカを旅し、アメリカ先住民族たちに混じって暮らしていたことのある自由な考えの持ち主だった。この情熱と勇敢な行為と遠くの未踏の世界にカレンは共鳴した。しかし、父親はカレンが十歳になる少し前に自殺する。この衝撃は生涯消えなかった。

一方、母親とおばによる女性の世界をカレンは嫌っていた。貞操と性道徳について延々と意見を交わし、彼女たちの生活は家のなかで行き詰まっているように見えた。その世界では、女性は生計を立てるためではなく結婚するためにつくられていた。そんなわけでカレンにも上流階級の少女たちにふさわしい家庭教師がつけられ、詩を読んだり、文字を美しく書いたり、英語やフランス語会話を習ったりした――数学のような女性には不要な科目は省かれた。ルングステッドでの暮らしは守られすぎて閉所恐怖症に近いものがあり、そこへ戻るたびに満員列車に乗ったときに襲ってくるのとおなじような息苦しさを感じていた、とのちにカレンはいっている。そんな列車にカレンは乗っていたくなかった。家族と慈善事業に捧げる「身分相応の」退屈な生活をなにがあっても送るつもりはなかった。

二十代のときにカレンは画家になろうと決めて、コペンハーゲン王立美術学校で絵の勉強をはじめる。勉強していないときは、貴族の社交界を楽しんだ。競馬や鳥撃ちやゴルフをしたり、ウィスキーを飲んだり、ダンスパーティーを開いたり、車や飛行機を購入したり、情熱的な男女関係に追いこまれたりした。おなじ社交界に、カレンの親戚でスウェーデン貴族の双子の兄弟のブロルとハンス・フォン・ブリクセン＝フィネッケもいた。ブロルは能天気で浪費家でいいかげんな快楽主義。気楽に生きることがブロルの人生のおもな目的で、彼にはこれといって知性もなければ品もなかった。カレンが好きになったのはブロルではなく、ハンスだった。

が、ハンスはカレンに気がなく、一九一〇年にカレンは傷心のためパリへ逃避行した。そこでカレンは社交術を磨いた。才気煥発で歯に衣着せず、激昂するとちょっと手がつけられず、煙草を吹かす若いカレンは、低い声で話し、タンネをロシア人風に「タニア」といいはじめた。ブロル・フォン・ブリクセンが二年後に彼女に結婚を申し込むと、カレンはそれを受け入れた。ブロルとならまったくべつのことをするチャンスがあった。アフリカへ発つチャンスが。カレンは二十七歳だった。

カレンとブロルの婚約が一九一二年十二月に発表されると、カレンの周囲はいい顔をしなかった――ブロルについてはいい噂を聞かなかったし、二人が愛しあっているようには見えなかったからだ。しかし、ブロルのおじから、大地はとてつもなく美しく「経済の成長がすばらしく見こめる」とアフリカ行きを勧められた。イギリス領東アフリカは一八九五年に設けられ、イギリス政府がとんでもない安価で払い下げたこの肥沃な高地へ、ヨーロッパから入植者たちが押し寄せてきた。先住民たち——キクユ族、マサイ族、ほかの部族——は住んでいた土地を追われた。

土地を買い入れるための資金はカレンの縁者に融通してもらった。ブロルがまず単身でアフリカへ渡り、農園を買収して家をしつらえた——カレンが一九一四年一月にモンバサに到着したら、二人は結婚式を挙げることになっていた。ところが、ブロルはアフリカ滞在中にサファリ（狩猟）に時間を費やし、もともと計画していた酪農を諦めることに決めた。彼は買った土地をすでに売り払っており、かわりにさらに広大なコーヒー農園を買っていた。コーヒーには未来がある、とブロルは確信していたからだった。

そのあいだカレンはアフリカへ向けて準備をしていた。詰めこんだのは、ダイニングテーブルセットと寝室のインテリアといった家具、何箱もの銀食器、クリスタルグラス、磁器、寝具、絵画、額装した写真、宝石、絨毯、フランス製の振り子時計、祖父の全蔵書、チェスト一箱分の薬、お気に入りの結婚祝いのスコティッシュ・ディアハウンド犬ダスク。一九一三年十二月はじめ、カレンは母親と姉妹と一緒に列車でコペンハーゲンからナポリへ向かい、数週間後にカレンはナポリからアフリカへ向かう蒸気船アドミラル号に乗った。船はナポリから地中海とスエズ運河を通って紅海へ抜け、ソマリアの海岸に沿ってモンバサを指してインド洋を南へ進んだ。船旅は十九日間におよんだ。

カレンは目的地についてなにを知っていたのだろう？　アフリカについて書かれた粗悪な印刷物を目にしていただろうし、本や新聞やブロルの手紙でアフリカについての記述を読んでもいた。

しかし、彼女は私とは違ったやり方で未知に向かって旅をした。孤独な夜に、カレンは自分の未来をどのように描いたのだろう？　カレンが孤独だったかどうかなんて私には知るよしもないが——船はアフリカ東海岸の移民、南アフリカ人、イギリス人、ドイツ人でいっぱいだった。彼らはシャンパングラスを掲げ、踊り、船のラウンジでブリッジに興じていた。

アドミラル号は一九一四年一月十三日にモンバサに到着した。カレンとブロルは翌日の朝、式を挙げた。要した時間は十分。カレンは正式にブリクセン＝フィネッケ男爵夫人となった。二人はモンバサの蒸し暑い海岸地方からナイロビを指して列車の旅に出た。あの広々とした実りある穏やかな高地へ、二人の将来の場所へ。

私は百年と四ヶ月後の二〇一四年五月にアフリカへ到着する。キリマンジャロ国際空港へ降りたつ。私たちのあいだにあるのは、キリマンジャロの火山と、タンザニアとケニア間の三百キロ近いまっすぐな国境線と、百年という時間だけだ。このあいだに変化したことが少なくともひとつある。キリマンジャロ山頂の氷河の八十二パーセントが失われてしまった。

車で宿へ向かう前に、だれかと結婚できれば私にとっては願ってもないこと。でも、そんなことはとうてい起こりそうもない。

Ⅲ　アフリカ、五月

アフリカ一日目の朝。私はガーデンテーブルについて、オッリの奥さんのフロテアが運んできてくれたタンザニアのおかゆを食べている。曇の空模様。空気は澄んで湿っているが、気持ちがいい。エキゾチックな色をした鳥が歌い、バナナの木が風にざわめいている――朝、目が覚めたとき、葉擦れの音を雨だと思った。柵の向こうのどこかで牛がモーと鳴いている。娘のミシェルのために朝、フロテアが乳を搾った牛だろう（私も飲みたいかと訊かれたが、丁重に断った）。信じられない。私がここにいるなんて。

ろくに食べもせず、偏頭痛を抱え、くたびれはてて、びくびくしながら夜遅くに着いた。待ち受けていたのは、蒸し暑さ[19]、夜の闇、アフリカのわずかに煙たくて香ばしい匂いだった。この匂いを嗅いだ途端、前回の旅の記憶が蘇った。キリマンジャロ国際空港は、小さくて寂れた建物だった。ビザカウンターの列に並んでいると汗が流れ落ちてきた。ジージーと音を立てる天井照

19　五月のアルーシャとヘルシンキでは気温差は十度以上。湿度もアルーシャのほうが高い。

明に蛾が寄り集まっている。列に並んでいたのは、「ライオンを見るぞー」とうれしそうに声を張りあげている快活そうなアメリカ人学生たちと、スカーフで頭を覆った美しいソマリア人少女。彼女は機内で私の隣に座っていたが、彼女も話す気分ではなかったようで、イヴ・サンローランのスカーフで巻かれたヴィトンのバッグからレザーケースに入ったiPadを取りだして、飛行中ずっとムスリムプロ[20]をイヤホンで聴いていた。

オッリは空港の入り口で待っていた。開口一番、私は本の袖に載っている写真とは似ていない、といった（それはそうだろう）。その言葉、そっくりそのまま返してもいい。が、二年前に電話でやりとりした私の記憶はまちがっていなかったことがすぐにわかった。彼は、あれやこれやとのべつ幕なしによくしゃべる――録音が必要なほど、たちまち情報があふれでた。

私たちはすべての荷物を緑色のランドローバーへ詰めこんだ。オッリによると、これは「車」ではなく、「仕事道具」らしい。そうも見える（私のために洗車した、とあとから聞いた）。空港からオッリの家までは五十キロで一時間かかるという――車のライトは暗く、あたりは真っ暗闇だったが、オッリは前を走る車についてうまく運転していた。たまに懐中電灯でエンジンの水温計を照らして見ていたが、針が高い位置に上がりすぎているらしい。開けた車窓から夜のアフリカのむせ返るような匂いがなだれこんできた。寒村と路面酒場を過ぎる。一寸先も見えないほど暗かった。街灯はここにはない。さっきまで空に仰向けに浮かんでいた三日月も姿を消してしまった。やっとのことであるかないかの横道に着くと（「ここかな」と、帰り道の見わけがつかないみたいにオッリが暗闇のなかでつぶやいた）、ほかの車では進めないような、この車ですらだめだと思わせられるような、信じられないほど凸凹してぬかるんだ道へ入った。私たちはアルーシャ[21]からはずれた田舎にいる。すべてがとてもとても貧しく見える。闇に浮かぶのは、土や波型トタン屋根の粗末な家ばかりだ。オッリにメールで自宅の写真を送ってもらっておいてよかった。そうでなければ、過換気発作を起こしていたと思う。跳ねあがる車体に揺られて、ようやく壁と電気柵に囲まれた家へたどり着いた。バンガロー風一軒家の庭で、オッリのタンザニア人の夫人フロテアと、もうすぐ二歳になる娘ミシェルが待っていた。

つまり私は着いたのだ。ここタンザニアの村に。私の本来のアフリカの夢「カレン・ブリクセン」は――自然保護区の果てしなく続くサバンナは――、まだはるか向こうにある。でも、ふつうの人びとがここでどんなふうに暮らしているのかも、もちろん知りたい。タンザニアは貧しい国で、ケニアよりもはるかに貧しいということは知っている。植民地時代にタンガニーカと呼ばれていた地域は、最初はドイツ領東アフリカに、それからイギリス帝国に支配され、一九六一年に独立した。近年までアフリカ社会主義を掲げていた。タンザニアには百二十を超える部族がいて、人口の三十パーセント近くが貧困ラインを下回る。

20　イスラム教徒に必要な礼拝の時間やメッカの方角がわかるアプリ。
21　タンザニア北東部の都市。

それがよくわかる。オッリの家には、居間にソファーセットとテレビがあり、庭に石が敷かれ、ヤシの鉢植えがあり、外からなかが見えないミラーガラスがついており快適ではある。だが、庭の塀の鍵のかかった門扉の向こうにはもうひとつの世界がある。ぬかるんだ道、窓もなく、電気も水道も引かれていない、トタン屋根や土でできた家。周囲はあまりに貧しくて、自分の服や、ドライヤーや、着物風のガウンや、エナジーバーや、化粧品の数々を、つまり大事なものなのにここでは余計なものにすぎないものすべてをクローゼットにしまうのは気が咎める——さすがにクリスタルグラスや振り子時計は持ってこなかったが。けれども、自分がどういうところにやってきたのか、まるでわかっていなかった。イブニングカクテルをちびちび飲んだり、バーベキューパーティーにいったりする、白人の入植者たちの高級住宅地にでもたどり着いたつもりでいたなんて（オッリの話では、ここにはそういう地域はない——ケニアにはある）。

この家だって、土地の人には高級でも西洋人からすればそうは見えない。家が建てられたのはほんの数年前なのに、壁と天井のペンキが剝がれ、錆や黴が随所に見られる——どうやら問題は低品質な素材にあるらしい。この気候だと持って数ヶ月。停電はしょっちゅう起こり、電気は通っているといいがたいほど弱い。そんなわけで、洗濯機にいたっては半年間まわすことができていなかった。市の水道からはほんの滴程度の水しか出ない。「今は水汲みに頼っている」とオッリはいう。朝になり、隣のハウスガールが子どもたちと一緒にやってくると、オッリのいう水汲みの意味がわかる。子どもたちはみんなにっこりと笑って、汚れたビニールサンダル姿で私たちがお風呂に使う水を頭の上に乗せて運んでくる。バケツの中身は屋根の上の生活用水を貯めるタンクへ汲みあげる。しかし、水道水は今は料理にも使えない。料理用の水は台所のバケツにべつに取り分けてある。ここでは歯もボトルウォーターで磨かなくてはならないとなにかで読んだ。私はそうするつもりだ。

午前九時十分前。九時になるとたいてい停電するから、電話を充電したり、お湯が出ているうちにシャワーを浴びたりするように、とオッリがいう。指示を受けて、私は浴室へ駆けこむ。それからeメールを読もうとするが、オッリのUSBは煮えきらない態度をとるのでとうとう断念する。アフリカだからしょうがない、という諺もある。

家にハウスガールがやってくる。これで八人目だ。どの子も頼まれもしないのに、ただなにかをしはじめる。ジュニスのママは報酬をもらえるのだろうか。フロテアが夕食で残ったバナナとキャッサバの煮こみをそのままテーブルに置いていく。朝になったらジュニスのママがそれを持って帰るのだろう。彼女は掃除をし、洗濯をし、日中はミシェルと家にひとりでいることの多いフロテアの話し相手をする。ジュニスのママはすぐ近くに住んでおり、かなり原始的な暮らしをしている。彼女の家の床は土が剝きだし、水も電気も通っていない。だから、あいまにソファに体をあずけてテレビを見ることができる家で一日を過ごすのは、彼女にしてみればとても快適なのだと思う。おまけにここでは電話を充電できる――このことは、電話はあるが電気はなく、通話料金を払うお金を持っているわけでもないほかの隣人も知っている。フロテアといるときのジュニスのママは明るくて生き生きしているのに、私には絶対に笑いかけない。私もまたムカつくリッチな白人のひとりなのだろうか。

午後に私たちはオッリとアルーシャへ買い物に出かけた。私たちの家のすぐ目の前にもレストランはあるにはあるが、網焼きグリルが表に置かれたトタン屋根の家とか、ボトルウォーターやポテトチップスが買えるキオスクのような売店だ。家に通じる凸凹道には肉屋があり、恐ろしいことにオッリがそこで夕飯の食材を買おうとしている――開け放たれた小屋の天井には種々雑多な肉の塊がぶら下がっていた。常温で。つぎの店でオッリはプリペイド携帯に通話料金をチャージする。オッリは車から降りることすらせず、店主に用向きを大声で伝えるだけで、小さな女の子が出てきて車窓から渡してくれた。日曜日の今日は人どおりが少ない。家の近所の売店「モショノスタンド」にはモペッドタクシー[22]が列になって待機している。ぬかるんだ道にいる人はだれもが着飾っていた。色鮮やかなタンザニアの衣装、頭に複雑に巻かれたスカーフ。男性はスーツ姿だ。ここではたとえお金がなくても、人前に出るときはおしゃれに決めることが大事なのだ。

今日は車の行き来は落ち着いているが、ふだんは凄まじいラッシュらしい。アルーシャはもともと小さな村だった。ここ数年で人口が百五十万[23]まで膨らんだ中心都市となったが、交通インフラなどの整備は追いついていない。中心街へ続く道はジャカランダと、朱色に煌（きら）めくアフリカユリノキの花で縁どられている。途中、オッリとフロテアがたまに立ち寄って山羊の足をテイクアウトするレストランと、カイロとケープタウンの中間地点でありアフリカ大陸の中心を示す時計台を通り過ぎる。アルーシャは混沌としていて、通りに出て歩く気になれない。私たちはスーパーマーケットで食べ物を調達する（ここではヨーロッパスタイルの食べ物はありえないほど高い）。屋台でアボカドを買ったが、オッリがスワヒリ語で値切っていた（ここでの価格のちぐはぐな感じには驚かされる。たとえば車内も含めて手洗い洗車は六千シリング、つまり三ユーロ足らず。ところがオムツなどのほかの多くの品物はべらぼうに高く、たいていの人は手が出ない)。ここに滞在しているあいだ、私はオッリの家族と一緒に食事をして、食費やら交通費やらをころあいを見て請求してもらうことで話がつく。オッリが今住んでいる借家にかえて一軒家を建てている場所へも車を走らせる。各部屋の内装はできあがりつつあるが、外壁の仕上げをする余裕が今はないらしい。引っ越しは六月の予定だ――そのとき私がまだここにいるかどうかはわからない。でも、必要とあれば、宿を手配してくれるらしい。

オッリもフロテアも底抜けにいい人たちで、よくしてもらっている。ミシェルが食べてしまいたいほどかわいいのはいうまでもない。まだ私にはよそよそしいが。三十六歳のフロテアはキリマンジャロに住むチャガ族だ(彼女の父親は元キリマンジャロ国立公園園長である)――背が高く、穏やかで、もの静かで、少し恥じらいながら笑う。一方、オッリはとんでもない情報通で、堰を切ったように話が出てくるので私は処理が追いつかない。タンザニアの交通文化、国民性、子育て、建築、堀井戸、水道整備、急激な人口増加(この地域でもっとも頭の痛い問題)、まるで機能していない郵便事情(私の送った『セイ』が届いたのは奇跡としかいいようがない)、電

22　ペダルつきオートバイ。
23　二〇二二年現在、二百万を超えている。

話の重要性（友人や親戚とのやりとりはここではなによりも大事だ）、タンザニアの壮大な自然、自然保護区、気候変動の最前線にいるアフリカ（雨量と天候は短期間で危機的なほど激変した）、むろん彼自身の半生にいたるまで、知りうるかぎりほぼすべての事情を一日で聞いた。タンザニアにおける白人男性の生活ははっきりいって楽じゃない、とオッリはいうと、いくつもの困難についてあけっぴろげに話してくれた。オッリの気苦労がもっとも絶えないのがマイホームプロジェクトだ。思うようにいかなかったり、意思疎通の問題や文化の違いとの格闘がつきまとったりして、控えめにいっても悪夢のようだ。

アルーシャのあたりを走っているとき、写真を撮りたくてしかたなかったが、なぜだかそれは不適切な行為のように感じられた。だから、撮りたかった光景をノートに書きとめる。

赤茶色の粘土質の土の道。

バナナ、その青々としたみずみずしさ、弾ける緑。

道を縁どる軒を連ねた多彩な波型トタン屋根の家——商店とバー。

土の家。未完成の家。家の骨組みを囲むコンクリート塀。

紐に吊るされた洗濯物。

裏庭でけぶる焚き火。

いたるところにあるゴミとゴミの山。

掘っ立て小屋の陰からのぞき見ている子ども。

市場の前でシンガーミシンに座る露店の縫い物商。

迷路のような市場にある、果物売り、スパイスの山、ティラピア、巨大魚のナイルパーチ、この世のものとは思えない顔をした干物、編み籠、水を入れる容器として売られているポリ容器。リヴィングストンと書かれた名札をつけた交通警察官。

自動車修理工場の男。

道を塞ぐ山羊の群れ。

山積みの卵パックを背負って運ぶモペッド運転手。

ぬかるみを裸足でうろつく女。

大型ジープに乗った白人の男。

波型トタン屋根のバーの前に座りこむ女。

美しくて若い少女の茶色い歯。

夕方に停電する。私たちは懐中電灯をたよりに暗い家のなかで過ごす。フロテアのつくったビーフシチューを食べる。村の売店で買った肉のシチューだ。おいしい。フロテアは薄暗い台所で電池式のラジオをつけて、音楽に合わせて歌っている。オッリが豹柄ラベルのビール「セレンゲティ」の栓を抜く。ミシェルはうろちょろ動きまわり、私はノートに「山羊の足を持ち帰る」といったキーワードを走り書く。素敵な温かい雰囲気——いったい私はなにを怖がっていたのだろう？

そうだった、マラリアだった。日が暮れだすとはやくも、蚊が家のなかに姿を見せはじめた。

抗マラリア薬があるにもかかわらず、気づくと私は蚊がもたらすありとあらゆる恐ろしいことを考えていた。狂ったように蚊を走査する。私はたいてい蚊にいちばんに狙われるからだ。まちがいなくここでも食われるだろう。そんなわけで、日がとっぷり暮れた午後六時に、汗が背骨を伝って流れようとも、私はガイドブックが推奨する白い長袖長ズボンと膝下まであるきつめの白い着圧ソックスで全身を覆い、食事どきの香水としてフィンランドの虫除けスプレーを振りかけた。オッリはいつもどおりの半ズボン姿だ。どうか私のおかしな格好が目を引きませんように。

寝ようとしたら、一匹の蚊が私のベッドの蚊帳のなかへ入っていたことに気がついた。蚊を見つけて殺すまで、おちおち眠ってなんかいられない。オッリの話では、マラリアを媒介する蚊は別物に「見える」らしい――刺し方がふつうの蚊と「まったく違う」というのだ――が、私にそんな違いがわかるわけがない。いずれにしろ、そうなったときにはもう遅い。私はヘッドライトをつけて汗まみれになって蚊帳のなかで探しまくる。だが、血に飢えた鬼畜は姿を現さない。結局のところ、私は頭のなかの蚊を寝ずに待ち伏せしていられず、泥のように眠った。

［カレンの言葉］

一九一四年一月二十日。親愛なるお母さん（……）この手紙を電報配達員に届けてもらいます。私のすばらしい新しい生活について知ってもらいたいから。（……）私はベッドで休んでいます。病気ではなく、夜のハンティングのせい。こういう小さな小屋で（……）最高にすばらしい景色が広がっています。遠くには雄大な青い山、それらの麓にはシマウマやガゼルが群れる草原が広がっていて、夜には闇に轟く砲声のようなライオンの咆哮が聞こえます。（……）ここは暑すぎるということはまるでありません。暖かくて素敵です。自分が軽やかで、自由で、幸せになった気がします……。

一九一四年四月一日。親愛なるベスおばさん[24]（……）土地の人たちを観察していると、白人が優っているなんてただの思い違いのように私には思えます。（……）私たちのこの農園には若い男性が千二百人いて、草でできた粗末な小屋に、十人か、十二人ずつ住んでいます。でも、これまでに怒っている顔を見たことはないし、喧嘩をしている声も聞いたことはありません。なにをするにも歌い微笑みながら（……）ほぼ毎日、マサイ族居留地[25]へ遠乗りに出

24　カレンの母インゲボーの妹。
25　白人入植者とマサイ人を隔離するためにマサイ族居留地は設立された。その後も、セレンゲティ国立公園、ンゴロンゴロ保全地域など、自然を保護するという目的でマサイ族は土地と暮らしを追われている。

かけ、長身でハンサムなマサイたちと話すようにしています。

一九一四年七月十四日。大好きな私のお母さん（……）このうえなくすばらしいことがありました。生きてきてこんなにも楽しかったことはありません。（……）サファリは大成功でした（……）私はライオンと豹を一頭ずつしとめました。ブロルに撃ち方を教わったのですが、私は筋がいいようです……。

一九一四年十二月三日。親愛なるお母さん（……）私はとても忙しいです。だって、まったくの料理初心者に一から教えようとしているのですから。私自身がつくれないので難儀しています。スワヒリ語で教えなければなりませんし（……）とはいえ、料理人も私も今や、パイ生地も、カスタードプリンも、メレンゲも、パンケーキも、デコレーションケーキも、各種スフレも、ホイップクリームを詰めたパイコルネも、アップルパイも、チョコレートケーキも、シュー生地も、完璧につくれます――私の料理人はどんなスープもお手のものですし、おいしいパンやスコーンも焼くのです……。

一九一四年一月、カレンが新しい家へ、ナイロビから二十キロ離れた小さなレンガ造りのバンガローへ到着すると、農園のアフリカ人雇い人千二百人が総出で迎えた。はるか彼方に青い波頭のようなンゴング丘陵が見え、その周りの千八百ヘクタール[26]をスウェード・アフリカン・コーヒー・カンパニーが所有していた。ヨーロッパへ送られた最初の写真には、全身を白でまとめて家のポーチに立つカレンが写っている。白のロングスカート、白のブラウス、白のハイヒール、白の長靴下、スローチハット。微笑んでいるのはカレンだけで、アフリカ人の雇い人は八人とも真顔でカメラを見ていた。

　カレンは「静かな国へきたものだ」と思った。当時のナイロビは洗練されておらず、アンチョビ缶のような波型トタン屋根が並ぶ、くすんで荒んだ小さな町だったが、高地のほうは楽園だった。殺伐とした黄色い乾いた平原が広がり、波打つ丘陵に濃緑色のコーヒーの木が点々と見える。このあたりは動物でいっぱいだった。山中の湖にはフラミンゴが営巣し、丘陵にはバッファローやサイやイランドが、森には象やキリンや猿が、サバンナにはシマウマやヌーやガゼルや大型のネコ科の動物たちが群れていた。そう、楽園だった。高地の空気は澄みきっており、そこでは白人はある種の多幸感に陥ってしまうらしく、羽目をすっかりはずしてしまった――入植者たちの恋愛はあまりに奔放で、蒸気船のバーで、「結婚していますか？　それとも、ケニアに住んでいますか?」と女性たちは訊かれるほどだった。

　カレンとブロルがサバンナの飾り気のない丸太小屋に泊まって短いハネムーンを過ごしたときから（獲物には困らなかった。ライオンは朝まで吠えていた。悩ましいのは蝿と蚤だけだった）、

26　東京ディズニーランド三十五個分ほど。

自分の新生活はすばらしい、と彼女は思っていた。「この地こそ自分のいるべき場所なのだ」[27]と。ここには、デンマークで夢みていたあの世界が、自由が、情熱が本当にあった。

ところが、到着してひと月後の二月にカレンはマラリアを患う。彼女は体調を崩して塞ぎこみ、何週間も臥せっていた。ブロルはサファリに出ていたか、ナイロビの入植者たちに人気のムザイガ・クラブへ「仕事をしに」[28]出かけていた。ブロルが「留守にすることが多いから、ちょっとつまらない」とカレンは家に宛てた手紙に書いている。結局、カレンは春が終わるまで療養していた。少しでも体調がよくなったように感じると、家の大規模リフォームを計画したり（家の造りは悪く、ポーチも陽が当たって不便だった）、馬に乗って遠出したり、コーヒーの苗を植えつけたり（コーヒーの収穫ができるまで三年から五年はかかった）、ソマリア人の料理人に料理を教えたりした。母親にデンマークから一八三〇年版の料理本を送ってほしいとカレンは頼んでいた。その本になら、ここにある調理器具でつくれる料理が載っていると思ったからだ。

医者から空気が変われば病気にもよいといわれ、カレンはブロルとマサイ族居留地へひと月におよぶハンティング・サファリへ出かけた。二人はラバに引かせた三台の馬車と九人の雇い人を連れていた。これくらいの少人数のほうが動きやすかった。サファリは忘れられない思い出となった。テントで眠ったのも、ボマ[29]という木の柵で囲われた場所に入ったのも、ライフル銃を扱ったのも、ましてや獲物を撃ったのも、彼女にとってはじめてのことだった。ブロルはカレンに銃の扱い方を教え、自分たちがしとめたアンテロープを夕食にした。カレンはすっかりハンティングの虜になってしまった。このサファリで、ライオンを六頭、豹を四頭、チーターを一頭、ほかに膨大な数のイランド、インパラ、ヌー、ディクディク、シマウマ、イノシシ、ジャッカル、アフリカハゲコウを二人でしとめた。カレンとブロルが獲物と一緒に撮った写真は数えきれないほどある。カレンにとってサファリで最高の瞬間は、ライオンとはじめて遭遇し、この気高い獣の目から生気が抜けていく様子を目にしたときだった。

二人がサファリから家へ帰ってくると、第一次世界大戦がはじまった。ブロルは自転車でナイロビまでいって、部隊に加わった。カレンはキジャベの基地へ避難したが、マサイ族居留地を横断して補給物資の輸送隊を指揮することもあった。そして、農園を管理するためにンゴング丘陵へ戻った。

年末からカレンの体調はいっこうによくならず、患っていたのはマラリアではなかったことが判明する。彼女はブロルから梅毒をうつされていた。

［カレンの言葉］

一九一五年五月二十八日、パリ。大好きな私のお母さん、心配なんかしないで。大丈夫だから。（……）私はここパリにいます。熱帯地方の病気の専門医に会いにロンドンへ向かっ

27　イサク・ディネセン『アフリカの日々』（横山貞子訳、河出文庫）。
28　上流階級の社交クラブ。
29　小屋を円形に配置し、その外側を木の柵で囲んだマサイ族の居住地。

ているところです。じつは体の具合がかなり悪かったので、ナイロビの医者から転地療養と里帰りを勧められました。（……）おそらくロンドンでマラリアを完治するなんらかの注射をすると思います……。

カレンは母親に嘘を吐いた。梅毒に感染したことは年のはじめにはわかっていた。ナイロビの医者によると、梅毒は船乗りのように気性が荒かったらしい。ブロルはナイロビで女遊びに耽っていたのだろう。病気が判明すると、カレンは耐えきれず睡眠薬を飲みすぎて、あやうく死にかけた。「こういうときにできることが二つある」と、のちにカレンはいっている。「夫を撃つか、状況を受け入れるかだ」。カレンは受け入れた。

そんなわけで、一九一五年の春にカレンは治療をするためにパリへ発った。カレンには水銀とヒ素の長期にわたる苦しい治療が必要で、それでも治癒する保証はない、と告げられた。戦争のせいでカレンはパリにひとりで残ることができなかったため、デンマークへ渡り、病気のことを伏せて一般病棟で三ヶ月間入院した。カレンは書いている。「これにも耐えた今、私は本当にすばらしい体験ができるだろう」と。

ここで見習いたいカレンの勇気を追加しておく。

（九）百年前にアフリカでマラリアと梅毒を患う。

（十）治療を受けるために第一次世界大戦中のヨーロッパへひとりで渡る。

（十一）水銀とヒ素を服用する。これらがもたらす中毒症状に耐える。

（十二）状況を受け入れる。
（十三）そして帰還する。

［カレンの言葉］

一九一七年三月二十四日。親愛なるお母さん、私たちの新居についてはじめて便りをします。引っ越しがすんで、整理に追われてはいますが、私は心の底からうれしいです。雇い人たちは、私が二ヶ月前にいいわたしておいた仕事をやり終えていません（……）それでもここにいられてうれしいです。

一九一八年三月二十七日。親愛なるエア（……）そちらでは想像できないほどの旱魃に私たちは苦しんでいます。これがまだ続くのなら、大地は死んでしまう（……）バターも、牛乳も、クリームも、野菜も、卵も、なにもかもが足りません（……）植物は枯れ、サバンナは燃え、すっかり黒焦げになってしまいました。ナイロビへ車を走らせると、大火に呑まれたかのようです。町は昼も夜も黄塵が濛々と立ちこめていて、ソマリ族の村や市場のほうから風が吹くと、ペストやコレラや菌がうれしそうに空中を跳ねまわっているような気がします。ナイロビでは白人の子どもがたくさん亡くなっています。この灼けつくような暑さと、すべてを干上がらせる風が癪に触ります……。

カレンは一年半におよんだヨーロッパの旅から一九一七年一月にアフリカへ戻ってきた。コーヒー農園でのはじめての収穫を期待していたが、季節はずれの豪雨と、そのあとに続いた長い日照りのせいで、収穫はほとんどなかった。カレンのおじのオーエ・ヴェステンホルツが出資し、カレン・コーヒー・カンパニーと社名を変えた会社は赤字になる。カレンとブロルの経営は苦しくなり、カレンは手紙でデンマークの親戚縁者に増資を願い出た。すべてにお金がかかり、暮らしていくのに精一杯で、「客人の接待に四六時中追われて」いたからだ。無慈悲にもあくる年も実りはなかった。旱魃が続き、アフリカ人たちは飢えた。飢饉によって、ペスト、スペイン風邪、天然痘に、そして妙に湿って凍てつく乾燥に見舞われた。農園ではあらゆるものが不足していて、一銭も生み出さなかった。非常事態どころではなかった。ここから資金不足が常態化する。出資を請う切羽詰まった手紙を、アフリカで過ごした一九三一年まで、しまいには破産するまで怒濤のごとくデンマークへ送り続けることになることを、カレンはまだ知るよしもなかったが。コーヒー農園の収穫は期待できないだろう。そこはあまりに寒くて乾いた高地だった。

　それにもかかわらず、カレンとブロルはもっと広い新居へ引っ越した。家の名前はンボガニ[30]。ここにカレンはデンマークを発ったときからの夢だった「文明のオアシス」をつくった。もちろん、完璧なオアシスなどではなかったものの——小道具の準備は万全だった。花柄のソファ、グスタヴィアン様式[31]の鏡台、レースの縁飾りのついたランプシェード、クリスタルカラフェ。それなのに暮らしは十八世紀のデンマークのようだった。雨が降るとナイロビまでの道は不通になり、食料はハンティングで手に入れなければならなかった。娯楽はその場で考えだして、良書や良質な話し相手はいつも不足していた。

一九一七年にカレンは車の運転を覚えた。のちに彼女は、すべての女性に運転を覚えることを勧めている。カレンは本や音楽や美術を渇望していた。これらがないと自分はバカになってしまうのではないかと思っていた。カレンは絵を描いたり、美術を学んだりしたかった。高地の乾いた色と澄んだ光の風景画や、アフリカ人の肖像画を描いたこともあった（土地の人たちはモデルとしては残念だ、と彼女はこぼしている。キクユ人の少年がモデルだったとき、描いているあいだ少年がその場から動かないようにピストルで脅すことになった）。ブロルがしばらく留守にするときは（しょっちゅう家を空けた）、カレンは寂しくて塞ぎこみ、家が恋しくなった――一週間、寝て過ごすこともあったのに、母親への手紙には軽い熱中症になっただけだと元気を装っていた。子どものこともまだ諦めてはいないし、きっと授かると思う、とも。ある日、カレンは隣人のショーグレンから銃を手に入れ、撃ちたい思いが再燃する――狙いを定められるのは庭の鳩くらいしかいなかったが（「昨日の午後、二十一羽を撃った」）。ある日は、ブロルが五メートルあるニシキヘビをしとめてきたので、カレンはその皮をパリのヘルスターン[32]へ送って、靴をあつ

30　森の中の家といった意味。現在はカレン・ブリクセン博物館。
31　スウェーデンのグスタフ三世にちなんだ、十八世紀後半頃の新古典主義的な装飾様式。石膏のような白、青みがかった灰色、緑の静謐な雰囲気が美しい。
32　パリの老舗高級靴店。

らえる計画を立てた。カレンはソマリ人とつきあいがあった。家へ宛てた手紙には、仲のよい友人たちはみんなムスリムで、彼女の右腕のソマリ族のファラは賢くて思慮分別のある「神の使いそのもの」だと書いている（カレンのイスラム教に対する関心は高かったが、ブロルはムハンマドについての話は「十二時から四時までいっさいお断り」といっていた）。ほかの入植者たちとはカレンはどうも反りが合わなかった。彼らのアフリカ人に対する傲慢で見下した態度がいやでたまらなかったのだ。むしろカレンは「黒い肌の兄弟たち」には親近感を抱いていた。年を経るごとに、彼女にとって彼らはますます大切な存在になっていった。カレンは農園の子どもたちのために学校を建てることを計画した。

毎週日曜日にカレンは書き物机に向かって、母親や、弟のトーマスや、姉妹や、ベスおばさんに宛てて長文の手紙を書いた。手紙には、結婚、性道徳、出産の制限、女性解放運動についてあれこれと思いをめぐらせた（「親愛なるベスおばさん、私の手紙を出版するなんて、なんて恐ろしい考えでしょうか。そうなるとわかっていたら、手紙なんて書けやしません」）。

日照りに苦しみ続けて二年、ついに雨が降った。カレンはこう書いている。「ここは地上の楽園。私が将来どこにいても、ンゴングに雨が降るかどうかいつも考えている気がする」

スワヒリ語集

アサンテ　サーナ　ありがとう
カリブ　ようこそ、どういたしまして
マジ　水
ンディーズィ　バナナ
ンヤーマ　肉
サマハーニ　すみません
ウシク　ムウェマ　おやすみなさい
ナ　ウェウェ　ピア　こちらこそ

Peaceful life

フロテアには女性の人生に関するさまざまなこと、彼女の抱いている夢、憧れの女性について訊いてみようと考えていたが、おいそれとはいかないことに気づいた。まずは言葉が問題だった――フロテアはスワヒリ語のアクセントで英語を話すのだが、これがほとんど理解できない――とはいえ、私もまともな質問ができていないことは確か。私の見解が、突如としてまるで意味をなくし（カレン・ブリクセンについて聞いたことのある人はここにはいなかった）、私の抱える多くの問題は文字どおり「第一世界」のもののように感じる。お土産はなにがいいか尋ねたときのオッリの返事にはまいってしまった。自分の狼狽ぶりを思いだしても恥ずかしい。フロテアにとりあえず香水を用意してくれればいい、とオッリは書いていた。「とりあえず香水」！とてもじゃないけれどほかの女性に香水は買えない、と私は返事をした。香水選びは個人的なものだ。香水は女性自身を表現するもので、私だってここ十年はこれだというものに出会えていない。ありえない。結局は買っていったのだが、フロテアがその香りを気に入ってくれたかどうかはわからない。もし、ここでたまたまおなじ香水がふた月分の給料に相当する値段で手に入るとしたら、香水が自分自身をどれほど完璧に表現しているかどうかなんて、さしたる問題ではないのだろう。

それでも、フロテアが主婦以外の仕事も人生で成し遂げたいということはわかった。ここでは女性はコネや体の関係がないとまともに仕事につくことが難しい――フロテアが大きな国際組織の事務職に応募したとき、まずは上司と「会食の場」で話を進めておくべきだったという。小さな会社を立ちあげたいと思っている女性が多く、フロテアも自分の子ども服店を持つことが夢だ。でも、女性はたいてい子どもを養うために上司の愛人になることを強いられる。結婚や男女関係（夫の妻に対する扱いは、昔は本当にひどかったらしい）、複婚（たとえば、アルーシャ族の男は妻を三人娶るのが慣わしで、三人ともおなじ敷地内に住んでいる）、離婚率について尋ねてみた。ひとたび結婚したら、たとえほかの人を好きになっても離婚はありえない、というのがフロテアの考えだ。好きになることは人生においてそれほど大事だと思わない――それよりも大事なのは、平穏な生活、自分のお金、自由、とフロテアはいった。

ムズング

フロテアと一緒に食料の買い出しに村の女性のところへいく。女性は家の前に果物と野菜を並べて売っている。子どもたちが好奇の目で私をじろじろ見ている。私たちが立ち去るときに、「バイバイ、ムズング（白い顔）」と手を振った。これには慣れた。オッリと車で出かけていると、通行人のだれもが指さしたり、「ムズング、ムズング」と叫んだりする。あたかも通報を要する危険な状況であるかのように。これは善意をともなった好奇心なのか、憎悪のようなものなのか、私はいつもわからない。オッリは村では「ミシェルのパパ」で、これに対してフロテアは「ミシェルのママ」と呼ばれている。子どもを授かる幸運に恵まれた彼らに対して、長子の名前で呼ぶことがここでは礼儀だからだ。

ミシェル自身はムズングショックから立ち直りつつある。私が着いたときは、ミシェルは面食らった様子で口をつぐんだまま壁伝いに歩いていたが、お土産に持ってきたムーミンの本のおかげで私たちは晴れて友だちになれた。私たちは食べるものもおなじだ。私は朝食に目玉焼きとソーセージを食べたあと、フロテアが毎朝炊いているミシェルのおかゆをお椀に一杯注いで食べている。

カンガ[33]

フロテアが青地にオレンジ色の花柄の美しいカンガをくれた。長方形の木綿の布は二枚ある。一枚はスカートとして、もう一枚は上着として巻いてもいいが、ふだん使いには不便だ。ジュニスのママはカンガスカートと半袖シャツを、フロテアは二十度までしか上がらない寒い日にセーターを合わせていることが多い。カンガにはいつもなにかしらの文章が書かれている。諺もそのひとつで、その日の心境を表したり、隣人や夫へのメッセージであったりする。私のカンガには、「ムング ハムトゥピ ムジャ ワケ（神のご加護を）」と書いてある。「蚊、お断り」とか、「ライオンに会いたい」とか、「四十代の女、生きる意味を模索中」とか書いてあるものも、私には必要かもしれない。

低温物流

買い物の途中、私たちは村道の肉の塊がどっさりと並ぶ屠畜小屋を通り過ぎる。ここは行きつけの肉屋だとフロテアが教えてくれる——おかげさまで私はすでに知っていたが。フィンランドにはこういう店はなく、肉は殺菌され、きれいに切り分けられた状態で冷蔵ショーケースに入って売られている、と説明を試みる。「低温物流」を英語でなんというか、なかなか思いだせない。

あとから聞いたオッリの話では、野営サファリで食料として手に入れた肉は、クーラーボックスもないまま車中で何日間も運ばれるが、病気になる人はいないらしい。そんなことはありうるのだろうか。低温物流自体が西欧の戯言なのか。

ムトリ

カンガを纏って私は台所でくつろぎながら、フロテアがお昼にムトリシチューをつくっている様子を見ている。ムトリはチャガ族の伝統料理だ。シチューには、肉、バナナ、人参が入っていて味わいがある。ムトリは、母乳の出をよくする産後の肥立ちシチューらしい。チャガ族の女性が子どもを授かると、鍋一杯のムトリを三ヶ月間ひたすら食べなければならない。そのあいだ女性は家にこもり、三ヶ月後にようやく外に出たときは、まるまると太っていることが望ましい。そうでないと、夫は甲斐性がないとか——もっとも不甲斐ないのは——夫にお金がないと思われてしまうからだ。お披露目に、妻の親戚や友人をムベシというパーティーに呼ぶ。パーティーには夫の出番はないが、年配の女性が浴びるほど飲食できるよう食べ物とビールを山ほど用意しなければならない。ミシェルが生まれたとき、オッリは慣例どおり山羊を自ら絞めた。赤ん坊の母親への贈り物は、昔は牛乳と牛からとれる料理用の油だったが、今はお金だ。お金は細かいお札で贈られる。家がお札で埋もれるよう、贈り主がお札を宙に投げる。

多くの女性は、子どもは一人か二人でいいというが、貧しいと、子どもはすぐに七人、八人になる。中絶は法律で禁止されているものの、伝統的な薬を使って隠れて行われている。処置は痛

33　東アフリカで使われている大きな一枚布。カラフルな木綿のプリント生地で、体に纏ったり、巻いたりして使う。

みをともない、しばらく不調が続くこともある。だが、およそほとんどの女性が行い、多くが数えきれないほど何度も経験している。

カチュンバリ[34]

ある日、フロテアがカチュンバリをつくってくれた。きゅうり、アボカド、トマト、人参、ピリッと辛いピリピリ[35]が入った、辛味と酸味の利いたサラダ。サラダには自家製のチプシ、つまりフライドポテトを添える。アフリカではどんなことがあっても生の野菜やサラダは食べてはならない、とどのガイドブックにも書いてあった「絶対厳守」が頭に浮かぶ。が、私は食べる。カチュンバリは最高においしくて、私の好きなアフリカ料理になった。

ある日はウガリ[36]をつくってくれた。ナイフで切るほど硬く指でつまんで食べるとうもろこしの粉でつくったおかゆを、肉のソースに浸して食べる。オッリはウガリを嫌っているが、私はこれもおいしいと思う。フロテアはタンザニアの代表的な料理をひととおり体験させることにしたのだろう。

日が暮れたある日の晩、私たちは待ちに待った山羊の足のテイクアウトを受け取りに出かけた。アルーシャ通りにある売店には網焼きした山羊の足が並んでいる。私たちが選んだ一本を料理人がぶつ切りにし、チリソースと炙ったバナナと一緒にパックに詰める。家に持ち帰って、ひとつの皿に盛って私たちはご馳走にかぶりついた。

Whatsapp

フロテアとフェイスブックで友だちになる。ワッツアップ[37]、本当にやってないの？　とフロテアが驚いていた。写真を送りあえたら素敵なのに、と。私は使っていない――フロテアと違って私はスマートフォンを持っていない――それにそんな名前、はじめて聞いた。フィンランドではワッツアップなんていうのはない、と私。きっとアフリカだけの話なのだろう。

フロテアにスワヒリ語のほかの単語も尋ねて、重要度の高いものをノートに書きだす。「アサンテ　サーナ」は「ありがとう」、「カリブ」は「ようこそ」や「どういたしまして」、「ウシクムウェマ」は「おやすみなさい」、「ララ　サラマ」は「よい夢を」。

そろそろ寝ようとしていたら、フロテアからフェイスブックにメッセージが届いていることに気がついた。「ララ　サラマ、ミア」。

シティマサイ

アルーシャの地元の食堂でオッリとお昼を食べたときのこと。テーブルには、赤い格子柄の

34　ケニアやタンザニアなどでつくられる東アフリカのサラダ。
35　スワヒリ語で唐辛子のこと。
36　とうもろこしの粉を練って固めたアフリカの伝統的な主食。
37　フィンランドでも人気のメッセンジャー・アプリ。

シュカ[38]を纏い、タイヤサンダル[39]を履いたマサイ族の男たちが漫然と寄り集まっている。私の思い描くマサイ人たちは、カレンが書いているように、どことなく崇高で美しく、勇敢だったが、シティマサイはどこか違う。彼らの目は濁り、サンダルは型崩れし、赤い格子柄のマントの上に無造作に羽織ったキルティングジャケットは汚れてみすぼらしい。彼らは観光客たちに土地の宝石であるタンザナイト[40]を売るためにアルーシャへやってきていた。哀れな光景。もとより住んでいた土地を追われた遊牧民たちの運命とはこうなのか、と思った。私はプラスチック製のテーブルについてピラフをスプーンでかきこみ、骨のついた一切れの肉は食べ残した。

ヘアサロン

私がここにきたときは、フロテアの髪はきれいに編みこみされていたが、その日はジュニスのママが階段に座ってフロテアの編みこみを解いていた。フロテアはこれから髪のお手入れにいくらしい。ヘアサロンで手のこんだ編みこみをしてもらうとお金がかかるうえ、一日がかりになる。編みこんでもらったら髪は自分で洗えないので、サロンにいって洗ってもらう。ストレートにした髪もおなじだ——自分で洗うと髪は縮れ、崩れてしまう。結果として、ヘアサロンには頻繁に通うことになるが、店はいたるところにある。

夕暮れどきに、私たちはサロンへ出かけた。フロテアは部屋着を、つまりカンガをぴったりフィットした黒のジーンズとキュートなシャツに替え、緑のバレエシューズを履き、大きな金の時計とイヤリングをつけ、私がお土産に持ってきた香水をさっと吹きかける。私たちは歩いてモショノまでいって、そこからさらにアルーシャのほうへ進む。穏やかで柔らかな夕日を浴びながら、青々とした緑に囲まれて赤い砂の道を歩くのは素敵だ。下校途中の子どもたちの視線が刺さる。なかには「good morning」と声をかける子もいた。「evening」といったつもりだったのだろうが。すれ違うのは、スクールバスと牛と山羊と鶏とモペッドばかりだ。

ヘアサロンはアルーシャ通り沿いにあった。道端のどろどろのぬかるみを跳びこえて、まっさらな白いタイルテラスへ着地。そこで室内履きに履き替える。入り口にもたれかかっている女の子が私を指さし、「ムズング」と大きな声をあげ、死ぬほど笑っている。このあたりのヘアサロンに白人がくることなんてないのだろう。サロンは周囲と見くらべてみても高級感があって洗練されている。床は磨かれ、美容師の女の子たちの足の爪にはありえない長さの蛍光色のジェルネイルが施されていた。フロテアが髪につけてもらう整髪料を見せてくれた。瓶には「ヘアマヨネーズ、髪のための最高のトリートメント」と書いてある。私は入り口に立ったまま、通行人を眺める。サロンの入り口から、雲が薄くかかっているメルー山が見える。通りに沿って走る黄色いスクールバス、緑の制服を着た子ども、頭の上にプラスチック製のたらいや大ぶりのバナナの

38　スワヒリ語で布のこと。赤を基調とした格子柄はマサイ族がよく纏う。
39　古タイヤでつくったサンダル。
40　タンザニアの石。キリマンジャロに広がる夕暮れから夜に変化してゆく空に似た色が美しい。

房を載せた労働者や母親。下校している子どもたちを撮ろうとしたけれど、どの子も白白と輝く私の顔に遠くから気づいて、笑いながら私を指さすので撮る気になれない。ここにはたんに観光客としてくることはできない。おなじように自分自身も見物の対象になってしまう。

　オレンジ色の髪の美容師が、座ったままつけ毛の束からごくごく細い一本の三つ編みを編んで、椅子の肘掛けにかける。携帯電話を充電しにやってきた酒臭い青年は、用もないのに客の席に居座ったままだ。テープレコーダーからは、ドリー・パートンやリアーナやトレイシー・チャップマンがガンガン流れている。フロテアは髪にマヨネーズを塗られ、スチームドライヤーのようなものでまっすぐになるよう乾かしてもらう。時刻は午後五時半。もうすぐ日が暮れる。

　家へ通じる凸凹道を帰るころには、もうとっぷりと日が暮れていた。横切ってゆく車やモペッドのライトをたよりに帰途につく。一度あやうくすれ違う牛にぶつかりそうになった。牛は黒茶色で、ライトはついていなかった。

ミスターハウリ

　オッリとアルーシャへ用事で出かけた日に、マ・ラモツエ事件簿[41]さながらの不条理な出来事に巻きこまれる。私たちはミスターハウリという名の男を追っていた。この男にオッリは建設中の一軒家に電気を引いてもらうための代金を何週間も前に支払っていた。だが、電気はいまだに通っていない。男はタンザニア電力供給公社の社員などではないことが判明する。男に仕事をする気は毛ほどもなく、作業服姿で電力供給公社の代表者を騙り、お金を稼いでいた。私たちは電力供給公社で延々と待たされたあと、現場監督に電話をかけて助けを求め、その現場監督と助っ人二人を連れてランドローバーでミスターハウリを捕まえにいった（ミスターハウリは危険人物で、不実な行為をすることで知られているらしい。そのために援軍が必要なのだ）。ミスターハウリは足場の悪い細い道の行き止まりにある家にいた（ぬかるんだ庭にはゴミの山、焚き火、紐に吊るされた薄汚れた洗濯物が、わずかに開いた玄関には子どもが二人と素敵な編みこみをしたカンガ姿の奥さんがいた）。私たちは獲物を連れて電力供給公社へ戻り（跳ねあがるランドローバーの荷室には大男が三人乗っている）、ミスターハウリがなに食わぬ顔をして私たちの目をかすめて逃げようとした、と電力供給公社の庭で証言した。明日の朝九時にここにきてお金を返却する、とミスターハウリが約束するのをしかと聞き、私たちは朝、ふたたび電力供給公社へ車を走らせ、ミスターハウリを二時間待った（電話をするたびに、彼は「向かっている」と主張）。書類とともにミスターハウリがやっと姿を現すが、お金を持っていない。それから、「銀行に下ろしに」いったきり、戻ってこなかった。ここではすべての時間とエネルギーが物事の処理に消えていく、とオッリがいっていた意味がわかってきた。

一週間経っても電気はいまだに引かれていない。現場の作業員たちは行方をくらまし、現場監

41　スコットランド人作家アレグザンダー・マコール・スミスの代表作「No.1レディース探偵社」シリーズの主人公。ボツワナで女性探偵社を開いて、事件をゆるく解決していく。

督すら電話に出ない。オッリは怒り狂い、髪を掻きむしっている——家が完成するとは思えない、少なくとも六月の引っ越し日には間に合わない、と彼は思っている。

SPF五〇

土砂降りの雨が降る。降り続けてほぼ一週間。室内までもが湿ってきた気がする。クローゼットのなかの服や本のページ。オッリが引き出しで見つけた革のベルトを見せてくれたが、黴にまみれていた。湿気と太陽にここではすべてが徐々に蝕まれ、最後はシロアリとイエヒメアリがとどめを刺す。ジュニスのママはそうならないよう、床を掃いて、部屋の風通しをよくしている。

雨にもかかわらず、私は赤道直下の太陽が恐ろしくて、毎朝、最高値の日焼け止めを塗っている。アフリカに滞在して一週間経つけれど、ここに到着したときと変わらず私は真っ白だ。サバンナへついにいくことができたら、私は黒焦げになるかもしれない。

スプ

ある日の午後、近所でスプを一杯食べようとオッリが声をかけてきた。私たちはぬかるんだ細い道をしばらく歩いて、売店に着く。店の前にいる男たちは、湯気の立つスープを手にしている。売店の窓口に蠅にたかられた肉の塊がぶら下がっている。男が私に鍋から煮えた一切れの肉を選ぶ。ぶつ切りの肉が小さなアルミ製のボウルによそわれ、もうひとつのボウルに肉のスープが注がれた。これで千五百シリング、つまり一ユーロもしない。男たちは好奇の目を向け、なかへ入って座れと私たちをうながす。狭い店内は蠅だらけだ。私は汚れたテーブルにつき、片手で蠅を払いのけながらスプーンですくって食べる（オッリによると、蠅を払いのける仕草は年寄りがやることだと思われているらしい。どんな高級レストランでも、年寄りたちは食べているとき、片手が勝手にひらひら動いている）。ひとりで行動していたら、こんな場所に入ろうなんて思わない。入るくらいなら飢え死にすると思う。

十日目の魔法

旅に出ると、最初はすべてがよそよそしくて恐ろしい――料理、掘っ立て小屋、人、動物、匂い、音。ところがある段階になるとなじんでくる。体が慣れ、目が開かれ、あらゆるよそよそしさと恐ろしさを通り越して見えてくる。だから私は長く旅をしていたい。「見えて」くるのを待ちたい。

たいていそれは十日目あたりで効いてくる。

まだそこまできていない。

Safari for one

オッリから、これまでに彼がガイドを務めた豪華サファリキャンプについて話を聞いた。とんでもなく素敵だ。彼と一緒にいくつかの自然保護区へいくことができたらいいのに、とたぶん私は思っていた。が、オッリはマイホームプロジェクトで今はそれどころではないらしい。かといって、アメリカ人バックパッカーたちのサファリ一行に加わるのは絶対にだめだという。すぐさま退屈するらしい。嘘みたいな事の真相がわかってきた。つまり、私はひとりで、もしくはガイドと二人でサバンナへいくことになる。

これで恐ろしいことがもっと増えたことになる。(一)サファリは高くつくだろう。(二)どんな団体にもまぎれこむことができないとなると、私のような内向的な人間には社交上のハードルが高い。加えて、(三)ガイドは男性である可能性が非常に高い。つまり、二週間、サバンナで土地の男性と二人で過ごすことになる。しばし考える。面倒くさいことにならないだろうか?

オッリは問題をわかっていない。

私ひとりのためのサファリ企画は自然保護区を十二日間かけてまわり、それぞれの場所で二泊する。アルーシャ国立公園、マニャラ湖国立公園、セレンゲティ国立公園のセロネラ、ロボ、ンドゥトゥ湖、最後にタランギーレ国立公園——ンゴロンゴロクレーターははずすことになりそうだ。車での一日あたりの費用が二百五十ドルと、法外の値段になるからだ。サファリ中のプログラムとして、自然保護区での朝と夕方のゲームドライブ[42]が含まれる。よさそうではある。が、サファリキャンプ[43]にはいけない——つまり本物の「カレン・ブリクセン」ムードは味わえない——とわかってがっかりしたというのが本音だ。これをひとりのために企画すると大幅に高くなるだろうから、自然保護区のロッジやホテルのようなコテージに泊まる。ああ、野営したかったのに!

驚いたことに、オッリ自身の初サファリも四十歳近かったという。それまで彼は生物学と環境科学の研究者としてまったくべつの仕事についていた。ところが、蝶について書いた本がノンフィクション・フィンランド賞を受賞したので、子ども時代のサファリの夢を叶えようと決めた——そして後戻りしなかった。今では、オッリはタンザニアの自然保護区を知りつくし、数多くの本を書き、サファリを引率し、数年前にとうとうタンザニアへ移り住んだ。ただし、アフリカでの最初の夜はタランギーレ・サファリ・ロッジのキャンプ場で過ごし、死ぬほど怖かったらしい。

オッリのビジネスパートナーであるアンドリューのアルーシャのオフィスを訪ね、私のサファリについて話したところ、恐ろしく高くつくことがわかった。予算よりもはるかに高く。かといって、どうしろっていうわけ？　そのためにここまできたのに。

夜、金銭面のことでベッドのなかで悶々とし、慰めにフロテアのつくってくれたンディズィロースティを食べる（塩焼きバナナ、最高）。カレンは、「サファリ生活は憂いという憂いを忘れさせてくれる」と書いていた。サバンナにいると「シャンパンを半分空けたような感じがずっと続く」と。シャンパンに酔ったまま、私はこのうえなくすばらしいことの代償を忘れてしまえるだろうか？

42　国立公園や保護区内を車でまわり、野生動物を見ること。
43　テントを張って寝泊まりしながら野生動物を観察する。

洗濯機

サファリには清潔な服がいるので、私たちは洗濯に取りかかった――手で。洗濯機の調子が悪いということもあるが、フロテアがはなからこの種の性能を信じていないせいもある。庭でフロテアが三つの桶に冷水と洗剤を少し入れ、私たちはごしごし洗ってすすいでいく。三時間の重労働のあと、私の手は赤くなり、ひりひりとしみて、ひび割れてしまった。しゃがんでいたせいで肩や腰が痛い。手洗いにたよる生活だと、西洋人の日常はまわらないだろう。洗濯は、世界中の女の子たちの生活を縛りつけている最たるもののひとつでもあると思う。家族全員分の洗濯をしていたら、学校に通う暇なんてない。

クレイジー

フロテアとオッリの友人であるエウトロピアに食事に呼ばれたので、私たちはドレスアップして出かけた。エウトロピアのなかば完成した家は絶景が望める山の斜面にある――凸凹の村道をいやというほど走り、さらに険しい山道を徒歩で登る。途中、質素な土の家を通り過ぎる。家の庭はみすぼらしい服を着た子どもたちや、干してある洗濯物や、野良犬でいっぱいだった。

エウトロピアは自然保護区のロッジに勤めていたのだが、今はインテリアショップを立ちあげ、ついでに自分の家も建てている。ソファや牛の毛皮の敷物や籐のテーブルのある居間は素敵なのに、家にはまだ水道も電気も引かれていない。冷蔵庫なんかもない。台所のような開けた空間は大きなバケツで埋められていた。エウトロピアは家族と一緒に暮らしている。耳の遠くなったチャガ族の老母はひと言もしゃべらずに一張羅を纏ってソファに座っている。老母は色鮮やかなカンガにフリンジのついたオレンジ色のジャケットを合わせ、花柄のスカーフを巻いている。エウトロピアは私たちのためにムチャンヤト[44]をつくってくれており、ビールを出してくれた。彼女たち自身の食事はとっくにすませていた。窓からすばらしい谷の景色が眼下に広がり、ソーラーパネル発電で動くステレオからパッツィー・クラインの『クレイジー』が流れる。

私たちは夕日を浴びた村を通って帰途につく。がたがたのぬかるんだ道で鶏や山羊を避けながら。母の日のお祝いに高級ホテル「メル」のテラスレストランへしばし立ち寄ることにした。土の家と一面ガラス張りのホテルはひどく対照的だ。門でセキュリティーチェックがあり、車両の下周りが望遠鏡検査ミラーで点検される。ホテルの庭には、ヤシに縁どられた広々とした芝生とプールサイドバーつきの洒落たレストランがあった。テラスにいるのは、盛装した地元の裕福な人たちや、スカイプで地球の反対側に向かってサファリ体験をいちいち説明している白い顔の面々。プールにはドリンクを片手に水着姿のまま寝ている人がいる。私たちはストロベリーシェイクとライチジュースを頼み、エウトロピアの店の店員の賃金一週間分を支払う。

44　バナナとキャッサバの煮こみ。

　ここにはさまざまな現実がある。それがようやく見えてきた。土地の人の暮らしと白人の暮らし。貧乏人の暮らしと金持ちの暮らし。混沌とした町があり、貧しい田舎の村がある。貧困、衛生、健康、軽犯罪、汚職、治安の問題がある。庶民の貧困エリアに囲まれた、柵で防犯対策をした金持ちエリア。そして、どこかもっとべつの場所に『広大な自然』の世界が、手つかずの自然と野生動物の世界がある。観光客をたぐりよせる夢のアフリカが。この世界を庶民が目にすることはない。

　この構図に自分を当てはめづらいこともわかる。ここでは私はいきなり「裕福な」白人で（もとよりフィンランドでは違うが）、どこにいくにも注目の的になる。必ずしもよい意味ではない。私は土地の人とどこが違うのか、いやというほどわかっている。私の肌の色、私の服、私の財布、私の衛生概念、私の夢のサファリ、私の無謀な「カレン・ブリクセン」プロジェクト。私はすべてを好奇の目で見ている。私はすべてを目にし、すべてを理解したい。でも、どうすればできるのだろう？　写真を撮ることさえ正しいことではないように感じる。そもそもこのことを書いてもいいのだろうか？　だとしたら、どんなふうに？　カレンを追って、アフリカのこともスワヒリ語もよく知らないのにアフリカへたどり着いた中年のフィンランド人女性がなにを感じたか書きたい。悪名高い「異国趣味」を強調することなく（私にとってすべてが珍しいが）、もしくは「植民地主義的な目線」で見ることなく（どうあがいても私は白人で、西洋世界からきたことに変わりはないし、私には土地の文化はとんとわからない）、ぶれずに使命を果たせるだろうか？

でも、この旅に出てしまったのだから、なんとかして書きあげなくては。文章を推敲しながら言い回しを何度も篩にかけ、それらをふたたびもとに戻す。「黒人」といってもいいだろうか――私だってここでは「白い顔」と呼ばれている。不実な電気工について書いていいだろうか？　それは人種差別になるだろうか？　貧困に目もくれず、嘔吐や下痢やアメーバの恐怖が頭をかすめもしなかったふりをするべきだろうか？（フロテアが道端でおいしそうなポップコーン味の焼きとうもろこしを買ったものの、ぬかるんだ地面で下ごしらえをしている老女がとうもろこしの表面に手のひらで塩を擦りこんでいたのを目にした私は食べることができなかった）。すべてを外からやってきたよそ者の目で見ることは許されるだろうか？「努めて」わかろうとしている。それで勘弁してもらえるだろうか？

日本について書いた前作では、こういったことはちっとも考えなかった。なにも篩にかけず、ポリティカル・コレクトネスも考えず、思いつくまま書いた。しかし、アフリカについて書いている今、地雷原を歩いているような気がする。

どんなに気をつけていても、どのみち自爆するだろう。

F

私のサファァリ計画の話をまとめるために、私たちはいよいよアンドリューのオフィスへ向かう。デスクにはアンドリューの二人の美しい娘が座っている。片方にミニグリップ袋に入っているカレン・ブリクセン預金を渡す――もうどうかしている。が、私は本当に二週間のサファァリに二ヶ月分の生活費をつぎこんだらしい。

オフィスには、私のサファリを受け持つガイド兼運転手もいる。三十代くらいの優しく微笑むチャガ族の男性。このファサルと十二日間、昼も夜もサバンナで過ごすことになる。文明の利器もなく、インターネットも、電話も通じない場所で。

農園で十八年間のほとんどをともに過ごした、カレンのもっとも大事なアフリカ人の相棒の名はファラだった。

ファサルとファラ。どちらもFではじまる——よい徴にちがいない。

［カレンの言葉］

一九一八年四月六日。親愛なるお母さん（……）昨日、ナイロビにあるムザイガ・クラブのとても素敵な夕食へ出かけました（……）私を含めて四人。前知事の娘さんと、並はずれて魅力的なデニス・フィンチ＝ハットン。彼のことはよく話に聞いていましたが、会ったのははじめてでした……。

カレンがはじめてデニス・フィンチ＝ハットンにあったのは一九一八年四月。彼女が三十三歳の誕生日を迎える少し前だった。三十二歳のデニスはイギリス人貴族で、東アフリカで英国王室などの賓客を相手にサファリの段取りをする大物狙いのハンターだった。彼はすらりとした長身で、教養があり、噂では「ありえないくらいハンサム」だった——顔はいたってふつうで、生え際が後退しつつある男性のように私には見えるが、デニスのカリスマは写真に反映されていなかったのかもしれない。デニスとカレンがつぎに会ったのはひと月後のハンティング・サファリで（一行はアンテロープを三十頭、ジャッカルを二頭、豹を一頭しとめた）、カレンはすっかり心を奪われてしまっていた。デニスはカレンの家に夕食に寄ったり、泊まったりもした。そういう日のあくる朝は、カレンは彼をナイロビまで車で送っていった。「一瞬のうちに親愛の情を抱いて心が通う人というのは、そういません。才能と知性は、なんとすばらしいものなのでしょう」とカレンは実家に宛てて書いた。

ついに運命の人に出会った、とカレンは感じた。ブロルにひやかされながらも、自分がこの世で唯一気になるのはフィンチ＝ハットンとの再会だとカレンは正直に認めた。デニスは彼女にとって理想の男性の権化だった。「この年で」これほどの宝物に出会えた自分は幸せ者だ、とカレンはいった。デニスは自信に満ち、知性と教養があり、すばらしいセンスの持ち主だった。蓄音機でストラヴィンスキーを流し、シェイクスピアやギリシャの古典や有名な詩を暗唱した。ムザイガ・クラブで白人のハンターを探していると、「もっとも腕の立つ人が不可欠ですから、できたらブリクセン、もしくはフィンチ＝ハットンに頼んでください」といわれていた。デニスのサファリには、蓄音機はもちろんのこと、最高の料理人、皺のない寝具、クリスタルグラス、極上のワインが揃っていた。ランプを灯して七時半きっかりにはじまる夕食には、スープとしとめたばかりの獲物が、朝食には焼きたてのパンが出た（デニスは一九二八年の秋に英国皇太子[45]のガイドを務めたとき、アフタヌーンティーのために毎日午後四時にサファリを中断した）。デニスはユーモアのセンスもそれなりに持ちあわせていた。とあるオペラの鑑賞のためだけにアフリカからロンドンへ飛行機で帰ったことがあった。つぎの日の朝には親戚のだれとも会わずにロンドンを発った（ロンドンまでの飛行時間は当時、片道六日間。となると、この話は本当ではないと思う）。ある友人がロンドンからデニスに電報を送り、これとこれの住所を知っているかと尋ねたことがある。デニスがサファリに出ている奥地へ電報配達員が何週間もかけて届けた知らせに対して、デニスは「知っている」とだけ答えた返事を持たせて帰した。他人に自分がどう思われていようが彼は気にすることなく、思うままに行動した。彼が結婚には向かないタイプだったのはいうまでもない。デニスの名はどこにいっても知られていた。ブロルですら自分の妻が「これほどの」人に夢中になっていることに得意になり、周りには「私のよき友人であり、妻の恋人」と前置きしてデニスを紹介していた。カレンは自分の本でデニスについて触れてさえいない。それほど彼は彼女にとってかけがえのない人だった。どこかの文献では、デニスはじつは興ざめな「プレイボーイ」というレッテルが貼られているが。

一九一九年二月、カレンは幸せを隠しきれない様子で母親に手紙を書いている。「競馬が終わって、日曜日に私たちはここで射撃をしました……。フィンチ＝ハットンが熱を出して、わが家に泊まり、彼は今もここにいます。ありがたいです。これほど知的な人に私は今まで会ったことがありません。こういう人がここで一目置かれるようになってきています。もうペンを置かなくては。デニスと出かけてきます。空には厚い雲がかかっていて、雨は止みそうにありません……」

一九一九年八月にブリクセン夫妻は（そう、二人はまだ別れていなかった）戦後の――第一次世界大戦は一九一八年十一月についに終わった――ロンドンとパリで息抜きするためにヨーロッパへ渡った。二人はクリスタルグラスを買い、シャンパンを飲み、イブニングドレスを仕立て、持ってきた蛇の皮で靴をあつらえた――ナイロビにはあか抜けたものがなかったようだ。「着る

45　のちのエドワード八世。

ものがどれだけ大事か、思いもよらなかった」と、カレンは書いている。「必要以上に高く評価しすぎているかもしれないけれど、どうしようもない——病気、貧困、孤独、そういった災難よりも——身につけるものがなにもないことほどつらいものはない」

デンマークで疲労がカレンを襲った。背負っていた責任から突如として解放され、母親の料理をベッドでただ食べればいい、そんなときにどんな人も襲われる疲労が。カレンはまるまる一年をルングステッドで過ごし、ふたたび梅毒の治療を受け、スペイン風邪と敗血症にも苦しんだ。コーヒー農園の将来は危ぶまれ、カレンは失意に暮れていた。ブロルは用事をすますため、一九二〇年三月にはアフリカへ渡っていたが、おもに農園の資金をなんとか調達するためだった。カレンは年が明けてから一九二一年にモンバサへ戻った。

家で彼女を待っていたのは忌まわしき破壊行為だった。ブロルは農園で勝手気ままな生活を送っていた。家にはいろんな連中が住みつき、多くの物が壊れてしまっていた。ブロルはカレンの家具や銀食器を売り、質に入れていた。磁器やクリスタルグラスを射撃練習の的がわりに使い、どんちゃん騒ぎを繰り広げ、食堂の家具をンゴング丘陵の上まで運びだし、そこで風変わりな饗宴を催していた。おまけに農園の経営は壊滅的な状況だった。春に農園のオーナーである、カレンのおじのオーエ・ヴェステンホルツがケニアへやってきたのも、出費が嵩むばかりの農園の売却に、出資者や親類縁者がついに動きだしたからだった。カレンはそれでも農園を諦めたくなかった。コーヒーの木の施肥の仕方や、借地人の火傷の手当ての仕方を知っているのは自分だけだ、できるのは自分しかいない、と多少誇張しながらカレンは熱弁を振るった。そういう経緯を経て、一九二一年六月に、責任感が欠落したブロルが農園ともカレン・コーヒー・カンパニーとも今後いっさい関わらないという条件のもと、カレンが農園の経営にあたることになった。

　ブロルは農園から去った。身内から離婚するよう説得もされたが、カレンはそれを望まなかった。いったいなぜ？　ブロルは彼女を裏切り、梅毒をうつし、カレンの財産を破壊したのに。しかもカレンが好きだったのはデニスだったのに。しかし、ブロルは何年ものあいだカレンのもっとも近しい人だった。別れたら、カレンは社会的な地位も男爵夫人の称号も、デニスと一緒にいられる逆説的自由も失ってしまうだろう。だからその後ブロルが最終的に別れを決めたのは、カレンにとってかなりの痛手だった。ブロルは、自分を「経済的に支えたい」と思ってくれている某「イギリス人淑女」と結婚しようと思っていた。ついに一九二二年一月に離婚が決まった。カレン三十六歳。結婚生活は八年だった。

「つらい時期でした。病気だったときよりも、ずっとつらかった」とカレンは書いている。カレン、私にはわかる。難しい夫婦関係であっても、別れるのがどんなにつらいか。悩ましい人間であれ、近しい人になる。おたがいの人生が木の根のように固く絡まりあってひとつになる。だから、自分を自分の人生から引きはがすように感じるのだ。

［カレンの言葉］
　一九二三年一月。親愛なるお母さん（……）すべての若い女性に助言したいことが二つあります。髪を短くすること。そして車の運転を覚えること。この二つが人生を劇的に変えま

す。何世紀にもわたって長い髪は女性を縛りつけてきました――瞬時に整えられ、風に吹かれる短い髪になった途端、自分がどうしようもないほど自由になった気がします。ここではコルセットを使う人なんていません。だから、男性と対等に動けるのです。私に似合うなら、多くの女性のようにズボンか半ズボンを穿きたい。でも、それに見合うだけの脚も、道徳的勇気も私にはありません……。

一九二三年四月一日。親愛なるお母さん（……）私がひとりになったからって、かわいそうだと思う必要はこれっぽっちもありません。そもそも私はひとりではないのだから（……）私には子どもがいます。犬もいます。ほかの白人も。私は、私が幸せでいられる私らしい環境をここにつくってきました。私には「平穏な生活」が必要だとお母さんはいうけれど、そんなことはありません。（……）孤独と病気のせいで私のことをかわいそうだなんて思わないで（……）私は平気です。

一九二三年五月二十八日。親愛なるお母さん（……）雨着姿の私を見たら笑うでしょうね――今ではほぼ毎日、カーキ色の長ズボンと膝丈のシャツのようなものを着て、素足に木靴を履いています。髪が短くなったので、自分はあご髭のないトルストイのよう[46]。私は耕すことも覚えました。そのおかげで、トルストイより写真写りが悪いと感じずにすんでいます……。

一九二三年七月二十二日。親愛なるお母さん（……）この手紙を書いている机の下に、人なつこいアンテロープの子どものルルがいます。ルルが私のところにきて二週間。元気に育ってほしいです。（……）あいにく今は家の周りに豹がたくさんいて（……）毎晩、咆哮を聞いています。まるで何千年も前からそこにいたかのようで、ふしぎな感じです……。

一九二三年八月二日。親愛なるエレ[47]（……）女性にとってすばらしい時代がくると信じています。これからの百年が多くの華々しいチャンスをもたらすと（……）女性が生き生きとして、全世界が女性に開かれるとき、輝かしい時代がやってきます……。

一九二三年九月十日。親愛なるトミー[48]（……）オーエおじさんの手紙を受け取ってから、私の人生のバラは香りを、満月は輝きを失い、（……）気力はすっかりなくなってしまいました。（……）私が新しい人生をはじめられるよう、手を貸してくれる？（……）今の状況

46　トルストイは貴族に生まれたが、農民のシャツを着て、長靴を履いて、農民たちと一緒に働いた。
47　カレンの妹。エレンとも。
48　カレンの弟トーマス。

でも結婚は十分にできるでしょう。でも、好きな人か、自分に適っている立場を手に入れないかぎり結婚は絶対にしないと決めました（……）女の子がどんなふうに育てられたのか考えると、本当に恥ずかしくなります。自分が男の子で、おなじ知性と能力を持っていたら、自分のことは自分でできると胸を張っていえます。今、スタートを切るのに少し手を貸してもらえたら、それができると思います。

一九二四年二月二十四日。親愛なるトミー（……）あなたにはいつも悩みを書いてばかりでごめんなさい。その一方で、もしも今私が死んだら（……）その前に書き残してほしいと、あなたはたぶん願うでしょうね。死ぬかどうかなんて、もちろんわかりません。でも、家にいるだれよりも、はるかにその可能性は高いでしょう。

私は、アフリカでのカレンの暮らしは安定して平穏だったと思っていた。『アフリカの日々』の落ち着いた語りから結論づけたのかもしれない。が、それはまちがっていた。彼女の手紙からはまったくべつの現実が見えてくる。カレンは落ちこんでいた。思い悩んで、ストレスを抱えていた。気が弱り、たいてい臥せっていた。たまにカレンの農園にデニスや母親や弟のトーマスが訪ねてきたときは、すべてがすばらしかったけれど、彼女は長いことずっとひとりで、そばにいたのは忠実なファラだけ。それに農園の売却のことがずっと頭から離れず、ギロチンのように頭上で揺れていた。

その後の十年近く、カレンは凄まじい感情のジェットコースターに振りまわされているように感じた。失意の底に落ちこむか、われを忘れるほど幸せになるか。それは、ほぼデニスがそばにいるかどうかにかかっていた。

デニスは二年近くほとんど顔を見せなかったのに、彼が家に立ち寄るときまってカレンの鬱々とした心は魔法をかけられたように晴れていった。一九二三年八月、デニスは自宅であるバンガローを手ばなして、ンゴングのカレンの家へ荷物を移した。このときから、彼はつぎのサファリまで一週間か二週間滞在し、何ヶ月もの不在を挟んで、カレンの家に住むようになった。カレンはデニスの膨大な蔵書のために家に棚をつくらせた。デニスはヨーロッパからワインやレコードを持ってきており、カレンが遠乗りで留守のときは、デニスは自分の到着を知らせるために、玄関を開けて蓄音機でシューベルトを最大音量で流した。毎晩、二人は暖炉のそばに座り、カレンは物語を語って聞かせた。農園から見えるンゴング丘陵の尾根のよい場所に骨を埋めようと約束を交わしたときは、カレンは天にものぼる心地だった。

弟にカレンはこう書いている。「デニス・フィンチ＝ハットンが私の家に滞在してしばらくになります。もうあと一週間は滞在するでしょう。私はこのうえなく幸せです。この一週間を生きるためだけに、生きて、苦しんで、病気になって、ありとあらゆる困難を経験してきた甲斐があったと思うくらい幸せ」。そうね、カレン。このすばらしい、このうえなくすばらしい男性とただ一緒にいられるなら（それはどれほど幸運なことだろう）、ほかのことはどうでもいいのよね。

ところがカレンは弟に、自分がデニスに惹かれていることはけっして他言しないようにとも書いていた。「もし私が死んだとして、その後あなたがデニスに会ったとしても、彼についてあなたにこんなふうに手紙に書いたり話したりしていたって絶対にいわないで！」

つまりカレンはデニスにクールを装っていたのだ。条件は厳しかった。束縛も否、要求も否——デニスは農園にいるのを楽しんだ。けれど、彼はきたいと思ったときしかこなかった。デニスは結婚を信じていなかった。おそらく愛の告白も彼には悩ましいだけだっただろう。依存をほのめかすどんな些細なサインも……。デニスがカレンにとってどれほど大事かを示そうものなら——事実、彼女の全人生は彼にかかっていた——、デニスはサバンナの動物のごとく失望を嗅ぎつけて、それっきり姿を見せなくなることがカレンにはわかっていた。だからカレンは受け入れた。デニスのコミットメント恐怖症を美徳に変えた。結婚について批判的なエッセイすら書いた。「片思い」を称え、見つめあっておたがいの人生を掌握する両思いの恋人たちを蔑むようになった。

デニスが農園にいるとき、カレンは活気づいた。どれくらい長く滞在するつもりなのかけっして尋ねたりしない強くて自立した女性を、自分のことは自分でできるパートナーを完璧に演じた。デニスの生活リズムを受け入れた。ハンティングへ一緒に出かけるために早起きした。でも、夜は興奮して一睡もできず、朝に刺激的なミラー[49]を少し噛んで持ちこたえていた……。デニスが去ってしまうと、彼女は倒れた。体調を崩して鬱になり、何週間も寝こんだのだった。

［カレンの言葉］

一九二四年八月三日。親愛なるトミー（……）ここのところずっとひどく気が滅入っていました。本当に（……）デニスが去ってしまってからのこの数ヶ月間は失意のどん底。（……）すべてが空しい。私が存在していること自体が、ここにいるということが、絵を描いていることが、朝になるとベッドから体を起こすことが（……）本当は結婚したい。いつもひとりでいることがいやになりました（……）私は永遠にデニスにとらわれていると思う。彼が歩く大地を愛することに、彼がここにいると言葉にならないほど私は幸せになることに、彼が去るたびに死の苦しみを味わうことに。

カレンはひとりになると、将来のことも考えた。農園が本当に売却されたら、彼女はどうしたらいいのだろう？　「今さら」勉強して、なにかの職業につけるだろうか？　中国などへ旅にはいける。ローマやフィレンツェで美術を勉強することも、マルセイユやジブチでアフリカ人相手に小さなホテルを経営することも、「本当にいい結婚」（デニスはあいにく対象外だったが）をすることもできる。それとも、デンマーク王室の厨房に立つべく、料理教室へいくべきだろうか？

カレンは三十八歳だった。彼女は人生の岐路に立っている気がした。「私には変化が『必要』。

自分の将来をはっきりさせたい――ここに留まるべきなのか、それともなにかまったくべつのことをはじめるべきなのか」と、カレンは書いている。自分のことがまだわかっていなかったなんて信じられない。カレンは、自分がこれから世界に知れわたる作家になるとは微塵も思っていなかった。

一九二五年一月にブロルとの結婚がついに解消された。三月にカレンはヨーロッパへ渡る。カレンは母親へ宛てた手紙で「言葉にならないくらい楽しみにしています」と書いている。「パリで服を買えるし、美術を鑑賞できるし、音楽が聴ける。田舎の実家、果物、ライ麦パン、ザリガニ――本場のノルウェー産シェーブルチーズを私のために買っておいてください。何度夢にみたことか」

ところが、デンマークでカレンを待っていたのは絶望だった。アフリカでの先行きは不安定で、デニスはたまにしか姿を見せなかった。すべてをひとりで背負うのはあまりにつらかった。アフリカが憎いとカレンはいいだし、このままデンマークに残ってしまおうとも考えた。ルングステッドに残って母親と暮らすなんてもちろんありえない――彼女はこの春に四十になる――それでも心を動かされた。実家では少しもがんばらなくていいし、すべてのことが庭を散歩するみたいに気楽で過ごしやすいだろう！　カレンは、自分の人生が険しい山に登ろうとしている試練のように思えた。いつまでも自分自身の潜在的な大きな力を、「ありえそうな」なにかをつかもうとしているように。ありふれた悪くない暮らしをしている姉妹や弟たちを妬みそうにもなった。

そうよ、カレン。いつもなにか難しくて恐ろしいことに取り組まなきゃいけないの？　実家でただ寝て過ごして、『広大な自然』を観たっていいじゃない？

［カレンの言葉］

一九一八年二月十四日。親愛なるお母さん（……）サファリ生活にはなにかがあります。憂いという憂いを忘れさせてくれるようななにかが、（……）生きていることへの感謝の気持ちが心から湧いてくるんです。（……）平原ではどこへでもいける、夕日を浴びながら川へいける、テントを設営できる、あくる日の晩はべつの木の下で眠って、目の前にまたべつの景色が広がるとわかっている。そんなとき自分は本当に自由なのだと感じます。

サファリ一日目。ファサルは午前十時に干し草色のトヨタの大型ランドクルーザーで私を迎えにくる。車は巨大で、後部座席には六人は乗れるだろう――二名のサファリにこんなに大きな車はいらないと話したというのに。その結果がどうやらこれらしい。私は助手席に登り、オッリとフロテアとミシェルが庭で手を振った。

私たちはアルーシャ国立公園を指して出発した。手はじめにファサルの取材を少々試みる。三十四歳のファサルは運転手兼ガイドになって十四年になるらしい。タンザニア野生動物研究所で勉強していたときは、植物学、動物学、環境問題、地質学、文化知識、消費者心理学、処理能力などを学んだ。現在、彼はタンザニアのネイチャーガイド団体の議長を務めている。ゲームドライブを愛しているらしい。ファサルは明らかにポジティブ思考の持ち主で、ゆくゆくは本を書こうと思っていると話してくれた。サファリ物語集を出したいらしく、刊行に関わるありとあらゆることについて事細かに私に訊いてきた。本の執筆について、出版について、販売について、営業について。実際に本の書き手が「自分で本を書く」──たとえば出版社のほうで書いたりするのではなく、本を書くためにすることの第一歩がまさに書きはじめること、というのがファサルにはどうもピンとこないようだ（そういえば植民地時代は代筆屋に手紙を書かせていたことをあとで思いだした。とすれば、彼のいった意味がよくわかる）。出版社が売り上げをごまかしたり、私の取り分を隠したりしないように確認してくれる弁護士が私にはいないと聞いて、ファサルはここでも啞然とした。「あなたは彼らの言葉を『鵜のみにしている』んですか？」と自分の耳を疑っていた。

アルーシャ国立公園の入り口に着くと、雨が降りだした。入り口には、ガムを嚙んでいるアメリカ人の若夫婦以外、だれもいない。二人はここに自転車できていて、公園へはタクシーでまわるつもりだった。ファサルはかぶりを振っている。ふつうのタクシーでは用をなさない。タクシー運転手の電話が鳴りだすと、若妻は唸るようにリズムをとり、着信音に合わせて小さくステップを踏みはじめる。私には車があって連れがいないことに感謝した。

アルーシャ国立公園は草木が青くこんもりと生い茂って美しい。入り口をくぐった途端、楽園のような草原が広がる。そこにシマウマやブッシュバックやイボイノシシが放たれていた。しめやかに雨が降る──すべてがしっとりと濡れて青く、静かだ。青々とした山地林を抜けるとき、鳥の声だけが聞こえた。見晴らしのいい場所へいく途中、さっそく最初の急な丘でぬかるみにはまった。ファサルがいつ終わるともしれない前後進を繰り返しているあいだ、私はタクシーに乗った観光客たちを思った。足首までぬかるみに浸かりながら私は車を押したくない。ぬかるみから抜けでた私たちは、ングルドトクレーターの縁でピクニックランチをとる。ファサルが持ってきた茶色の紙容器には、ラップに包まれた骨つき鶏もも肉が一本、りんごが一個、ポテトチップス、ジュース、菓子パンがひとつ入っている。眼下には陥没した火山のクレーターであるカルデラがあり、バッファローの群れが見える。そこらじゅうに蝶がいて、ムキンドゥ[50]が生えていた。雨は上がり、光と影が戯れ、カルデラが幻のように見える。

日が暮れかかるころ、私たちは高台で車をとめた。そこから見える光景に息を呑む。目の前には雲に縁どられた雪を戴くキリマンジャロ、その向こうに夕陽を浴びるメルー山、下方に大小のモメラ湖とその二つに挟まれた草原にキリンの群れ。どこを向いても、立ちあがる緑が見わたすかぎり続いている。火山であるメルー山の片側は、その昔に崩れ落ちたため、妙に平べったくえぐれていて舞台のようだ。標高四千五百メートル[51]の頂上まで登ろうとすると、四日かかるらしい。登山者ひとりにつきポーターは六人。贅沢な登山になると十二人がつく。登山者四名のゴージャ

50　野生のナツメヤシ。
51　正確には四千五百六十二メートル。

ス登山なら、ポーターは五十人にまでなる。彼らはテントと食料と水とトイレと服を頂上まで背負っていく。

夜に宿泊地のモメラ・ロッジへ着く。ロッジはエメラルドグリーン色のサバンナの端にある。ハワード・ホークスの映画『ハタリ！』[52]が一九六二年にここで撮影された。受付の壁に掛けられた写真がそれを証明している。映画では、ジョン・ウェインがサバンナで動物園のためにサイやキリンを捕まえる。息つく暇もないスピーディーな捕獲シーンの声はあとで吹き替えなければならなかったらしい。どのシーンにも気が動転したジョン・ウェインの罵り声しか入っていなかったせいだ。今、この地には過去の世界の不気味な感じが漂っている。どこを見てもひとけがないのはオフシーズンだからだ。あとから聞いた話によると、私はこの宿で唯一の客だった。夜になると電気がつくのは二時間のようで、シャワーのお湯を使いたいなら十五分は流しっぱなしにしなければ温かくならない。オッリからはプールは避けるように勧められている。そこにはたまにカバが水浴びにくるらしい。私の部屋の床には黒くて毛むくじゃらのムカデがうようよ這っている。夕食は大丈夫だろうか。はやくも心配になる――どうか食中毒になりませんように。蚊帳に囲まれたベッドの周りには、その埋めあわせのつもりかブーゲンビリアの花がハートのかたちに置かれていた。

荷を解きながら、またも思う。バカみたいな量の服、化粧品、そのほかの必需品をここサバンナに運んできたものだ。私の鞄はパンパンに膨れている。ガイドブック、日記、ヘッドライト、双眼鏡、充電器、有塩ナッツ、ポテトチップス、ボトルウォーター、日焼け止め、保湿クリーム、リンクルクリーム、抗マラリア薬、下痢止め、鎮痛剤、睡眠導入剤、予備の眼鏡、予備の抗生物質、予備の電池、むろん定番のベージュとカーキ色の服、キャップ、カーゴパンツ、厚手のサファリスカート、サファリシャツ（薄くてひらひらした服は一枚もない。動物の気を引きかねない赤いスニーカーは論外）。だが、オッリが慰めるようにいってくれたとおり、がんばって荷物を運んでいると安心する。万が一のときには、化粧ポーチをバッファローの頭に叩きつけられるかも？

ともあれ、この場所はすばらしい。私の部屋の窓からはサバンナが、そしてその向こうに夕陽を浴びてそびえ立つキリマンジャロが見える――ときおり晴れた日にはカレンも農園から目にしたのとおなじキリマンジャロが。日が暮れてゆく。カーネーションが満月の光のなかで煌めいている。サバンナが鳴いている。蚊が目を覚ます。闇のどこかにバッファローがいる。キリマンジャロで雷雨が轟く。広くて空しいロッジの食堂で、私はファサルと二人きりの夕食をとる。

朝は土砂降りの雨だったが、私たちは園内を見てまわることにした。キリマンジャロもメルー

52　動物園やサーカスのために動物を捕まえるハンターたちの群像劇。タンガニーカが舞台。

山も姿が見えない――まるで夢のように夜のうちに行方をくらましてしまったみたいに――貯水池のような深い水溜まりだらけの道を走る。タクシーに乗った観光客たちは、どこかでぬかるみにはまったまま、このあたりにまだいるのだろうか。どこもかしこも信じられないほど青々としていて、風景が濃紫色の空を背にまばゆい黄緑色になって立ちあがってくる。まさにこの風景を頭において、ヘミングウェイは自著を『アフリカの緑の丘』と名づけたのだろう。

たまに道もなにもない草の生い茂る草原を走るが、ファサルはそこに道があると知っているようだ。人の姿はないが、もちろんキリンやシマウマやウォーターバックやディクディクはいる。バッファローが私たちを無言で見つめている。ファサルが、ここで大きな問題となっている密猟者について話した――一頭のバッファローから二百キロの肉がとれる。それを牛肉として売ることで百万シリング、つまり五百ユーロ近く稼ぐ。それで終身刑になるとしても、目が眩んでしまうのだ。たまにヒヒの群れに道を塞がれた。大きな雄が群れの安全を確保するように私たちを睨めつけている。ヒヒの臭いは強烈だ。ぶつぶつ不平をこぼしながら藪のなかへ姿を消していくと、それからは葉をちぎったり、唇を小刻みに動かしたりする音しか聞こえなくなった。おもしろい顔だちと長い尻尾に、ヘアアイロンで伸ばしたような毛並みのブルーモンキーも見かけた。長い毛をした白黒のツートンカラーのアビシニアコロブスも。モメラ湖の対岸にピンク色のフラミンゴがいる。ここの土壌は火山性だ。だから、山が水源である川の水はフッ素を含有しており、フラミンゴも土地の人の歯も変色する。

モメラ湖岸の草地で車をとめて、首を絡めあっている二頭のキリンを見た。あたりに音はなく、鳥のさえずりだけが聞こえている。二頭は肩を並べて黙って立っている。だしぬけに両者は催眠術にかかった蛇のように長い首を前へ横へとぐわんとしならせた。[53] 片方の動きにもう一方が応え、相手の動きを予知しながら避けている。それはまるで神秘的な無言のダンスのようで、胸が熱くなる。

このクロスカントリー車のなかにいる私たちも、なかば無言のシャドーダンスをしているようなものだ。が、胸は熱くならないし、ここに神秘さはない。

ファサルはとてもいい人ではある。明るくて、礼儀正しくて、親切だ。私の考えていることをつねに汲もうとしてくれていることは確かだ。動物を見るために車をとめるときは、私が姿勢を変えただけで車をふたたび発進させるタイミングを見きわめる（長く見ていたいなら、じっと座っているのがベスト）。凸凹道で書きとめようとペンを持てば彼は車をとめ、ペンを置けば走り出す。座席で身じろぎしようものなら、大丈夫ですか、と訊く（大丈夫）。私の服についた虫をつまみとり、素肌にとまったツェツェバエをはたき落とし、ことあるごとに水分補給や日差しや日焼け止めについて口にする。たとえ曇っていても。トイレは大丈夫ですか、と何度も訊いてくる。大丈夫となると、水分補給が足りませんね、と注意され、新しいボトルウォーターを差し

53　首をぶつけあって雄が強さを競う。

だす。夜は夜で、つぎの日の私の服装のことにも口出しするつもりらしい（長ズボンか短パンか、サンダルかスニーカーか）。サンルーフを開けて走っているときに、私が帽子をかぶっていないと、即座にチェックが入る。彼によれば、客の心身の健康は最優先とのこと。

それでも、彼のことを不憫に思う。こんな口数の少ない内向的な人間と二週間近く一緒に缶詰になるのだ。たとえ心が動かされていても（それこそ涙が出るほど感動していても）、「ああ、すごい」とのべつ幕なしに叫んだりしないもの静かな北欧人について、消費者心理学の講義では取りあげられなかったのだろうか？　大丈夫ですか、とファサルは今もしつこいくらいに訊いてくる——大丈夫大丈夫大丈夫、私はそんなに騒がしいタイプじゃないだけ。「それでよく本が書けますね」とファサル。「前につきあっていた彼女は、一緒にいるときはいつも黙っているのに、あとからいいたいことを紙に書いてよこしたんですよ。なんだかその子とおなじですね」

まいりました（トゥシェ）、私はまさにそのタイプ。

冷たい雨の降る朝、私たちはモメラ・ロッジをあとにする。つぎの目的地のマニャラ湖国立公園まで距離があるのに、わざわざアルーシャを経由して向かうことになった。アルーシャで今日、タンザニアのネイチャーガイド団体のセミナーがあるらしい——ここの議長がファサルなのだが——ここにほんの一瞬立ち寄ってもいいかと尋ねられたのだ。あらゆる脱線はおもしろい「話の種」になる可能性が潜んでいる。少しばかり引っかかりは覚えたが、承諾した。

セミナーは、今は壊れかかったもともとはホテルだった場所で行われた。会場には二百人はいるだろうか。二名を除いて全員が男性だ。セミナーはもうはじまっていて、男たちがかわるがわるマイクに向かって話している。拳を振りかざしている人もいれば、伝道集会さながらにスローガンを叫んでいる人もいる。手前にあるパネルテーブルの席を勧められたが、二百人もの男の好奇の目にさらされるなんて耐えられない。そんなわけで、後ろの席にできれば座りたいと申し出た。スワヒリ語でなにを話しているのか私にはさっぱりわからないが、雰囲気から察するに、おそらくガイドたちの権利やプロとしての誇りを高めることについて話しているのだろう。しばらくしてファサルの話す番になり、私をスワヒリ語で紹介しているのが聞こえた。全員が振り返って、しげしげと見つめる。と、急に私にマイクが向けられた。しかし、動揺から「どうも」以外に言葉が出ない。二百人の男は拍手をし、この気の利いた私の発言に喝采を送った。

しばらくすると、会場に二人いる女性のひとりが私のところへやってきた。マギーという名前で、通訳してくれるという。テーマは接客経験。サファリ会社からガイドがどんな扱いを受けているか――ガイドは重要な役割を担っていると思っている。ガイドこそが公園をよく知り、観光客たちと日々、触れあっているからだ。ところが、多くの会社ではガイドの待遇がよくないうえ、自然保護や公園の状況にまるで関心を持っていない。一方、客は、サファリでも家にいるときとおなじような環境――アスファルトで舗装された道路、水道水、電気――を期待しているらしい。期待がはずれると、客はサファリ会社へクレームをつけ、否定的な声の責任を負わされたガイドはクビになる。

マギーは、女性のガイドが全国でマギーと彼女の妹の二人しかいないことも話してくれた。女性にこそ打ってつけの仕事なのに残念に思う、とマギーはいう——家族の面倒を看る直観力のある女性こそ生まれながらの引率者なのだ。客一行は家族のようなもので、ガイドは旅のあいだその母親として、医者として、友人として、務める。女性ガイドは、近すぎず遠すぎない距離の取り方を男性よりも心得ているし、より細やかに気持ちも汲めると思う、とマギー。

　マギーは見るからに情熱的で快活な女性運動家だ。タンザニアの女の子たちをもっと全面的に教育しなければならないと思っている。ここでの女の子の通学は、女性ならではの生理的な事情で断続的になりがちだという。女の子は月に平均して五日は生理のために学校を休む。まともな衛生用品を手に入れる余裕がなく（とうもろこしの葉や布をかわりに使っている）、体も洗えないので、学校へいく気になれないのだ。年間でかなりの日数を休むことになり、女の子は授業についていけなくなる。かくいうマギーは「勇気ある女性財団」[54]という名のNGOを立ちあげ、理事を務めている。この財団は、女の子に衛生教育と生理用ナプキンを提供し、女性により健康的な栄養管理をうながし、自然保護啓発を行い、孤児を自然公園へ連れていく。なぜなら、多くの土地の人は公園にいく余裕がないからだ。

　女性の教育レベルの改善が生理用ナプキンという基本的なものにかかっていることに愕然とする。

　セミナーのあとに私とファサルにお昼を用意しているとだれかが告げにきた。聞けば、「みんなあなたのことが大好き」だから。誇張もいいところだが、この会場に広がる思いやりの度合いをよく映している。こちらにやってくるどのガイドもあいさつし、自己紹介し、歓迎してくれて、

「旅を楽しんでください」と微笑みながら声をかける。が、いったいここでどれだけ時間を食うのか考えずにはいられない——一日にドルの厚い札束を支払う客を団体のセミナーにつきあわせていることをオッリが知ったなら、頭を掻きむしったことだろう。本当ならばライオンを見るために車を飛ばしていなければならないのに。少なくともファサルはこの機会を存分に活用することに決めていた。彼の士気を高めるスピーチは、三十分は続いた。十中八九、私のことをすっかり忘れている。

昼食に具を詰めた魚の姿焼きと米が出された。マギーと彼女の妹は指で器用に食べている。魚の肉をつまみとり、米と一緒に団子状に押し丸める。魚はとてもおいしかった。ファサルの皿はいつまでたってもこない。が、彼は私の残りに手をつけている——サファリ三日目。私たちはすでに長年連れ添った夫婦のようだ。

54　Dare Women's Foundation

マニャラ湖へ向かう道中、十日目の魔法が効いてきた。見えはじめたのだ。はじめは恐ろしく見えた道端の掘っ立て小屋の集まりは、もはやそら恐ろしい波型トタン屋根の小屋でもなんでもなく、ビジネスの集まりに見える。どの小屋もなにかを営んでおり、ここで人は必要なものをすべて手に入れる。掘っ立て小屋のなかには、文房具店「Perfect Stationery」があり、コピー、印刷、記事作成代行を請け負っている。モバイルショップや、何十軒ものプリペイド携帯電話を扱う露店もある。美容院は星の数ほどある。「Hair Cutz」「Brotherhood Hair Cutting Saloon」。薬局「Hope Medics」、化粧品店「Young Star Cosmetics」、食料品店「Blessing Supermarket」、それから衣料品店。ある村で「ミスター・バラク・オバマ・モバイルショップ」のリアカーを私たちは追い抜く。自動車用品店「Perfect Motors」、自動車修理店、建材店もある。看板に「フンディ[55]」と書いてあれば、そこで働き手が調達できるということだ。

さらに、あちこちに建築中の家が見える。その多くがレンガの壁が薄気味悪く建っているだけ。もっとも貧しい人は土と枝で住居を建てるらしい。資材は自分で森から集めてきて、隣人と一週間で組み立てる。お金が手に入れば、レンガとコンクリート造りの家を建てはじめる——完成までに長い時間がかかる。まずまちがいなく途中で資金が尽きるからだ。しかし、お金が手に入れば作業は続けられる。これらの灰色の骨組みを見る。家はこの先、完成することはあるのか、それとも資金が潰えてしまうのか、見通すのは不可能だ。

私たちはようやくマサイ草原へ到着した。果てしない緑の平原の百二十キロメートルのまっすぐな道を走り抜ける。目の前に靄に縁どられた大地溝帯[56]の縁がある。夢のような光景だ。

ここがマサイ族の居住地[57]で、彼らは伝統的な暮らしを営んでいる。定住はしない。ときおり山羊や牛を放牧している、杖を持ったマサイ族の少年たちが見える。この遊牧民にとっては、家畜である牛がすべてだ。彼らは牛を売って生活し、牛の毛皮を敷いて眠り、牛の乳と血で栄養を摂る。家畜と妻と子どもの数がマサイ族の豊かさを語る。裕福なマサイ族は牛を二千頭所有していることもある（一頭あたり百万シリング、つまり五百ユーロ）。五十頭に満たないと貧乏とみなされる。マニャッタと呼ばれる小枝で囲まれた、マサイ族の集落を通り過ぎる。その囲いのなかに牛糞をこねてつくった小屋が円形に建てられていた。木陰に集まっているのは、話しあいをしている男たちだ。戦士は赤の格子柄のシュカを、女と子ども、割礼をしていない男の子は青い格子柄を纏っていた。戦士は、敵である野生動物を怖がらせるために、自分の肌と髪と牛の皮のマントを黄土で鮮紅色に塗っていた。血の色をしたマサイ族は雄々しくて強く、危険を意味する。

私たちはマサイ族の市場にしばらく立ち寄った。カメラは隠しておいたほうがいいですね、とファサルがいう。彼らは撮られることが嫌いだからだ。何十、いや何百キロメートル先から歩いてきた何百人ものマサイ族が、歯がなく、黄色い目をし、杖を持った老若男女が、この埃っぽい広場に集まっている。これは見せ物でもなんでもない。女たちの剃りあげた頭が振り返る。背中には赤ん坊が、耳には大ぶりの耳飾りとピアスがずっしりとぶら下がっている。彼らの誇らしげに見すえる眼差しは鏡のようだ。彼らを見ると、私が見える。自分の白さと、自分の思いあがった豊かさと、自分の間の抜けた観光客のような視線が。私はべつの世界からやってきた。私の世

55　スワヒリ語で専門家のこと。
56　アフリカ大陸を南北に縦断する巨大な谷。
57　ケニアとタンザニアにまたがる地域。

界などなど彼らにとってはどうでもいいことなのだろう。

マニャラ湖国立公園の門の手前まできて、私たちはムトワムブ村へ立ち寄る——村の名前の意味は「蚊の川」。ここマラリア発生地域ではこれ以上に適切な名前を思いつかない。ファサルのよく知るガイドが私に村と観光客向けのアクティビティを紹介したいというので、いわれるままについていく。黒檀、マホガニー、紫檀、チークに動物を彫っている木彫り師に会う。私たちがバナナの茂みのなかを歩いていると、小学生くらいの二人の子どもがくすくすと笑いながらついてきた。バナナの品種はこの地域だけでも三十種類ある、とガイドが教えてくれる。調理用バナナ、甘いフルーツバナナ、ビールに使われるバナナ。道端には樹皮がマラリアの治療薬になるアカキナノキも生えていた。庭には洗濯物が干してあり、ドアの隙き間からのぞき見している子どもたちがいる。どの家庭にも山羊と牛が一頭ずついた。どちらも家族の貯えだ。万が一のとき、山羊を売ればいい。最後に小さなバナナビール醸造所とバーへいく。粗末な小屋に女性が三人いて、ンベゲ[58]の入った容器のそばに座っている。三人はそれを交互に飲み、空になると順番につぎの一杯の代金を支払っていた。飲み物は不気味なほどどろりとしており、茶色の薄いおかゆのようだ。味見を断る言い訳を必死で考えていたが、ありがたいことに、ガイドのほうから、これには絶対に触らないでください、きっと具合が悪くなります、といってくれた。三人は写真撮影を許可してくれて、得意げにビールの入った容器を掲げた。

夕方六時に、私たちの宿となるレイク・マニャラ・ホテルへ到着する。私は餓死寸前だ。立地はすばらしかった。大地溝帯の縁に建つホテルから、夢のような光景が眼下に広がり、国立公園まで見わたせる。私はなんとしても四十八号室から五十六号室の部屋をリクエストしなければならない。「そこからの眺めが最高なんだ」と、オッリに強く勧められたからだ。私に用意されていたのは十二号室だった。それで、部屋を変えてほしいと頼むと、もう一階上の二十四号室を用意してもらうことができた。この部屋からはプールとラウンジチェアつきの庭が見えて、眺めはもちろんいい。四十八号室に入れないかもう少しねばってみたが、どうやらその部屋の棟はオフシーズンのためにまったく使われていないらしい。お湯も出ないし、ホテル側は「標準レベル」のサービスを提供できないという。それでも部屋を見にいくことはできた。部屋は蜘蛛の巣と埃にまみれていたが、息を呑む光景が広がっていた。ベッドからも、バスタブからも、バルコニーからも、大地溝帯まで、マニャラ湖の青々とした地下水林を越えてはるか彼方まで、遮るものなく一望できる。よりによってファサルがスタッフに圧をかけ、ついには部屋を掃除して、決まった時間にどうにかしてお湯が出るようにするということで話がまとまった。恥ずかしい。

ホテルの決まりで、前の場所のようにファサルと一緒に夕食を食べることができないとわかったときは、もっといたたまれなくなった——ここには運転手兼ガイドが泊まる場所すらない。彼は眠るために三十分かけてひとつ前の村まで戻ることになってしまう。そこではお腹にいい朝食

58　潰したバナナを発酵させたビール。チャガ族の伝統的な飲み物。

にありつけない、とファサルが嘆く。あとでわかったことだが、村にある宿も彼の基準にはとうていおよばない不潔さだったため、さらに遠くまでいくはめになった。

いったいどういうことなのか。つまりは、このタンザニア政府が所有するホテルは、レストランに現地ガイドを入れたくないということ。フィンランド人ガイドとなれば、問題などないのだろうが。私は眺めのよい部屋を求め、お湯のためにスタッフを奔走させている。いっそ客という立場でファサルのためにべつの対応を要求することができただろうか？　スイートルームと、アフリカの太鼓の音楽を聴きながら贅沢なディナー・ビュッフェを楽しんでいる自分が恥ずかしい。そもそもこの柵に囲われ手入れの行き届いたホテルの敷地内にいること自体が恥ずかしい。この柵のせいで土地の人たちは――柵のすぐそばの電気も窓もない土の家に住んでいる人たちは――辺境の最高の眺めが見えないのだ。スタッフの努力の甲斐なくシャワーからお湯がいっさい出ないのに、出ていると嘘を吐いた自分がとても恥ずかしい。

美しく内装が施された家で、美しく華やかな服を着たカレンは恥ずかしくなかったのだろうか。それとも、植民地時代には罪悪感はまだ生まれていなかった？

それでも私は大地溝帯の縁のバルコニーに座って、日が沈んでいくのを眺めている。胸が高鳴ってどうしようもない。ああ、私はここにいる。野生のアフリカに。よくこんなところにたどり着けたと思う。夜の帳が下りると、地平線からとてつもなく大きなオレンジ色の満月が昇る。コウモリが私の部屋へ続く廊下を飛びまわり、虫が鳴いている。大地溝帯から遠くにいる夜行性の動物の声が木霊する。

朝はバラ色じゃなかった。夜からもう頭痛がはじまり、一睡もできなかった――オレンジ色の月とそれからやってくる日の出をじっと見ていた。そのせいで私の神々しい眺望ルームのカーテンは開けっ放しになっていたうえ、部屋には蚊がいた。さらに、ここにきてはじめてお腹の調子が悪い――蠅のいる台所を乗り越え、何事もなくもうすぐ二週間。よくぞここまでもった。この高級ホテルのビュッフェが胃腸に悪かったというのか？　とはいえ、オッリのサファリ計画によれば、朝からマニャラ湖国立公園へゲームドライブにいくことになっている。薬でも飲んで、一日をなんとか乗りきらなければならない。

ファサルに頭痛を訴えると、私がなにも話さないのが原因だという。私が経験したことをすべて自分の胸の内にしまっているせいだと。なるほどね。でも、話すことで頭痛が治るとは思わない。経験上、偏頭痛が襲ってくるのは、新しい影響を一度に受けすぎたときだ。一日のうちに出来事がたくさん起こると（旅ではいつもそうだ）、あくる日はベッドに横になりながら経験を消化しなければならない。ファサルのいうとおり、車中で一時間しゃべらなくても私は平気だが――それのなにが悪い？

私たちはマニャラ湖の地下水林へ下っていく。見あげると、ホテルが崖っぷちの白い点のように見えた。斜面の小さな森に象がいるとか、双眼鏡で見たいとも思わないほど遠くにヒヒやオオトカゲがいるとか、ファサルはよく気がつく。それこそプロのなせる技だ。もちろん私だって、百メートル先からでも校正刷りの余分な字間のスペースを見抜ける。結局のところ、サファリガイドとの二人旅にそれほど違和感はないのかもしれないとも思う。二日経つと、仲間と旅に出ているような気分に多少なってくる。予約も計画もやってくれて現地の言葉を話す、すべてをわかっている完璧な仲間。車の運転を交代する必要のない仲間。ただ、社会性の度合いについて意見の相違があるだけだ。

朝の涼しさは遠ざかっていった。雲間から日が差し、そこかしこで虫の声や鳥の歌が聞こえる。カバの池には、あくびをしている数頭のカバがいる。一頭はまだ餌を探していて、白い鳥を背中に乗せて草のなかをさまよっている。四頭の象は道端をぶらぶらと歩いている。草原から痺れるような、ハーブに似た香りが漂う。湖にペリカンやアフリカハゲコウがいる。水平線には、夢か蜃気楼のごとくものすごい数のピンク色のフラミンゴがいて、水中に嘴を突っこんだまま小刻みにステップを踏み、一列に並んで動いている。まるで細かく決められた振りつけに従うバレリーナのようだ——足りないのはチャイコフスキーの音楽だけ。昼食をとった斜面に建っている場所からはマニャラ湖が望めた。霧の立ちこめた楽園の岸辺へ、シマウマやバッファローが列になって群れをつくり、キリンは群れずにそれぞれ堂々と進み、ヌーは肩をいからせて駆けてくる。これは現実?

大地溝帯の縁という場所では、地球を、あらゆるスケールを、大きさや小ささを考えてしまう。意味を、無意味を、自然の大いなる多様性を、天地創造を——このすばらしき球体は宇宙を、私たちはその表面を駆けぬけていることを。この光景はとにかく理解を超えている。私はこれらのキリンや象やシマウマのことをわかっているというのだろうか? 私たちなど意に介さず自分たちの生をここで送る、これらすべての野生動物のことを？　少なくともフラミンゴのダンスは私にはわからない。

こちらに向かってくるジープのサンルーフから顔を出している観光客たちを見る。彼らは、いささか軟弱で、どことなく場違いで、笑いを誘う。まさにこんなふうに私も映っているのだ。ひどく愚かに。私たちはキリンのいる場所から移動する。カメラのシャッター音が鳴る――「おお、すばらしい、すっばらしいよ」――世界旅行家たちは、死ぬまでにいきたい場所百選のひとつを制覇できたというわけだ。彼らから目を背けて、私は思う。キリンに囲まれて、この楽園に包まれたい。このすべてにどうにかして超自然的に溶けこみたい。でも、私にはできないとわかっている。ここでなら原初の体験を手に入れられる、なにかのはじまりに繋がることができる――ガラス越しに見るような感じで。この一部にはなれない。見ることしかできないのだ。

私は全身全霊で見ようとする。

夜、自分の眺望ベッドに横になって、カレンを思う。彼女もこれらの野生の景色のなかで底知れぬ幸せを感じていたのだろう。百年前のカレンの一連の写真が、私がここで見た景色と混じりあいながら脳裏を滑ってゆく。

私の好きな一枚は、サファリ中の若いカレンが椅子に腰かけているもの。彼女は実用的なブラウスを着て、スカーフを首に巻き、フェルトハットをかぶっている――食事はこれから運ばれるのだろう、テーブルには皿とフォークが置いてある。カレンは微笑んでいる。おそらくブロルに。

自由で、幸せで、どことなく軽やかな表情——まるで「この地こそ自分のいるべき場所なのだ」[59]と感じているように。

ほかにも素敵な写真はある。ある写真では、カレンは全身を白でまとめて、真珠の首飾りをつけ、この家にやってきたアンテロープのルルに哺乳瓶でミルクを飲ませている。カレンが手紙を書いていると、ルルはたまに書き物机の下で寝ている。

ある写真では、カレンは机に向かい、飼っているフクロウを肩にとまらせて煙草を吸っている。

ある写真では、乗馬服姿のカレンが馬のルージュにまたがり、二匹のスコティッシュ・ディアハウンドを従えて、これからサバンナへ出かけようとしている。サバンナでは犬たちが草原を走り抜けながらヌーの群れを散らすのだろう。

ある写真では、カレンは自分の背丈ほどもある白いユリを両手いっぱいに抱えてポーチに立っている。

まだある。カレンとデニスが草上に座ってお弁当の入ったバスケットと一緒に写っている。二人は恋人同士には少しも見えない。カメラを見てもいないし、見つめあってもいない。

［カレンの言葉］

一九二六年七月四日。親愛なるベスおばさん（……）母が手紙で、自分の旅費を私がヨーロッパへくるために使うほうがよいのではないか、と書いていました。（……）一九二八年の春より前に家に帰ることは絶対にないと、まずは申し上げます。私がいないと、ここでは物事があまりうまく運ばないということもありますし、自分の人生を細かく切り刻みたくないということもあります。それに、旅の支度や旅自体に大幅に時間を取られてしまいますから（……）私が（……）ここの状況や環境にふたたび慣れるまで、三、四ヶ月かかるでしょう。この前の旅から、ようやく人心地がついたところなのです。

一九二六年十一月七日。親愛なるお母さん（……）シュバシコウが［ここに現れました］（……）人懐こくて、ベランダを歩いています。呼ぶと寄ってきます。（……）私はカエルを与えているんですが、トト[60]たちが一匹あたり三センチ大のカエルをバケツに入れて持ってくるんです。（……）ルルは（……）その様子を見守っています。どうやら私には野生動物に対して特別な才能があるようです。フクロウが短期間で懐いたことを覚えていますか？　土地の人たちとうまくいっているのも、これとおなじ才能のおかげにちがいありません――結婚に嫌悪感を抱いているのもこのせい。私のいっていることがわかってもらえたら！　私は捕まえたり、檻に閉じこめたりしたくない。動物は感じとるんです。

59　イサク・ディネセン『アフリカの日々』（横山貞子訳、河出文庫）。
60　スワヒリ語で子どものこと。

カレンはデンマークに八ヶ月間滞在したあと、アフリカへ一九二六年二月に戻った。彼女はひとりぼっちで、気が塞いでいた。鬱からも、疲労からも、将来への悲観からも、いつまで経っても抜けだせないようだった。気持ちを切り替えて、絵を描いたり、ものを書いたりしようとしたが身が入らなかった。カレンはなにもする気になれなかった。さらに高地では飢えや、農園に棲みついてとうもろこし畑を荒らす猿の群れや、カレンのかわいがっていたアブドラ少年の命を奪った黒水熱と呼ばれる災いに苦しんでいた。カレンは農園で患者を診て、急を要するときは往診した。奇跡を起こす医者としての彼女の評判は高まった。

三月にデニスが戻ってきたが、イギリスへ渡ることになっていたため、たった二週間の滞在だった。カレンはこの期間を楽しもうとするが、もうあと五日しかない、夜が明けたらもう二時間しかない、とつい考えてしまうのだった――デニスがいなくなると、彼女はふたたび黒い裂け目に落ちてしまう。カレンは弟に失意の電報や手紙を書いている。結局は送らなかったが。電報にはこうあった。「私がヨーロッパにいけるよう手を貸してくれる？　ここにいると死んでしまいます」。そして、手紙にはこうだ。「私は『どうしても』書かずにはいられません。あなたでなくてだれに書けるのでしょう。（……）こんなふうに音のない世界へ押しこめられて（……）生き埋めにされたようです。私が地球の重力に押し潰されて暗闇のなかで倒れていると想像して。この阿鼻叫喚を許して」。自ら命を絶つのがいちばんなのではないかと考えた、とカレンは手紙に書いている。もし、死を選ばないとしたら、彼女はどうするのだろう？「トミー、人生が差しだすあらゆる可能性を打ち捨てないなら、私はまだ〝なにかに変われる〟と思う？」

五月にカレンの感情の渦が新たなかたちとなって表れた。自分は妊娠している、と彼女は思った。カレンはどうしても子どもがほしかった。授かったかもしれない子どもにダニエルとコードネームをつけて、すぐさまイギリスにいるデニスに電報を打った。デニスの返事は短いものだった。「ダニエルノ　ホウモンノ　トリヤメヲ　ツヨク　ススメル」。これに対するカレンの返事に、デニスはさらに電報を打った。「ダニエルハ　キミノ　シタイヨウニ　スルトイイ　ハンリョニナレルナラ　ムカエイレタイガ　ソレハ　デキナイstop」カレンの返事はこうだ。「アリガトウタスケヲ　タノンダ　ツモリハ　アリマセン　ミトメテホシカッタダケ　タニア」カレンにとって、これが最後の妊娠だった。これまでとおなじように、今回もおそらく流産したのだろう。夏が終わるまで、カレンはデニスに一通も送らなかった。

カレンは四十一歳で独りだった。梅毒を患いお金もなかった。彼女は結婚を望まない男に恋をした。自分の人生にせめてもの意味を見いだすために子どもを望んだのだろう。だが、それすらも叶わなかった。彼女は絶望の淵に突き落とされていた。秋に弟に宛てて書いた十七枚におよぶ手紙には、カレンが自分と向きあった結果が綴られていた。どう考えてもふつうの「幸せ」は彼女のためにあるものではなかった。カレンは自分の運命を受け入れ、愛する人と「おなじほうを向いて」いなければならなかった。ひとりでいることが重くのしかかっても、自分のものにしようとしてはならなかった。農園の子どもたちを育てることに心を傾け、デニスのことは信頼できる古い友人として、自分は年上の賢く自立した、どことなく修道女のような女性だと思っていたのだろう。

たぶんカレンは受け入れた。たぶん彼女は納得した。しかし、子どものいない独身の四十代の女に、たまたま手にしたカードで人生を築くほかに選択肢はあるだろうか?「どのカードを手にするかではなく、どんなふうにゲームをするかが肝心なのです」とカレンは書いている。選択肢は二つだ。ただ自分の運命を嘆いて留まるか――それとも、それらのカードは、うっかりしているると手に入れることのできない、どこか特別ですばらしいチャンスへの鍵で、それに従って生きようと考えるか。

［未送付の手紙］

じつはね、カレン、私もデニスが好きだった。このカリスマのある光り輝く男が。気の向くままにやってきては去っていく不在の男が。どこへいくのか、いつ戻ってくるのかすらいわず、できれば君と一緒にいたいけれどいかなきゃならなくて残念だよ、なんて一度たりともいわずに出かけていった男が。起きあがって玄関へ向かい、上着を羽織って「それじゃあ」としかいわなかった男が。そんな男でも、そんなデニスでも、戻ってくると部屋に明かりが灯ったように感じさせてくれた。そんなとき、私は自分のいるべき場所にいる、といつも感じた。いずれまた彼が去ってしまうとわかっていても、いつも。

デニスのことはいくらでも待てる。でも、デニスはもういないのよ、カレン、彼はもう過ぎたこと。そうなったら、私たちはなにかべつのことをはじめなければ。ものを書いて、旅をして、この私たちの人生の刹那をどんなふうに使いたいか、じっくり考えはじめなければ。
　私たちが、だれをも、デニスをも、待つことからついに解放されたことは恩恵。

そう、それからの日々は彼女にとって幸せだった。

［カレンの言葉］
　一九二七年七月十三日。親愛なるベスおばさん（……）多くの人は（……）新しい経験や感動や旅ができれば、たとえ猿と一緒に市場から市場へと渡り歩くのだって、毎日がおなじことの繰り返しの安定した収入が約束された家にいるよりも幸せだと思います。（……）多くの人は危険で無謀な夢と運を天に任せることのほうが、平穏で安全な暮らしよりも心の栄養になると無意識のうちに知っていると思うのです。

　一九二八年十一月一日。親愛なるお母さん（……）土曜日に、夕食のあとムザイガ・クラブのダンスパーティーへ車でいってきました――デニスはいきたがらず、私ははやめに帰るつもりでした。でも、ムザイガ・クラブではそうはいかなくて、帰れたのは朝の五時半。夕食のときのデラメア夫人のはしたない振る舞いときたら。彼女は英国皇太子に大きなパンのかけらを投げつけて、そのひとつが私の（……）目にあたって、今日は青痣ができています……。

ライオンとのかけがえのない出会いが重なったのもこのころだった。これらの出会いは、カレンにとって重要な暗示的な経験で、のちの文学的な素材となった。でも、ライオンを殺すことについてどう考えればいいいか、私にはまるでわからない。一九二八年の元旦にカレンとデニスが「このうえなく立派な黒いたてがみのライオン」に出くわしたことも、それは二人が今までに見たことのない最高のライオンで、「しとめなければならない」という思いにいたったことも、そうやってしとめて皮を剝いだあと、二人が「とても誇らしげに、そして幸せそうに」朝食をとり、赤ワインを一本空けたことも、私にはわからない。「こんなにすばらしい新年の朝を経験できるなんて、信じられません」と、カレンは酔いしれたように母親に書いている。

カレンにとってさらにかけがえのないものになったもうひとつの出来事も、おなじくらいわからない。一九二八年四月のある日、農園のマネージャーがやってきて、二頭のライオンが牡牛をしつこく追いかけまわすので、毒殺してもいいかと尋ねた。それは「不当なやり方」だとカレンは断った。そのかわりにカレンとデニスは、ライオンをおびき寄せようと牡牛の死骸を丘の上へ引きずっていった。二人はあたりが暗くなってから丘へ戻り、カレンが提げたランプの明かりが、二十メートル先から二人をじっと見つめている「信じられないほど大きな」一頭のライオンをとらえ、やがてもう一頭もとらえた。命の危険を感じたが、デニスは二頭ともしとめることに成功した。それから二人は皮を剝ぎ、「命知らずの冒険」から帰還し、余韻に浸りながらシャンパンを一本空けた。「二頭の若い雄ライオンでした。二頭ともたてがみが黒くて足はとてつもなく大きかった――ライオンたちは息絶えても美しく、夜の闇のなかで動いていた様子を私はけっして忘れないでしょう」と、カレンは手紙に書いている。

この出来事のあと、カレンは土地の人たちから「尊敬する雌ライオン様」[61]と呼ばれるようになった。このエピソードのおかげで、四十三歳のカレンは「ライオンか家庭か」、どちらが正しい選択だったのか確認できたようだった。彼女に向いていたのはライオンだった。農園のマネージャー自身がライオンを撃ちにいくこともできたが、彼は結婚して家庭を持っており、もうすぐ二人目の子どもが生まれるので、やっぱり危険を冒すことはできなかった、とベスおばさんに書いている。「よくわかります。私とデニス・フィンチ＝ハットンで撃ちにいきましょう」とカレンはいうと、デニスに「さあ、いっしょに出かけて、生命を不必要な危険にさらしていただけないかしら」[62]といったのだった。さらに、ベスおばさんにはこう書いた。「要はどちらを選ぶかということ。結婚を考えている人たちは、ライオンをとるか、結婚をとるか、とにもかくにも白黒はっきりさせなければならない。（……）私の人生の価値というものがあるとすれば、その大部分はライオンをしとめるかどうか、自分が自由に生きることができるかどうか、自分がしたいことを自分の人生でできるかどうかにかかっています。こういった人は世の中にたくさんいて、家庭を持つ人とおなじように、自分の人生と自分の場所に対する大きな権利を持っていると思いま

61　イサク・ディネセン、前掲書。
62　同書。

す」
そうね、カレン、暗示的なたとえ話はわかる。でも、動物を殺すことで、シャンパンを一本空けたくなるほど極上の気分になることが、ここマニャラ湖の楽園の平原にいると、どうしたってわからない。

百年前は事情がなんとなく違っていたのかもしれない。ハンティング・サファリは当時、絶大な人気を博していた——人気に火をつけたのはアメリカのルーズベルト元大統領で、彼は一九〇九年の九ヶ月におよんだサファリで一万一千頭という凄まじい数の動物をしとめた。その後、裕福な上流階級の観光客たちが東アフリカに押し寄せ、一九二〇年代には高原地域一帯の多様な種が絶滅の危機にさらされるほど、野生動物が撃ち倒された。

例に洩れず、カレンも一九一四年のブロルとのハネムーン・サファリでハンティングに心を奪われてしまった。それまで彼女はハンティングというものがよくわからなかったが、今や夢中だった。動物を撃ち、死骸を引きずり、皮を剝ぎ、切り分け、皮や毛皮や角を愛でた——二人はギャンブルかなにかに病みつきになってしまったようだった。個体が大きければ大きいほど、美しければ美しいほど、射撃手にますます得点が入った。「ライオンの国でライオンを撃たずして生きていけるふつうの人」がいるとは思えない、とカレンは一九一四年の手紙に書いている。かわって野生動物を写真に撮ることは、「好ましいプラトニックな出会い」でしかないとカレンはいう——そこには生死がかかっていない。だから、おもしろくなかったのだ。

夜にカレンを思うとき、彼女がライオンとポーズをとっている不穏な写真が私の脳裏にどっとなだれこんでくる。

一枚には、カレンとブロルがライフル銃を手にしており、二人の足もとに二頭の雌ライオンが横たわっている。二頭とも正午の暑さのなかでまどろんでいるかのように見えるが、死んでいる。カレンはご満悦の様子だ。

べつの一枚には、サファリテントの上に六枚のライオンの毛皮と三枚の豹の毛皮がピンと張られている。テントの前にカレンは座り、地面には皮を剝いでいないもう一頭の豹の死骸が横たわっている。

もう一枚には、カレンと隣の農園のイングリッドがしとめたシマウマとポーズをとっている。二人は実用的なワンピースを纏い、幅広の縁が垂れた帽子をかぶり、ライフル銃を持っている。二人は犬たちと日曜日の遠足に出かけていた。背景に地平線まで続く草原が広がっている。さらにもう一枚には、一頭の豹をしとめたばかりのカレンが顔を綻ばせてにっこり笑っている。

［レイク・マニャラ・ホテルの紙に書いた手紙］
親愛なるカレン
あなたに憧れれば憧れるほど、ライオンの死骸に囲まれてあなたが得意げにポーズをとっている写真を見るのが私はつらい。どうかもう写真は送ってこないで。
あなたのM

一九二八年の秋に、英国皇太子――つぎの英国王エドワード八世が東アフリカを訪れた。デニスは皇太子のサファリにお供をするよう頼まれていた。ある日の昼食会で皇太子はカレンの家で夕食を一緒にとり、ンゴマを、つまり部族たちの伝統的な踊りの集会を見たいといわれた。カレンは頭を抱えてしまった。たった数日でメニューを考え、「会食に女たちを揃え」、ンゴマへ戦士を送りこんでもらうよう族長たちの承諾を得なければならないのだ。

だが、夕食会は成功裡に終わる。一九二八年十一月九日に、カレンの家で供された夕食は、カマンテの評判のコンソメスープにはじまり、オランデーズソースがかかったモンバサのカレイ、マサイ族がくれた豆を添えたヤマウズラ、トリュフのクリームパスタ、小玉ねぎのピクルス、トマトサラダ、森のきのこのクルスタード、サヴァラン、いちご、ザクロと続いた。カレンとデニスは（カレンが母親に送った手紙に描かれていた席順によると）テーブルの両端に座り、夕食後にンゴマを、このたいそう盛大なスペクタクルを見に出かけた。ンゴマでは、ダチョウの羽根と猿の皮でつくったゲートルをつけ、紅色のチョークを全身に塗ったキクユ族が太鼓に駆りたてられて焚き火の明かりのなかで熱狂的に踊った。

あとになって、英国皇太子のサファリを撮ったドキュメンタリー映画を観る。皇太子の隣に案内役のブロルとデニスがいた。映画のなかのデニスはすらっとして背が高く、どことなく無骨な感じで、『ゆかいな牧場』のマクドナルドじいさんのようなやぼったい帽子をかぶっていた。しかし、デニスこそが東アフリカでの荒唐無稽な乱獲に終止符を打ったことがわかると、彼の株は私のなかでぐんぐん上がった。デニスはエドワード皇太子の援助を受け、車でイギリスをまわってハンティングを中止するよう呼びかける運動をはじめた（射撃が下手なアメリカ人観光客でも一日に二十頭のライオンを倒しかねないことが、彼はいちばん気に食わなかった）。そして、実際にハンティングはセレンゲティで禁止となった。新たな流行となったのは、エドワード皇太子がはじめた写真撮影サファリだった。

カレンも晩年は角が取れ、七十五歳のときに著した『草原に落ちる影』ではこんなふうに書いている。「アフリカに行った当初しばらくは、あらゆる種類の、それも本当に見事な野生動物を、とにかく一頭ずつ仕留めないではいられなかった。アフリカ在住後半の十年間で、わたしのほうから進んで撃ったのは、どうしても農場の原住民たちに肉を手に入れてやらねばならないときだけだった[63]」。ひとときの「興奮を味わうために、広大な風景のなかの一部として生きてきた生命を消してしまうことが悪いことだと思えるようになり、醜悪というか俗悪極まりないことだと感じられるようになったのだ。それでもライオン狩りは（……）わたしの心の求めて止まないものだった。わたしが最後にライオンを撃ったのは、ヨーロッパへ戻る直前のことだった[64]」

63　カーレン・ブリクセン『草原に落ちる影』（桝田啓介訳、筑摩書房）。
64　同書を基に、フィンランド語訳の語順に合わせて改訳。

朝、私たちはライオンに向かって出発する。マニャラ湖からセレンゲティまで一日がかりの旅になる。高原には霧がかかっていて肌寒い。文明と繋がっている最後の「都市」カラトゥを通る――道沿いに赤い砂と埃をかぶった掘っ立て小屋が密集し、近くまでいって見る気になれない。給油のために車をとめると、幼い男の子が寄ってきて車窓をノックする。制服代に昼食代、お茶代すらもせがんでくる――ここは金持ちのサファリ観光客全員が通りぬける場所。どうりで、この人口密度が高いわけだ。

私たちはンゴロンゴロクレーターの縁を走り、眺めのいい場所にしばらく車をとめた。マサイ族の神聖な場所であるクレーターはおとぎの国のようで、宮崎駿の映画の夢の王国みたいだ。オッリは「くそったれクレーター」につくづく愛想を尽かしているという――そこではなにも起こらないらしい――が、たまさかの観光客にとっては地上の楽園のように見える。私たちはクレーターの縁から隆々としたのどかな深い谷へ下りていく。大地には黄色い花が咲き乱れていて、そこかしこにマサイ族の集落と数多の家畜の群れが見えた。

やがていきなり風景が干上がった平坦な砂漠へ変わり、気温が二十度上がった。これからこのまっすぐな道をセレンゲティの宿まで百キロ余り走る。ここには人類発祥の地であるオルドヴァイ渓谷がある。私たちの祖先であるホモ・ハビリスとホモ・エレクトゥスが百万年以上前に住んでいた。だが、この荒野はエデンなんかではない。旱魃は耐えがたく、気を失うほど暑い。空気は砂塵で煙っており、道端の棘のある低い木は白い埃を頭からすっぽりとかぶっている。どの車も何百メートルもの煙雲を吐きながら走ってゆく。じきに車中にいる私たちもオルドヴァイの塵にまみれるだろう。洗濯板のように凸凹の砂利道が続く。ファサルは思いきりアクセルを吹かしている。振り落とされるかと思うような壮絶な揺れ。過酷な移動になります、と朝ファサルがいった意味が今わかった。なんとか息だけでもできるよう、スカーフを鼻と口の前で結ぶ——砂埃がなだれこむ車窓は開けておかなければならない。そうでないと暑さで意識が遠のいてしまう。たまにぽつんと一本だけ立っている木の下に座るマサイ族の女たちを追い越してゆく。こんなところでどうやって生きていけるのか。おそらく十キロ圏内に水はない。

暗くなる前にセレンゲティの中心部セロネラへついにたどり着く。体調が悪い。水はつねに飲んでいたと思ったのに、一種の脱水症状と熱中症にかかっていた。暑さとは奇妙なもので、ふだんは滝のように汗を掻いているのに、ここでは肌は乾燥して熱が出ているかのように火照っている。灼けつくように暑い。埃っぽい風と乾燥しきった大地が、私の体内に残っているすべての水分を自分に取りこもうと貪るように吸いつかんばかりだ。私はセロネラ・ワイルドライフ・ロッジの自分の部屋で抜け殻のようにぶるぶると震えながら横たわり、水をごくごく飲んで補給し、クラッカーを食べ、嘔吐下痢症に効く経口補水粉末一袋分までも水に溶かし、すがる思いで飲む。窓から広がるサバンナの風景を見たり、ハイエナがまもなくキャッキャッと鳴きはじめる闇に耳を傾けたりする気にさえなれない。セレンゲティは小さな人間にとって過酷な場所だ。

朝までに私の体調はなんとか整っていた。まだ暗い朝六時に、私たちはゲームドライブへ出発する。セレンゲティでは、今年は雨季がいつもよりはやく終わったらしい。そんなわけでヌーの大群はすでに北を指して移動をはじめていた。ヌーの大移動は、このあたりで最大の謎のひとつだ。何百万頭ものヌーがいっせいに雨と緑の草を求めて巨大な円を描くようにしてセレンゲティの南からケニアのマサイマラまでひたすら進む。この群れがセレンゲティの北西部キラウィアにまだいるかもしれないが、そこまでいくには遠く、車で二、三時間はかかる。それでも私たちはキラウィアへ向かって車を走らせた。ほどなくしてグルメティ川を越えようとしていた大きめのヌーの群れに遭遇する。ヌーは川の対岸にある小さい森から雲霞のごとく、何十、何百と一糸乱れずやってくる。その流れに乗って、シマウマやヒヒまでもが川を越えてやってくる――どの動物もひたすらどこかへ、おそらくキラウィアへ向かっていた。一頭のヌーが干上がった川床で死んで横たわっているのが遠くに見える。その近くでヌーの子どもがひとり心細そうに立っていた。

群れの真ん中に車をとめて、私たちは宿から持ってきた朝のお弁当をルーフの上で味わう。ヌーが小気味よく鳴いている。私たちを取り囲む抑揚のない鳴き声は、サウンドプレイマットみたいで笑いを誘う。ヌーのいつ終わるともしれない間の抜けた鳴き声は、一緒に移動するもの静かなシマウマの癇に障ることはないのだろうか。私は車の陰に隠れ、何百頭ものヌーの群れの注目を一身に浴びながら、この旅はじまって以来の用を足す。

朝食を終えると、ランドローバーに乗った年配のアメリカ人夫婦がやってきた。「ひとりで車に乗ってなにしてるんですかあ!?」。男性が私にサンルーフから声をあげる。「彼女はひとりじゃない。オレもいる」。ファサルがうんざりしたようにぼそっというと、自分たちが夫婦であったとしてもわかってくれないだろうといわんばかりにふんと鼻を鳴らした。ファサルがおもしろくないのもわかる――あたかもガイドは目に見えない使用人かなにかで、そこにはいないものとされているのだから。これまで泊まった宿でも、そんな印象を受けた。

と同時に、アメリカ人夫婦ですらこの半分ほどの大きさの車に押しこまれているのに、私がこのやたらと大きいオフロード車に乗せられている理由がわかった。ファサルによれば、ひとり旅をしている女性の多くは「プライベート空間」を望んでおり、男性の運転手と狭い空間に二人きりでいたがらないという。とくに助手席に。それで私にこの距離感が提供されたというわけだ。私は後ろに座る意味がわからなかった――なんだか無意味だ。話をするのだって大声を出さなければならないのだから。

私たちはアメリカ人夫妻を振り払い、黄色に波打つ未踏の草原を抜けて北を指して車を走らせる。どうやらそこではチーターを目にすることができるという。だが、私たちが見たのは雨傘のようなアカシアの木陰で休む一頭の豹だった。私たちは這うようにじわじわと近づいているのに、豹は私たちを黄色い目でじっと見つめたまま逃げない。

お昼を食べるために正午過ぎにロッジに戻る。午後は休むつもりだ。私はすっかりくたびれて、体調がすぐれない。ファサルも具合が少しばかり悪いように思う。六日目にしてようやくネットに繋がったというのに、十五台の閲覧用パソコンが設置されたロッジの部屋はオフシーズンのため閉室されていた。嘘でしょう？（でも、それもそうか）。疲れすぎて発作的に泣き叫んでしまいそうだ。セレンゲティにおけるインターネットへのアクセスは人権問題！　申し訳なく思いながらも、いろいろと注文をつけて、設定やら、技術的トラブルやらを整えてもらい、親切なインド人の料理人のノートパソコンで私はようやくサイバー空間に繋がった。

でもそれは、蜘蛛の糸のように細く、ちぎれそうなへその緒に繋がっているみたいに束の間だった。二通のメールに目を通すも、ホームシックにかかったように気分がすぐれず気が滅入る。これもおそらく下痢と脱水のせいだろう。なんとか気分を上げて興奮気味にフェイスブックへ投稿し、部屋へ戻って横になる。


ここセレンゲティにあるものは人間を追いこんでしまうのではないか。暑さ、埃、どこまでも続く乾いた平原、どこまでもついてきて意識を遠のかせる太陽――もし私が平原に一日置き去りにされたら、まずまちがいなく死ぬだろう。ライオンの餌にならずとも、暑さと渇きに弱りはてるだろう。だれの目にも留まらずに。ヌーの群れは私の前を通りすぎ、ハゲワシは私の残骸をしゃぶるだろう。あとに残るのは白い骨だけ。地平線まで果てしなく続く平原のちっぽけなかけら。

セレンゲティにいると、人生は儚く、脆く、無防備なのだと考えさせられる。私たちが自分たちの存在を確認するどんな手だても――仕事、お金、成功、衣服、物、技術、盗難防止錠、保険、情報通信ネットワーク、フェイスブック投稿も――ここでは意味をなさない。セレンゲティは優先順位をつける。最優先事項は日陰と水だ。正直、私はここにきてその二つのことしか頭にない。

アフリカ狂いのこともわかってきた――太陽、暑さ、これらの環境のせいで頭がおかしくなると、気が触れて幻覚が見えはじめ、おかしな行動をとりはじめる。ここから二度と抜けだせない、ここ以外の世界は存在しなくなったにちがいないという気がしてくる。

昨日見た最初のライオンを思う。開けた車窓の下から姿を現し、重たくて強い息遣いが聞こえるほど近づいていた雄ライオン。私はその場で固まっていた。カレンがライオンの無駄のなさにほれぼれするといっていたのを思いだした。すばらしい体には余分なものがいっさいない、と。百年前にライオンたちを撃った彼らのことが今ならもっとよくわかると思う。ライオンと私が対面したら選ばなければならない。私たちのどちらかが死ぬのだから。結局、生き延びたいなら彼らにほかの選択肢はあっただろうか？

［カレンの言葉］

一九一八年十月二十三日。大好きな私のお母さん（……）ご無沙汰してしまって、ごめんなさい。じつは具合が悪かったのです。電報で知らせたとおり、ラバから落ちて敗血症になり（……）高熱が出ました（……）医者からクロロホルムを処方され（……）膝から腰にかけて切開し、〝死んだ肉〟の大部分を取り除きました（……）ここではスペイン風邪が怖いくらいに猛威を振るっています――先週は二十二人が亡くなりました。天然痘も流行っています……。

一九一九年一月十四日。親愛なるお母さん（……）もう五ヶ月経つというのに、私の脚はまだ治っていません（……）脚以外はいたって元気です（……）ヒ素を飲んでいるのですが、それがすばらしく効いています。

一九二〇年十二月四日。親愛なるお母さん（……）体調はかんばしくありません。嘔吐が止まらなくて、目眩がします。なんらかの中毒のせいなのか、私にはわかりません……。

一九二三年五月六日。親愛なるお母さん（……）ずいぶん長いこと体調がすぐれません。このあいだナイロビのアンダーソン先生という若い医者にあらたに診てもらいました。先生によれば、私はマラリアに罹っているとのこと……。

一九二六年五月四日。親愛なるお母さん（……）また寝こむことになってしまいました。つくづくいやになります。まるでよくなりません（……）病気じゃないのに、すごくだるくてなにもやる気がしないのです。生きることがこれほどつらいなんて、こんなことはじめてです。この先どうなるのかわかりません。こんな調子がずっと続いています［春のあいだずっと］。デニスがここにいた期間を除いては。

このにっちもさっちもいかない体力のなさを情けなく思う――もう少し強靭で環境に動じない肉体のほうが探検家には向いている。そのほうが新しい環境のせいで内臓器官がつねにショック状態に陥ることもないし、頭痛、不調、倦怠感、不眠、緊張感、下痢、脱水、熱中症、低血糖発作だかなんだかで、たびたび寝こむこともないだろう。夜になると私はどっと疲れて、鞄を開ける気力もない――きれいなシャツならなんでもいい。なにかをかろうじて引っつかむ。弱い女よ！

しかし、カレンがうらやましいほど快活で、健康で、強かったかというと、そうではなかった。実際のカレンはいつだって具合が悪かった。カレンも暑さにほとほとまいっていたし、マラリアや暑気あたりや化膿した傷や不調に悩まされていた。嘔吐を繰り返し、目眩と中毒のような症状に苦しんだ。ずきずきと疼く歯痛のような言葉にならない凄まじい痛みが踵や手や耳を襲い、何度も入院した。髪がごっそり抜けることを嘆き、ターバンを使いだした。

加えてカレンは鬱病に悩み、のちにパニック発作すら起こしはじめた。その原因は、梅毒、デニス、終わりのない資金不足、迫る農園売却という重圧、孤独、もしくは、たんに情緒不安定だった。不安のせいで何週間もベッドで寝たきりになった。何週間も、何ヶ月も、何年も。カレンは何年も臥せっていた！

はじめ私はカレンにほとんど腹を立てていた――こんな人が憧れの女性だなんて。でも、乾ききったセレンゲティの真ん中で薬漬けになって臥せっていると、こんな状況下で百年前に病気になることがどんなものだったか想像することすらできない。カレンは「それにもかかわらず」アフリカで十八年近くものあいだ、どれほど粘り強くがんばったことだろう。ヨーロッパの医者に診てもらうために、ときにはどれほどの辛抱を「一年以上」もしたことか。

おそらくカレンのよくわからない症状の大部分は、治ると見こんでいたのに一九二五年になってもよくならなかった、悪化する一方の梅毒が原因だったのだろう。カルテを見れば一目瞭然だ。感染初期にマラリアと疑われやすい湿疹と高熱（要チェック）、つぎの段階で食欲不振、不眠、不快感、頭痛、妙な場所に表れる雷に打たれたような痛み、骨や関節や手足の疼痛、消化不良、目の炎症、脱毛、毒にあたったような感じ（要要要チェック）。ときに病は潜伏し、内臓器官、脳、神経、骨、関節をひそやかに蝕んでゆく……。それから、よくわからない症状がふたたび表れ、患者は心気症か神経症だと思われる（要チェック）。

十九世紀末のヨーロッパとアフリカでは梅毒は広く知られていたが、現在のエイズとおなじようにタブー視されていた。話されることも書かれることもなく、日記にはせいぜいコードネームで書かれるくらいだった。はじめの二年間は感染力が非常に強く、感染者は孤独と身体的な苦痛にさいなまれた。水銀とヒ素による治療の副作用のほうが、病気自体よりも深刻だったからだ。よい面は、二年後には他人に感染させるリスクが低下しはじめ、七年ほど経つと感染の心配がなくなることだった。カレンとデニスの親密な関係と、それがそもそも可能だったことを考えると説明がつく。

病気の恐ろしさについて読みながら、視点を変えてカレンの孤独なアフリカの日々を考えはじめる。カレンの絶望、鬱、感情の乱れ、ヒステリックなまでの明るいハイテンション、気分の落ちこみは、なかば梅毒のせいもあっただろう——デニスだけのせいではなく。病気のことを考えるだけでも心が折れ、一日をとおしてベッドから起きあがれなかった。

と同時に、梅毒には逆説的に輝かしい一面もあった。それは英雄と芸術家の病だった。コロンブスからベートーヴェン、ニーチェ、ボードレール、オスカー・ワイルド、フィンセント・ファン・ゴッホまで、名だたる顔ぶれが梅毒を患っていた。一九二六年にカレンは弟に手紙でこう書いている。「梅毒を患っても男爵夫人になる価値はあった。だからひどい話でもないわ」。もっとあとになると、カレンは自分が作家になったのは梅毒のおかげだと信じていた。「私は悪魔に魂を差しだすと約束し、悪魔はその見返りにこれから経験することすべてが物語になると私に約束したのよ」

しかし、カレンの悩みは梅毒によるものではなく、途切れることのない中毒症状のせいだったかもしれない。何年ものあいだ、よかれと思う方法でありとあらゆる病気を治してきたせいだったのかもしれない。少量のヒ素という方法で。

朝、ゲームドライブへいくために、どうにかこうにか起きる。ところが、受付の女性から、ファサルが体調を崩し、病院へ運ばれたと連絡が入る。なんですって⁉ たしかにファサルは昨日、お腹の調子が悪いといってはいたけれど、まさかそこまで悪かったとは。それにしても、病院ってどこ？ 文明的な生活まで、なんと遠いことよ。受付の女性は答えに窮している。どうやら朝のゲームドライブにはロッジで働いている技術者のだれかが連れていってくれるらしい。ほかのことはおいおい調整されるだろう。

幸いにしてサファリも七日目。だからちょっとやそっとじゃ動じない。絶対になんとかなる。もしサバンナで息絶えようとも、その覚悟もできている。

ファサルが臥せっているあいだ、技術者の青年とまさにライオンの色をした果てしなく続く平原を走り抜けていた。静かだ。風に草がさわさわと揺れる音が聞こえる。どこまでも連なるシマウマが見える。道を示す先頭のシマウマに続いて、朝の金色の光を浴びながら水場に向かって進んでいる。ジャッカルのつがい、膝をついて草を食むイボイノシシ、口の周りを血に染めながら笑みを浮かべる死肉を漁ってきたハイエナ、尻尾をまっすぐ立てて走るインパラもいる。私たちは双眼鏡でチーターを見た。黄色い草に囲まれて座っているのだが、ここからだと遠くて、草からのぞく丸い頭がかろうじてわかる程度だ。近くに隠れているトムソンガゼルの群れを襲うのではないかと待っていたが、空振りに終わった。平原にまぎれてにじり寄りながらインパラを襲おうとしている一頭の豹を見つけたが、豹自身がカメラを構えた十台の観光客の車の群れに狙われていては仕事にならない。

お昼を食べるため、私たちはホテルへ戻る。食べ終えた私は、一頭の大きなヒヒががらんとしたレストランホールで浮かれ騒ぎ、焼きたてのロールパンをまんまと横どりしていく様子を眺める。ここではどこもかしこも自然がなだれこみ、私たちはそのなかで悪あがきをする。

ファサルは午後に復帰した。彼は食あたりで苦しんで、一晩中もどしていた。午前中はずっとロッジのクリニックで大事をとって様子を見ていた。「ここでは携帯が使えるし、ここからなら軽飛行機で町までいけます」とファサル。そんな贅沢は、私たちがこれから向かうセレンゲティ北端のロボではできないだろう。

ロボの草原に、オフシーズンにわざわざやってくる人はだれもいない。私はまたもロッジでたったひとりの客だった。私の部屋からは広大なサバンナが一望できるが、ロッジ自体は大きな岩山であるコピエ[65]をうまく利用して建てられている。昔からコピエは豹の住み処でもあるため、日が暮れたらロッジの岩場の上を歩くことは禁止されている。豹がここでヒヒやケープハイラックスを捕まえるからだ。レストランの階段を上ってくることもある。二ヶ月前に豹の子どもたちがロッジのプールで遊んでいたという。ホテルの支配人から高台にひとりでいくことを固く禁じられた。コピエの頂上へいくときはつき添ってくれるらしい。が、小太りの格子柄のスーツ姿の

65　平原から隆起した花崗岩の岩盤。

インド人男性がビールの入ったコップ片手に、豹に襲われた私をどうやって助けてくれるのか、はなはだ不安だ。

日が沈んでから夕食までの三十分はシャワーのお湯が出るので髪が洗える。シャワーから出て髪を乾かしていると、いきなり停電した。ここではいたってふつうのことで、電気が点くまでドライヤーを片手に持ったまましばらく待ってみたが、なにも起こらない。もしかしたら、私の部屋だけヒューズが飛んだのかもしれない。電気は点かないかもしれない。停電したことすらだれも知らないのだから。

さて、どうしたものか。私は裸で、部屋は墓のように真っ暗である（アフリカでは日が落ちると、「本当に」暗くなる）。私のヘッドライトがどこにあるのか、まるで見当がつかない。部屋のドアを開けてみようか――着る物を探せるくらいの光が廊下からかすかに入ってくるかもしれない――しかし、表には失礼なヒヒが身を潜めていて、食べ物のわずかな匂いをたどって部屋に押し入ってくるかもしれないから気をつけるように、と念を押されていた（ソーダクラッカーが一袋と果物がいくつかどこかに置いてある）。私が今もっとも望んでいないのはヒヒの襲撃だ。そうなれば、金切り声で助けを呼びながら（裸で）部屋から飛びだすしかない。気が急いて真っ暗な部屋で足がもつれる（どうしてここはこんなにまで暗くなり「うる」のか?）。備えつけの電話機に向かうも繋がらない（そりゃそうだ）。それに、そもそも電話機の隣に書かれた受付の番号も読めない。延々と手探りしてようやく自分の携帯を見つけた。画面の光をたよりに服とヘッドライトをついに探しあてる。ヘッドライトは、着いてすぐ非常事態にそなえてナイトテーブルの上に置いていたようだ。不覚。
やっとのことで夕食までたどり着く。美しくて、がらんとした食堂で夕食が供される。白い手袋をしたウェイターたちが給仕するのは、私とファサルだけだった。

［カレンの言葉］
一九二八年二月五日。親愛なるお母さん（……）私にとってサファリのすべてが言葉にならないほどおもしろいです。暗く、寒く、澄みわたった夜にはじめることも。

朝の六時に、私たちはゲームドライブへ出発する。ここへきて朝のゲームドライブが最高にすばらしいということがわかった。あたりはまだひんやりとしていて、斜めに差す朝の光が美しい。動物の親密な朝の活動を目にすることができるように感じる。お腹を膨らませて薄闇のなかをそこそとうろつくハイエナは、夜の狩りから戻ったところだろう。光が増してくると、朝の食事をしている象の親子が見えた。私たちは砂についたライオンの足跡をたどり、緑の草原のなかで動きまわっているライオンの子どもたちを眺めながら、車のルーフの上で食事をとる。
少し先のほうで、ハネムーンを過ごしている二頭のライオンに会う。二頭は気だるそうに草に寝そべっていたが、雌ライオンが立ちあがり、雄ライオンの隣へ移動して横たわった。この合図で雄ライオンが立ちあがり、事をすませる。絶頂に達すると、雄は咆哮して雌の首を嚙む。雌はごろんと横になって前足で雄をそっと撫でる。ほのぼのとして見えるが、実際は雌が妊娠するまで四百回もの交尾が必要とされる。そんなわけで、ライオンのつがいは、昼夜を問わず一週間休みなく営みを繰り返す。十五分おきに、飲まず食わず、意識を飛ばし、愛に疲れ果てるまで。

　四周目が終わっても、私たちはなおもライオンのところで車をとめた。時刻は十時。四時間ゆっくりと見てまわった。この旅で覚えているもの、風でしなる黄色い草、その向こうのロボの緑の丘、子孫を残す長い営みを繰り返す二頭のライオン。私、オフロード車、ダッシュボードを守っている赤い格子柄のマサイ族のシュカ、その上にある私の双眼鏡とカメラとノートとボトルウォーター。ファサルは運転席で本を読んでいる。私はロボに恋をした。そこは青々とした美しさがほとばしり、セロネラの乾いた平原よりもみずみずしくて優しくて、親しみやすい。ここにはだれもいない。私は立ちあがって開いたままのサンルーフから顔を出す。ファサルがカメラのシャッターを押した。ミリタリーキャップをかぶり、サングラスをかけ、白いスカーフを巻いた私はタリバンの少女のように見えるらしい——ライフル銃はないけれど。

　私たちは先へ進み、最後の楽園に出会う。青々とした平原で何百頭ものシマウマが草を食んでいる。私は何十枚も写真を撮る。でも、そのどれもが似て非なるもの。なにをもってしてもこの感じをとらえることはできない。三百六十度見わたすかぎり、いたるところに広がっている楽園の光景を。それに囲まれているのは私たちだけだということを。

　一九〇九年にアクセリ・ガッレン＝カッレラはサバンナへたどり着いた。彼はいう。「ここにたどり着いて時は止まった」

私たちは七時間のゲームドライブを終えて、食事をしにロッジへ戻る。暑苦しい見た目を少しでも爽やかにしようと、メロン色のリップグロスをつける。「その口、どうしたんですか？」とファサルが心配顔で訊く。「あー、なにかに噛まれたみたい」と私。がらんどうの食堂でどういうわけか五品も給仕される。私たちは朝のハイエナのように食べすぎてお腹がはちきれそうだ。

午後はずっと展望デッキで過ごす。サバンナへ目をやる。黄緑色の草が風に揺れて波打っている。風が平原を、いや、何千という黄色い蛇の上を駆けぬけているようだ。

ファサルのことを考える。ここで他人と二人きりでいることがどんなに特別であるかを。木陰で居眠りしているライオンが、近づいてくるシマウマを狩りに出かけるまで、私たちは今日もサバンナでじっと待っていた。そのときファサルはなにかの本を読んでいて、私は遠くを見つめていた。あたりは静まり返り、広大な宇宙に包まれた雰囲気はなんだか妙にくつろげた。ファサルが露ほども私のタイプでなかったのは幸運だと思う。なにがあっても私はいかがわしい状況になど陥りたくない。彼のほうは立場をわきまえたプロで、やぼったい日よけ帽をかぶった汗だくの赤ら顔の観光客たちと、とても多くの時間を過ごしてきたのだ。どうにかなろうなんて考えていないと思う。

青々としたロボを立ち去りたくなかったが、やむをえない。私たちは、乾ききったセレンゲティを縦断し、南端にあるンドゥトゥ湖まで一日かけて車を走らせる。私たちはお昼を食べるためにインフォメーションセンターに立ち寄り、ファサルは観光客を熱気球で飛ばしている友人と軽く話をする（友人はドキッとするほどいい男だ。こんな人がガイドでなくてよかったと心底思う）。駐車場には声を張りあげているアメリカ人の若者たちを乗せた車もとまっている。彼らが車から降りると、サングラスをかけたドレッドヘアのひとりが車のスペアタイヤをクールに打ち鳴らしはじめた。ファサルによれば、一組の夫婦がまたも私とすれ違いざまに、ひとりでまわって気の毒に、といっていたらしい。ところがファサルに気づいた連れあいが、「気をつけて、旦那だ」と黙るよう合図したという。頼むからやめてほしい。とっとと人目につかないところへいこう。

私たちの泊まるンドゥトゥ・サファリ・ロッジへ着くと、胸が熱くなった。石を敷いた小道の先に藁葺き屋根の私の小屋がある。それは夕日を浴びて金色に輝いていた。ここは西洋人が所有していた場所だとわかる。すべてがまさしく白人の思い描いているカレン・ブリクセン的な夢のアフリカそのもの。加えてエコロジカル――飲み水は雨季に貯めておいたもので、濾過して浄化された雨水だ。さらにロッジのオーナーたちは、なかなかの夜の女たちのようだ。ひとりはオランダ人のアージェ・ゲーツェマ。七十歳くらいのほがらかな女性で、ンゴロンゴロのクレーターに棲むサーバル[66]を調査するために一九七〇年代にここへやってきた。「ひとりで車中泊をしながら三年間」をクレーターで過ごした、と彼女はさらりといってのけた。マーガレット・ギブから食料を調達するほかは、だれとも会わずに。のちにアージェはマーガレットと老朽化したンドゥトゥのキャンプを買いあげて、リフォームした。

夕食の前に、私は焚き火にしばらくあたり、星闇に弧を描く空を見る。焚き火をしているとたまにディクディクがやってくるらしい。カレンのルルが現れやしないかと少し期待する。

朝のゲームドライブで平原に囲まれたひとりぼっちの雄ライオンを見かけたとき、まだあたりは薄暗かった。ライオンは縄張りを示すために長く複雑な一連の咆哮をはじめる。低い唸り声は多様に変化し、金属的な最大の音量に達したとき、私は思わず手で喉を押さえた。体中に戦慄が走る。ライオンは黄色い目でまっすぐこちらを見ている。双眼鏡越しでも血の気が引きそうだ。巨大な頭と鼻、焦茶色のたてがみ、がっしりとした体つき。まさにカレンが書いていたようなライオンだ。ライオンは腹の底から吠え、血も凍るような一連の咆哮が大地の深淵から起こる地震のように、あるいは雷鳴のように体の深部から押し出される——重量感のある全身を使って、隙き間なく押し入ってくる野太い声を押し出し、サバンナの数キロ先まで響かせる。

まるで今までライオンの咆哮を聞いたことがなかったかのように感じる。何千回も観た自然番組や、メトロ・ゴールドウィン・メイヤーの生々しい音声[67]で意識に刷りこまれていると思っていたのに。カレンにとって、ライオンの遠吠えは音というよりも、むしろ「空気の深い振動」だったのではないか。あとからオッリがいっていたが、音はどのレコーダーをもってしても録音でき

66　アフリカ大陸に生息しているヤマネコ。
67　アメリカの老舗映画スタジオのロゴでおなじみのレオ・ザ・ライオンの咆哮。

ない異様な低周波で、咆哮を何度録音しようとしても、音声部分には鳥のさえずりしか入らないそうだ。

私たちはンドゥトゥ湖畔沿いに車を走らせる。巣穴のそばで朝の支度をしているオオミミギツネのつがいが目に入る。湖畔には、ヌーの子どもの死骸が横たわっている――このソーダ湖の水は飲みすぎると体に毒だということをまだ知らなかったのだろう。草原の黄色い花を鼻で引っこ抜いているひと組の象の親子もいる。小さな水溜まりから水を飲んでいるキリンもいた――乾いた平原の驚くほどわずかな青い水に口が届くよう、長い両前脚を交互に左右に広げている。草原には、アンテロープの頭蓋骨が転がっているのが見える。フンコロガシが懸命に丸い糞を転がしている。涼しくて清々しい朝だ。風が吹いている。

ついに私たちは朝日を浴びて寝そべっている三頭のチーターを見つけた。ファサルが朝食を並べはじめる。朝食が一日でいちばん好きだ、と昨日私がいったので、今朝は独断で朝食を決めたとファサルがいう。この「ご褒美朝食バスケット」に、私は六ドルを追加で支払うことになる。朝食のロールパンを焼くために、ンドゥトゥの料理人たちが朝四時に起きたという。「怒らないでほしい」とファサル。

怒るどころか、私は胸がいっぱいになって言葉を失った。車のルーフに敷かれた格子柄の布の上には、皿、フォーク、ナイフ、ナプキン、金属製のティーマグカップ、魔法瓶、それから生ベーコン、ゆで卵、籠に盛られた焼きたてのバナナブレッドとクレープ、さらにヨーグルト、フルーツサラダ、バター、マーマレード、はちみつ、オレンジジュース――このすべてが、チーターに囲まれながら、斜めに差しこむ朝日を浴びながら、鳥の混声を聴きながら現れた。感動で胸が締めつけられる。チーターは景色を見るためにルーフに飛び乗ることが好きだから気をつけて、とファサルが注意する。この際どうなってもかまわない。

とうとう私たちはンドゥトゥとセレンゲティに別れを告げる。これからタランギーレ国立公園までの長い道のりを走る。激しく揺られながら、乾燥して暑いオルドヴァイの荒野を抜け、車が故障したサファリ一行に何度も出くわす――タイヤを交換する人、エンジンを修理しようとする人、スペアパーツを待つ人。ファサルが車をとめて身動きがとれなくなった一人ひとりに手を貸すたびに、到着時刻が遅れていく。エンジンがかかるよう手助けしたり、お昼の残りとウォーターボトルを渡したり。もちろん、わかる。この殺伐とした平原にひとり残されたら、だれか車をとめてくれないかと心から思う。オルドヴァイを越えるには、テロリストの見た目と冬戦争[68]の構えが必要だ。

68　ソ連がフィンランドへ侵攻した戦争（一九三九～四〇）。戦局はソ連軍に有利だったが、気候と地形と士気はフィンランドに味方した。地の利を生かして、フィンランド軍は狙撃兵やスキー部隊を配し、ゲリラ戦を展開。フィンランドは粘り強く戦い抜いて、独立を守った。

またも車をとめてサファリ一行の車の状況を見ようとしていると、子どもを背負った若いマサイ族の女性が走り寄ってきて、カラフルなビーズと糸針金で編まれたブレスレットを売りにきた。私がひとりで旅をしていることがわかると、彼女はひどくよろこんで、私にひとつ贈りたがった。ファサルによるとスワヒリ語で「I love her!」と彼女は声をあげ、興奮から両足でジャンプして走り去る。

タランギーレ、サファリ最終日。なかばテントのような私の小屋の前から、渓谷の動物の水飲み場まですばらしい景色が眼下に広がっている。ついにここまできた、と思った。しかし、タランギーレのひんやりとして静かな緑のなかを走っていると、サバンナでの十二日間はなかなかに自分探しの旅でもあるとわかった。はじめは恐ろしくて、ある段階で緊張がほぐれて、最後はいやおうなく自分の本質と向きあうことになる。

太古のバオバブの木を横目に走り抜けながら、ファサルがまたも私の口数が少ないといいはじめた。いいかげんにしてほしい。現に、私は最後の何日間かはこれでもかというくらいよくしゃべっていたのだ。ここでしなければならないのは彼の相手なのか？

このサファリツアーで、私が「寡黙」で「風変わり」であることをファサルがたびたび説明する理由がわかった。もの静かであることは、このあたりでは感じが悪いのだそうだ。のべつ幕なしに口を動かしていないと満足していないと思われ、車のなかで黙ってものを書いていると苦情を書きこんでいると思われる！　たとえば、ファサルはアルーシャ国立公園のパークレンジャー[69]

に、滝までのウォーキングサファリ中に私があまり話さなくても驚かないよう前もって注意していたらしい。そのおかげでしくじったと思わずにすんだし、チップを私からもらったことに正直驚いた、とパークレンジャーがあとから感謝していた。どういうこと？――猟場の管理人となにを話すべきだというのか。彼自身、ひと言も話さずにライフル銃を持ってずんずんと先をいっていたではないか！

不愉快きわまりない。たしかに私は人づきあいは得意ではないほうではある。が、たいがいにしてほしい。

これだけではない。友好的で頼れる雰囲気のなかですべてがうまくいっていることに満足していたのに、ファサルはすべてをふいにし――あろうことか――口説いてきた。私は自分の耳を疑った。

人間関係については前にもおたがいに話していたけれど、わりと当たり障りのない程度にとどまっていたと思う――要するに、十二日間をおなじ車でだれかと一緒に過ごしていると、話題は目の前のサバンナの生態系だけではなく、個人的なことにまでどうしても向いてしまうのだ。ファサルは離婚して、四歳の娘と二人で暮らしていることは知っている。さらに少なくともあと

69　野生動物の保護と監視、密猟の取り締まりにあたる係。

二人を養子縁組したがっていることも知っている。多くの顧客と親しくなり、彼らに会いにスウェーデンやデンマークへ旅行しようと計画していることも。それに対して私もこれまでのことについていろいろと話した——私の仕事のこと、旅のこと、家族状況のこと。が、話はべつの様相を呈してきた。ところで外国人とつきあうことは考えたことはありますか？　どういった男性が理想ですか？　あなたを食事に連れていくとしたら、どんなレストランがいちばんいいですか？——これがいわゆる当たり障りのない程度なのか？　いつかアフリカに住む自分を想像できますか？　十分だと思う生活レベルは？　それはそうと、こんなことというのも失礼なのですが、あなたは十歳は若く見えますね、信じられないです。

信じられない。まず、こんなことが起こらないように、この二週間はずっと私は汗まみれで、冴えない中年の白人にしか見えないようにしてきたのに。つぎに、私はあきれてとうとう口を閉ざしてしまった。最終日にすべてが台無しになるわけ？　ファーサール、勘弁してよ！

私は筋のとおった質問をできるかぎり当たり障りなくかわした。

「おなじ車に十二日間というのは長い時間よね。これからも友だちで、プロ意識をもった友だちでいられるといいと思う」

「そのプロ意識っていうのははずせませんか？」

「はずせない。だって、友だちの定義が私とあなたでは違っているようだから」

「つれないですね」

ファサルはぼやきながらも、一歩も引かない。

「あなたを連れていける場所を考えたんですよ。クラブはダメですね。そういうのはあなたは嫌いだ。アルーシャ国立公園ですかね？　そこだと従業員用のコテージがあって、キリマンジャロの雄大な景色が見えます。そこに一緒に泊まってもいいですね」

そうでしょうね。最悪。

なぜ、すべてを、このFではじまる信頼のおける男たちの物語をふいにしなければならないのか。このすばらしい文学的なカレンとファラの関係についてファサルは知るよしもないが。どうしても必要なのか？　なぜ、こんなバカげたゲームをはじめる必要があるのだろう？

ファサルはくどくどとしゃべり続け、私は私らしくおおかた押し黙る。

彼は口説くことを――というか、彼いわく「友情についての話しあい」を――あえて最終日まででしなかったという。ひとりで旅をしている白人女性は、サファリのある段階で底知れない幸福感に包まれてしまうらしい――この体験はあまりに大きくて逃れようがなく、ほかの世界はすっかり遠のいて、女性はこの体験をセックスによって押し広げることがいいと思いはじめる。そして、多くのガイドは仕事の一環としてこの好機をよろこんでつかむ。

私は窓の外に目を向ける。ロボで私が妄想したことはいっさい口にしない。ある日の楽園サバンナで私は実際にセックスを考えていた――それこそ陳腐のきわみで、生物学的な条件反応だろう。

あいにくこれらの感情や考えは、朝の三時にナイトクラブで飲みすぎて、つぎの日にはもう愉快には思えない感じに少し似ている、とファサルは続ける。どうやら「彼」はサファリで「けっして」機会につけこんだりしないようだが、旅が終わろうとしている最後の日に雰囲気を察知するのは、彼にとってはもっともなことらしい。この友情だってこれからどうなっていくのかだれにもわからない、と彼はいう。

すでにわかっていることを、あえて口にするまでもない。彼は私のタイプではない。私はパートナーを探してもいない。それは時間が経っても変わらない。

日が沈んで、自分のテントにようやくたどり着くと涙が出た。十二日間の疲れに、このすばらしい旅が終わったことに、この澄みわたった夜にアフリカが実際には私が望んですらいないものを差しだしたのに泣いた。この人生を生きていないことに泣いた。やりきれなくて自分で自分を苦しめ、いろいろなことにとらわれていることに泣いた。これがサバンナでの、文明のおよばない、私がいつも夢みていた場所での最後の夜だったと今さらながら気づいて泣いた。もっと上手に使うことができたのではないか？　いや、たぶんそれはない。けれど、世間から切り離された二週間、私は自分自身と向きあう一方で、思いがけなくも連れだった、べつのたったひとりの人間に情が移ったことは事実。

最後の朝。私は寝たまま蚊帳越しに外を見る。太陽がタランギーレの青々としたアカシアサバンナに斜光を放つ。自分がこうありたいと思う女でないことが恨めしい。でも、カレンだってそうだった。

［カレンの言葉］

一九二六年九月五日。親愛なるトミー（……）去年（……）極貧こそが私にとっていちばんの問題なのだという答えにいたりました。情けなく聞こえるけれど、自分が事実を受け入れられるようになるまでずいぶんかかりました（……）五千ポンドをもらえるなら、片足を差しだしてもいいくらいです（……）片足がなくても私は自分らしくいられると思うけれど、お金がなくては自分らしくあるのは本当に難しい。（……）孤独や不安より、貧乏に苦しんでいると認めるのはもっと悪いことでしょうか？

一九二八年九月十三日。親愛なるエレ（……）とどのつまりは、幸せは外的な環境ではなく、心的な状態に左右されるのですね。（……）年が経つにつれ、自分らしくいられる日々の些細な出来事に気づくようになりました。たとえば、私は太ってはいけないのです。飢えに苦しんでいるほうがいい。太りすぎると、私の流儀が崩れてしまうから。それに（……）私は見栄っ張りです。貴族とか学者とのつきあいができないとなると、労働者階級とつきあわなければならない。ここでは土地の人たちがそれにあたります。私は中産階級とはやっていけないから。

カレンについて読みはじめた当初は、拭いきれない不快感があった。カレンははたして私が思っていたとおりの憧れの人だったのだろうか？　回想録『アフリカの日々』で語っているのは冷静で勇敢で賢明な女性なのに、カレンの手紙や伝記で明るみにでたのはまるで別人。カレンの取り繕ったような、芝居がかったような様子は、ほかの作品にも見られる。デニスとの関係に希望はなかった。彼女の精神状態は控えめにいっても不安定だった。カレンのハンティング熱は身の毛もよだつほど。しかも手紙のなかでは、出来事をいろいろとつくり変えていろいろな人に語っており、よくあからさまに嘘を吐いた。現代のアフリカ人作家たちなどに訊いてみたとしても、カレンの植民地に対する姿勢に先入観がなかったわけではない。私が夜に思うべき人は彼女なのか？

カレン・ブリクセンの作品を読んだ人たちには、カレンは自信に満ち、賢く、才気があり、公正で、仏のように穏やかで、温かいユーモアをもって人生においてもたらされるものすべてを受け入れる女性のように思われるだろう。

しかし、カレンにはべつの顔もある。

弟のトーマスに宛てた手紙からは素のカレンが透けて見える。このカレンは思い迷い、弱々しく、塞ぎこんだ女性で、その感情の起伏はジェットコースターのようだった。いつだってなにかに怯えていた——金欠を、農園を手ばなすことを、恋人がいなくなることを、ひとりで旅をしてひとりで暮らすことを、自分のひ弱さを。彼女は何度かパニック発作に陥り、死にたがっていた。こんなカレンの世界はデニスに依存しきっていた。デニスがいれば、彼女はわれを忘れるほど幸せだった——デニスがいないときは、彼女は打ちひしがれて臥せっていた。

母親に宛てた手紙のなかのカレンは陽気で軽快だった。自分の問題などとるに足らない一過性のものだった。母親にはカレンは結婚を美化し、病気を軽視し、嘘すら吐いて（「軽い熱中症になっただけ！」）、快活で上機嫌を装っていた。とはいえ――だれしもそうではないだろうか？

さらに伝記のなかのカレンは、一貫性がなく、自己中心的で、ムラがあり、もったいぶっていて、はっきりいって不愉快な人物だった。このカレンの短所一覧に七つの大罪を挙げることにやぶさかではないし、もっとあるくらいだ。

（一）カレンは傲慢で野心家だった。

（二）カレンは不安定だった――失意のどん底にいるかと思えば、あふれる幸せに酔いしれ――あっけなく落ちこんだ。雇い人たちが怠けたり、なにかを忘れたりすると、カレンは傷つき、自分に向けられたものとして、拒否されたものとして受け止めた。

（三）カレンはいつだって意のままにできた。彼女に背こうとする人はいなかったから。「彼女はいきなりだれかを撃つかもしれない」と恐れられていた。

（四）カレンはいつでもなんらかの役を演じていた。友人たちの前ではおおらかで落ち着いてみせたが、よく知らない人がそこにいると、澄ましこんでいつもと違う声で話しはじめることもあった。印象づけたいときは、過度に色気を出して、自分のことをよくわかっている世知に長けた女性のように振る舞った。男たちは、彼女の「知性」と「正気とは思えない迫力」に面食らったという。どうでもいい人たちには、彼女は氷のように冷たかった。彼女は子どももそれほど好きではなく、「わずかな労力で子どもたちからなにが得られるだろうかとロマのように思っていた」。

（五）カレンは嘘を吐き、話をでっちあげた。年齢や連れの階級を偽り、デニスが撃ったライオンを自分が撃ったと他人の手柄を横どりすることもあった。本のなかでは事実をより好ましい方向へ曲げて書いた。たとえば『アフリカの日々』では、勇敢で落ち着いたカレンが犬たちを連れて、ひとりサバンナへ遠乗りする様子が書かれている。カレンは実際には自力では馬に乗れず、手伝いに呼ばれたハウスボーイたちが馬をじっとさせておくことができないと癇癪を起こした、という弟トーマスの言い分にも耳を傾けるべきだろう。

（六）カレンはわがままだった。姉エアが亡くなったとき、カレンは母親にアフリカにくるよう強く求めた。エアの幼い娘の世話をするほうが大事だという母親の気持ちが、カレンにはまったくわからなかった。姪にはこれから何年も祖母と一緒に過ごす時間があるが自分にはない、とカレンは思っていた。

（七）カレンは見栄っ張りだった。彼女は人と違っていたかった。たまらなく金持ちでありたかった。なにかの集まりでカレンは人の目を引く装いをしたり、自分でしとめた毛皮をコートにしたことで有名になった。

（八）ある文献[70]によれば、カレンはブロルから梅毒をうつされたのではなく、自身がパリにいたころにすでに感染していた。

面倒くさい女。悪魔の相棒。謎多き作家。それとも勇敢で落ち着いた本のなかのカレン？　少なくとも彼女にはセルフブランディング力があった。

　伝記を読み終えて、私は動揺してしまった。ありていにいうとカレンに腹が立った。こんな落ち着きのない「ムカつく女」がカレンなのか？　だが、あとになってアフリカの手紙をもう一度読み返したとき、伝記作家ジュディス・サーマンは実際のカレンよりも悪い女に仕立てたのかもしれないという気がしてきた。サーマンは、よく考えずに書かれた文章にいちいち飛びつき、それらを文脈から切り離し、カレンをとんでもなく近寄りがたいものにみえるようにした——しかし、手紙を最後まで読めば、意味があってじつに人間味のある文章にふたたび思えてくる。ジュディス、実際にアフリカへいってみなさいよ。そこで「十八年間、ひとりで、無一文で、病気になって」みなさいよ。返事を受け取るまでに何週間、何ヶ月とかかる手紙だけでやりとりしてみなさいよ。世界にたったひとりしかいない、だれも助けてくれない、そんな弱さと思いあがりと落胆と失望を感じる瞬間がくるかどうかみてみなさいよ！　カレンは所有欲が強かっただろう。自分勝手で気分もころころ変わっただろう。あらゆる手を尽くして自分の弱さを隠したかっただろう。でも、私たちはだれだってそうではないのか？

70　ウルフ・アッシャン『アフリカのブリックス』（谷渕真澄訳、ＪＩＣＣ出版局）など。

こうしてもう一度『アフリカの日々』を読みなおすと、すべてが違ってみえる。本のエピグラフに、カレンはヘロドトスの言葉「馬に乗ること、射ること、真実を語ること」[71]を重々しく引用している。今ならば、作品は架空の物語であって、真実を結晶化させたフィクションだとわかる。あの冷静さは虚勢だと。「農園がひまなとき」[72]、困難は幸せな物語のちょっとした付帯的な出来事であったかのようにカレンはこともなげに触れている。現実には、この十八年にわたる絶望的な闘いを意味しているのだ。コーヒー栽培には適さない気候、神経をすり減らす乾季、バッタ、金欠、孤独、病、人間関係の危機、流産、迫る終焉との闘いを。

と同時に、このアフリカは失われた楽園のような、ありえた世界、そしてあったかもしれない世界の完璧な理想像のようでもある。カレンは恐れない。何週間も臥せって泣いたりしない。カレンは賢くて勇敢だ。カレンは喪失を乗り越え、冷静に自分の人生を見つめている。空から——デニスの飛行機に乗って、苦しみも美しく見えるほど彼方から。カレンを私は夜に思ってきた。カレンを追いかけて、カレンに憧れてアフリカまできたのだ。

これがカレン自身も夜に思ったカレンなのだろう。「彼女自身の理想の姿」、生涯をかけてこうありたいと願い、けっしてたどり着けない理想。私たちがこうありたいと願う、私たちすべての理想の自分。

ミッシング・イン・アクション

疲労とやりきれないもの悲しさに溺れながら、私はオッリとフロテアの来客用寝室へ戻る。ここでは物事は以前と変わらない。建築現場ではなにも進んでいない。電気はいまだに引かれていない。フロテアの髪は赤みがかった三つ編みになっていた。頭皮に沿って美しく編みこまれている。でも、私の心はここにない。私は別世界にいる。そこから戻りたくない。オッリは気持ちをわかってくれて、私を励まそうと自分の宝物を見せてくれた。それはライオンが吐き戻したというボール状の塊で、何年か前にマサイ族から買ったものだという。サバンナの風で完璧な丸いかたちになった、なんともふしぎなゴルフボール大の焦茶色をした固い毛玉だ。私は懐かしむように匂いを嗅いだ。太古の大自然の匂いがした。

旅はうまくいったのか、なにが印象に残ったか、とオッリに訊かれて私は話そうとするのだが、すべてが夢のように感じる。最高の瞬間と脳裏に焼きついたものを説明する言葉すら見つからない。ンドゥトゥ湖からンゴロンゴロへ向かう途中、果てしない草原の真ん中で車をとめ、車から降りて車がもはや地平線のごく小さな点のように見えるくらい遠くまで歩いたとき。果てしなく

71　イサク・ディネセン『アフリカの日々』（横山貞子訳、河出文庫）。
72　同書。

広い世界に存在していたのは、私たち、静かな風、シマウマ、アンテロープ、草原のどこかに寝そべっているジャッカル、背景には時が止まった霧深いンゴロンゴロの外輪山だけだった。写真のなかの私は、見わたすかぎり続く草原の海の真ん中にいる、ただの小さなとるに足らない存在に縮んでいた。

旅が終わる三日前の、その瞬間。人間の小ささ。私は風景のなかの消えゆく小さな点にすぎないのだという清々しい気持ち。

最後の一週間はケニアに滞在しようと考えていたが、またもテロ事件があり、気が向かなかった。報道によれば、アメリカ合衆国はケニアへの渡航禁止を呼びかけ、イギリスは旅行者を退避させて直行便の運航を停止、在ケニア・フィンランド大使館も、新たな攻撃と誘拐の危険性が高いため、渡航者に厳重な警戒を呼びかけている。悩ましい。ナイロビへの旅は数日に短縮して、しばらくはまだここにいることに決めた。

オッリは私のサファリ話をたっぷりと聞いたので、サファリへいきたくてうずうずしている。どうだろう、時間もあることだし、彼を二日間の野営にそれとなく誘いだせるだろうか。私が戻ってきた翌日、オッリはムコマジ国立公園へ二泊くらいでいくとしたらいくらになるかおもしろ半分に計算しだした。料理人、自動車整備士、テント、水百五十リットル、食料、おそらく小型の簡易シャワーまでも含まれるだろう。ガソリン、公園入場料、雇い人たちの賃金、食事が三泊四日分で八百ドル、つまり六百ユーロ。私の旅行資金はまだ足りるだろうか？　考える時間はどうやら二時間。明後日には出発しなければならないからだ。どうしよう！　私もついにカレンのように野営できるの？

移動式テント泊がしたかったのに、いざそうなってみると怖じ気づいてしまったと認めざるをえない。私はアウトドア派でもなく、テント泊の経験もたいしてない。ムコマジにはさほど動物はいないようなので、怖がる必要はないだろう。しかし、暑いかもしれない。脱水症状を起こさないよう気を遣ってばかりいたセレンゲティにもまして。それにトイレは――それらしいものはオッリの一覧表には記載されていなかったし、尋ねづらい。外で用を足すくらいはできる。が、四日間の旅では気を遣うことはほかにもあるのだ。カレンがサファリで簡易トイレのようなものを持っていっていたのか、切実に知りたい――手紙でいっさい触れられていないから腹が立つ。伝記作家たちよ、人はこういった基本的なことが知りたいのよ！　どうやってサバンナで用を足すのかってね！

私の疑念は確実になった。トイレはない。スコップを持って藪のなかへ入るのみ。だが、これはたいした問題ではなくなってきた。ムコマジには動物はさしていないとオッリはいっていた。つまり動物はいないのだろうと私は勝手に思っていた。しかし、もちろん動物はいる。場所が手つかずの自然のままなので、人前に姿を現さないだけなのだ。ムコマジでは象は身の危険を感じたら百メートル先にいても攻撃的な行動をとりはじめる。セレンゲティではライオンは観光客の車に慣れていたが、ムコマジでは夜になるとライオンの咆哮は何度も聞こえるのに、その姿をオッリは一度も目にしたことがない。それにどうやらライオンは国境近くのケニアのツァボとおなじ種類らしい。「やつらは有名なツァボの人食いライオンなんだ」とオッリはうれしそうにいう。それについては、その名も血も凍る『ツァボの人食いライオン』を百年前に読んだカレンも書いていた。「ライオンが人をテントから引きずり出して食べた事件はいくつか聞くけど、でたらめだよ」と、オッリ。「そういうケースはどれもテントのファスナーが開けっぱなしになっていたか、人間の頭がテントからはみ出していたかだね！　ぼくらは心配無用。大丈夫。夜にトイレにいくのだってわりあい安全だ」。ああ、神よ。これでどうして出発できよう。カレンが百年前に野営した環境に近づけるからという理由以外に、自分を説得する根拠がなにもない。ロッジもない、観光客に慣れている動物もいない、車をおいてほかに安全な場所はない――カレンたちにはそれさえもなかった。

怖い、と私はオッリにいう。恐怖は人間の自然な感情のひとつではあるけれど、西洋の人間はそれがなにかすらたいていわかっていない、とオッリがいう。一方で、アフリカの都市やサバンナでテントに寝そべっていると、差し迫った恐怖がわかる。要は、恐怖をコントロールできるかどうかなのだ。オッリは自然のなかで恐怖を感じたことはないらしい。が、アルーシャではある。彼は強盗に何度も遭っていた。

カレンがサファリで恐怖を感じたかどうか、私にはわからない。そのことについて書いていたかどうか、覚えていない。でも、ブロルやデニスといると、怖くなかったのかもしれない。崇拝し、信じてやまない男と一緒なら、怖いという感情はなかったのかもしれない。

オッリは旅の支度に取りかかった。自動車整備士とさっそく車を点検し、料理人となにを買うか考えている。テント、大型テント一張り、キャンプマット、寝袋、サファリチェア、食器、調理器具、洗面器、ランプ、生活用水、飲み水、スペアタイヤ、ジャッキ一台、工具を車に詰めこむ。私はバケツで洗濯して、自分の荷物を詰める。二日前からはじまったお腹の不調は悪化する一方で、オッリがくれた抗生物質を飲むことに甘んじる――明日の朝までになんとしても体調を整えておかなければならない。抗生物質で体がだるくなり、酔いがまわったような感じがする。もうこうなったら、手持ちの薬をあるだけ飲む。どうにかこうにか生きてさえいればいい。

朝も早くから、フロテアがボリューム満点の朝食をつくってくれた。よい旅を、と彼女は私たちを送りだす。サバンナで野営なんて私には無理、といいながら。彼女はライオンが死ぬほど怖いらしい。

私は、「サファリのすべてが言葉にならないほどおもしろい」ということだけを考えるようにする。

ムコマジ国立公園のディンデラのキャンプ場は見晴らしのいい丘の頂上の突端にある。そこから眼下に広がる緑のサバンナと、睡蓮が繁茂する小さな湖が見わたせる。空は雲に覆われていたが、晴れていたら山間からキリマンジャロの山峰がのぞくのだろう。公園の入り口で耳にしたのは、私たちは園内で唯一の来場客だということ。ここは観光地でもなんでもない。ここを訪ねるのは年にひと握りの客のみ――百年前の東アフリカ全土のサバンナのように、野生的で原始的な場所なのだろう。外界へ通じるものはなにもない。必要なものはすべて持ちこまなければならない。

キャンプ場に到着すると、小柄なパレ族の料理人アロイスは、さっそく調理器具一式を丘の突端の石畳の上に広げた。木炭で火を熾し、お湯を沸かし、野菜の皮を剝き、骨つき鶏もも肉をつけ汁に浸しはじめた。アロイスは二泊三日の旅だと思っていたようだ。つまり、食料は四日分ではなく三日分しかない。血糖値にひどく神経質な私としてははやくも取り乱しそうになる――卵ひとつに小さなコップ一杯の水という最後の晩餐が目に浮かぶ。それともカレンのようにアンテロープ狩りに出ることになるのだろうか？　思い詰めていたら、大丈夫です、とアロイスはいう。そもそも食費をこんなに切り詰めなくてもいいのに、と不満もこぼしたが――アロイスは食料を出し惜しみする必要のない豪華サファリを提供する会社のもとで働くことに慣れている。そのうえ日程も彼にしてみれば短すぎる。彼の腕前が発揮されるのはサファリに出て十日目らしい。彼はこの旅を「低予算豪華」スタイルと定義づけた。彼の食事を口にして腑に落ちた。

フィンランド人からすると、野営サファリに料理人を雇うこと自体が贅沢なのに、ここでは不可欠な準備であるようだ。ここではトランギア[73]で缶詰の豆スープを温めたりしない。オッリも、これまでの十六年間つねに料理人を同行させていた。オッリはシャワーもトイレもなく七週間を藪のなかで過ごしたことがあるようだが、三品の夕食は削らない。よくわかる。仕事をするつもりなら、料理に時間とエネルギーを割くだろうから。そうでなくても賃金が安い。料理人と自動車整備士の賃金は一日あたり二万シリング、つまり十ユーロもかからない。

もしケチな北欧人が料理人を雇うことをしぶっても、生き残るという観点から自動車整備士ははずせない。ちょっと移動するにも整備士マックスと五リットル入りの水缶なしでは私たちは動けない。車が故障でもしたら――こういう環境ではありがちだ――外部の助けは待つだけ無駄である。電話は通じない。十キロ圏内にほかに人はいない。ムコマジの日中の気温はゆうに三十度を超える。だから、壊れた車中にそれほど長くは座っていられないだろうし、歩いてどこにもいけはしない。

オッリとマックスはテントを設営している。大型テントはシンプルな屋根つきで、テントのなかにはテーブルクロスが敷かれた食卓と椅子があり、テーブルの上にはピッチャーに入ったジュースと紅茶が置いてある。雇い人の男たちはひとつのテントにまとまり、オッリ自身は星空を一晩中楽しめる一人用のメッシュテントで寝る――これだと丸見えで、どうやら雇い人のだれもここで寝ることに同意していない。私もこういうテントがいいか、とオッリに訊かれたが、可能なかぎり丈夫で厚手のしつらえのものがいいと私はいった。そんなわけで、私にはフェールラーベン[74]の、アウターとインナーがべつの四人用テントを立ててくれた。とはいえ、さすがに象

73　スウェーデンのアウトドアブランド。アルコールバーナーを使うストームクッカーで有名。
74　スウェーデンのアウトドアブランド。

の群れに踏まれたら潰れるだろう。が、すけすけのテントのなかで寝るよりはよほど安心感がある。

設備はこんな具合だ。木の枝にタオルが一枚ぶら下がり、その下に水がわずかに入った洗面器がある。私のテントの前の石の上には、外トイレ用のトイレットペーパーが置いてある。オッリは本来のトイレも教えてくれた。ここから少しいった先の草むらのなかに石で穴に蓋をしたコンクリートの台座がある。周りにある石で自分用の座面をつくれるらしい。

日が暮れる前に、私たちは短時間のゲームドライブへ出かける——オッリいわく、タンザニアでもっとも見晴らしのよい場所へ向かおうとしたが、それは叶わなかった。川が氾濫し、道がなくなっていた。アロイスは夕食をつくるためにその場に残された。彼としては、車がもたらす安心感なしにキャンプにひとりで残りたくなかった——もしライオンが訪ねてきたら、彼に残されたたったひとつの道は調理場の隣の木に登ること。それにしてもアロイスのつくった夕食はすばらしかった。太陽が六時半ごろに沈むと、漆黒の闇になる——バッタと蛙がけたたましく鳴いている。私たちは大型テントの小さなランタンの薄明かりに照らされて座っている。アロイスが前菜に小さな金属製の器によそったリーキとコリアンダーのスープとパンを運んでくる。メインは大皿に盛られたティラピアのソテー、コリアンダーをまぶしたじゃがいも、このうえなくおいしいカチュンバリ、豆と人参のグラッセ。デザートはスライスされた甘いパイナップル。このデザート部門にアロイスが文句を垂れていたケチケチ予算が響いていたと知ったのはあとになってからだった。オッリはアロイスの買い物リストから「余計なものとつまらないもの」すべてにチェックを入れていた。そう、たとえばチョコレートムースに。「藪のなかで『チョコレートムース』なんかいらないだろう！」と息巻いていたオッリは、「まさか食べたかったとか？」と今さら私に訊いた。

まだ八時にもなっていないが、私たちはそれぞれのテントに引き揚げた。で、私は今ヘッドライトの明かりでこれを書いている――こんな暗闇ではほかになにもしようがない。寝巻きに着替えて、汗を掻いたまま寝袋の上に身を投げる。夜は寝袋のなかに入りたくなる程度には気温が下がるらしい。隣のテントからオッリのあくびと、男たちのひそひそ声が聞こえる。テントのなかは驚くほど安心できた。子宮のなかにいるような、宙に浮いているのに自分だけの（と勝手に思っている）シェルターのなかにいるような気がする。

真夜中の一時にライオンの咆哮が聞こえてきた――あの金属的な、背筋が凍るような野太い大地の響きを。かなり遠くの低地から聞こえてくるように感じる。雄は夜どおし縄張りをパトロールする。その複雑に波打つ咆哮はおよそ十五分おきに朝まで聞こえ、私たちのいる見晴らしの丘の突端を周回しながら東から西へ徐々に動いていく。まんじりともしない。用を足しに外に出る勇気はさらさらない。しかもテントはダニだらけ。私はダニどもと終わりなき戦いを繰り広げる。

朝になって、今はムコマジのダニの最盛期だということが判明する。私たちは腰まである草むらを通ってわざわざトイレの場所までいったのに、恩を仇で返された。ダニが服についてテントのなかまで入ってきてしまったのだ。オッリはここでダニに噛まれて二度熱を出したが、フィンランドから持ってきたある抗生物質が最後には効いたという。「ただし、製造はとっくに終了している」が。ダニは体に飛びついてもすぐには嚙まず、一日か二日は皮膚の上に身を潜めているらしいと知ってほっとした。それまでにつまみ取ってしまえば、危険はないはずだ。

朝の五時にアロイスは朝食のために火を熾しはじめる。オッリもライオンとダニのせいで一睡もできなかった。明け方、彼は雄叫びをあげて手を叩きながらトイレの丘へ向かう。夜に丘の中腹で豹の唸り声を聞いたからだ。豹のおかげで私の尿意はものの見事に吹っ飛んだ――私には見通しのきく道の真ん中でささっと用を足すだけで十分である。

日の出は最高だった。東の山々が鮮やかな朱色に染まる。西の山々の頂には靄がかかり、まるで白い和毛か、繁茂した黴に覆われているようだ。調理場からキリマンジャロの山頂が遠くに見える。アロイスは朝食に、野菜オムレツ、ソーセージとトマトの炒めもの、トースト、アボカド、スライスした果物を用意する。とりあえず飢え死にすることはない。

雲がわずかに出ている。はやくも蒸し暑い。私たちはキャンプを解体し、八時に出発する。

ディンデラの緑と花の咲く景色が乾いた赤い砂漠へ変わる。砂漠には、アカシアと通りぬけできない棘のある低木が銀灰色を帯びて煌めいている。途中、レッサークーズー、コンゴニまたはハーテビースト、立派な垂直の角を持つオリックス、前足を木の幹に置いて後ろ足で立ちあがり、木の梢を食んでいる長い首のジェレヌクを見た。これらの多くがムコマジ固有のもので、タンザニアのほかの場所では見られない。

私たちはケニアの国境にごく近いマオレに向かっている。車で数時間かかるが、途中、キシマで給水し、オッリの友人のトニーの様子を見に立ち寄る。トニーはいた。カラシニコフ銃を装備した護衛たちになかへ入るよううながされて丘を上っていくと、大地に溶けこんだ、この界隈ではおそらくたった一軒の石造りの家が遠くに見えてきた。

七十歳近いトニー・フィッツジョンは凄いのひと言に尽きる。若いときは、ジョージ・アダムソンと十八年間ケニアで働いて、コラ動物保護区で過酷な環境のもと野生ライオンとともに生活していた。ジョージ・アダムソンは伝説のライオンの父だ。自分の人生をライオンの保護に捧げ、動物園で育てられた個体を野生に戻すなどの活動をしていた。彼の妻ジョイ・アダムソンは、雌ライオンのエルザの物語[75]を書いたことで知られている。なんとなく日々をやり過ごし、アフリカでぶらぶら生きていた二十六歳のトニーは、一九七一年にライオンに殺された前任者にかわってジョージの助手となった。目を疑うような写真には、上半身裸でライオンと組みあってポーズをとっているハンサムな青年が写っている。彼はまるでターザンのようだ。

ケニアの政治的状況が激変し、一九八九年にジョージ・アダムソンは密猟者たちに殺され（ジョイはその十年ほど前にはもう殺害されていた）、トニーもペルソナ・ノン・グラータ[76]となり、

75　邦訳は『野生のエルザ』（藤原英司・辺見栄訳、文藝春秋）。
76　受け入れ国にとって好ましくない人。

ケニアを引き揚げることになった。彼はタンザニアのムコマジ動物保護区へ移り、当時、窮地に立たされていた区域の開発を進めた。絶滅の危機に瀕したリカオンの園内での種の繁殖に取り組むプロジェクトをはじめる。その後、山がひとつ入るほど広大な柵つきのサイの保護区を設けた。絶滅危惧種の最初のサイは飛行機で南アフリカへ運びこまれ、現在二十五体が確認できている。保護区には学習センターがあり、子どもたちはそこを訪れ、自然保護とサイについて学んでいる。水飲み場の隣には地下壕がつくられており、そこから動物を観察できる。トニーはこの大仕事をほぼひとりでやってのけた。並はずれた粘り強さと鋼のような意志なしに、ここでは自然保護も進められないし、汚職や密猟や違法な放牧といった積年の問題にも立ち向かえない。二〇〇八年にムコマジがついに国立公園へ昇格できたのは、彼の二十年におよぶ仕事に負うところが大きい。現在、トニーは現地で五十人を雇い、彼らと無線電話で連絡を取りあっている。低く静かな逆らえない声で、今もスワヒリ語で指示を出し続けている。

トニーは筋金入りの動物保護活動家だが、なにも人がいいというわけではない。彼は気が荒く面倒な性格で、露骨にものをいうことで知られており、土地の人たちからは怖がられたり、憎まれたりしているらしい。数年前、オッリがはじめてトニーの敷地に足を踏み入れたとき、ライフル銃を構えた護衛に「失せろ」と出迎えられた。とりわけトニーは現場についてなにもわかっていない頭でっかちな研究者を毛嫌いしているらしい。なかへ通すかどうかはトニーが決める。「オレは人が苦手だ」と彼はいい、今では自分は丸くなったし、もう「酒も盗みも薬もやらないし、妻に手をあげることもない」らしい。邪魔者や厄介者は今でも気に入らない。アロイスとマックスは私たちの訪問のあいだは車のなかで待機することになった。トニーは自分が嫌われていることを知っている。だから、土地の人たちに自分の生活の様子を見られたくないのだ。きっと彼は荒波に揉まれてきたのだろう。自然保護はその区域から追い出された土地の人たちに必ずしも受けがいいわけではない。気難しいムズングたちが関わっているならなおさらだ。だからこそ、トニーは子どもたちへの自然保護意識の育成を自分の財団の第一に掲げているのだろう。

とはいえ、人を感服させるものがトニーにはある。彼のユーモアはどこまでも黒い。ほとんど粉をかけようとしていると断言してもいい。私たちが到着したとき、「彼女はだれだ？」と私に見向きもせずトニーは口走ったが、さすがにライフル銃は向けなかった。そのあとオッリが私のことを「彼女」とか「この女性」と繰り返していたら、彼女の名前をいえばいい、ミアだろう、とトニーは指摘すると、にやにやしながらこう続けた。「彼女は大切に扱わなくちゃだめだ。気分よく過ごしてもらいたいからね。あとから煮て食うんだから」。二年前に、トニーは自伝『Born Wild』を執筆している。オッリが今フィンランド語に訳してはいるものの、出版社がまだ見つかっていない。その本を買うことはできますか、と私が尋ねると、「オレが本屋に見えるか？」と食ってかかる。すごい剣幕で無線電話に怒鳴って一冊持ってこさせると、「For Mia (Missing in Action?)」とサインをしてくれた。「フィンランド語訳が出ないとなったら、これは返してもらう！」。今日の訪問は私の本の「ナイスな」章の素材になったはずだとオッリがいうと、トニーはそれでまたかっとなり、「ナイスな章なんかいらん！」といきり立つ。ナイスなことはいっさい書かないと私は約束する。

私たちは稀にみる厚遇を受けた。お昼に呼ばれ、その前にサイ保護区へ車で連れていってくれるという。トニーは吹きさらしのランドローバーで狂ったように運転する。跳ねる後部座席から棘のあるアカシアの薮に頭から突っこんでいかなくて助かった。トニーの飛行機がナイロビで修理に出ていると聞いて、じつは少し残念に思っていた。カレン・ブリクセン風にちょっとしたデモフライトにいくことができたかもしれなかったからだ。ところが、トニーの操縦は車の運転よりもっと腰が抜けるとオッリがいうので——地面からたった十メートルのところで機体を逆さまにして回転しかねない——私は現状に満足している。いつの日かトニーは土地の人たちに殺されなくともトニー自身が飛行機事故を起こして死ぬと思う、とオッリはいう。

絶景を見下ろす丘の頂上に、ごく緩やかに曲線を描いた好ましい石造りのトニーの家がある。そこに彼は妻のルーシーと四人の子どもたちと住んでいる。十代の娘たちはイギリスの寄宿学校に通い、十八歳の息子は大学進学を目指し、妻はイギリスの子どもたちのところにいっている。トニーは家族のかわりに生後一週間で家にやってきた二歳の子象を紹介してくれた。この母親は死んでしまった。ある晩、護衛の詰所にふと姿を現し、護衛は目を覚まして助けを呼んだ。赤土で銅色に染まった象はオッリと私を警戒していたが、撫でさせてくれた。数年前だったら、ジープという名のトニーのライオンにあいさつできたかもしれなかった。ジープのパンチ力は子象よりもさらに恐ろしいらしい。

私たちは広々とした大型テントの見晴らしのいいテラスでお昼をとった。「ミア、手で食べて」とトニーはいって、台所から運ばれてきた網焼きの骨つき鶏もも肉にかぶりつきはじめる。とき

ど き指を舐めてきれいにし、骨はマングースに投げてやる。マングースはテラスに顔を出すと、自分とおなじくらいの大きさの骨に血相を変えて飛びついた。お昼が終わると、昼寝をする、とじつに屈託なくトニーはいう。「ここを出るときにリカオンたちを見にいくといい。明後日帰るときにまた寄ってくれ」

そうして彼は無線電話で話しながら姿を消した。

夜は、マオレの広大なサバンナの真ん中の大きな木の陰に入って野営をする。日が沈まないうちにオッリと近くの湖まであと少しだけウォーキングサファリをする。オッリが道で動物の足跡を発見する――あれはシマウマの足跡、あれはバッファロー、あれは真新しいライオンの足跡――私はつとめて地平線に視線を定め、呼吸を整える。車がもたらす安心感がないと途端にへんに自分が裸になったように感じる。

夕食をすまして私たちは寝床へ直行した。見あげれば、煌めく星空が星雲や銀河や逆さまの北斗七星とともに弧を描いている。驚いたことに、私はもうなにも怖くない。ダニも、ライオンの咆哮も、なにも。それどころか、瞬く間に深い眠りに落ちていった。時刻は今七時。雲はしだいに晴れ、日は昇っていた。暑い一日になるだろう、とオッリは予想する。

朝はいつも洗面器で顔だけを洗っている。昨日の夜は腕についた赤い砂塵を落とした。明日の朝は、せめて髪を洗わなければ。シャツと靴下と下着は毎朝替えているが、それでも自分が臭ってきた。ここサバンナの風に吹かれればだれも気づかないとオッリは請けあうが。探検隊全員のお腹の具合についてはちょくちょく話しあっている――こういう状況下だと欠かせないことだと思う――生物学と医学の専門家の任を拝したオッリは、私の腸の調子はどうかと事細かにしょっちゅう尋ねてくる。私がトイレットペーパーを持って藪のなかへいくたびに、スコップは要るかと訊いてくる。必要ない。私の腸は豹に起因する心因性の停滞が続いている。

　私たちは八時前に朝のゲームドライブへ向かう。遠方のカマコタの丘まで車を走らせる。アロイスはキャンプ場に残り、マックスが運転し、私は立ちあがってサンルーフから顔を出す。オッリはルーフの上に座っている。彼のお気に入りの場所だ。棘のある茂みと枯れたアカシアの幹が太陽を浴びて銀メッキしたように光り輝いている。大地はオレンジと錆色とピンクすら帯びて光り輝く酸化鉄を含んだラテライト土壌だ。これが日の光を浴びて煌めいて、目が眩む。風景はときに薄気味悪くホラー映画のようでもあり、大災後の世界を描いたSF映画のようでもある。なぜ、この場所にムコマジという名前がついたのかようやく腑に落ちた。ムコマジとは「水がない」という意味なのだ。[77]

　ときおり私たちは大きな鳥を見かける。オッリが教えてくれたのは、ヘビクイワシ、アフリカヘラサギ、フサホロホロチョウ、ミナミジサイチョウだ。大挙して私たちから遁走していく動物も見た――イランド、キリン、シマウマ、イボイノシシがこの大地とおなじ朱色に染まって。黒と白のダチョウはここでは黒とオレンジで、尻尾をピンと立てて走っているイボイノシシはオレンジ、シマウマはオレンジのストライプ、キリンは赤銅で鋳られたようだ。私たちの車はオレンジ色に染まった。私たちも、私たちの荷物もすべておなじ。すべてがオレンジ色の砂塵に覆われている。

私たちはたびたび車をとめて写真を撮ったり、サバンナで起きた火事やラテライト土壌のせいで赤くなって、ねじれた木片を道で集めたりした。木片は時の経過とともにサバンナの風に揉まれてセメントのように固くなっている。カマコタでは巨大なコピエの上へ登った。そこから雄大な景色が一望できる。サバンナでは地平線まで続くまっすぐな境界線が見える。この右側にある藪は銀色で乾いており、左側は緑色で草が茂っている。雨があの境界線で上がったのだ。

お昼をとるために私たちはいったんキャンプ場へ戻る。そこは灼けるように暑かった。食事を終えて、オッリは木陰になっている草むらのなかでうたた寝している。私は自分のサファリチェアに座ってトニーの回顧録をパラパラとめくった。本に登場するジョイ・アダムソンに思いをめぐらす。なぜ彼女もカレンのように「ライオンを選んだ」のだろう。なんのドキュメンタリー映画だったか、ジョイとライオンのエルザの関係があまりにも近すぎたから子どもがいなかったといっていた。女性に子どもがいないことが、なぜ悲劇ととらえられるのだろう。彼女のしてきたことが、子どもがいないことの埋めあわせのようにいつも解釈されるのはなぜだろう。かならず

77　正確には「ひと掬いの水」。

しも悲劇だとはかぎらない。ひとつの道をいくとしても、もうひとつの道もある。子どもがいないことでいくつかの扉が閉ざされても、開かれる扉もあるのだ。それになぜ男性の場合はこんなふうに解釈されないのか？　ジョージ・アダムソンには子どもがいなかったからライオンに人生を捧げたという意見に私はまだ出くわしたことがない。

午前中、私は貪るように景色を眺めていた。涼しいサンルーフに立ったまま長いこと日にあたりすぎてしまったせいで、頭が痛くて気持ちが悪い。それでも無理して夕方のゲームドライブについていく。なぜなら夕日がもっとも美しいから。景色が金色に染まる。アフリカオオワシの子どもを狩る一羽のゴマバラワシが見える。私たちのキャンプ場からほんの数百メートル先のケニアとの国境に沿ってひたすら走る。国境の目印は、隆起した土地を横断して一直線に地平線へ続く切り拓かれた一本の道だ。定規で引いたような地図上のアフリカ諸国の国境線が、私はふしぎでならなかった。でも、今ならわかる。国境付近にサバンナか砂漠しかないなら、なにも複雑な線を引く必要はない。

キャンプ場に戻り、私たちは髪を洗った。シャワーをするには足りないが、たらい一杯分で二人分の髪は洗えるらしい。おかげでずいぶんさっぱりした。

私は気分をよくしようと夜に水を大量に飲んだので、寝るときになって大変な事態に陥った。長いこと迷っていたが、もうだめだ。なんとしてもトイレにいかなくては。私はテントのなかで体を起こし、暗闇に聞き耳を立てる。なにも聞こえない。テントのファスナーを開けて、ヘッドライトであたりを照らし、ツァボの人食いライオンにそなえてゲリラ兵さながら隈なく走査する。

テントの縁すれすれにさっと腰を落としてズボンを下ろし、可及的速やかに事をすませてテントに戻り、すぐさまファスナーを閉めて息をつく。心臓は早鐘を打っている。

まるで格好がつかないのはよくわかっている。でも、生死がかかっているのだ。

朝が霧のなかで白んでいく。信じられないほど美しく。私たちはインド洋にとても近いところにいる。夜の海の湿気は雫や朝霧に結ばれて、テントも荷物もことごとく篠突く雨に遭ったかのようにぐっしょりと濡れている。曙光が斜めに差しこんで、見わたすかぎり黄色い草むらに張りめぐらされた何百という蜘蛛の巣を浮かびあがらせる。草の葉に吊るされた小さな丸いレースの敷物のようなそれらが、微風に吹かれて静かに揺れている。

最終日の朝。野営サファリがはやくも恋しい（豹に起因した便秘が和らいだので、今なら一週間は延長してもいい）。すべてはシンプルで心もちハード。でも、明快で爽快だ。ふしぎなことに、テント泊のほうがロッジ泊よりもたっぷりと時間があった。ロッジでは、夕飯、電気、水、日没時間にとらわれて慌しかった――シャワーに間に合うよう、髪を乾かせるよう、化粧ができるよう、夕食にいくために着替えられるよう、日の入りや日の出を見るために見晴らしのいいテラスへあらためていけるよう、時間をいつも気にしていなければならなかった。ここには決まりはいっさいない。ただサファリチェアに座って景色を楽しみ、本を読み、ものを書く。髪は汚いまま、服はそこにあるものを纏ったまま。太陽は沈んで昇るにまかせ、光は増して減るにまかせ、霧は立ちこめて薄れるにまかせる。日が暮れたら、夜が明けたら、食べるために大型テントへ歩いていく。すべてはここにある、すぐそばに。そのなかに自分はいる。ロッジサファリで一日をだれとも会わずにサバンナで過ごしたとしても、夜になれば文明が介在してくる。ここにはだれも、なにも、私と原野のあいだに入ってくるものはない。カレン、あなたのいう幸せがわかる。

サファリから戻ったら、私はシャワーを浴びる。ムコマジの動物の色を洗い流す。私から流れ落ちる水はシャワールームの床をオレンジ色に染めるだろう。

［カレンの言葉］

一九三〇年九月二十一日。親愛なるお母さん（……）このうえなく素敵な二日間でした。デニスが先週の木曜日にきて、昨日またいってしまいました。（……）昨日、私たちは空を飛びました。彼と一緒にンゴングの丘の上を飛べるなんて、これ以上の幸せってあるでしょうか。アフリカは空から眺めるべきです（……）そうしてようやく、この大地の上に広大な平原と、光と影の戯れがあるとわかるのです。（……）デニスは曲技飛行をしてみたくて、幾度か横向きに飛びました。シートベルトをしていたからよかったけれど……。

一九三〇年五月、デニスはンゴング農園の家の野原に着陸できそうな飛行機をイギリスで探していると書いてきた。九月、デニスは新しい飛行機に乗って到着した。飛行機の名前はンズィジ。バッタという意味だ。カレンの家の付近には今でもンズィジという名の道があり、そこは昔、この飛行機の着陸場所だった。二人のはじめての飛行はンゴング丘陵の上空だった。そこからコーヒー農園やアフリカ人たちの家を眺め、群れで突進するシマウマやインパラを見た。お茶が冷めない程度のほんの十五分の飛行だったり、ナトロン湖の上空を飛んだり、ナイバシャまでいったり、週末を過ごすためにタカウング海岸まで足を延ばしたりしたこともあった。デニスは、カレンにアフリカを空から見せるためだけに飛行機を買ったといった。カレンは、飛んでいるときについに「私はすべてを理解[78]」したと感じた。実際に当時は――『広大な自然』以前は――飛ぶことは奇跡的に感じられたにちがいなかった。広大なアフリカの大平原の姿を、二人ははじめて目にしたのだ。

［カレンの言葉］
　一九三〇年十月十二日。親愛なるエレン（……）私は毎日のようにデニスと空を飛んでいます。（……）天使の気持ちがわかる気がします。

これを最後に二人の幸せな時間が終わった。

78　イサク・ディネセン『アフリカの日々』（横山貞子訳、河出文庫）。

私はここまでカレンの跡を国境線の向こうからこっそりつけてきた。正直にいうと、ケニアにはそれほど惹かれない。いやますパニックに襲われながら、私はニュースを注視してきた。テロ攻撃の危険があるため、どうやらナイロビで避けるべきは、ショッピングセンター、国際観光ホテル、タクシー、スラム街、民衆会議、ラッシュ時の移動、週末——じゃあ、どこにいけるの？とにかく問題は、私の帰りの便がナイロビから出発するということだ。

そんなわけで、私は今、三車線の高速道路の延々と続くトラックの列に挟まれて、ナイロビ行きのバスに乗っている。ぐるりと見わたせば、黒煙を吐きだしている工場が並び、道路脇には数キロにわたって停車しているトラックや自動車修理場や倉庫がある。排気ガスと妙な化学物質の臭いが充満し、視界は濁っている。工業、交通、車両、汚染、人の数——すべてがタンザニアとはまったくべつのスケールで押し寄せて呑まれそうだ。

ここはのどかさとはかけ離れている。でも、カレンを見つけだすつもりなら、まずここにくる必要があると思う。

ムコマジから戻ってからの日々はオッリとフロテアのもとで帰りの支度に追われた。バケツで洗濯物をごしごし洗う。どの服にもサバンナの塵が大量についていて、三度目のすすぎでも水は朱色だった。フロテアとお土産を買いにいって、綿織物のキコイ[79]を数枚手に入れる。ただし、地元価格の二倍はする金額を支払うはめになる。フロテアの友人のプリスカが、自分の店から選んだワンピースを私のために持ってきてくれた——私が前々からおとなしめのアースカラーのカンガのワンピースがほしいといっていたからだ。しかし、プリスカの好みはどうみても派手だ。そんなわけで、私は快活な柄の「母なるアフリカ」ワンピースとお揃いのヘッドスカーフにまごつく持ち主となった。これを仕立ててもらうために、フロテアに近くの路地へ連れていってもらう。足踏みミシンに向かって作業をしている女性に頼む。仕上がるまでに一時間、仕立て代は千シリング、つまり四十セントだ。

　私たちはもう一度かるく見てまわり、蠅のたかったスプを食べる。私はカメラを向ける勇気が出ず、かわりに情景をノートに書く。一軒の土の家の壁にもたれて、さまざまな年齢の女たちが、さまざまな色のカンガを纏い、赤いニット帽をかぶって座っている。夕日に照らされた彼女たちの居住まいは眩しいくらいに美しい。彼女たちの赤銅色の険しい顔を心の写真のアーカイブへ、多くのそのほかの記録のなかへ保存する。

　その日の夜、私はカンガスカートとTシャツを着てソファに寝そべり、さらにオッリの幅広いコレクションのなかからアフリカがテーマのドキュメント映画を二本観る。ミシェルは楽しげにはしゃぎまわり、私に大きな声で「モイモイ」[80]としきりにいう。フロテアはフリースの上着に毛糸の靴下姿で、ジンジャーティーを淹れている——冷えとりに効くらしい。冬はもう間近だ。帰りの便を手配していなかったら、ここにいつまでも居座ってしまいかねない。そうしたらまたム

79　ケニアの民族布。スワヒリ語で腰巻きのこと。
80　フィンランド語でバイバイの意味。

コマジにいけるな、とオッリが軽くいう。私はこの素敵な家族の一員になった気がした。それにここでは「ライオンか家庭か」を選ぶ必要はない。家族はここ、ライオンはあっちだ。

最後の日の朝、私は五時半に起床。フロテアは四時には起きていて、六時間かかる私のバスの旅のために骨つき鶏もも肉とフライドポテトをお弁当に詰めてくれていた。一本で十分、まちがっても「一羽」は無理だから、と私は説得を試みる。フロテアは昨日から私との別れにおいおい泣いていたので、明るいとはいえない雰囲気が漂う。帰りの便をキャンセルしてここに残れないの？　とフロテアがもう一度訊く。ずっとここにいられたら、と私も思う。ほかになにも望まないから。

オッリが私をアルーシャのインパラ・ホテルへ送ってくれた。そこにナイロビ行きのバスが待っている。私はマイクロバスで唯一の白人観光客だった。すし詰めのボロ車に乗って異国の騒々しくて雑然とした旅になるとばかり思っていたが、違った。到着するまで車内は物音ひとつせず、バスは時刻どおりに運行した。

二時間後、バスはケニア国境で停車した。身分証明書とおぼしき色褪せて今にもちぎれそうなしわしわの紙きれに証印を押してもらおうと、何十人もの土地の人がそこに列をつくっている。私はタンザニア側の出国審査の列に並んでいた。と、そのとき携帯が鳴った。ノイズでよく聞こえないが、どこかはるか彼方から聞き覚えのある声がする。「君に助成金が下りたよ、おめでとう」と、インターネットで情報を知ったオッリが興奮気味に電話越しに叫ぶ。私は歩いて国境を越え、ケニアに入る。

ナイロビの宿は中心街から離れている。カレンの家からほんの数キロ先にあって、カレンにちなんで名づけられた地区にある。宿の客は私以外にだれもいない。ほかの客はテロ攻撃と渡航禁止令のためキャンセルしていた。受付の男性に明日の運転手を手配してもらうことにして（ここでふつうにタクシーを拾うのは危険なようだ。歩いていくのはもってのほか）、自分の荷物をやたらに広くて冷えきった部屋へ運ぶ。宿のがらんとした食堂でひとり、夕食に嚙みごたえのある骨つきラム肉を食べる。気分は沈むが、値段相応――あのすばらしい「カレン・ブリクセン」ドリームを叶えるお金はもはやなかった。泊まりたかった宿は一泊三百とか六百ユーロするのだ。おまけに凍えるほど寒い。雨が降っている。予報ではこれから三日間は続くらしい。

はたと気づいたのは、しばらく経ってからだった。

「ンゴング丘陵は雨が降る」

[電報]

カレン　ツキマシタ stop　アナタニ　チナンダ　カレンチクニ stop　カレンドオリ　カレンカントリークラブ　カレンブリクセンコーヒーガーデン　カレンショッピングセンター　カレンホスピタル　カレンケイサツショ stop　ンズィジ　カッソウロハ　ナイ stop　コーヒーノウエンノ　バショニ　ゴルフジョウ stop　アシタ　ウカガイマス stop　エム

「私はアフリカに農園を持っていた。ンゴング丘陵のふもとに」[81]

親愛なるカレン、あなたはこんなふうに物語をはじめた。私はついにあなたの家の庭に立つ。すると、あなたの文章が光景となって私の脳裏に流れだす。あなたの家が、ここにある。家は私が想像していたよりも小さくて慎ましいけれど、これがンボガニ。つまりここに、あなたが書いたように、夕方になると牛たちが「落日で黄金色に染まった土埃のなか」[82]平原を帰ってきた。この草原から、山羊革の飛行帽をかぶったあなたは、青い光を放つンゴングの丘の上へ向かってデニスと空へ飛びたった。この敷地からはじまる「ふるびて緑の陰影ゆたかなタピストリー」[83]のような原生林へあなたは遠乗りに出かけた。ここの朝の空気はまるで「グラスの澄明さ」[84]があって、ひんやりとして清々しく、「海底を歩いている」[85]ような気がした。あのあたりに農園に住んでいたキクユ族の家族の丸くて「屋根のとがった小屋」[86]があった。ここから南がバッファローとアンテロープとライオンの世界だった。そこは野生動物の王国で、「この農園に、いわば偉大な王の隣人としてそこに住んでいるかのような特徴を与えていた」[87]。だから、日が沈むと、「大気は生き物たちで満ちたかのように」感じた。下流からはハイエナたちの遠吠えが聞こえた。ここではあなたはこのすべての一部だと思った。あなたの息遣いは「木を渡る夜風」のようだった。雨季がはじまり、コーヒーの木が花をつけるころ、「霧や小雨のなかで、六百エーカーにわたって白亜の雲がひろがる」[88]輝くばかりの眺めになった。

この巨大な、樹齢百年以上のカエンボクの若い幹を、あなたは手のひらでぺちぺちと叩いた。

この石の腰かけに座って、借地人たちと毎朝話しあい、毎晩煙草を吸い、ンゴングの丘の頂上へ目をやった。今よりもまだ木に覆われていなかったからよく見えたかもしれない。ときおり、ここに猿の毛皮を纏い、頭にぴったりはまる羊の胃袋で作られた小さな丸い帽子をかぶったキクユ族の族長キナンジュイや、重要な決定を下すためにやってきたほかの部族の長老たちが座った。「雨みたいに言葉を出して下さい」[89]と、キクユ族の若者があなたに詩を口ずさむようながした。韻を踏んだ詩が、彼らには雨のように聞こえたからだった。

あなたはここの土曜の午後を楽しんだ。なによりも素敵な時間だった。「月曜の午後まで郵便物の配達はない」[90]から、それまでは督促状にわずらわされずにすんだ。野営生活のあいだ、ここにデニスが現れ、あなたの友人のバークレー・コールもやってきて、あなたの家を「ワインと煙

---

81 イサク・ディネセン、前掲書。
82 同書。
83 同書を基に、フィンランド語訳の語順に合わせて改訳。
84 同書。
85 同書。
86 同書。
87 同書。
88 同書。
89 同書。
90 同書。

草[91]」で格調高く飾り、「ヨーロッパから本やレコードを取りよせてくれた[92]」。寂しい夜にあなたはここからナイロビを見つめた。「空にかかるその明るいもや[93]」は、あなたの思いを熱くさせ、「ヨーロッパの大都市のことを思いださせた[94]」。

孤独な夜は、「時計が一分また一分と時をしたたらせ、それといっしょに自分の人生が空しくしたたり落ちてゆくような[95]」気がした。でも、そんなとき、あなたは「無言でかばってくれるアフリカ人たちの存在が、私の活動しているのとはちがう高さの平面を[96]」自分と並行して歩いてくれているように感じた。

私は家のなかをゆっくりと見てまわる。昔の台所では薪ストーブの火が燃えつきないよう一日中暖められていた。だから――熱さと火事にそなえて――台所は渡り廊下の突きあたりの離れにある。台所にはマホガニーが使われている。百年以上前の古い調理台、手回し式の攪乳器、ベアトリス・フーズ社[97]のミートミンサー、カレンの靴下干し――冷蔵庫はなく、食料はふつうの戸棚に保存されていた。ここでカマンテが英国皇太子のために腕を振るい、卵白を剪定鋏で泡だて、その泡だちは「さながら軽い雲のように盛りあがるのだった[98]」。

カレンの書斎には壁一面にガラスの扉が取りつけてあり、前庭とテラスへ通じている。サイドテーブルの上にはデニスがくれた蓄音機が置いてあり、暖炉の前には豹の毛皮が敷いてある。壁を覆うのは本棚で、その金属板には今でもデニスの頭文字が刻まれている。本棚の上には赤と緑の船用ランタンがある。この二つのランタンを使って、デニスやバークレー・コールのような近しい友人たちに信号を送っていた。[99]書き物机の上には、カレンのコロナ社携帯用タイプライターが置いてある。小ぶりのそれは、今でいうネットブックに少し似ている。なによりも打つのと同時に手軽に印字できる。紙の山に埋もれ、カマンテと本を書くことについて会話をするカレンを思う。「ムサブ、ほんとに本が書けると思ってる？」[100]とカマンテは疑わしげに糸で綴じられた何冊もの革表紙の重たい本を指さした。「ムサブが書くものは（……）あっちこっちバラバラだ。誰かが戸を閉め忘れると風で吹きとばされて、床にちらばって、ムサブは腹をたてる。いい本になるわけない」[101]

91　イサク・ディネセン、前掲書。
92　同書。
93　同書。
94　同書。
95　同書。
96　同書。
97　イギリスの調理器具会社。
98　イサク・ディネセン、前掲書。
99　カレンは家の入り口にランタンをかけて、位置を変えたり、片方をはずしたりして、食事のでき具合や自分の心境を伝えていた。
100　イサク・ディネセン、前掲書。
101　同書を基に、フィンランド語訳の語順に合わせて改訳。

カレンとブロルの寝室は別々だった。私のよく知るカレンは自分の寝室で過ごすことが多かった。臥せっていたり、手紙を書いたり、ヨーロッパからここへ上陸した上製本の読みごたえのある稀覯の良書を読んだりしながら。カレンの寝室はほぼ白で統一されている。壁面をぐるりと覆うのは、戸棚、棚、ベッド、庭で摘んできた白い百合が飾られていたであろう鏡台。白い寝巻きを着てここに横たわっているカレンを思う。疲れたり、弱ったり、落ちこんだり、打ちのめされたり、ときには幸せだったりしながら。秘められた真のカレンが、私の知りたい夜の女がここにいた。私は彼女を感じとろうとする。まだ感じとれるだろうか。残り香はあるかもしれない。ベッドに横になっている自分を想像する——右向きに横になれば、庭が見えるだろう。背後には黒い梁や垂木がある。これらをカレンはいつまでも見つめていた。

最後の部屋は食堂だ。一九二八年十一月九日にカマンテの料理がプリンス・オブ・ウェールズに供された部屋です、と私のすぐ後ろで、つぎのガイドが得意げに語る。そう、カマンテの評判のコンソメスープ、それからオランデーズソースがかかったモンバサのカレイ、豆を添えたヤマウズラ、ザクロ……私は前のめりになって何度も頷いて、熱心にメモをとる。一つひとつのいわれやカレンの時代からここにあったのかどうかについて、私がいちいち質問するので、ガイドはつくづく愛想を尽かしたのだろう。しまいには「暖炉の灰は当時のものではありません」と念を押される。

私はひとり食堂に残る。暗い色調でひんやりとして、食卓に並べられた食器だけが明るく煌めく。開け放たれた窓から鳥の声と虫の音が聞こえる。

百年前に旅をして、ここでの先の見えない長い孤独の夜に、週に、月に、年に、私は思いを馳せる。アフリカの夜は墓のように黒いことが、今の私ならわかる。この闇がくる日もくる日も十二時間続くことも。電気がなく、弱々しく揺らめくオイルランタンの明かりで夕食をとる気持ちも。闇に、アフリカの果てしない宇宙に囲まれて。デンマークまで四十四日。

［カレンの言葉］

一九三一年三月十七日。親愛なるお母さん（……）すべてが失敗に終わったからといって、ここで「人生を無駄にした」とか、だれかにかわってほしかったとか、私が感じているなんて思わないで。私は（……）たくさん成し遂げたと思う。（……）ほかの多くの人にとってアフリカはもっと優しいかもしれません。それでも、私は気に入られたひとりだと思いたい。ここで大いなる詩の世界が私に開かれて（……）そのことを愛しいと思ってきました。私はライオンをこの目で見て、南十字星の下で眠りました。広大な平原の草が燃えたち、雨が上がると柔らかい緑に覆われるのを目にしてきました。私はソマリ族、キクユ族、マサイ族の友でした。私はンゴング丘陵の上空を飛びました。（……）私の家は、旅する人、病んだ人、黒い人のための避難所で、彼らが集える温かい場所だったと思っています。最近、思うようにいかないことが増えました。でも、困っているのは私だけじゃない。

一九三一年四月十日。極秘。親愛なるトミー（……）人生は底知れず豊かで美しく、くよくよ悩んでいる多くのことがとるに足らないものだと真にわかったのは、困難な日々があったからだと思います。（……）たとえば、私がここで愛したものとともに、この時点で身を引いても恐ろしくも悲しくもないと感じるのです。（……）お母さんたちには恐ろしいでしょうけれど（……）でも（……）私のこの世界とともに消えることが、私にとってなによりももっとも自然なことなのだと思う（……）この世界で私になにができるのか、できることがはたしてあるのか、正直にいって私にはとても見えづらい。（……）あなたさえよければ（……）私がまたやり直せるように、二年か三年、仕事にいくと思って、手を貸してもらえないかしら？（……）手を貸して支えてくれないと死ぬ、と脅しているわけではないの――私にとって死ぬことは、もっとも簡単で、もっとも筋が通っているかもしれない。でも、もしあなたが（……）生き抜いてみることに意味があると思うなら、検討してほしいのよ。

一九三〇年十二月、終焉の幕が上がった。カレン・コーヒー・カンパニーの債権者たちが農園を競売にかけることを決定した。貸付金はここ二年返済されておらず、債権者たちは多大な損失をこうむっていた。カレンはなおもデニスに救いを求め、家と土地を救済するための資金を借りようとしたが、無駄だった。夢は十七年の戦いの末に潰えてしまった。

買い主は若いナイロビ人不動産経営者レミ・マーティンで、彼は農園をゴルフ場と白人向けのカントリークラブを売りにした瀟洒な郊外に変えようとしていた。彼はこの区域全体をブリクセン男爵夫人にちなんで「カレン」と名づけるつもりで、土地が住宅地として売却されるまでカレンには家にいてもいいとさえいった。「カレン地区の二十エーカーの敷地よりもサハラ砂漠の真ん中に住むほうがよっぽどいい」と、カレンは答えた。

一九三一年四月、カレンは家を畳み、家具や磁器の売り立てをはじめた。磁器は買い手が見られるように食堂の食卓に並べた。ナイロビでは、車で農園までいって売りに出されたものを見てくるのが流行りにすらなった。マクミラン夫人は家具のほとんど全部を買ってくれた。デニスはナイロビの友人の家へ移っていった。そこのほうが「電話が使えて、歯医者も近くにあるので」快適だったらしい。カレンの世界が終わりに近づいていく過程に、デニスはいなかった。カレン自身は精神的に追い詰められていた。眠ることも、食べることも、まともに考えることもできなかった——彼女は犬と馬を撃って、自分も一緒に消えたいといった。ひどい悪夢にも苦しんだ。雇い人の幼い息子に一緒に寝てほしいと頼むほど、カレンは怯えていた。

カレンは人生でなにができるのか？　そうよ、「家族も仕事も家もあとにした四十代の女は人生でなにができるのか？」

五月にデニスは自分の海岸[102]の家を改築するために飛行機で向かった。デニスはいったん出発したものの、ある詩集を取りに引き返し、最後の言葉として詩を朗読してくれた。この穏やかな光景をカレンは自分の本のページに描いている。これが二人で会った最後となった。

おそらく状況はそれほど和やかなものではなかった。いくつかの情報源によると、カレンとデニスの仲はうまくいっておらず、大喧嘩をして、事実上は破局していた。カレンはこの時期、自殺すら試みていた——遺書も書いたが、その行方はわからない。

事故のことは農園よりも先にナイロビに伝わっていた。カレンは用事があってナイロビにきており、なぜ道ゆく人が顔を背け、だれも話しかけてこないのか、ふしぎに思っていた。カレンは、「だれもいない島で孤立しているように感じた」らしい。昼食の場で、とうとうマクミラン夫人がカレンを小さな居間に連れていって事故の話をした。「デニスの名前を耳にしただけで、なにがおこったかがすみずみまであきらかになり、私はすべてを知り、すべてを理解した」[103]と、カレンはのちに書いている。

翌日、デニスはンゴング丘陵に埋葬された。二人で一緒に選んだ場所の近くへ。カレンは弟へ電報を打った。「デニス　十四ニ　ツイラクシ　ホンジツ　ンゴングニ　マイソウ　タニア」

［カレンの言葉］

一九三一年七月五日。親愛なるトミー（……）やることがたくさんあって、私はとても疲れました。

夏のあいだ、アフリカ人たちは毎日、家へやってきて、家の前に座りこんでいた。彼らは、カレンが本当に去ってしまうと信じたくなかったのだ。それに、これから自分たちはどうなるのかも知りたかった。信じられないことだが、カレンは借地人たちのために、百五十三世帯すべてと、彼らが所有する三千頭の牛を収容できるだけの土地をキクユ族保留地内に見つけるよう交渉した。

102　アフリカ東海岸のタカウング。
103　イサク・ディネセン、前掲書。

役所ではカレンは未亡人として扱われた。カレンの請願が通ったのは、新しい地方弁務官がデニスを亡くしたカレンを気の毒に思ったからだろう。

一九三一年七月の終わりに、入植者たちとアフリカ人たちがナイロビ駅までカレンを見送った。ここからヨーロッパへ向かうのも、これが最後。モンバサでは、蒸気船ＳＳマントラ号のもっとも安い三等客室のデッキ側に乗った。そこまでしかお金は出せなかった。カレンは四十六歳だった。

彼女がアフリカでの暮らしについて書けるようになるまで五年かかった。アフリカから持ち帰ったンゴングの家の本や思い出が詰まった木のトランクの荷を解くまで十二年かかった。

私のアフリカ滞在もそろそろ終わりに近づいてきた。でも、あの噂のンゴング丘陵をこの目で見ておきたい。カレンとデニスが最後に会った年にその上空を飛んでいた丘を、デニスの墓があるという場所を。カレンの家で働いていたジョニーという名の男性が私を丘へ連れていってくれることになった――私さえよければ、彼の四歳になる娘のビヨンセも同乗して。ジョニーが車で白い顔の観光客をンゴングへ連れていくあいだ、ビヨンセは後部座席でだんまりを決めこんでいる。

ジョニーはカレンに関することならいろいろと知っているようだ。多少は自分の研究テーマでもあるらしく、話をしてくれた。カレンがここでは影響力を持ち、尊敬を集めていたこと。高い賃金を支払い、族長たちの反対を押しきって学校まで建てたこと。キクユ族にもマサイ族にもカレンの名は今でもよく知られているんだ、とジョニーは請けあう。さらには、ジョニーはカレンが雇っていた少年カマンテの子どもたちをよく知っているらしい。彼らは今六十代。ジョニーは、彼らからカレンにまつわる話を収集していた。それらを書き取ったメモはまだ刊行されておらず、私に貸してくれるという。「今度ナイロビにきたとき、電話をしてくれればメモを持っていくよ」とジョニー。これは本当だろうか、それとも私が聞きたいことを話してくれているのか。後ろにいるビヨンセはうんともすんともいわない。

カマンテが語るカレンの思い出は、感動的な大型本『闇への憧れ　もうひとつの「アフリカの日々」』となって刊行されてはいた。一九六〇年代にカマンテを探しだしたアメリカ人のピーター・ビアードが編集している。その当時もカマンテはナイロビに近いキクユ族保留地で暮らしていた。カマンテの思い出話から、カレンとアフリカ人の温かい関係が伝わってくる。「カーレン夫人の親切」という章では、カレンがこのあたりの人たちからどんなに好かれていたか、カマンテは語っている。だれかが農園を追い出されたら、カレンは自分の庭で仕事をさせて、家を建てる土地と耕す場所を与えた。「彼女はほんとうに素晴らしい女性だった。それは彼女が他の人間も他の教義も、イスラム教徒でさえも憎むということがなかったからです[104]」

物語には「ピンジャ＝ハターン氏」も登場する。ある章の名は「恐れを知らないピンジャ＝ハターン氏[105]」。ピンジャ＝ハターン氏が亡くなったときのことを、カマンテはこう語る。「カーレン夫人はその男の死を知ると、泣きに泣いた。ふたりは長年の友達でお互いに好き合っていた。（……）多くの人がカーレン夫人に、自分を傷つけないで、死はみんなに訪れるのだから、と慰めた[106]」

ンゴング丘陵とピンジャ＝ハターン氏の墓までは十四キロ。大変だと思ってはいたが、車で一時間はゆうにかかった。カレン・ショッピングセンターのあたりからもう渋滞になっている。爆発物にそなえて、そちらへ向かうすべての車両の持ち物検査が行われていた。これはいつものことで、ここ最近のテロ攻撃によるものではないとのことだった。

私たちは映画『愛と哀しみの果て』が撮影された家を通り過ぎる――見事なジャカランダの並木が木陰をつくり、その先にカレンの家が透けて見える。カレンが雇っていたジュマの家も通り過ぎる――カレンが発つ前の一九三一年に家は建てられたが、まだ残っている。それから、百年前はカレンの農園の境界線だった川を渡る。向こう岸からマサイ族居留地になる。カレンがデニスとンゴングへ馬を進めたとき、ここはまだ原野だった。今では道端にあるのは燃えているゴミの山、工事現場、掘っ立て小屋、ゴミ置き場のような区域、解体中なのか未完成なのか判断しかねる老朽化した家屋であふれている。畦道はゴミだらけ、山羊の群れはゴミの山に埋もれている——このあたりの山羊の肉は最高にうまい、とジョニーは通り過ぎながら褒めちぎる。丘陵を遠く背にしたンゴング地区は、ひときわ薄汚れた場所だった。市が立っていたので、人で賑わっていた。飾りたてたマタトゥバス[107]は音楽をガンガン鳴らしている。窓は閉めておいたほうがいい、とジョニーが勧める。謎めいたンゴング丘陵までのんきな車の旅を私は想像していたが、それはまちがいだった。

目的地に近づいて丘を上りはじめると、風景は美しくなっていく。小さな村を抜けて、ぬかるんで石だらけの最後の道なき小道をいく。デニスの墓を管理している女性がやってきて、ブーゲ

104　カマンテ・ガトゥラ『闇への憬れ　もうひとつの「アフリカの日々」』（港千尋訳、リブロポート）。
105　正確にはカマンテの寓話の章の十六ある話の一つ。
106　カマンテ・ガトゥラ、前掲書を基に、フィンランド語訳の語順に合わせて改訳。
107　ワンボックスカーほどの派手な絵柄の乗合バス。

ンビリアに埋もれた鉄の門扉を私たちのために開けてくれた。門扉をくぐると記念碑と手入れの行き届いた小さな庭がある。ただ、木が邪魔をしてカレンの家も、ケニア山も、キリマンジャロも見えない。カレンの回想録では墓でライオンをたびたび見かけたと書いてあったので、門番の黄色い犬が忍びこんで記念碑のたもとに横たわっているのはふさわしいと思う。

五週間の滞在を終えた私は、一九三一年に十八年におよぶアフリカ滞在を終えたカレン同様、持ち金がほとんど底を突いてしまった。カレンの農園だった場所にあるカレン・ブリクセン・コーヒー・ガーデンに泊まる余裕はまるでないが、ンゴングから戻ったあと、空きっ腹を抱えながら遅いお昼をとりにそこへ向かった。ナイロビというのは極端な町だ。その一例がここにある。厳重な警備が敷かれた門扉をくぐると（車両は爆発物を所持していないかまたも検査される）、そこは贅沢にかつえるナイロビの金持ちのための完全なくつろぎの場所。もともとはスウェード・ハウスというカレンの農園マネージャーの家の周りに建てられた高級レストランと宿泊施設で、それこそ「カレン・ブリクセン」ドリームだ。庭の優雅な「コテージ」に植民地様式で泊まることができる。落ち着いたガーデンレストランは、裕福な白人、誕生日を祝うファッショナブルな黒人、ドリンクや美しく盛りつけられた料理を運んでまわる白い上着を纏った如才ない給仕係であふれている。私はガーデン席でお昼を――胡麻をまぶしたマグロのわさびソース添えを――注文するが、むしゃくしゃしてくるのを抑えられない。バーでガンガン音を出している薄型テレビからなにから、すべてが異様で、過剰で、ひとりよがりの茶番のように感じる。虫唾が走る。きっと私は文明から離れた場所に長くいすぎたのだ。地平線まで続くサバンナに。あるいは、極貧に。もしかしたら、たんに私はすさまじくお腹が空いているだけなのかもしれない。

あるいは、オッリがいったとおりなのかもしれない。あらゆる感情がアフリカでは、よくも悪くも、もっと強く感じられる。すべてが極端なのだ。すばらしい自然、絶対的貧困、白人たちの酔狂。


最後に挙げたものに関しては、入植者たちのオアシスとして機能していたムザイガ・クラブがある。そこへカレンもたびたび馬で乗りつけたり、お昼を食べるために車でいったりしていたが、私には縁のない場所だ。あのナイロビのジェット族の憧れの場所には、今日ですらそうすんなりとは入れない。会員になるには推薦が必要だというのは、あまりに古臭い上流階級の手続きのように思われて胸が悪くなりそうだ。

そのかわりに一九〇四年に創業したノーフォークホテルへいく。カレンの時代はここでありとあらゆる著名なイギリス人将官、少佐、夫人、伯爵、伯爵夫人に出会ったのかもしれない。一九一四年、ここでカレンはナイロビに到着した最初の夜をブロルの新妻として過ごした。カレンの到着は地元の新聞の社交行事欄に掲載された──「フォン・ブリクセン＝フィネッケ男爵夫妻が木曜日にナイロビに到着」──でも、私の到着についてはどこにも触れられていない。だから、私はホテルの受付をこっそり抜けて敷地を見にいく。あいにくそこは一九八〇年の爆破事件後にそつなく修復され、私の望む昔の雰囲気はもうなかった。

ノーフォークホテルの評判の植民地スピリットが漂うバー「デラメア卿」で知りあいの知りあいのフィンランド人のヒルッカとお昼をとりながら、今の白人たちのここでの暮らしがどんなものなのかがなんとなく見えてきた。ヒルッカはナイロビでフィンランド人による援助団体の仕事についており、仕事できわめて危険な区域へよくいっている――白人ひとりにつき武装した警備員と兵士が二人つくのがふつうらしい。道のない砂漠では状況は困難をきわめる。食べ物は食べられないものが多く、持参したクッキーや豆の缶詰でしのがなくてはならないこともあり、二週間の仕事を終えると栄養失調で体調を崩してしまう。

カレンにとってのここでの暮らしが最大限まで謳歌できる自由を意味していたなら、今の外国人たちの暮らしは極限まで規制と安全対策に縛られているように感じる。中心街は歩けない。タクシーは拾えない。強盗に遭う危険性はとても高く、ジョギングに出かけるときは時計やメガネすらも持っていくべきではない。ピクニックにいきたいなら、有料のフェンスで囲われた警備員のいる安全な公園にするべきだ。

怖くないの？　とヒルッカに尋ねる。怖くないらしい。「私は怖がりじゃないから」と。

最後の日は、白い顔の観光客が夢みるアフリカのために使う。象の孤児院を訪ね、空港へ向かう前に、一泊八百ドルはかかるであろう高級英国式マナーハウスでお昼をとる手はずを整えた。マナーハウスの外壁を蔦が覆い、芝生に貴重なロスチャイルドキリン[108]が放たれている。朝になるとホテルの客のテーブルのご馳走を狙ってやってきて、開け放たれた窓から長い首をぬっと突っこんでくるのだろう。

お待ちしておりました、お飲み物をお持ちいたしましょうか、と給仕長に声をかけられる。私はキリンが見える庭のラウンジチェアに腰かける。二日続いた雨が上がったようだ。痣のような色をした雲間から太陽が顔をのぞかせる。私は最終日の午後に、歴史が息づくキリンのいる夢のようなマナーハウスに軽く酔っている。

カレン、あなたは私が想像していたとおりの人ではなかったのかもしれない。あなたは、私が頭のなかで思い描いていたような、信じられないほど勇敢で、強くて、自立して、賢くて、善良なスーパーウーマンではなかったのかもしれない。あなたはもっと人間臭くて、弱くて、病んでいて、塞ぎこんでいて、感情的で、自分勝手で、いじけていて、所有欲や狩猟熱があって、うぬぼれが強かった。

でも、それでいいのよ、カレン、私たちってそんなもの。

108　ウガンダキリンとも。網目模様で膝から下が白い。

コペンハーゲン、一月

［カレンの言葉］

一九二八年一月二十二日。親愛なるお母さん（……）恐怖はすべて気分からくるもの、という答えにたどり着きました。だって、実際には怖いものなんてないから。もちろん、殺されたり、肺炎になったり、側溝にタイヤが落ちてしまったりしないか心配にはなります——人生に危険はつきもの——でも、なにも怖がることはない。人生に怖いものなんてなにもないから。（……）どんな恐怖もたいてい暗い。だから、明かりを灯せば、それは消えてゆく。そうすれば怖いものなんてなにもないことがわかります。

一年半後、私はルングステッドのカレンの墓前に立つ。曇天の一月、道は雪でぬかるみ、凍てつく強風が海からじかに吹いてくる。大きくて平たい銘板は、樹齢三百年の巨大なブナの古木の下にある。そこで私が立ち止まっていると、犬を連れた孤独な飼い主が通り過ぎる。

「カレン、ンゴングへいってきたわ」

とてつもなく大きなブナの木が強風に吹かれて返事をするかのようにざわめきだす。

この家へ、実家へ、カレンは一九三一年にアフリカから身ひとつで帰ってきた。鬱と梅毒を患い、なにもかも失って。農園は売却され、デニスは亡くなった。ここで、この部屋で、父親の古い書き物机に向かって、彼女は小さなタイプライターを打ちはじめた。

ここから彼女の作家としての第三の人生がはじまった。

無名の、五十になろうかという作家にとって、『七つのゴシック物語』[109]の出版社探しは最初は思うようにはいかなかった。だが、ついに一九三四年一月にアメリカ合衆国でイサク・ディネセンの名で刊行されると、たちまち大評判となった。一年半後にカレン自身の翻訳でデンマーク語版も出版された。一連の作業に精魂尽き果てたカレンは、もう二度とこれほどよいものは書けないだろうと思っていた。しかし、五十一歳になってふたたび筆を執る。一九三七年に『アフリカの日々』が英語で、ついでデンマーク語で刊行された。

それからはよく知ってのとおりだ。カレンの作品はことのほかアメリカ合衆国で売り上げも評価も上げた。一九四二年に刊行された『冬物語』[110]は、軍服のポケットに収まるよう薄い紙でできた特別版すら刷られるほど人気を得た。カレンは二度ノーベル文学賞候補に挙がっている。しかし、一度目は一九五四年にアーネスト・ヘミングウェイ[111]が、二度目は一九五七年にアルベール・

109　一九三四年にアメリカとイギリスで刊行され、好評を博したカレンの初の短編集。邦訳は横山貞子訳で晶文社より刊行。

110　渡辺洋美訳で筑摩書房より刊行。のち、『冬の物語』として横山貞子訳で新潮社より刊行。

111　ヘミングウェイは授賞式で、この栄誉にふさわしいのは自分よりもディネセンだといったという。

カミュが受賞した。一九八五年に映画『愛と哀しみの果て』が上映されると、彼女の物語は本を読まない人も知るほど広まった。

カレンの晩年の二十五年間は、あり余るほどの語り草にあふれている。彼女は男爵夫人であり、貴婦人（グランドディム）であり、「ソクラテスと食事をともにした三千歳の」謎めいたストーリーテラーとなった。牡蠣、トリュフ、スフレ、コンソメスープが並ぶ豪華な晩餐会を催し、若い文学青年たちを取り巻きにし、自分よりも三十歳若い作家とドラマチックな恋愛関係になった。一九五九年に、人気を博す憧れの作家としてアメリカへ渡ったときは、シャンパンを飲んで、マリリン・モンローとテーブルの上で踊った。カレンは（梅毒に関連すると思われる）痛みや、胃と脊椎の手術を繰り返していたせいで、牡蠣やジュースやロイヤルゼリー以外、まともに食べられなかった。体重は骨と皮ばかりの三十八キロまで落ち、七十代なのに百歳のようだった。それでも彼女は生きることに貪欲だった。パリでは、午後はずっと嘔吐して昏睡状態に近かったのに、夜になると「目も眩むようなパーティーへ」、おそらくアンフェタミンにたよりながら出かけていくこともあった。「サラブレッドは倒れるまで走り続ける」とカレンは自分について書いている。

一九六二年九月、カレンは自宅で亡くなった。七十七歳だった。マリリンが亡くなってほんのひと月後に。終わりに近いころは、カレンはもはや歩くことも立つこともできなかったのではないか。それでも書くことは続けた。晩年の作品は、床やベッドに横たわりながら秘書に書き取らせていた。最後の出版契約書にサインしたのは、亡くなるたった二日前だった。

ルングステッドのカレンの書き物机のそばに立っていると、泡だつ海が目に飛びこんでくる。カレンの「真の理想像」は、アフリカでの人生にも、ましてや彼女の才能が発揮された輝かしい人生にもなかったのかもしれない。彼女の真の理想像は、「家族も仕事も家もあとにした四十代の女」として、自分をふたたび見いだせたところにあるのだ。

彼女は四十六歳で私たちの知る彼女になった。

彼女は「書きはじめた」。

彼女はあらゆることを経て作家になった。もっとも偉大な作家のひとりに。

⋆

夜の女たちの助言
勇気を出せ。怖くてもかまわない。
手持ちのカードで勝負せよ。
病気であっても、充実した人生を送ることができる。
すべてを失ったら、ペンを持て。

第二部　探検家たち

［カーボン紙で複写した手書きの手紙］

イザベラ様、イーダ様、メアリー様

ここ実家の屋根裏部屋から手紙を書いています。気持ちが昂ってほとんど息もできません。私は不眠と頭痛とよくある欲求不満と断続的に陥る鬱状態に苦しむ、四十二歳の独身女性です。私のような女たちが人生でいったいなにをすべきなのか考えています。目立つことなく我を出さずに暮らすべき？　室内を飾って、老後の資金を増やすべき？　納税者として国民の義務を果たすべき？　病気の親戚の面倒を看て、慈善活動に勤しむべき？　妻や母として元来やるべきことを実現できないので取り乱すべき？　こんな薹が立った未婚女性にもまだ伴侶が見つかるように願うべき？

まさか。大袈裟にいっただけです。なにも十九世紀に生きているわけではありませんし。でも、現代の女性には「すべて」が可能だからこそ、自分の人生を生きることが驚くほど難しく感じるのかもしれません。このたったひとつの人生をどう使うべきなのか、私にわかるわけがありません。インスピレーションとお手本と実用的な助言を必要としています！　道を示してくれる夜の女たちよ！

そんなわけで、あなたたちのことを耳にしてからというもの私は熱を上げています。四十二歳の独身女性のすべての質問の答えは旅をすること。旅をすること！

（あとに続く）

Ⅳ　カッリオ[112]――ヴィヒティ[113]、夏

妙なこと。

蛇口からじかに水を飲む。バッグから手を離して町を歩く。涼しい太陽。中間状態。

アフリカから戻ってからというもの、すべてが空しく感じられる。ナイロビからヘルシンキのカッリオへの切り替えはガタピシ軋む。私は妙な中間状態に宙吊りになっている。ある世界からべつの世界への急速な変化に私の内臓はついていけないように感じる――頭が疼いて、切なくて泣きそうだ。何日間も打ちひしがれたままベッドから起きられない。すべてがおぞましく感じる。夏の夜の光、新聞の見出し、食料品店のあり余るほどの品数。ここにいるのが難しい、でもアフリカはもう夢のように感じる。写真を見る。私は果てしないサバンナで小さく写っていたり、ムコマジの朝霧に包まれたテントの前で日記を書いたりしている。これほど夢中になって経験した

112　ヘルシンキ中心部の東端にある下町地区。
113　ヘルシンキの北西四十五キロにある衛星都市。

なにかが、これほどあっけなく消えるものだろうか？

　夏のほとんどはヴィヒティの実家の屋根裏部屋で寝泊まりする。家計をやりくりするためにアパートを貸し出してしまったからだ。記録的な夏日が何週間も続いている。私はやる気をなくしていた。

　夜になると頭のなかで女たちをリストアップし、図を描く。それぞれの仕方で名を上げた女たちを世界地図と時代区分に配置し、職業、世紀、場所ごとにグループに分ける。結婚、未婚、子なし、子持ちに分別し、職業、業績、病歴、死因を一覧にまとめる。だれがだれの手本となったのか、おおよその相関関係を描く。女たちは繋がって、菌糸体を形成しているようだ。その繋がりはもつれた時空の束となって広がり、あまりに複雑に絡みあって描けない。友人たちに夜にだれを思うか訊いて、一覧が長くなる。私の知識の淵で漂い、私とどんなふうに関わっているのか私にもまだわからない女たちを思う。私の女たちを追って旅をするべき場所を思う。会いにいきたいのになぜかすれ違う理想の女たちと場所を思う。

　でも、彼女たちはみんな、私の周りに、夜の女たちの宇宙に漂っている。


　そうしてある日、私の目は山積みの本に埋もれた一冊の大型写真集をとらえる。私の編集者が創作のヒントとしてずいぶん前にくれたものだ。その本には実在した女性探検家たちの話が載っていて、表紙の若い女性はアフリカで鞍をつけたシマウマにまたがっている。服装の感じから一九二〇年代。と、いきなり心拍数が上がった。彼女はだれ？　ボブヘアで、ショートパンツとハイソックスを履いて、おしゃれな帽子をかぶった彼女は、どうしてこんなところにたどり着いたのか？　彼女はまさにサバンナへいこうとしているみたいに手綱をしっかり握ってまっすぐ前を見ている。でも、まさかシマウマは手なずけられやしないでしょう！

　彼女はオーサ・ジョンソン。[114] 美しくて物好きな冒険家だ。本は夜の女たちであふれている。

　ヴィヒティの屋根裏部屋が一気に熱を帯びる。ページをどんどん捲ってメモを取っていると、何ページにもなった。それから参考文献で紹介された本を探しはじめ（写真集は信用できない情報源だとたちどころに露呈する）、大学図書館から山のように持ちだして、強く惹かれる女たちの伝記本をインターネットで注文し、ウェブサイトに電子化された忘れられた旅行記を渉猟する。ブラッドハウンドよろしく、匂いを嗅ぎながら何日も何週間にもわたる追跡を経て、私が出会ったものにようやく気づく。完璧な題材だ。胸が躍るような、はじめて耳にする歴史的な理想の女たちの集団に出会った。私は十九世紀の女性探検家たちを見つけたのだ。

　より厳密にいうと、家族としての義務を果たしたあとに自分の夢を叶え、女の領分に逆らってコルセットとロングスカートを身につけてひとりで世界一周旅行へ出かけた「ごくふつうの中年女性たち」に。

　スコットランド出身のイザベラ・バードを挙げてみよう。彼女について読んでいると、まるで

114　（一八九四〜一九五三）。アメリカの映画監督。

鏡を見ているようだ。鬱々として頭痛と不眠に苦しみ、取り巻く社会が差しだす枠に辟易した四十代の未婚女性。一八七二年に医者から薬がわりに転地を勧められると――患者はブライトンまでといった女性にふさわしいちょっとした船旅でもするのだろうと思っていた――イザベラはオーストラリアまでの乗船券を買い求め、体調は嘘みたいによくなって、結果として世界を旅し、なかでももっとも過酷な辺境の各地を三十年近くひとりでまわり、十数冊の旅行記を書き、ついには王立地理学会の特別会員に女性としてはじめて選出された。

一八四〇年代のオーストリア人のイーダ・プファイファーはどうか。子どもたちが巣立ったあと、四十四歳のときに慎み深いレースの帽子と少ない費用を携えてひとりで世界をまわろうと決意し、続々と旅行記のヒットを飛ばした。

イギリス人のメアリー・キングスリーは、律儀に両親の最期を看取ったあと、ひとりで西アフリカの密林へ旅立ち、そこで食人種とヨーロッパの商人と懇意になった。

［手紙の続き］

親愛なるイザベラ、イーダ、メアリー――私の心はすっかり奪われています！　なんという信じられないほどの勇気！　鬱にも、頭痛にも、両親の死にも、うまくいかない結婚にも、あなたたちはへこたれなかった――あなたたちは好きなことをしようと決めました。周りからどう思われようが気にしない！　それに手段！　あなたたちはヒマラヤ山脈の宿を調べることもできなかったし、前もってコンゴの密林のカヌーの時刻表を見ておくこともできなかった。抗生物質やエナジーバーやインターネットに繋がっている電話を準備することもできなかった。旅の連れは望まなかった。黒のロングスカート、便箋、缶詰二個、自分の意見をたっぷりトランクに詰めこんで、汽船や馬車で何週間、何ヶ月、ときには何年もかけて旅をした。夜は疲れをものともせず、蠟燭の明かりのもとで、その日に経験したことをノートや手紙に書いた。手紙は、家で待っている者たちのもとへ苦労の末に海や陸を越えていった。今もこれからも私やほかのすべての女性があなたたちの旅について読むことができるように。

イザベラ、イーダ、メアリー――あなたたちは時代に先んじて、百五十年前に人生に飽きた中年女性たちを解放しました。あなたたちのために、私はこの屋根裏部屋から一刻もはやく出ようと思います。

八月（……）日　あなたたちの（……）M（……）

さっそくイザベラ・バードの鬱療法を試すことに決め、二枚の航空券を買い求める。九月に京都へ、十一月にフィレンツェへ。たちまち気分が晴れる。

山積みの本を探りながらわかったことは、こういうことは――ひとりで旅をすることは――あたりまえではなかったということ。私は銀行口座の残高と日程と勇気さえ許せば、あとは荷造りして出発するだけでいい。が、何百年も前の女性はつき添いや夫の同意がなければ、おいそれと旅はできなかった（兵士や船乗りといった男性に扮して旅をした女性たちもいる）。ヨーロッパで旅行が増えてきた十九世紀になると状況は改善したが、それでも女性はふさわしいつき添い人

(年配の女性など)[115]を一緒に連れていくか、トーマス・クック[116]が企画した、今でいう団体旅行に参加するのが一番だった。イギリス人女性は領分をわきまえてヨーロッパの外へひとりで旅をすることももちろんあった。帝国の植民地は世界の隅々にまでおよんでいたからだ。十分に余裕があって適切な推薦状さえあれば、もしかしたら、地球の最果てで同国人に会えたり、手厚いもてなしを受けたりしたかもしれなかった。

ところが、一八五〇年代以降になると、探検家と呼べるような女性たちが実際に登場しはじめた。もとより探検旅行が流行っていた。地球上にはまだ未踏の地域があり、そこへ派遣された探検隊の力を借りながら植民地化を進めていた。旅から戻ってきた探検家たちは(つまり男性たちは)国民的英雄だった。彼らについて書かれた新聞記事や本はこぞって熱心に読まれた。こんなふうに旅をすることが女性たちにとっても魅力的に映りはじめた。しかし、慎み深い女性が本分[117]を放りだして、文明の外側へひとりで旅をすることなんてできるのだろうか?

そう、慎み深さ。十九世紀のヨーロッパ人女性にとってもっとも重要だったのは「慎み深さ」——と、それによって「自分の評判を保つこと」。つぎに重要だったのは「務めを果たすこと」——務めなら十分すぎるほどあった。夫か父親か兄弟がいるかぎり、女性は家事をして、家計をやりくりし、子どもを育て、病人の世話をしなければならなかった。未婚の女性の場合は、遠くに住んでいる親戚の面倒を看なければならなかった。でも、もしこういった務めがもはやないなら——女性が未婚で、両親が他界しているなら——自分のしたいことを叶えようと本気で考えたかもしれない。漠然とした後ろめたさを抱えながら。

この義務と罪の意識のもつれは、女性たちからするとまだいっこうに解けていない。私は子どもを育てたこともないし、両親の面倒を看たことも（まだ）ない。それでもここまでの私の人生は暗黙のルールに従って、組みこまれたなんらかの従順さと誠実さに支配されてきたように感じる。私は型どおりに勉強し、これまで受けてきた教育に適った仕事をし、そこで十五年近くがむしゃらにがんばって、すべてに張りきって取り組んできた。が、しだいに不満がくすぶりはじめた。これで終わり？　私の人生に「新しいこと」はもうやってこないの？（たぶんこの段階で私の友人の多くが家庭を持った）。私は、自分がすることに「なっていた」ことを十分すぎるほどやったと感じはじめた。実直で、まじめで、従順で、分別のある私を十分すぎるほど長く。もう分別なんかこりごり！（イザベラ、イーダ、メアリー――この気持ち、わかるわよね）。もう分別には愛想が尽きたので、まず長期休暇を取得した。つぎに職場にはもう戻らなかった。書くことと旅をすることを続けていこうと決め、自分で勝手に職業を仕立てあげた――「ものを書く探検家」、たいそうな名前だ――この名のもとに、魂と先細りになる口座残高が許すかぎり私は調査と旅行と執筆をしよう（とはいえ、地球は隅々まで調べあげられていることを思えば、文字ど

115　未婚の若い女性が外出するとき、女性につき添って監督する人がついた。
116　旅行業を創業したイギリスの旅行代理業者。団体旅行で成功を収める。
117　良妻賢母。

おりの意味では探検旅行はもう不可能だ。でも、探検家精神は、なんらかの精神的支柱であり、個人的な自分の任務であり、中年女性の人生の限界を押し広げるものだと私は思っている)。そんなわけで、私はアパートを手ばなし、そのかわりにその半分以下の狭さの住居を手に入れ、余分なものや出費と手を切り、助成金の申請に乗りだし、旅を計画しはじめた。

いうまでもなく、このすべてに後ろめたさを感じる。知りあいに訊かれたら、自分の生活状況の悪い面を強調する(経済的困窮と不確実性、任務を帯びた生活、荷造りと荷解きの日々)。自分の望みを実現するこういった自由は受け入れてもらえないと思う。そんな自由はありえない。

十九世紀もそうだった。もし女性が旅に出ると決めたら、社会的に受け入れられる理由で正当化される旅でなければならなかった——旅行に興味があるというだけでは不十分だった。余計な好奇心は女性にふさわしくなかったからだ。そんなわけで、京都とフィレンツェの航空券を買ったあと、私は山積みになった本をもとに取りまとめた、「女性が旅をすることを納得してもらえる理由一覧」を一抹の不安を感じながら精査した。

(一)夫の仕事(なにはさておき、これは納得してもらえる文句なしの理由。責任感のある妻は、どれほど原始的な辺境の地へも夫にきびきびとついていく)。
(二)健康問題(賛同のつぶやき)。
(三)伝道活動と聖地巡礼(絶対的な賛同のつぶやき)。
(四)風景画(植物と昆虫も可)。

（五）植物標本収集。
（六）科学的調査（そもそも女性がそういったことをできると仮定した場合。地理学や自然科学に女性が関心を持つことがおかしいとまではいわないまでも、不自然ではないか？
そういう女性は針仕事などの本来の家事をどのようにこなしているというのか？）。
この時点で暗雲が広がりはじめたが、幸いにして七番目の理由に救われる。
（七）旅行記のための取材と読者の啓蒙。
読者の啓蒙！　この一本の藁に、イザベラとイーダとメアリーも縋ったのだ。それに旅行記のよいところは、当時はそれで十分に稼げた（原文のまま！）ということ。だから、本や関連する巡回講演でつぎの旅の資金が調達できたのだ。

十九世紀に旅をすることを十分に納得してもらえる理由をひとたび考えつくと、彼女たちを引き留めるものはもうなにもなかった。ヴィヒティの屋根裏部屋で高くなってゆく一方の本の山に囲まれて座りながら、私ははたと気がついた。旅する女性、女性紀行作家、女性探検家、世界の女性冒険家、さまざまな分野で活躍した旅する女性はごまんといることに。なぜ私は彼女たちについてなにも知らなかったのか？

ここで刺激を与えてくれる女たちの無慈悲な選抜がはじまる。富裕な貴族の相続人、宣教師、家庭教師、夫に同行した女性、一九〇〇年以降に生まれた女性はすべて、紀行作家から容赦なく除外する。狩猟家（一八九三年に刊行された、とある本のタイトルは『熊の撃ち方』）、登山家、パイロット、航海士、車やバイクの愛好家、海賊（そう、彼らも実在していた）は弁明の余地なく切り捨てる。探検家の妻も除外する。彼女たちの経験談はもちろん気になるが。衝撃的な読書体験が確実に期待できるが、目的地だけで判断してすげなく切り捨てるものもある（『ノルウェーの恐れしらずの女たち』一八五七年）。本のタイトルに後ろ髪を引かれながらも、やむなく切り捨てるものもある（『バースチェアでタンガニーカ湖へ』[118] 一八八六年、『南アフリカでの一年の暮らし』一八七七年）。しぶしぶ夫に同行した女性の苦情や、病に効く良薬を探しにいった女性の話も受けつけない。まさにこういった弱気な旅人たちこそがソウルメイトになるかもしれないが（私が探しているのは「理想となる人」だと自分自身に念を押す）。政治的に活動的な女性旅行家、スパイ、密偵は断固として却下。彼女たちがどれほど目覚ましい成果を挙げていようが、毎晩のように彼女たちのことを考える気にはなれない。やたら信仰心が篤いのも興が削がれる。いささか名残惜しくも昆虫学者や植物画家も振りきる。情熱のおもむくままに旅をし、『有意義な時間』[119]とか『幸せな日々の思い出』[120]のような幸せなタイトルの本を書いた、愛らしいほどマニアックな女性たちも。アフリカでひとり旅をしたヴィクトリア時代の女性旅行家に関しては、なんとか心を鬼にして、ついには彼女たちも打ち捨てる。どういうわけか彼女たちには、もっとも理想的な夜の女たちに求められる抗いがたいオーラが、どこへたどり着くともしれないのについていきたくなる神々しい霊妙な力が欠けているからだ。イザベラ・バード、イーダ・プファイファー、メアリー・キングスリー、ほか数名にはあるものが。

　これらの女性探検家たちの跡は追っていきたくなる。彼女たちにはお金もなく、体力もなく、専門教育も受けておらず、社会的支援もなく、たいてい若くも健康でもなかった。それでも彼女たちは出発した。

だから私は彼女たちを慕うのだ。

---

118 十九世紀の三輪車椅子。

119 *Time Well Spent*。著者はイブリン・チーズマン。イギリスの昆虫学者で旅行家。

120 *Recollections of a Happy Life*。著者はマリアンヌ・ノース。彼女はイザベラ・バードと並ぶ女性旅行家で、世界各地を訪れ、植物を写生した。

イザベラ

鬱、
欲求不満、
頭痛に悩まされているなら、旅に出よ。

夜の女、その二：イザベラ・バード。
職業：未婚女性を経て大旅行家、紀行作家。鬱、腰痛、不眠に苦しむ。転地療養として医者に小航海を勧められ、ひとりで世界をめぐる旅に出る。いったん旅に出ると止められなくなった。

「すっかり心を奪われています。これこそ新世界。自由で、新鮮で、活力に満ちて、気楽で、足枷のない世界。あまりにおもしろいことばかりで、寝る間も惜しいくらい（……）玄関のチャイムも鳴らない、「奥様」もない、使用人もいない、請求書もない、要求されることもない、するべきことをするための無駄な努力もいらない。なにより、いらだたしさもしきたりもない。（……）自分の人生をどれだけ愛しているか、うまく言葉にできません！」

――一八七一年、荒れ狂う大西洋にてイザベラ記す

イザベラ・バード（一八三一～一九〇四）はイギリスのヨークシャーに生まれた。貞淑、勤勉、無私が女らしさの根幹とされていた世界に。イザベラの父親は牧師、母親は日曜学校で教えていた。家族は父親の仕事にともない教区から教区へ移り住んだ。家では母親がイザベラと妹ヘンリエッタに、読み方、綴り方、図画、裁縫を教えていた――イザベラはラテン語やギリシャ語や顕微鏡にも興味があったのだが、女子にはたいした教育は施されなかった。女学校はなく、女子は大学に入れなかったからだ。

イザベラは病弱な子どもで、疲労と腰痛と頭痛と虚弱体質をいつも訴えていた。脊髄の腫瘍を除去する手術はしたものの、ほかの痛みに効く薬はおもに転地療養だった。若いイザベラには山の大気がよいといわれたので、父親はスコットランドの高地地方へ家族を連れていった。医者から長期の航海を勧められたとき、二十二歳のイザベラはいとこたちと一緒にアメリカへ渡った。

イザベラはこの旅について本も書いている――『イザベラ・バード　カナダ・アメリカ紀行』[121]は一八五六年に刊行された――が、自分の本でお金を稼ぐのはふさわしくないように感じたため、報酬は慈善活動へ寄付し、貧しい漁師たちにボートを用意した。[122] イザベラは医者の勧めでアメリカを再訪したが、帰国後に父親が病で亡くなると、彼女は自責の念にかられ、旅に出るなど自分勝手なことはもうしないと心に決めたのだった。

父親が亡くなったあと、親子三人でエジンバラへ移り住んだ。そこでの生活は――控えめにいっても――眠くなるほどつまらなかった。二十八歳のイザベラは、午前中は教会や慈善活動に関するテーマの新聞記事を書き、午後は領分をわきまえた女性の社会規範に則って訪問活動をした。結婚に縁はなかった。数年後に母親が亡くなると、選択肢が狭まった。イザベラ三十四歳、ヘニー[123]三十一歳。これからは多くの未婚女性のように、二人は持ち家を持たずに引っ越しを繰り返し、病気の親類の面倒を看て、子育てを手伝うのだろう。だが、イザベラはそんな暮らしをしたくなかった。わずかな遺産をたよりに二人で慎ましく暮らしていけるだろうし、イザベラは教区の諸事を書くことで多少は稼げるだろう。

二年間は何事もなくうまくいっていた。しかし、イザベラはしだいに飽きてきてしまった。これで一生を終えるのか？　独身女性は本当にほかに「なにも」できないのか？　三十八歳のイザベラはやりきれなくなり、十三年前に世話になった人気の旅行ガイドブックシリーズを刊行しているジョン・マレー[124]に、さらにやりがいのある執筆の仕事がしたい、「なんでもいいので企画してくれるとありがたいです」と手紙を書いた。ジョン・マレーはイザベラに、外国へいって新しくておもしろい素材を探すことを勧めてきた。しかし、イザベラは二の足を踏む。いきたいのはやまやまだが、どうやったら彼女は「できるだろうか」――もう旅はしないと誓ったのに！　打開案としてエルサレムへの巡礼を考えたが、それも身勝手すぎるような気がした。

イザベラが女らしさの規範と格闘しているあいだ、彼女の肉体がいうことを聞かなくなった。いつもの腰痛と頭痛と不眠がまたもはじまったのだ。さらに、湿疹、発熱、胸の痛み、こむら返り、吐き気、脱毛、神経衰弱、鬱といった数えきれないほどの体調不良にも悩まされた。たいてい眠ることもできずに一日中ベッドに横になり、苦しみながら一つひとつの自覚症状に耳を傾けた。症状の深刻さを確信し、医者のもとへ走ったが、原因はわからなかった。ある医者からは、背骨に負担がかからないように頭に金網を巻きつけ、船の揺れが痛みを和らげてくれるからと船中で過ごすことを勧められた。瀉血と蛭で瘀血を出し、アヘンを溶かしたアヘンチンキや酒や流行りのクロロダイン液（アヘンと大麻とクロロホルムを混ぜたもの）のような、依存だけでなく

121　邦訳は高畑美代子・長尾史郎訳で中央公論事業出版より刊行。
122　ヴィクトリア時代の「淑女」は賃金をともなう労働につかず、貧しい人びとのために慈善活動をした。
123　妹ヘンリエッタのこと。
124　ロンドンで一八三六年に旅行者向けのハンドブックを刊行。旅行ガイドブックの創始者。

先述の症状を引き起こす精神安定剤が処方された。イザベラは助言に従い、ボートに揺られるために高地地方へいきもしたが、まるで効果はなかった。

イザベラの症状の多くは心因性のものだったのだろう。ほかの才知ある女たちと同様、イザベラは「もっと」成し遂げたかった。家ではないどこかで。だからこそ心が満たされない女たちは当時、ヒステリーと呼ばれはじめた状態に陥ったのだ。頭に金網を巻きつけてボートで横たわることになれば、そりゃあ私だってヒステリックにもなる。ただなにかを「したい」だけなのに！が、イザベラの場合は、病気が逃げ道をつくってもくれた。独り身の女性にとって健康回復は旅をするもっともな理由のひとつだったではないか。ヘニーや医者にまたしても勧められ、航海に出るよう説き伏せられたこともあり、イザベラは何ヶ月も逡巡したあげく、ニューヨーク行きと、その帰国後すぐに発つオーストラリア行きの乗船券を買い求めた。

「健康回復のために」――なんて素敵な口実！　これを、これから二十年にわたる冒険心あふれる探検のカムフラージュとしてイザベラは利用した。電報が世界を駆けめぐるときの電信機（ちょうど発明されたばかり）の打音が聞こえるようだ。「腰痛のために船で世界を旅しました……。頭痛のせいで、やむなくここハワイの好適な気候のなかで馬に乗ったり、泳いだり、火山に登ったりして半年間を過ごすことになりました……。鬱の治療のために、よく知られた野蛮な無頼漢とロッキー山脈のロングスピークに登頂しました。それはそうと、彼はほれぼれするほどハンサムでした……。不眠のせいで、シナイ砂漠をラクダで横断するはめになりました。二十人のベドウィン一行のなかで私は紅一点でした……」。さすがね、イザベラ。

さて、一八七二年にイザベラはオーストラリア行きの乗船券を手に入れる。春の船旅に出た彼女は大西洋の真ん中で開眼し（すっかり心を奪われています！　自分の人生をどれだけ愛しているか、うまく言葉にできません！）、このまま「健康回復のために」世界中を旅することになる。まずはイギリスからオーストラリアへ、それからニュージーランド、カリフォルニア、最後にアメリカ大陸を渡り、大西洋を横断して帰途につく。イザベラがトランクに詰めたのは、ブーツ一足、ツイード地の外套一着、下着、暖かい靴下、いざというときのための黒い絹のドレス一着、薬、ノート、スケッチブック、ペン、インク、道中に長い手紙を大好きな妹に書くための紙と封筒。一八七二年七月、彼女はリヴァプールから船に乗る。

イザベラ四十歳。

彼女のはじめての世界一周旅行は一年半を見こんでいた。

もちろん、イザベラはそんなにすぐには回復しなかった。三ヶ月後に降りたったオーストラリアは期待はずれだった。イギリスとさして変わらないうえ、ありえないほど暑かったのだ。イザベラは心細くて、なににもときめかなかった。ホームシックと鬱になり、熱中症と頭痛に苦しみ、一睡もできず、妹に長文の苦情の手紙を書いた。宿で臥せって、さまざまな薬を一日三回服用し、（お昼と午後と夜にワインとビールを）浴びるように飲み、いつも疲れていた（さもありなん）。各地の植民地、とりわけオーストラリアには年ごろの男性があり余っている、と当時の新聞でよく取りあげられていた。だからこそイギリス人独身女性は（イギリスでは女性のほうが男性よりも百万人は多かった）そこへいったほうがいい、と。「窮地にいる」女性が海を越えて伴侶を見つけられるよう手助けする団体すらあった。イザベラの旅も伴侶探しの一環なのだろうと決めつける人もなかにはいたが、彼女がその任務を遂行したようにはみえない。この旅で見る価値のあるものはなにもなく、興味を引く人はひとりもいなかった、と彼女は妹へ書いている。

ニュージーランドもさして涼しくもなく、イザベラは肩を落としてそのままアメリカへいくことに決め、つぎのサンフランシスコ行きの船の切符を予約した。蒸気船ネヴァダ号はとうに全盛期を過ぎており、水漏れしている船はかろうじて浮いていた。しかし、危険な航海になるという思いが、やっとイザベラを生き返らせた。理解しがたいが、彼女はまぎれもなく船上で奇跡的に治癒した。彼女の文面はふたたび活力を取りもどした。船がハリケーンに見舞われても、食事がおぞましくても（パンに蟻とゾウムシが入っていた）、熱帯の海水温度がよく四十度を超えて船のエンジンが壊れても、応接間の天井が雨漏りして室内でもレインコートとゴム長靴姿でいなければならなくても、船室にゴキブリとネズミがたかっていても、イザベラには生気が漲っていた。

旅なかばで、ある旅行客の息子が病気になり、船長はハワイの、当時のサンドイッチ諸島[125]のホノルルに寄港することにした。イザベラは医者探しを手伝うために島へ上陸し、オーストラリアとニュージーランド[126]で探していた楽園を見つけたとすぐさま思った。ヤシの木が並ぶ海岸、珊瑚礁、火山とともにある楽園を。彼女はハワイに残り――結局、滞在は半年を超えた。二年後に出版された『イザベラ・バードのハワイ紀行』[127]の序文で、島の「気候が心身にあって」いたので島に滞在したことをつとめて自然に強調した。

ハワイがイザベラの心を解き放った。家では夢みることすらできなかった生活がはじまった。世界最高峰の火山に登り、文明社会ではもってのほかだが、現地の女性たちのように馬にまたがって乗った。[128] イザベラは土地の人たちの家に滞在し、独自に島を調査し、驚きに満ちた気ままな暮らしを楽しんだ。彼女に怖いものはなかった。地図を持たず、気の向くままに馬に乗って島をめぐり、藁葺きの小屋で夜を明かし、果物や地元のポイ[129]を食べ、川で泳いで体を洗い、服は天日で干した。こんなにすばらしい体験は生まれてはじめてだと彼女は宣言した。妹には、今や料理にも、繕いにも、洗濯にも、家計のやりくりにも長じたこと、ひとりで馬に鞍をつけたり、轡をはめたり、馬具を装着したりできることを熱く語った。「私にできないような難しいことがあるなんて、どんな男性にももういわせない！」と。鏡で自分の姿を見たとき、以前とは違う女をイザベラは見た。やつれてひ弱な四十代の女のかわりに、日に焼けて生き生きと輝く目をした十歳若返った女を。とある立派なウィルソン氏からプロポーズされるほど彼女は輝いていた（イザベラは断ったが）。

125　ハワイ諸島の旧称。探検家クックが命名。
126　二ヶ月間ほど滞在。
127　邦訳は近藤純夫訳で平凡社より刊行。
128　当時の女性の乗馬スタイルはスカート着用の横座り。
129　タロイモのおかゆ。

イザベラは書いている。「それこそ女性ができないことを私はします――『男性にふさわしい生き方を』。馬がいて、荷物をまとめてまたがれば、計画を立てる必要はありません。私はなんでもできる。できると思える。（……）因習や文明社会以外のことすべてに、私は情熱を注いでいます」。とはいえ、それでもイザベラは文明社会を捨てきれなかった。家で待っている妹へニーとの繋がりを断ちきりたくなかった。イザベラはあまりに気分が高揚して、妹もハワイにきて「ここで新生活をはじめましょう！」と手紙に書いたことがあった。が、へニーが真に受けて準備をしはじめると、イザベラはすぐさまその案を取り消して、ハワイの悪い面をつらつらと挙げつらねた。へニーまでここにきてはだめだ。彼女は家にいなければ。でなければ、イザベラはだれに手紙を書けばいいのだ！

一八七三年八月、イザベラはなくなくハワイをあとにして、サンフランシスコを指して出発した。サンフランシスコからは列車でコロラドのロッキー山脈へ向かった。そこで馬を一頭借りて、界隈の調査に出た。壮観な景色で知られたエスティスパークへいくことがイザベラの悲願だった。ある宿のオーナーが現地の青年二人にそこまで連れていってくれないか、と頼んでくれた。青年二人は、女は面倒なだけだからと内心は乗り気ではなかったが、せめて女性が「若くて、きれいで、ほがらか」ならと期待して引き受けた（「朝、バード婦人が乗馬ズボンを穿いてカウボーイスタイルで馬に乗って現れた」とき、彼らの願いは打ち砕かれた）。当のイザベラは男たちにどう思われようと少しも気にしていなかった。それどころか、一日に四十キロを馬で移動できるかどうか心配で、一晩中それればかり考えていた。

この旅が転機となる。エスティスパークに通じる峡谷に差しかかったところで、一行はログハウスに到着した。そこはイザベラの目には野生動物の巣のように見えた。屋根は天日干ししているヤマネコとビーバーの毛皮で覆われていた。片隅には鹿の死骸が吊り下がっていて、そこかしこに鹿の角やら、古い馬の蹄やら、しとめたばかりの動物の死骸があった。庭は犬が威嚇しながら見張っていた。小屋から出てきたのは、薄汚い鹿の革ズボンを穿いた恰幅のいい男で、腰にナイフを差し、胸ポケットにリボルバーを入れていた。この「ショッキングな人物」が、悪名高い野蛮な無頼漢ロッキー・マウンテン・ジムことジム・ニュージェントだった。恐ろしい噂にもかかわらず、マウンテン・ジムはすこぶる男前でもあった――少なくとも顔半分は。もう半分の目はハイイログマと格闘したときに失ったという――そのうえ驚くほど親切で教養があった。あらゆる予想に反して、イザベラは彼に惹かれ、無頼漢も彼女に惹かれていた。

エスティスパークには短期間しか滞在しない予定だったのに、何週間経っても、何ヶ月経っても、イザベラは出発できないでいた。彼女はエヴァンス一家の農場に泊まり、マウンテン・ジムとほぼ毎日会っていた。二人は山道を何時間も遠乗りし、清々しい空気のなかで競うように駆けた。ときには男たちと並んで農場の家畜の追い立てを手伝い、寒くなってくると乗馬服の上に熊の毛皮のベストを着た。男物のセーター一枚と手袋も取りよせた。冬になると、牧場労働者たちに混じって小屋で何週間もひとりで過ごした（「もっとも近くにいる女性は四十キロ先」）。温度計の水銀が零度を下回ると、小屋が凍りついた。牛乳も、バターも、パンも、シロップも、インクも、洗って濡れたイザベラの髪も。私は狩人のように食べて寝ています、所持品はもはや身につけている服と、六週間履きっぱなしのひと組の毛糸の靴下です、と彼女は手紙に書いた。「女性たちの存在すら忘れつつあります。八十キロ遠乗りした日もありましたが、どうということもありませんでした。十ヶ月間、私は外に出て、馬にまたがって暮らしています」

イザベラがアメリカのマッターホルンと呼ばれたロングスピーク[130]の頂上を目指したとき、マウンテン・ジムがガイドとして同行した。エヴァンス夫人は二人のために三日分のパンをたっぷり焼いて、台所に吊るされた牡牛の肉を切り分け、紅茶と砂糖とバターを詰めてくれた。二人は鞍を枕がわりにして野天で寝た（「まんじりともできなかったけれど、夜はあっという間に明けた」）。二人きりになると、マウンテン・ジムは豪胆な態度から一変して、イザベラに優しく語りかけた。登攀自体がイザベラには音をあげそうになるほど過酷だった。ハワイの乗馬スカートやエヴァンス氏の大きすぎるブーツでは無理だと気づいたが、彼女にはできた。イザベラは妹にこう書いている。「どんなことも受け止められる自由気ままなのびのびとした私を、あなたに見せられなくて残念です」

月日が経つにつれ、農場では二人の恋の噂が立ちはじめた。イザベラはすっかりのぼせて、「ヌージェント氏」のことを、すばらしい連れで、カリスマがあり、おもしろくて、頭がよくて、知性もあって、彼とならなんだって話があう、とヘニーに書いている。もちろん、マウンテン・ジムも硬派な無頼漢というイメージを崩さないよう虚勢を張ってはいた。彼の愛称こそが彼の見栄っ張りからきているという人たちもいた。しかし、荒々しさのなかにほがらかで気遣う心が潜んでおり、そのうえ彼は広い文学の知識を持ちあわせていた。「彼は別格。見た目は恐ろしいけれど、物腰は柔らかい（……）彼の低く響く声（……）どこまでも優雅な振る舞い（……）愛することができるかもしれないといっとき思いました。でもそれを脇へ押しやりました。だって四十代の女には許されないうぬぼれだろうから」。イザベラは、男性に対して自分の気持ちをこれほど赤裸々に書いたことはなかった。

イザベラの帰国が近づくと、マウンテン・ジムはこれまでの人生のもっとも暗い過去を話し、ドラマチックな出会いのなかでイザベラに恋をしたことを告白した。イザベラは心を揺さぶられて泣いたけれど、彼を振った。彼は素敵だ。だが、彼の凄まじい過去や、不安定な情緒や、酒に溺れやすいことに、彼女は目を瞑ることができなかった。「彼は、女性ならだれもが愛してしまう人。でも、まともな女性ならだれもが結婚しない人。（……）彼の暗い失われた無謀な人生を思うと、胸が痛みます。彼のことは憎めないし、惹かれます。でも、とても恐ろしい。（……）彼がたまらなく恋しい」

そうして、イザベラはエジンバラの社交界の分別のある女性ならだれもがそうするように、彼にかたちばかりのメッセージを書いた。「拝啓、月曜日にあなたが私に話してくれたことは、非常に好ましくないことです。ですから、私たちは距離を置くほかありません……。私たちのおつきあいがすみやかに終わることを願っています……。敬具……」

130　ロッキー山脈の最高峰。標高四千三百四十五メートル。

［テレパシーで送られた速達］

一八七三年十一月二十一日金曜日

イザベラ様、大好きなイザベラ、私はここロングスピークの頂上に立ち、毛布で狼煙をあげ、モールス信号を打ち、大きな石を投げ、拡声器で叫ぶ——ソ・ノ・テ・ガ・ミ・ヲ・オ・ク・ル・ナ！　でも、送るのよね。遠乗りでばったり会ったときにマウンテン・ジムに手わたすのよね。彼はもう苦しんで病んでいるというのに。

大好きなイザベラ、なぜこんな愚かな手紙を？　この期におよんで？　だって、あなたはハワイでもう新しいイザベラに変わったのでしょう？　川で泳いで、火山に登って、自分で馬に鞍をつけて、しがらみを鼻にもかけない自立した女性に——なぜこうまでして慎み深い淑女のイメージに、しゃにむにしがみつきたいの？　なぜ、ああ、なぜ私たちは女らしさの規範を守るのだろう？　なぜ私たちは自分たちのイメージを変えることができないのだろう？　周りはとっくに違う目で見ているというのに。

そう、そうね、あなたは妹に彼のことを好きになんかなっていないと念を押していた。もちろん違う。だって、あなたは頬を上気させながら彼について熱弁を振るって、ことあるごとに彼のことを話題にしていたもの。暖炉にあたっているときに、ジムがリボルバーを持って部屋に入ってきた。そしてあなたを撃った！　そんな夢すら見たのよね。あなたもいっていたように、その「危険な香り」にあなたはぞくぞくしたのだろうけれど。でも、あなたの本心は最小限の素朴心理学でもお見通し。あなたは本心では彼にきてもらいたかった、そして――なんというか――あなたの慎み深さを粉々に撃ち砕いてほしかった。
たしかに彼は飲みすぎたし、鬱や双極性障害にもきっと苦しんだ。それはわかる、わかります。それでもあなたたちには人と人のあいだにそうそう築けるものではない繋がりがあった。イザベラ、新しい女性にあなたはもう生まれ変わっていた。そんな自分自身を見る目があなたにあったなら、せめて違う手紙が書けたのに。

あなたのM

追伸
ジムやほかにもいい人がいたなら、あなたには思いきり楽しんでほしかった。私もイケメンの片目の無頼漢に出会えたら楽しみたい。そんな人には、そうやたらに出くわさないのだけれど。

イザベラとマウンテン・ジムはその後も何度か会っていた。イザベラは、ぱっとしないがまともなウィルソン氏のプロポーズに思いをめぐらし、なぜこの影のある無頼漢のほうにこんなにも惹かれるのか考えた。けれども彼女の心は変わらなかった。イザベラが発つ前の晩、この奇妙なカップルは宿の台所で詩や書くことについて長いこと話しこんだ。
二人はそれから二度と会うことはなかった。イザベラが去って半年後、マウンテン・ジムは撃たれ、それが最期となった。

イザベラの世界一周旅行は一年半近くにおよんだ。この旅で彼女はすっかり変わった。ニューヨークから大西洋を渡る帰途、イザベラは友人に宛てて手紙を書いている。「文明は骨が折れるし、社会はくだらないし、因習は過ちだと今でも思っていますが、いつもの生活にあっけなく落ちこんでしまうかもしれません」。エジンバラに戻ると、そのとおりになった。彼女はふたたび妹と暮らす立派なバード婦人になり、慈善活動に勤しみ、ものを書いてばかりいた。ジョン・マレーは彼女のハワイ体験をまとめて一冊の本として出版することに興味を示していた。そんなことから、イザベラは妹に宛てて書いた手紙をあらためて原稿に直し、序文に「健康回復のために」とひと言添えて、『イザベラ・バードのハワイ紀行』は一八七五年二月に刊行された。それはたちまち人気を博したので、ロッキー山脈の冒険についても雑誌に連載した。そのころ、ジョン・ビショップという名の医者が、自分より十歳上のイザベラを見初めて一回目のプロポーズをしたのだが、取り付く島もなく断られた。本と記事の連載が人気になると、イザベラの良心が咎めた。分不相応に楽しいことで富を得るのはふさわしくないから！

　イザベラは、ハワイとロッキー山脈を馬にまたがって越えた、自由で快活で型破りな女性から、ほぼ一晩でなにが自分にふさわしいか気にしすぎる、慎み深い未婚女性へ落ちこんでしまった。以後三十年間、旅から戻るたびにおなじことが繰り返された。イザベラは心が分離した二重生活を送った。旅に出ているときの彼女は別人なのに、家に帰るとそうはなれなかった。旅がますます勢いを増し、本がいっそう人気を博し、ついに探検家として正式に認められても。[131]

もどかしい。私はいつまでたってもイザベラのことを少しもわかってあげられないのか？　人生を変えた旅から戻るとこうもあっけなくいつもの習慣に落ちこんでしまうイザベラを。家のなかがなにも変わっていないと、変化や新しい自分や過激で熱狂的な実体を保つことがいかに難しいか。人生で大切なことがわかった今、自分が部外者であると感じないようにするのがいかに難しいか。社会はくだらなくて、因習は過ちで、家族や持ち家やバーンアウトした職場の理想がはっきりいって病んだ規範だと思いはじめていたとしても、生き方を変えるのは難しい。気持ちに正直に生きるのは難しいのだ。

　帰国して数年が経ち、イザベラは体調をまたしても崩してしまった。複数の医者に診てもらったが、スコットランドの実家では病でベッドから起きあがれないほど体の自由がきかなくなるのに、旅に出るとなぜ無敵で疲れをしらない不屈の人になるのか、だれにもわからなかった。ともあれ、医者たちは手の施しようがなかったので、ふたたびイザベラに航海を勧めたのだった。が、今度はどこへ？　本の素材を提供してくれるほど十分に異国的な世界の辺境はどこだろう――健康回復が旅をするもっともなカムフラージュであることには変わりはないのだが、イザベラの本当の動機は新しい本の素材集めだった。イザベラはチャールズ・ダーウィンに（ほかにだれがいよう）アンデス山脈登攀などのことで助言を請うために手紙を書いたが、ダーウィンの

131　王立地理学会初の女性特別会員になる。

返事は背中を押してくれるものではなかった。南アメリカは女性にはふさわしい場所ではなかった。それでイザベラの関心は日本へ向いた。門戸を外国人に開いたばかりの日本は、それこそまだなにも知られていなかった。

一八七八年四月、四十六歳のイザベラはイギリスから船でニューヨークへ発ち、列車で大陸を横断してサンフランシスコへ渡り、そこから蒸気船で横浜へ向かった。横浜に着いたのは五月末のことだった。今回の旅は「ごくわずかな手荷物」にとどめ、乗馬服と鞍のほかに、イザベラが日本で会う人たちに渡す推薦状を持ってきた。

イザベラの気持ちはすぐには盛りあがらなかった。彼女にとって横浜は魅力に欠け、くすんでおり、つまらなかった。イザベラの日本人の描写は恐ろしいくらいに人種差別的だ。優しそうな顔をした人たちもいるにはいるが、港にいる人たちは小柄で、しわくちゃで、ガニ股で、凹んだ胸をしていて、みすぼらしく、おしなべて醜かった（彼女は、日本人の醜さやそのほかの「国民的欠陥」[132]に、五百ページ近くにもおよぶ本のなかで何度も言及している）。五月から六月の気候もまた不快だった。蒸し暑く、しとしとと雨が降る。加えて、英語が通じない、新聞も本も看板も読めない。それもあってなじめない国はイザベラにとってははじめてだった。それに、かの有名な「東洋的壮麗さ」[133]はどこにもない。建物は灰色の木でできており、着ている服はくすんだ青か茶色か灰色。宝石は身につけていない。すべてが貧相で単調。彩色や金箔は寺社でしか見られなかった。高い下駄を鳴らして歩く女性の肌には艶もあって髪は黒々としてはいたが、剃られた眉や黒く染めた歯のせいですべてが異様に見えた。唇を赤くしたり白粉を厚く塗りたてたりする女性の習慣にイザベラはぞっとしたものの、じつに好ましい立ち居振る舞いをする女性を悪くいうのは気が進まなかった。要するに人びとはこれまでに会ったなかでもっとも醜いが、もっともこざっぱりとして愛想がよかった、とイザベラは書いている。

イザベラは東京にしばらく滞在し、そこでついに目の保養になるものを見つけた。とりわけ御苑[134]を訪ねる人びとの美しい着物に目を奪われたが、辺境へ、「本当の日本」[135]へ入っていきたくてしかたがなかった。内地を旅する彼女の計画を聞いた英国代理領事は、たいそう野心的だが女性がひとりで旅をしても安全だろうという。もっとも大きな障害となるのは蚤と貧弱な馬らしい。イザベラは情報不足のために空白の目立つ地図を渡されたが、旅を進めながら埋めていけばいいし、領事が愉快そうにいったように「その方がかえって面白い」[136]だろう。実際に多くの孤立した山村では、イザベラは村ではじめてのヨーロッパ人女性だった。

132　イザベラ・バード『完訳　日本奥地紀行1』（金坂清則訳、平凡社）。
133　同書。
134　吹上御苑。
135　イザベラ・バード、前掲書。
136　同書。

イザベラには通訳兼従者が必要だった。志願者たちと面接したあと、彼女は十八歳のイトに決める。[137] 彼は英語が話せて書くことができ、料理もできた。内地にいったこともあり、彼の話によれば一日に三十キロ歩ける。[138] イザベラ自身は馬に乗ったり、人力車を使ったりすることになる。そこで人力車を引く車夫たちもまとめて雇った。荷物は柳行李二個分になった。着物類（旅行着は、とび色のツイード地の外套、丈夫な編みあげブーツ、鉢を逆さにしたような竹で編まれた日本の笠）、人力車に乗るときに使う空気枕一個、折りたたみ式の椅子一脚、折りたたみ式のベッド一台（蚤に刺されずに眠る唯一の方法）、ゴム製の浴槽一据え、敷布、毛布一枚、蠟燭、筆記用具、英和辞典一冊、ブラントン氏の大きな日本地図一枚、持参したメキシコ鞍と轡。未踏の辺境地へどんな食べ物を持っていくべきかさまざまな意見があったが、少量のリービッヒの肉エキス、干しぶどう二キロ、チョコレートを少し、いざというときのためのブランデーをイザベラは詰めることにした（イザベラは脚注で、リービッヒの肉エキスは別として、そのほかの食べ物で荷を重くしないほうがよい、と日本を旅する人に忠告している。このドイツ人のユストゥス・フォン・リービッヒ博士が開発した濃縮ビーフペーストのような商品は、一八七〇年代にヨーロッパ全土で大流行した。エジプトの砂漠横断とか、先住民たちとの暮らしといったきわめて厳しい環境が宣伝に使われた。たとえば、探検家のヘンリー・モートン・スタンリー卿がアフリカの奥地に分け入ってリヴィングストン博士を発見したのは、この肉エキスのおかげだった。リービッヒの肉エキスは今でも売られている。つぎの旅にそなえて、ひと瓶をさっそくネットで注文すべきだろうか）。

出発の日は、すべてが失敗に終わったらと思うとイザベラの気は休まらなかった。「この計画を断念しようと何度も思い、何度も自分の臆病を恥じた。もっとも確かな筋から旅の安全を保証してもらったのに」と。なにを恥じることがあろうか。彼女は地図すらない未踏の地へ無謀にもひとりで旅に出たのだから！

まずは日光まで百四十キロの旅。人力車と車夫ひとりで三日かかった。途中、休憩をとるために何度か茶屋に車を乗り入れた。茶屋では、お茶のほかに、菓子、干し柿、魚、漬物、餅というねっとりした米のケーキ、雨笠、車夫のための替えの草鞋が売られていた。はやくもイザベラは念願だった「本当の日本」に触れたのだ。田舎の家はみすぼらしいかぎりで、あたりには悪臭が漂い、人びとは「醜く、みすぼらしく、貧しげだった」[139]。どの宿屋も恐ろしいほど貧相だった——最初に泊まった宿でイザベラはショックを受ける。彼女にあてがわれた部屋には日本らしくなにもない。畳はあるが蚤が巣食い、蚊もうるさい。伊藤はイザベラの蚊帳のついた帆布のベッドを組み立て、浴槽に湯を張り、夕食にお茶とご飯と卵を運んできた。イザベラは一日の出来事を手紙に書こうとするが、虫はうるさいし、隣の部屋の襖の隙間からしげしげと見つめて

137　伊藤鶴吉。
138　金坂清則訳の完訳では四十キロ。
139　イザベラ・バード、前掲書。

くる目もあって、とてもじゃないが書けない。なじみのない臭いと音にパニックに陥りそうになり、おちおち寝てもいられなかった。「プライバシーがないというのは恐ろしい……。鍵や壁やドアがなくては気が休まらない……。私のお金はその辺に置いてあるから、襖の隙き間からそっと手を滑りこませて盗むなんて造作ない……。伊藤の話だと、井戸はひどく汚れている……。臭いが凄まじい……。ここでは盗難だけでなく、病気の心配までしないといけない……」

十日目の魔法の効き目はまだ表れていなかった。

あくる日、イザベラは気を取りなおして妹に手紙を書いた。「今の私なら、恐怖なんてものともしない（……）旅行家は自分の経験を買わなければなりません。成功も失敗も、その人が持っているセンス次第。多くのことが旅を重ねて経験を積むことで改善され、安心して旅ができるようになります。でも、プライバシーの欠如、悪臭、蚤、蚊による悩ましさからは逃れられないのではないかと気が気じゃないのです」。イギリスに帰国したイザベラは、あとから脚注にこうつけ加えている。「女性のひとり旅ということでいろいろと心配していたが杞憂に終わった。このあとも安心して内地や北海道を二千キロにわたって旅をしてきた。日本ほど女性がまったく安心して旅のできる国はないと心から思う」。そのとおり。

過酷な旅になるだろうということはイザベラにはわかっていたし、いやな思いをする覚悟はできていた。日光では非の打ちどころのない日本的な田園風景のなかで九日間、休息できた。彼女は金谷という名の男性の美しい邸宅に滞在した。庭や床の間に目を奪われ、「ああ、部屋がこんなに美しくなければ、どんなにいいか。インクをこぼしたり、畳を凹ませたり、障子を破ったりしないか、いつも気になってしまうのです」と妹に書いている。世界でもっとも美しい場所のひとつに挙げるほど、イザベラは日光の虜になった。きらびやかな寺院、神社、徳川家康の墓所を何枚もカメラに収めた。金谷邸では、地元の女性の暮らしも観察しており、簡潔さと余白の美学が徐々にわかりはじめた。たとえばイザベラは生け花に魅了され、この芸術形態に開眼したあと、百三十年後の私とおなじ言葉を、ほぼ一言一句たがわずにこう述べた。「私たちの花屋の花束ほど無様でがさつなものがあるだろうか（……）枝も葉も花びらさえも乱暴に押し潰されてしまって、一輪一輪の優雅さや個性はむざむざと破壊されている」。雅楽に関してはイザベラの理解を超えていた。金谷の仕事は――雅楽を受け持っていた――「不調和な音楽の首席奏者」[140]で、歌を聞いていると、彼女は「蛮人の只中にいる」[141]ように感じていた。

日光を出てからが困難な旅のはじまりだった。内地を通って日本海に面した新潟へ、そこから山地を越えて北へ向かって青森を目指した。距離にしてほぼ千キロ。立ち往生しながら二ヶ月近くかかった。[142]イザベラはひとかどの探検家さながら、村と戸数を正確に記録し、東京からの距離

140　イザベラ・バード、前掲書。
141　同書。
142　梅雨の長雨と豪雨に何度も見舞われ、足止めを食った。

と集落間の距離をつけた（イザベラは英国公使館の保護のもと旅をしていたといわれている。[143] 旅の目的は、日本におけるキリスト教の普及の可能性を把握することだった）。イザベラと伊藤は馬で移動し、峠、谷間、水田、森、集落、荒廃した寺院、貧困、不潔、無言で見つめる人びとを、いくたびも通り過ぎた。子どもだけでなく大人までもが露骨に彼女を見た。だれも今まで外国の女性を見たことがなかったし、ついでにいうとフォークやスプーンを見るのもはじめてだった。多くの人が彼女を男性だと思っていた。眉は剃られていなかったし、歯も黒く染められていなかったからだ。ある村では、外国人はどんなふうに話すのか村人たちが聞きたがり、彼らの見ている前で伊藤に指示を出すよう請われた。イザベラは部落の赤貧に目を剝いた。「みじめなほどの貧困は、通常、怠惰や酒浸りによる」[144]のに、ここではだれもが勤勉だった。多くの場所で人びとは裸も同然の格好だった。ある集落では女性は木綿のもんぺしか身につけておらず、ひとりの女性は酔っ払って千鳥足で歩いていた。伊藤はいたたまれなくなった。これほど野蛮なところが日本にあることを彼は知らず、外国人にこんなところを見られて血の気が引いてしまったのだった。宿屋はひどいものだった。蚤や蚊がたかり騒音や悪臭に満ちた、なかば倒壊した掘っ立て小屋だったときもあった。炉から立ちのぼる煤で黒くなった宿屋では、部屋は建てつけの悪い障子で仕切られているだけだったので暗くて息が詰まった。食べられるものが、米、卵、黒豆、きゅうりの煮物しかないことがままあった。伊藤が雌鶏を見つけてきて絞めてくれると約束したことがあったが、雌鶏に逃げられ、イザベラは意気消沈してしまった。彼女は十日間、魚や肉を食べていなかった（どうやらリービッヒの肉エキスは底を突いたらしい）。病気の男の子に薬を与えたときには、何人もの母親や父親が痛々しい病を患っている裸の子どもたちを抱えて障子の向こうで待っていた。

ブラントン氏の地図は白紙だった。二人は足の向くままに進んだ。

イザベラは疲れて一度ならず体が動かなくなった。二人は夏の暑さとじめじめした梅雨のさなかに旅をした。大雨で道や橋が塞がれ、たびたび足止めを食らった。蚤と蚊に悩まされ、スズメバチと虻に刺されてイザベラの腕は腫れあがった。足は大きな蟻に噛まれた痕だらけ。何百匹ものスズメバチに刺された馬は凶暴になった。腰が痛くて馬に乗れないこともあった。「本州北部の旅は頑強な人間でないとできないのかもしれない」[145]とイザベラは状況を総括した。

だが、すばらしい瞬間もあった。これまでに見たこともないほど美しくて息を呑むような光景を、イザベラは幾度となく目にした。

自分が見たものはすべて、科学者のような几帳面さで事細かく記録した。途中で、熱い湯の湧く温泉に出くわしたときは[146]、湯の温度を測り、地元の人たちの入浴の様子を描写した。だが、当の本人に入る勇気はなかった（少なくとも入浴について語るのは慎みに欠けていると思ったか）。

143　イザベラは公使のはからいで自由に移動できる旅行免状を手に入れていた。
144　イザベラ・バード、前掲書。
145　イザベラ・バード『完訳　日本奥地紀行2』（金坂清則訳、平凡社）。
146　湯元温泉、上山温泉など。

祭りにばったり出会ったときは、祭りの賑わいや飾りをつけた何台もの曳山のことを描写した。新潟で見た店を書きとめたり、和紙や生糸の作り方に紙面を割いたり、日本人の迷信深さを無念がったりした。日本におけるキリスト教の伝道活動状況について伝えたり、日本人の迷信深さを無念がったりした。イザベラは日本の食べ物についても詳しく書いていた。ここではもっとも贅沢な食べ物でも慣れるまでに時間がかかるといい、大根なんかは匂いも味も「どんな猛者もたじたじ」[147]になるほどぞっとするらしい[148]。しかしながら、日本人のお茶の淹れ方にイザベラは好感を持った。お茶の色は黒くもなく、牛乳も添えられていないが、藁色の澄んだ飲み物は、イザベラにとって香りも味もすばらしく、いつもふしぎと爽やかな気持ちにしてくれた。

八月なかばにやっと青森へ到着し、そこから北海道の函館へ向かった。北海道では、熊を崇拝するあの謎に包まれた有名な先住民である「毛深いアイヌ」[149]人たちに会うことが目的だった。イザベラは、函館の領事館で三人の男性に会う。彼らもまた、アイヌ人たちの集落へ探検旅行に出かけようとしていた。一行は、とにかく食料も荷物も駄馬も大量に用意していた。だから、「彼らの旅は失敗し、荷物を二十キロにまで減らした私は成功する！」とイザベラは妹に宛てた手紙に書いていたが、そのとおりになった。イザベラは北海道でひと月過ごし、見事な景色に惚れこんだ。アイヌ人たちの集落には、彼らのふだんの暮らしを観察しながら数日間滞在することになった。

函館からイザベラは台風のなかを船で横浜へ戻った。東京へ着いてから、京都とその周辺を三ヶ月間かけて見てまわったが、京都の手紙の大部分は刊行された本から削除されてしまった。

イザベラによれば、京都は本のタイトルにある「未踏の地」と一致しなかったからだ。とはいえ、運よく残った手紙も何通かあり、私は心が浮きたってくるのを感じる。イザベラは十一月の京都にすっかり魅せられた。私が最初の本を書いているとき、イザベラよりも長く京都に滞在したけれど、私もまさにそうだった。イザベラは、京都の芸術と美に捧げられた雰囲気を愛した。鮮やかな色あいの着物、うっとりするような帯、美しい茶屋、壮麗な寺院、大建造物、庭。それらが町を取り囲み、紫色を帯びた山の中腹に広がっている……。何百とある京都の小さな店には、美しい品物が品よく並べられていて、気がどうにかなりそうだったとイザベラは打ち明けている（まさしく）。母国の友人たち全員に買っていきたいものの、品物のよさをわかってもらえないか、ほかのものと一緒くたにされてしまいかねない。というのも、日本の宝物の美しさは、それらが漆黒の飾り棚の上にいくつか置かれてこそ発揮されるからだ（まさしく）。十日間の滞在を終えたイザベラの最終判決が読みあげられる。「学校、病院、精神病院、監獄、施療院、救貧院、噴水、公園、庭園、得も言えず美しい墓地、痛々しいほどに清潔な街路を擁する京都は、日本で最もよく整備され、最も運営の行き届いた都市である」[150]

147　イザベラ・バード、前掲書。
148　沢庵のこと。
149　イザベラ・バード『完訳　日本奥地紀行3』（金坂清則訳、平凡社）。
150　イザベラ・バード『完訳　日本奥地紀行4』（金坂清則訳、平凡社）。

一八七八年十二月十九日、七ヶ月にわたった日本の冒険をとうとう終えて、イザベラは横浜港を蒸気船ヴォルガ号で出港した。世界一周を成し遂げるため、今回はアジアを通って西回りで帰途につく。ペンを走らせるツイード地の外套姿のイザベラを乗せて、船が大海へ滑りだした。雪をいただいた富士山の頂は朝日に赤く染まっていた。

イザベラはまっすぐ家に帰ったわけではなかった——健康回復のために旅に出ているのだ、なにも急ぐことはない。上海、香港、サイゴン、マレー半島に立ち寄り、スエズ運河を越えて下船。カイロへ向かった。彼女の小さいころの大切な思い出のひとつが、牧師だった父親が語ってくれたモーゼの話だった。モーゼが十戒を授けられたシナイ山の頂に、イザベラは立ちたかった。カイロからシナイ砂漠を横断すると四百三十キロメートル。十八日間かかる。カイロのホテルの支配人は、旅はイザベラにはとうてい無理だろうといった。それでも、ベドウィン、ラクダ、ハッサンという名の従者兼ガイドを手配するのを請け負ってくれた。そんなわけで、荷物として、食料を少し（リービッヒの肉エキスはいうまでもない）、薬、ブランデー、パラソル一本を持っていくことにした。ほかに、イザベラ用に大型テントを、ハッサン用に小型テントを一張りずつ、マットレス一枚、毛布一枚、折りたたみ式の椅子一脚、洗面器一個、調理器具（砂漠ではベドウィンは旅をしながら集めたラクダの糞で火を熾した）も詰めた。旅ではどんなふうに慎み深く体を洗って用を足し、それ以外の個人的な作業を上手にやってのけたのか、あいにく本ではまったく言及されていない。が、この旅で自分のテントがこういった場所で重宝するとわかり、それ以降はつねに持っていくようにした（イザベラは二十人のアラブの男たちのなかで紅一点だったが、慎み深さになんら差し障りはなかったようだ）。

旅はホテルの支配人がいっていたとおり凄まじいものだった。おまけにイザベラは体を壊してしまった。初日の朝から元気がなく、具合が悪かったのだが、それでも灼熱の砂漠を横断する覚悟を決めた。一行が日中に休憩していると、ハッサンが少しでも日陰に入れるよう大きな石の下に潜る方法を教えてくれた。石がなければ、ハッサンが地面に穴を掘り、そのなかでイザベラは日差しを避けて毛布にうずくまり、聖書を読んで、干しぶどうをつまんだ。日中の気温は日陰でも四十度を超え、夜になっても三十度を下回ることはなかった。十時間のラクダの旅を終えた夜、イザベラの喉は痛くなり、頭痛がし、水ぶくれや湿疹ができた。腸チフスに罹っているとイザベラは思った。一晩中、ベッドのなかで苦しみ悶えたが、朝には立ちなおって旅を続けた。「この神聖な砂漠は（……）それだけの価値があるのです」とイザベラは妹に書いている。

ある晩、悪いことが起こったとハッサンが知らせてきた。ベドウィンのひとりが山羊の皮袋に入っていた水を盗んでしまったせいで、残っている水はわずかコップ一杯分だという。その日の夜、イザベラはどうしようもないほど喉が渇いて、ほとんど熱に浮かされてうわ言をいっていた。彼女の頭のなかで、水について書かれた聖書の一節や詩の断片が取り憑かれたようにぐるぐるとまわった。雨の音が聞こえたような気がしたときは、テントから飛びだしたが、砂漠に吹く風が枯れてねじ曲がった木を鳴らしていただけだった。ハッサンが、小石を口に入れていれば喉の渇きが軽くなると教えてくれた。あくる日、キャラバンは砂漠の焦熱にさらされながら旅を続けた。

イザベラは頭痛と体の痒みのせいでまともにラクダに乗っていられなかった。目が回り、休憩したいとハッサンに頼みたかったが、口が思うように動かなかった。一行がついにオアシスにたどり着いたとき、彼女の目に映ったのは、水を入れた容器を手に持って走り寄ってくる男の姿だけだった。

イザベラはシナイ山巡礼がこれまでの旅の純然たるハイライトになると思っていた——彼女の旅への渇望を満たしながらも、その動機はあくまでも信仰に基づくものだった——が、苦しくて単調な旅を経てたどり着いた場所に愕然とした。シナイ山には神聖な雰囲気のかけらすらなく、修道院の僧侶たちはあくどい手口で旅行客たちから金を巻きあげ、ワインを製造し、あまつさえ酔っ払っていた。

イザベラはアレクサンドリアから船でリヴァプールへ戻り、トバモーリのムル島の家（ここにヘニーは二人のために小さな家を借りていた）に着いたのは、一八七九年五月の終わりだった。彼女は世界を一周し、一年ぶりに帰ってきた。腸チフスにも、過酷な環境にも、シナイ砂漠の旅にも屈しなかったイザベラは、帰宅後またしても体調を崩した。「私の体は衰弱しきっており、杖をついて三百メートルしか歩けない」と彼女は書いている。

イザベラは夏のあいだ、「ロッキー山脈便り」に取り組んだ。この連載は、ジョン・マレーが本としても刊行したがったほど大変な人気を集めた。イザベラの日課はうらやましいほど効率的で規則正しい。午前中は執筆、一時半にお昼を食べたあと、妹としっかり散歩して、夜にまた執筆。ヘニーが家事を担当し、料理人と献立を考えた（自分が書いているときにほかのだれかが食事の世話をしてくれるなんて贅沢なことだと強調せずにはいられない）。ロッキー山脈の原稿が完成すると、日本の本に取りかかったが、前の本よりもかなりつまらないものになりそうで心配していた。『ロッキー山脈踏破旅行』が一八七九年十月に出版されると、一週間で売り切れるほど大いに受けた。書評も称賛の嵐で、ジョン・マレーはイザベラを祝ってロンドンでパーティーを開催した。にわかに彼女は脚光を浴び、「文学界の名士」と称えられ、作家や政治家や記者に紹介された。

スキャンダルもあるにはあった。『タイムズ』紙の書評家が、イザベラがロッキー山脈で着ていた乗馬服は男物だったとほのめかしたのだ。女性が男性をまねることはもとより、男物を身につけることは、このうえなくはしたないことだった。イザベラは疑われたことに深く傷ついてしまった。自分が急進的な人物かなにかで、まかりまちがって「フェミニスト」だと思われ、どこかの旅する女たちのように風刺詩や風刺漫画に描かれでもしたら。それはイザベラにとってもっとも恐ろしいことだった。「健康回復のためだけに」旅をした慎み深い淑女のイメージを強調するために、彼女は重版で脚注をつけ足した。つまり——ご存じのとおり——イザベラによると「登山にも、それ以外のどんな辺境の地であれ困難な環境における旅にも、じつに合理的で女らしい服装である」上着、くるぶしまであるスカート、トルコの袋状のゆったりしたズボンだったと説明した。

［トバモーリのムル島へ送った手紙］

親愛なるイザベラ

これはもうなんとしてもあなたに一筆書かずにはいられません。あの忌々しい慎み深さはもう忘れて！　あなたがズボンを穿こうが穿くまいが、どうでもいいことじゃない？　もし穿いていたとしても、どうだっていうのよ！　あなたのいっていることとやっていることがあまりにも違うから、髪を掻きむしりたくなる。自分でもよく考えてみて。ロッキー山脈を片目の無頼漢と馬に乗って駆けめぐり、腸チフスを患いながらシナイ砂漠をベドウィンたちと越え、そのあとは四十二日間ペルシャの山脈で凍てつく吹雪にさらされながら歩いている。あなたには信じられないほどの勇気と根性があるうえに、年は四十をゆうに超えている。晩年は六十を超えてもいた――自分が他人からどう思われているか、どうしていちいち気にするの？　慎み深さなんていいから、好きなようにズボンを穿いて！

私の言葉を心にかけてもらえたらうれしいです――私のいっていること、あなたならわかると思うけど。

あなたのM

しかし、本当のところ「私には」わからない。この着こなしという一面が当時の女性旅行家たちにとってどれほど重要だったのか、私には理解「できない」。なぜなら、探検はとても女らしくないことだったので、女性が探検するときは、とくに（一）女らしく、（二）慎み深いことを証明しなければならなかった。女性の旅の服装については、深刻で政治的な問題にすら発展し、その結果どんな状況下であれ、女性は家でも着ていたであろう服――コルセット、黒のロングスカート、ブーツ、丸めた髪を入れた帽子かボンネットを身につけることになったのだった。だから私は夜の女たちの助言にペンを走らせる。

またがって馬に乗りたいなら、スカートの下に袋状のズボン[151]つまりブルマーを穿け（アメリア・ブルーマーという名のフェミニストが一八五〇年に提唱した）。で、イザベラにな举え。たとえばロッキー山脈を馬で移動しているときに集落が見えてきたら、それがどんなにみすぼらしい掘っ立て小屋であっても、馬から下りて、ブルマーの上にロングスカートを穿いて、またぐのではなく横座りで馬に乗れ。

必要であれば、男装せよ。とくに船旅では必須となるだろう。たとえば捕鯨船、戦艦、海賊船の船長たちには、女性は船に乗せないという厳格な規律がある（十九世紀のイギリスの戦艦で見抜かれずに二十年間働くことができた女性がいる）。変装するもうひとつの理由は、いやがらせを受けたり犯されたりする不安を抱えずに旅をすることができること。

理由はないがあなたはズボンを穿きたいだろうか？　ズボンがもっとも動きやすいからと

151　膝下まで丈がある。

いう理由だけで男性に扮して、一八一〇年に中東を旅したヘスター・スタンホープ夫人のように行動する余裕があるか、よく考えるように。彼女の振る舞いはイギリス人の度肝を抜いた（アラブ人は外国人の気まぐれかなにかだろうと思っていた）。ともあれ、先述の夫人はレバノンの山中で亡くなった。三十六部屋ある屋敷にひとり、発狂して極貧にあえぎながら。その屋敷は、話によればゴミと古い薬と虫に食われたアラビアの鞍だらけだったという。

あくる年の夏、イザベラの最愛の妹ヘニーが腸チフスに罹った。イザベラと医師ジョン・ビショップがつきっきりで看病したが、四十六歳で亡くなった。イザベラは悲しみに打ちひしがれた。日本旅行記の校正は最終段階に入っていたが、「創作意欲は失せてしまっていた」。それでも一八八〇年十月に『日本奥地紀行』が二巻に分けて刊行された（たちまちベストセラーになる）。が、イザベラは著者分が入った小包を開ける気持ちにすらならなかった。これからどうしたらいいのか。当分は旅に出ることも、人気を享受することもないだろう――今はただ慈善活動にだけ身を捧げるほうがいい（なんでよ、イザベラ、いいかげんにして！）。四十九歳のイザベラは結婚が状況を打開する唯一の方法だと思い、何度もプロポーズしてきたジョン・ビショップの申し出を受け入れることを決めた。挙式は妹が亡くなって九ヶ月後の一八八一年三月に執り行われた。教会に参列したのは身内の二人だけ。パーティーも披露宴も行われなかった（結婚式当日に撮られたイザベラを思う。喪服に身を包んだ女性が虚ろな目で前を見ている）。

二人の結婚からたった五年後の一八八六年にジョン・ビショップが亡くなると、イザベラは気を強く持つことにした。夫の遺産のおかげで、彼女はこれから快適に暮らせて、好きなところへいける。ジョン・マレーに今後の予定を訊かれたとき、イザベラは夜の女らしくこう答えた。

「自分の人生がおもしろくてためになるものでなければ、これまでの素敵な思い出はすべてなかったことになってしまう気がします。なにも多くなくていいのです。もはや身よりもないのだから。私に活力が戻ったら、残りの人生は自分のしたいように使います。いくつもの困難があり、危険があり、不便があり、たいてい助けを求められない旅が、私にいちばん向いています。だから、そういう場所が行き先でなければなりません」

イザベラは本当に自分の残りの人生をしたいように使った。まず中央アジアの山岳地帯へ出発し、ずっと夢にみていたヒマラヤの旅を実現しようと決めた。そんなわけで、五十七歳のイザベラはまずヤクに乗ってヒマラヤを探検し、それからソイヤー少佐とペルシャへ出発――きわめて危険で厳しい寒さのなか千キロを踏破した。この旅のあと、イザベラは十四キロ痩せ、髪は白くなっていた。出会った宣教師たちはイザベラの計画を聞いて青ざめたが、それでも彼女はひとりでシリア、トルコ、アルメニアを旅した。残忍な遊牧民族たちとの恐ろしく危険な出会いがこの先待っているというのに、どういうわけかイザベラは物怖じしなかった。

二年近くにわたる旅を終えて、一八九〇年の暮れにイザベラはイギリスへ帰国した。彼女の日記は途中で盗難に遭い、手もとに残ったのは要点を書きとめたポケットサイズのノート一冊のみ。が、幸いなるかな、彼女がペルシャから送った手紙はすべて届いていた。イザベラは執筆のためにクレイトン嬢の家にこもって（彼女には自分の家がもうなかった）、骨身を惜しまず旅行記をふたたび書きはじめた（「私は多忙をきわめている。遊びにもいかないし、本も読まない。外出するのは運動のため」）。努力した甲斐があった。『ペルシャ・クルディスタン紀行』は一八九一年に分厚い全二巻として刊行され、大評判となった。

　イザベラはこの時点ですでに幅広い支持を得ていた。彼女の本には称賛が山ほど寄せられ、首相と会食したり、ヴィクトリア女王に拝謁したり、サンドイッチ諸島の国王からもハワイ旅行記を称えて勲章が贈られたり、国会に呼ばれてスピーチをしたりした。名高い王立地理学会から女性としてはじめて講演を頼まれたが、学会は女性の入会を認めていないと知っていたので気持ちが揺れた。結局、女性も会員になれる王立スコットランド地理学協会の席で話すことに決めた。これでは本家の面目が立たないので[152]、イザベラを史上初の女性特別会員に選出することになった。一八九二年十一月に行われた学会の集まりで、全部で十五人の女性が入会した。長年の会員のなかには猛反対する人もいた。『タイムズ』紙には過激な記事がいくつも寄せられ、シガールームで口髭を震わせながら白熱した議論が交わされた。ペルシャについて（たいして評判にはならなかった）本を刊行したばかりの某会員は、こう書いている。「われわれは一般的に科学的な地理学知見は女性には生みだせないと思っている。性別と教育を考えれば、女性は探検に向いていない。この女性旅行家という職業は（……）われわれの世紀末でもっとも恐ろしい現象のひとつだ」。『パンチ』という名前の雑誌では、女性を出しにした詩を載せて揶揄した。「女性探検家？スカートを穿いた旅人？／ちょっとこの世ではありえない話。／家で赤ん坊の面倒を看ていればいい／ほつれたシャツを繕っていればいい／地理学者にはなれないし、ならないし、なってはいけない」。一八九三年四月に反対者たちがあらためて多数決をとって、女性会員は廃止された。すでに選出された女性たちは取り消されなかったが。

この待遇にイザベラはいらだちを覚えたが、旅を続けようと心に決め、今度は中国へ向かった。彼女は多くの健康問題を抱えていた。医者たちは、六十二歳のイザベラに、仕事を減らして体を休め、温泉で療養するよう勧めた。多くの人が、彼女はもう探検家の過酷な仕事から引退しているだろうと思っていた。しかし、イザベラは最後まで全力を傾けた。ここからまだ十年近くは精力的に旅ができるだろう、と。一八九四年一月に、写真の撮り方を覚えたイザベラは、三脚つきのカメラを持ってリヴァプールから船で中国へ発った。これに続く三年間は、韓国、中国、日本を調査した。苦労して撮って現像した何百枚もの写真には、揚子江[153]の川岸の集落、寺院、ポン・チ・アスーカル、水牛、ハンセン病患者、アヘン喫煙者が写っていた。イザベラは揚子江では小さな屋形舟で、山道では覆いのある駕籠で（女性であるその身に危険がおよばないように）移動した。彼女はマラリアに罹り、腕を骨折し、現地で囃したてられ、石を投げつけられた。なぜなら、中国人が外国人を、なかでもひとりで旅をする女性を嫌っていたからだ。イザベラが泊まった宿の壁には夜になると穴が開けられ、のぞかれたり、笑われたりした。村人が騒ぎたてること

152　王立地理学会のほうがはやくに設立。地理学の中心的な存在。
153　長江のこと。

もあった――梁山では、警備の兵士たちが送られてくるまで、イザベラはリボルバーを持って部屋に立てこもった。多くのヨーロッパ人女性はノイローゼに罹り、現地の人たちに襲われて亡くなった人すらいたが、イザベラはへこたれなかった。今や彼女はきわめて有能で場数を踏んだ旅行家で、彼女の威信を揺るがすものはなにもなかった。それにイザベラは中国とこの国の人たちに情熱を向けていた。一八九八年の冬に『朝鮮奥地紀行』[154]が、その少しあとに『中国奥地紀行』[155]が刊行された。書評ではイザベラは「旅行家」ではなく朝鮮の政治情勢の専門家と呼ばれていたが、四十代で健康回復のために旅をはじめた学歴のない女性としてはかなりよい評価だ。最後の旅はモロッコだった。アトラス山脈をひとりで馬でめぐって野営した。この信じられないほどエネルギッシュな大旅行家は、一九〇四年十月の朝にエジンバラの自宅のベッドで安らかに息を引きとった。七十二歳だった。ふたたび中国へ出発するために旅行鞄の荷造りは終えていた。

夜にイザベラのことを思うと、複雑な気持ちになる。もちろん、彼女のとんでもなく驚異的な勇気と称賛に値する忍耐、多くの持病にもかかわらず死線をくぐり抜けたことを思う。けれども、家に帰るといつも体調を崩してしまったことも思う。彼女の疎ましいほどの信仰心を思う。悩ましい人種差別もたまに。慎み深さと純潔を守ることが彼女にはおかしくないくらい大事だったことを、根深いいい子症候群を、旅では「自由で勇敢な新しい女性」だったのに、家では周りの期待の前に屈してしまう、この矛盾をどうやっても解決できなかったことを思う。彼女は最後まで罪悪感を持ち続けた。

十九世紀末の中国で撮ったイザベラのセピア色の写真を見ていると、揚子江の川岸で六十代の彼女がカメラ機材を持ち運び、「自然が提供する暗室」と彼女が美しく書いていたように、毎晩、流れる水のなかで写真を現像している姿が目に浮かぶ。写真にはいつもわずかにざらつきが残ったのは、どんなにすすいでも揚子江の細かい砂がくっついてとれなかったから。写真集の冷たいページを私は手で撫でる――ページは滑らかで、砂はどこかに消えていた。

ほかの姿も目に浮かぶ。

イザベラはハワイで自由に酔いしれて馬に乗っている――女性とはどのようにある「べき」か考えずに、本当の自分をはじめて身をもって味わっている。

イザベラはロッキー山脈で爆ぜる焚き火にあたり、現実離れした人との繋がりを感じている。うまくいくのか、いかないのか、肌で感じながら。

イザベラはシナイ砂漠の砂に掘った穴のなかで朦朧としながら横たわり、聖書を読んでいる。勇ましく、情けなく、寂しく（勇気とはまさにそんなふうに感じるものだから）。

イザベラは透けて見えるほど薄い紙に、一糸乱れぬ筆跡で丁寧な手紙を書いている。これらの

154　邦訳は朴尚得訳で平凡社から刊行。全二巻。
155　邦訳は金坂清則訳で平凡社から刊行。全二巻。

手紙は何十年も旅をして、どれも最後は私に読まれることになる。

疲れた心を癒すための日本行きの切符を買おうとしている自分を思う。イザベラにならって。

ともあれ私はイザベラが大好きなのだと思う。彼女は地図すらなかったところへ、持病があり鬱になった中年女性として何度も何度も「旅立った」から。

彼女は目標を成し遂げた。旅をして、その成果は真摯に受け止められた。

⋆

夜の女たちの助言
ひとりで旅をせよ。できるだけ厳しい環境に身を置くことが好ましい。

病に冒されていようが旅をせよ。気が塞いでいたり、心が満たされなかったり、自分の人生に我慢できなくなっていたりするなら、なおのこと。

貴族でもなく、金持ちでもなく、美しくもなく、才能がとくにあるわけでもなく、若くもなく、健康ですらなくても、問題ない。六十歳を超えていようが、過酷な旅はできる。

恐れるな。粘り強く、勤勉であれ。十冊、ものせよ。

必要とあれば、カメラと科学機器の使い方を身につけよ。

書かなければならないことを書け——植物学であれ、民族誌であれ——たとえ専門家でなくても。

とにかく行動せよ。

イーダ

旅をするのに理由はいらない。
低予算で旅をせよ。
極力、宿は請え。

夜の女、その三：イーダ・プファイファー。旧姓ライアー。職業：妻、母を経て、大旅行家、紀行作家。本分をわきまえて子どもたちを育てあげ、夫を捨て、ひそかに地球儀を調べ、四十四歳ではじめての旅に出る。かなりの低予算で地球を二周し、本を書くことで旅費を稼いだ。これまでに七ヶ国語に訳されている。

「親愛なる読者へ、私事ばかりで、まことに恐縮しております。旅をしたいと思うことは、女性にはふさわしくないと多くの方が思っておられることでしょう。ですが、この持って生まれた私の気質をお許しいただけると幸甚です。だれを傷つけるでもなく、私を幸せにしてくれるこのよろこびを、ご寛恕ください」

――一八四六年、イーダのアイスランド紀行の序文より

イザベラ・バードが十歳のとき、オーストリア人のイーダ・プファイファー（一七九七〜一八五八）はウィーンを発って、はじめての旅に出ていた。私がコルクボードに貼りつけたモノクロの銀板写真には、しかめ面で腰かけた中年女性が写っている。十九世紀半ばのビーダーマイヤー調の平服に身を包み、顎の下で結んだフリルのついたボンネットをかぶって。彼女の隣には、探検家のトレードマークである地球儀、なにも書かれていない一枚の紙、一冊の本がある。写真は滑稽で刺激的だ。それらが伝えようとしていることが完全に食い違っているのだから。女性の名はイーダ・プファイファー。私が夜に切実に思う女である。

イーダは綿織物工場を営む裕福な家庭の娘として生まれた。父親は彼女を五人の息子たちと同様に男の子のように育て、男の子の服を着せ、イーダを鍛えて士官にしようと冗談のようにいった。父親のスパルタ的な教育の狙いは、勇気、決断力を持たせ、過酷な状況、栄養不足、痛みに耐えさせることだった。はたしてそれらはのちにイーダのために役に立つことになったが。しかしながら、父親はイーダが九歳のときに亡くなってしまう。母親はイーダを女の子らしく育てよ

うと方針転換しはじめた。人形に興味を持たせたり、スカートを穿かせたりしようとしたが、裏目に出てしまった。イーダは体を壊すほど苦しみ、ついには医者の勧めで男の子の服をこれからも着ることになった。それでも十三歳で結局は女性の世界へ移り、手仕事、料理、宗教、外国語、ダンス、女子の教育に欠かせないピアノを身につけなければならなかった。ピアノは大嫌いだったので、稽古をしなくてすむように、指に切り傷をつくったり、封蠟で火傷をつくったりした。当然のことながら自然科学と数学は禁止されていた。イーダは良き妻、良き母となるよう育てられていたのだから。ところが、そのころの彼女は未知の国々に思いを馳せ、度を越えた読書は女子にはふさわしくなかったにもかかわらず、旅行記を読みあさるようになっていた。おなじころ、イーダは家庭教師に熱烈に恋もしていた。彼から結婚を申し込まれもしたのに、母親からすると言語道断。イーダは、この男性と結婚するか、そうでなければ結婚はもうしないと告げ、しばらくのあいだは縁談を断ることができた。が、二十三歳のときに、自分より年がふた回り上の男やもめの弁護士アントン・プファイファーとしぶしぶ結婚させられた。プロポーズを受け入れるとき、自分が生涯愛しているのはべつの人だから、といっておくことを忘れずに。

　十三年間、けっしてよいとはいえない環境にありながらも、イーダは従順な妻として、愛情深い母として責務を果たした。残念な夫は経営破綻の瀬戸際にあり、イーダの持参金を使い果たし、家族はなくなく使用人を手ばなし、馬車と馬を売り、何年も飢えと寒さと不確かさのなかで暮らしたのだった。イーダは家族のために図画、音楽、あの毛嫌いしていたピアノを教えながら露命を繋いだ。一八三三年に夫が仕事を求めてレンベルク[156]へ移ることになったとき、イーダは二人の息子とウィーンに残ることに決めた。ウィーンにはまだ家業を営んでいる兄弟がいて、彼らが親切にも彼女を養うと約束してくれたのだ。イーダ三十六歳。彼女は事実上、夫を捨てた。イーダはひそかに地理学を勉強し、旅への気持ちを固めていった。

息子たちが学業を終えて自立すると、イーダは本気で自分の夢の実現に向けて動きだした。そう、彼女は「完全に自由になって、人生を変えたかった」。しかし、陰口や非難を浴びずに、どんな口実だとひとりで遠くへ旅ができるだろうか？　出した結論は――そつなく――巡礼だった。巡礼こそが、何百年ものあいだ女性が世界を見る数少ないチャンスのひとつだったのだ。慎ましくてしとやかな四十四歳の母であり、（旅をするには年を取りすぎている夫の）妻が、一生のうちに一度、聖地へ旅をする使命感を抱いたというのなら、今だってとやかくいう人はいないだろう。

イーダは計画を家族にかいつまんで話した。実際はおよそ一年かけて中東や北アメリカといった政治的に不安定な地域へいこうとしていたが、コンスタンティノープル[157]に住んでいる知りあいのところへちょっといってくると報告した。息子たちや友人たちは、コンスタンティノープルへの旅は無謀だと思い、本気にすらしていなかった。過酷な移動、耐えがたい気候、栄養不足、い

156　現リヴィウ。当時はオーストリア帝国下。
157　現イスタンブール。

たるところに病と虫が巣食う、そんな場所へ女性がどうやっていけるのか、しかもひとりで！おまけに、こういった旅の仕方は女性らしくなかったし、年相応ではなかった。彼女のような女性は引退して穏やかな老後を送るべきだった。しかし、イーダはそうは思わなかった。「不十分なところはありますが、気にしていません。私の体は丈夫にできているし、健康です。死は怖くありません。前世紀生まれの私でも、ひとりで旅はできるでしょう」。そうよ。高齢にも利点あり。薹が立った年配の女性の純潔を守るのに、つき添い人はもはや不要だったのだから。

出発の前に、イーダは家の用事を律儀に片づけ、彼女の（十分ありうる）死にそなえてだれにも迷惑をかけないように遺言書を用意した。が、いざ旅に出ようとすると課題があった。彼女がいこうとしている場所にはホテルも鉄道もなかったため、必要なものはすべて自分で運ばなければならなかった。トーマス・クックがツアー旅行を企画しはじめるのはまだ二十年先で、現地の状況について手に入る情報はごくわずかだった――本の挿絵の銅版画を見るとヨーロッパ人が想像した美化された遠方の国々がかいま見えるかもしれないが、もういってみるしかない。イーダには十分な余裕もなく、わずかな貯金を旅費にあてた。実用的な人間である彼女は出発前に髪を短く切った。これは彼女の思いきった行動のひとつだ。この当時、女性で髪を短くしていたのは囚人か精神病患者くらいだったのだから。

一八四二年三月、イーダはウィーンで蒸気船に乗った。船はドナウ川に沿って黒海へ出て、コンスタンティノープルへ向かった。旅がはじまった当初は気分がすぐれず、頭痛と熱に苦しんだ――もちろん、これは旅がもたらすよくあるショック状態だ――イーダ自身、気温差、身近な人たちとの別れ、緊張のせいで具合が悪くなったといっている。船に乗っている二週間は、彼女は同乗者たちから情報を集めていた。コンスタンティノープルに着いたときには、泊まれそうな宿の場所からチップの程度まで、あらゆる必要な情報が手に入っていた。現地で彼女は人生ではじめて馬に乗り、馬術を身につけ、たちまち旅をすることの意義を見いだした。「ここに、私の目の前に、もうひとつの世界が開かれています。すべてが違っています。自然、芸術、人間、習慣、暮らし。なにかべつのものが（……）ありきたりの生活でないものが見たいなら、ここにくるべきです」。五月にイーダはキプロス島とベイルートを経由してエルサレムへ向かった。彼女のささやかな巡礼の旅は、最終的には九ヶ月におよんだ。イーダは、宗教的な場所のほかに、シリア、レバノン、エジプト（ここで彼女はピラミッドに登り、ラクダに乗って紅海までいった）、イタリアを旅した。

イーダが一八四二年十二月にオーストリアに戻ってくると、とあるオーストリアの出版社が旅行記の出版の話を持ちかけてきた。だが、イーダの気は進まなかった――旅行中は毎晩、几帳面に日記をつけ、その数は十四冊にのぼっていたが、それらは自分が読むか、せいぜい家族に読んで聞かせるためのもので、本にするつもりは露ほどもなかった。とはいえ、イーダには頭の痛い問題がひとつあった。資金不足である。彼女はなおも兄弟の助けを借りて暮らしており、本の出版がつぎの旅（当然、いく予定）の資金に繋がるかもしれなかった。そんなわけで、メモに手を加えて旅行記の原稿を書いた。ただし、出版するには夫の同意がなければならない――夫とはもう何年もやりとりしていなかった――それで夫を連れだして出版契約書にサインをさせ、彼の求めに応じて気に入らない箇所をいくつか削除したのちに、『ウィーン女性の聖地の旅』が一八四四年に匿名で刊行されたのだった。序文でイーダは読者に向けて深く謝罪している——「私は作家でもなんでもなく、手紙くらいしか書いたことがありません。私の日記は、起きたことをそのまま書いているだけの、ただのお話にすぎません」——しかしこれが評判を呼び、たちまち四刷まで重ねたのだった。イーダの親戚たちにとっては傍迷惑なことだったが、本を書いたのはだれなのか、もちろんウィーンのだれもが知っていた。女性がこのような注目を集めるのはまったくふさわしくなく悩ましいことだったが、イーダはなんとも思わなかった。彼女はウィーンの窮屈な中産階級の生活から抜けだす道を見つけていたからだ。

　イーダは本で得た報酬をつぎの旅の資金にあて、六ヶ月かけてアイスランドとスカンジナビア（フィンランド大公国[158]まではたどり着けなかったが）を旅した。彼女は、博物館に通ったり、植物や動物の標本の作成を習ったり、英語とデンマーク語を勉強したり、新しく発明されたダゲレオタイプという写真の基礎を学んだりして、旅にそなえて入念に準備をした。旅に出ること自体は以前より楽になった。すでに彼女が「信念を持った女性は男性に引けをとらず世界でやっていけるし、善良な人はどこにでもいると証明していた」。こういった人の善意にイザベラはアイスランドですがることにもなった。辺境の島には宿がひとつもなかったからだ。この旅について書かれた本『アイスランドとスカンジナビア北部紀行』が一八四五年に刊行されると、イーダはますます有名になった。本の評判はよいものもあったが、非難もあった。イーダの前回の旅は巡礼という名のもとで受け入れられたかもしれない。しかし、今回は旅の理由づけとして本の最後に収集した植物標本の一覧をつけたものの、大義名分とはいかなかった。こうなるとわかっていた彼女は、序文で架空の口さがない批判者の言葉を取りあげた。「『また新たな旅』といわれるでしょう。だれもが向かいたい場所ではなく、できれば避けようとする場所へ、と。この女性がそういった場所へいくのは注目を浴びたいだけなのです！」。さらにこう続ける。「親愛なる読者へ、だれを傷つけるでもなく、私を幸せにしてくれるこのよろこびを、ご寛恕ください」。彼女が旅する私の夜の女たちのなかでももっとも過激だと思う決め手は、この一文だ。最後は、イーダは旅をする言い訳をしなかった。彼女はそうしたかったから旅をした。そして、それを思いきって口にした。

イーダのいうことは正しかった。事実、注目を浴びたのだから。旅する女たち、こういった滑稽な物好きたちはたいてい笑い者にされたが、イーダの場合、槍玉に上がったのは彼女が高齢だったこともある。新聞記事では、行動は「男らしい」――つまり勇気があって決断力がある――のに、外見の女らしさにはまったく非の打ちどころがないことにも驚きの声があがった！　イーダが力を入れていたのはまさにそこだ。旅が続けられるよう、服装からは最大限の慎み深さ

158　フィンランドは一八〇九年にスウェーデンからロシア帝国に割譲され大公国となる。ナショナリズム、ロシアによる内政干渉、ロシア革命などで独立の機運が高まり、一九一七年にフィンランド共和国として独立した。

が伝わらなくてはならなかった。写真のなかの彼女を見ていると、写っているのは自立した強い女でもなんでもなく、このうえなく生真面目で分をわきまえた既婚者だ。表向きの探検家の肖像写真では、イーダはウィーンの中産階級の人びとのあいだで好まれた平服を纏い、道徳的な象徴的価値を十分すぎるほど強調しているボンネットをかぶって、顎の下できっちりと結んでいる。このランプシェードを思わせるアイテムは「できるものならキスしてみなさい」帽子とも呼ばれ(それはキスを効果的に阻んだ)、馬のブリンカーのように機能した。つまり、こんなふうに女性の貞節、弱さ、制限された行動範囲を強調しながら、前方だけに視野を狭めたのだ。ボンネットをつけた女性は、彼女の本来の場所(家)におとなしく留まり、彼女を養う夫が導いた道(家族の心身の健康管理)を脇目もふらずに進んだ。きわめつけは、イーダのボンネットの内側には顔を縁どる豊かなレースが詰まっていたこと。まるで、「心配しないで、私はこうやってふんわりと自分の小さな現実に包まれて、あなたがたの望みどおりに規範に則って生活していますから」といわんばかりに。イーダのように地球儀の隣で写真を撮るのであれば、それこそ詰め物をしたランプシェードをかぶるのは必至だ。善良な人の目に好ましく映りたいのであれば。

　ボンネット作戦は功を奏した。イーダを目撃した人びとによれば、外見はあまりに忠実な「主婦(ハウスフラウ)」だったので、冒険に満ちた旅をしているようにはとうてい見えなかった。

　が、それは事実だった。晩年のイーダは旅をしたり、つぎの旅の準備をしたりして過ごし、地球を右回りと左回りで二周した。彼女は揺るぎない強い意志を持ち、芯が強く、怯まず、しぶとかった。ひとりで旅をする女性にはとうていふさわしくなかったことすべてが、彼女をもっとも駆りたてた。イーダは根っからのダイハード旅行者で、いつだってできるだけ短い期間でたくさんのことを見たがり、もたもたするのは大嫌いだった。イーダは、美しい南の島の海岸のハンモックで羽を伸ばすなんてことはしなかった。砂時計の彼女の時間は流れ続けていたから。「せめてあと十歳若かったら――旅の範囲をもっともっと広げたいのに！」と彼女は書いている。

旅費を貯めるためにイーダは持っているものをすべて売って、旅行記を書くことで資金を集めた。しかし、切り詰めるだけ切り詰めても、旅が何度もできるほど本からの収入は十分ではなかった。男性探検家なら公的な研究プロジェクトを立ちあげたり、国が助成する科学的調査の旅に参加したりできただろう。だが、女性には無理な話だった。イーダはできるかぎりのことをした。植物、昆虫、蝶、貝、魚、民俗学に関するものを旅で収集するようになり、それらを男性探検家たちのようにウィーンやベルリンやロンドンの自然史博物館に試しに売ってみた。ベルリンとロンドンでは買いあげられたが（甲殻類はパラエモン・イダエ、ナナフシのような昆虫はミュロニデス・プファイファラエ、巻貝はヴァジニュラ・イダエ、マダガスカルカエルはラナ・イダエ、とイーダにちなんで名づけられた）、ウィーンの学界からはすげなく扱われた――彼女に学歴がなかったというだけではなく、一般的に女性に研究ができるわけがないと思われていたからだった。オーストリアの経済大臣ですら一八五二年の閣僚会議で、「教育を受けていない女性が、真の科学的価値のある収集方法をわかっているとは思えません」と発言したのだった。そこでイーダは二度目の世界一周の旅を終えると、私的な陳列棚をウィーンに開設した。そこでは彼女が遠方から持ち帰った珍しいものを有料で鑑賞することができた。陳列棚には、ボルネオのダヤク族の頭飾り、衣装、ベルト、武器、生贄の首を入れてダヤク族が運んでいた人毛で編まれた籠ひとつ、本、神秘的な文字で埋めつくされたノートが並んだ。イーダは男性探検家たちにならって国に援助を請い、旅にさまざまな仕事をあてがってもらおうとしたものの、手ごたえはいまひとつだった。これまでに獲得できた公的な援助は、オーストリア政府から一八五一年に下りたわずかばかりの百五十ターラーだった（わかる、わかります。がっかりするもの：助成金の否認）。イーダは国外での評価のほうが高かった。とくにベルリンの社交界では彼女は人気だった。博物学者として名を轟かせていたアレクサンダー・フォン・フンボルトは彼女の大ファンで、プロイセン国王夫妻にまで彼女を紹介した。国王夫妻からは一八五六年に「科学と芸術の分野における」功績を称えてイーダに勲章が授与された。彼女はベルリンとパリ地理学会の初の女性名誉会員に選出された（ロンドンの王立地理学会の扉を女性に開くかどうかの検討がはじまったのはイザベラのときで、四十年もあとのことだった）。だが、イーダの息子が伝記で如才なく述べているように、地元ウィーンでは「好意的な配慮はとても控えめなものだった」。

悩ましい資金不足はつねについてまわった。イーダは生涯を通じて楽しく、ましてや心置きなく旅をしたことはなかった。幸いにも、実家でのスパルタ教育や結婚を通して倹しく暮らすことが身についていた——あるかないかの資金と荷物でもイーダに旅ができないわけがない。彼女は従者を引き連れず、荷物はいざというときに自分で運べるようにたいてい小さくまとめてひとりで旅をした。体の痛みや病気はなんのその——インドネシアではマラリアに罹っても旅を続けた。

イーダいわく、マダガスカルで死にかけたが、行程を練り直した。彼女は贅沢をせず、清く正しく暮らし、なけなしの予算で簡素な帆船か蒸気船の三等客室やラバに乗り、道が険しいときは歩いてでも旅をした。現地の人たちのように生活し、手に入ったものを食べ（食事はたいてい水と米のみだった）、安宿やテントで夜を明かし、筵を敷いて野宿をし、そのおかげで庶民とその文化にぐっと近づくことができた――おそらく現代の旅行者と彼女の違いは、ボンネットつきのビーダーマイヤー調の服のみだろう。加えて、このオーストリアの倹約家はいくつも策を用意していた。イーダの旅を持ちこたえさせたのは推薦状だった。推薦状を携えてまず乗りこんだのはヨーロッパの領事館だった。そこで援助や情報を求めたり、それとなく車や宿の手配を頼んだりした。ひとりで女性が旅をするのは異国の地ではそれなりに珍しい光景だった。人びとは贅を尽くして彼女をもてなし、つぎの旅へ送りだしてくれた。イーダにとって、協力者のつてをたよりに移動するのはいちばんてっとりばやかったし、そのせいで「恐れをしらない大旅行家」のイメージが薄れることもなかった。イーダは、無料で乗せてくれる船で旅をすることが多かったが、旅行会社や船で旅をしている紳士たちに、慎み深くもひとりで旅をしている夫人へ食事と支援を求めることもあった。イーダは一銭も支払わずに千マイルを旅した様子を誇らしげに手紙に書いたこともあった。「これがこれからも続くのなら、私は家に帰ることはもうないでしょう。お金と、もちろん命（五十四年）が続くかぎり旅をすると心に決めました……」。彼女は旅行者らしく倹約していることにも胸を張り（「ピュックラー＝ムスカウ侯爵、シャトーブリアン、ラマルティーヌのような旅行者たちは十四日間の湯治旅行で、私や倹しい巡礼者の二、三年分とおなじくらい使ったでしょう」)、全財産を苦労して運ぶ(今日揶揄されているサムソナイトツーリストたちのような)「典型的なヨーロッパ人たち」を好んで揶揄している。名が知れわたると、イーダはお金を払う必要がないと思いこみ、そうでないと腹を立てることもあった。旅から戻ったあと、お世話になった人たちに本のなかでお礼を書く一方で、冷たくあしらった人たちの名前も書いた。船会社がどうか船に乗ってくれと彼女に頭を下げるようになったのは、このせいだろう。

アイスランドの旅以降、イーダはますます果敢に旅をした。旅行者ルートからどんどん遠のき——これまでにヨーロッパ人の姿が目撃されなかった未踏の地域にまでたどり着くこともあった。一八四六年に、彼女は二年半かけてはじめて世界一周の旅へ出た。オーストリアの人びとはイーダの旅の話を「リアルタイムで」新聞で読むことができた。彼女の旅行記『世界一周女性の旅』には、異国の辺境の地、文化、人びと、宗教、自然現象、植物、動物、郷土料理、習慣、服装、物価、距離、病院や刑務所の様子などについて事細かに書かれていた。

私は行間から夜の女の助言を探る。金の粒のごとき貴重で私的な言葉を。

[ウィーンのカール・ゲロルド・ウント・ショーン出版社に寄せられた読者の声]

イーダ様

胡椒の木の最適な生育環境はもちろんとても胸躍るテーマですが、これとは少々異なることについての助言を切に望んでいます。旅になにを持っていきましたか? 体調を崩したとき、どうしていましたか？　怖くありませんでしたか？　ホームシックになりましたか？　私がとくに気になるのは、つぎのようなことです。食事、睡眠、荷物、交通手段、旅の服装、衛生、健康、病気、一般的な対処法、心境、お手洗いや生理（すぐにも解放されていたと思いますが）のようなプライベートな事情、逆境、危険な状況、考えられうる男性関係、執筆やお金や生計といった探検家の仕事に関わること。貯金のコツも忘れないでくださいね！

こういったことをどうでもいいことだなんてどうか思わないでください。

どうぞよろしくお願いします。

M

というわけで、一八四六年五月に四十八歳のイーダは、ハンブルクからリオ・デ・ジャネイロを指して、西回りで世界を一周しようと十週間におよぶ航海へ出発した。なんと彼女は帆船で旅に出た。「蒸気船だとあまりに値が張るだろう」という理由で。このきわめて不快な旅への備えについて、ちょっとしたコツを彼女はいくつか日記に書きとめていた。マットレス、枕、毛布、大量の卵、米、じゃがいも、砂糖を用意すべし、それから――子どものいる家庭向けに――子どもを連れた旅行者には「山羊を一頭、連れていくことを勧め」た。

船旅を乗りきったイーダは、ブラジルのリオ・デ・ジャネイロ界隈を二ヶ月かけて見てまわった。途中、「先住民」に襲われて身ぐるみ剝がれそうになったが、「パラソルとポケットナイフでうまく攻撃をかわした」。いずれにしても、ブラジルは彼女の体に合わなかった――蒸し暑さにまいっていた——体調はすこぶる良好だといつもアピールしていたが。彼女はブラジルからホーン岬の嵐の海のなかをチリのバルパライソを指して三ヶ月にわたる恐ろしい帆船の旅へ出た。そこからさらに四ヶ月近く航海を続け、タヒチを経由して中国へ向かった。船がバルパライソを発ったとき、イーダはひどい腸炎——コレラ——に罹っていた。しかし、旅はそれでも続けなければならなかった。「そうでないと買った切符がふいになってしまう」(※予算)。それにつぎの船が発つのは何ヶ月も先だっただろうし、イーダは遅れるのがいやだった。彼女は数日のあいだ食事をとらずに過ごし、「船内で十五分の塩風呂に六回入ることで」、なんとか病気を治したのだった。コレラに苦しむ人たちへのヒントになろう。

　中国にたどり着くことはイーダにとって夢が叶うことだった。この「目が離せない国」を知ることができた数少ないヨーロッパ人のひとりとして、彼女は誇らしく思った。それでも、中国からシンガポールへ渡るとき、「節約のために」手に入れたかった「三等の甲板席」を蒸気船会社が売ってくれないことに腹を立てた。三等席の乗客は、イギリスの船舶会社の代表者たちからすると、「光栄なこと」ではなく、甲板で月光を浴びることは非常に危険をともない、このような旅はヨーロッパの婦人にはまったくもってふさわしくないと諭されたのだった。そんなわけでイーダは不本意ながらも三等よりも値の張る二等席をとり、フロンソン船長が操舵する北京号で「値段に釣りあわない」環境と待遇について痛烈に声を荒らげた。「これほど失望したのは生まれてはじめてです！」

　イーダの旅はシンガポールからセイロン[159]とインドへ続いた。インドでは数ヶ月かけて広く旅をした。カルカッタ[160]で社交界に呼ばれたが、ほかの女性は絹、サテン、レース、宝石に身を包んでいたのに、イーダはあいにく飾り気のないモスリンドレスでいくことになった。が、「幸いなことにだれの目にも留まっていないようだった」（※最小限の荷物）。カルカッタを発つとき、イーダは冗談ぬきで辛酸をなめることにもなった。何週間ものあいだ、道なき道をひとりで歩き、乗り心地の悪い牛車で移動し（「輿やラクダで移動するより安かった」）、現地の旅人たちのように薄汚い泥小屋に泊まり（小屋は「驚くほどきれいに掃除されていた」）、粗末な食事をとった（たいていは米と水のみ。ましな日は牛乳で煮た米と卵）。

　二週間の旅の末に目的地であるコッタにたどり着くと、イーダの苦しみは救われた。彼女の到着の知らせを受けていた現地の王が、果物と菓子を盛った籠と、美しく飾りたてられた車がわりの象と、士官一人と兵士二人を寄越してくれたのだった。コッタからは必要に迫られてラクダでも移動した（「ラクダはいつだって乗り心地が悪くてわずらわしい」）。あるときはバードンという隊長のテントに泊めてもらったが、バードン夫人がヨーロッパ人女性を目にしたのは四年ぶりだった。旅行者が泊まる宿のない辺境の地では、「ベランダのようなところに筵を広げて野宿した」――ラムチャ村では市場の屋根の下に寝床をつくることになり、村の住人の半分が彼女を見

159　現スリランカ。
160　現コルカタ。

ようと周りに集まってきた。そこで村人たちは「気性の荒いヨーロッパ人女性がどんなものかも目の当たりにした」。というのも、イーダがラクダ引きたちを叱りつけたからだった。彼らが「ラクダをだらだらと歩かせるので」一日に三十キロあまりしか進まなかったのだ。「これでは牛車と変わらない」。かわってヨーロッパ人居住区のあるインドールでは、ヨーロッパから到着したばかりの外科医がはじめて執刀する場にイーダは呼ばれた（患者の首にできた腫瘍を取り除くはずだったが、エーテル麻酔が効かず、患者は凄まじい悲鳴をあげた。その時点でイーダは退室した）。あるときは象に乗ってトラ狩りに参加した。傷を負った一頭のトラが猛然と象たちに襲いかかってきたとき、彼女は取り乱すことなく「どんな紳士にも心の内を気どられないほど落ち着きはらっていた」。ここで念のため繰り返そう。上述した出来事はすべて、足首まであるビーダーマイヤー調の服とボンネットを身につけた状態で起こったことである。

　ボンベイ[161]からアラビア半島とメソポタミアへの旅では、イーダは「もっとも安い甲板席」を手に入れることができた。よさそうな場所がないかしばらく調べたあと、われらが利発なウィーン夫人はうってつけの寝床を発見し、「船長の机の下で、自分の上着に包まって眠った」。あいにく船上で高熱に見舞われ、「食事時間に席につくために寝床から這いでるのが苦痛」だったという――さらに悪いことに、数日後に船内で天然痘の感染が広がり、乗客が三人亡くなった。

　バグダッドに到着すると、イーダは周辺を探検しに出かけたが、提供された備蓄食は断った。「余計なものはすべて避けるというのが私の旅のルールです。人が住んでいる場所にいくとわかっているのなら、食べ物は持っていきません。そこで食べられているものを、私は調達します。

その食事が好きになれないなら、私はそれほどお腹が空いていないということです」。ちなみに「食べるつもりなら、旅行者たちは調理過程を見ないほうがいい」とのちにイーダは助言している。

　バグダッドからイーダはキャラバンと一緒にラバでモースルへ向かった。五百キロ近くにおよぶ旅はひとり旅の女性には危険すぎるだろうと注意されたにもかかわらず。「最低限の備えのため」彼女はひとりの従者すら雇えなかった。それで、「水とパンとひと握りのデーツと数本のきゅうりだけ持って」、灼熱の太陽にさらされながら「極貧のアラブ人のように」彼女は「二週間かけて砂漠を」越えた（私は食べ物のこととなると必死になるので、こういったちょっとした情報はとくに念入りに集めている）。キャラバンは夜に十時間ぶっとおしで進み、昼に休んでいるが、それでも日の当たらない場所はなかなか見つからなかった、とイーダは書いている。馬、テント、従者、あり余るほどの食料を携えた宣教師や科学者がうらやましいとも。食べる物といえば「ぬるい水、水につけなければ食べられないほど硬いパン、塩も酢もついていないきゅうりだけ。でも、勇気も根性も失っていないし、逆境に陥ったことを一瞬たりとも悔いていない」。彼女は驚くほどタフだった。モースルにたどり着いて、自分は「心身ともに元気だ」と書いている。それまでの十五日間で温かい食事にありつけたのは二度。昼も夜もおなじ服を着て、猛烈な

161　現ムンバイ。

暑さと休みなしの移動に耐えた。すべてにおいて厳しい状況だったというのに。

モースルからイーダはキャラバンでさらに危険な旅に出た。ヨーロッパ人がひとりもいない忌まわしいクルディスタン地域を通りぬける。彼女は「まずメモと日記を郵便でウィーンへ送った」(※探検家たち)――追いはぎに遭ったり、殺されたりした場合、少なくとも息子たちはメモを読んでくれるだろう。サウブラク村からは同行できるキャラバンはもういなかった。首は切られないまでも撃たれるだろうと警告されながらも、イーダはひとり馬で旅を続けた――キャラバンに守ってもらえなくなるため、案内人に四倍の料金を支払うはめになったが。「夜はピストルを用意した。そう簡単に命はくれてやるものかと思った」とイーダは出発前に書いている。結局、彼女が戦ったのはバッタの大群と食料不足だった――さらわれそうにもなったが、この人は「貧しい巡礼者で、身なりやわずかな荷物や同行者がいないことを見ればわかるでしょう」と案内人が話して聞かせると、盗賊たちは彼女に手は出さず、かわりに飲み水を差しだしたのだった。ついにイーダが目的地のタブリーズまでたどり着くと、のしかかっていた恐怖が和らいでほっとした、と漏らしている。町に住むヨーロッパ人の医者からすると、女性がひとりで言葉も話せないのにそういった区域を通ってきたことが信じられなかった。イーダの「一行」は追いはぎに遭い、殺され、彼女だけがはぐれて生き残ったと信じきっていた。

イーダにかぎってそれはない。

一八四八年十一月、イーダはとうとう最初の世界一周の旅からウィーンへ戻ってきた。ヨーロッパでは革命のまっただなかで、[162] オーストリアでも革命が起きていた。イーダはただちに旅行記の執筆に取りかかりたかった。本から得られる収入がすぐにも必要だったからだ。だが──悲しいかな──彼女が送った日記の入った小包は到着していなかった！（苦労して集めた資料がなくなることは探検家にとって最大の恐怖だ）。失意のイーダは新聞に広告まで載せて呼びかけた。すると一年半後に世界をさまよったあげくメモが唐突に姿を現した。イーダはさっそく仕事に取りかかった。『世界一周女性の旅』が一八五〇年に三巻本で刊行された。本のおかげで、イーダの名はだれもが知るところとなった。これまでに旋風を巻きおこした評判の本は各国語に翻訳され、世界中で読まれた。イーダは「たいした話ではない」となおもいい、自分のことを「目立たぬふつうの女性で、飽くなき旅への渇望にとらわれてしまった女性」と思っていたし、実際にそうだった。

五十三歳のとき、イーダはマラリアとメソポタミアで罹った感染症に悩んでいたが、つまらないウィーンにもじきに嫌気がさしてきた。そんなわけで、一八五一年三月にイーダは二度目の世界一周の旅へ出た。今度は反対回りに。できればもっと野生の領域へ導かれたい。旅は四年が見こまれた。イーダは、カリマンタン島、ジャワ島、スマトラ島、そのほかのインドネシアの島を一年半かけて隅々まで歩き、多くの場所で足を踏み入れた最初のヨーロッパ人となった。カリマ

162　一八四八年革命。普通選挙、憲法改正などを求めて、ヨーロッパ各地で起こっていた。

ンタン島では、土地の人たちの反対をよそに、川を伝って奥地の未踏の危険な区域へ渡り、首狩り族として知られたダヤク族と知りあうことになった（イーダによると、ダヤク族は人がよく、正直で、控えめらしい。彼女は彼らとはすこぶる話があい、差しだされた敵の乾燥させた頭蓋骨をしげしげと調べていた）。「ジャングルで野宿」したり、あれば「大きな石をマットレスがわりに」したり、「ダヤク族のボートのなかで」寝たりした。ジャングルのなかを「歩いて」移動したり、「川をボートで」渡ったりした。野生動物に遭遇し、蛭や寄生虫やマラリアに苦しんだ。先住民たちが用意したものを食べ（「空腹こそ最高の料理人！」）、衛生面では真剣に改善すべき点がある彼らの村で暮らした。のちにイーダは書いている。いかなる状況でも勇気と忍耐を失わずに「一歩ずつ目標に向かって前進している」と思えないときもあった。「しかし、意志の強い人間は不可能に近いことも成し遂げられるということを証明してみせた」。

イーダの役立つ助言を、今後にそなえて私はノートに書きしるす。

（一）アフリカの奥地は避けよ。そこを旅するのには莫大な費用がかかる。牛車と牛六組を手に入れ、牛車を寝台に仕立て、牛飼い、そのつき添いの少年、従者を雇い、全旅程分の食料と水の備蓄をしておかなければならないからだ。（要チェック）

（二）ケープタウンの物価水準は衝撃的だ。可能なら、ハンブルクの領事に宿を請え。

（三）マラリアによる発熱症状に効くレシピ。コップ半量の上等なブランデーに小さじ一杯のカイエンペッパーとスプーン五杯分の砂糖を入れる。

（四）非友好的な食人種に出会ったら、適当に受け流せ。

スマトラ島でイーダはすなわち食人種として知られたバタク族の区域までいきたかったのだが、引き止められた。一八三五年に二人の宣教師がそこで殺され、食べられてしまったからだ。しかし、馬の耳に念仏。彼女は初のヨーロッパ人として火山のカルデラ湖であるトバ湖を見てみたかった。そこは立ち入り禁止で、入れば死刑となった。バタク族が生贄をすぐには殺さずに、まずは柱にくくりつけて生きたまま肉片を切ったというのは本当の話なのか、出発前日の夜にイーダは土地の人たちに尋ねた――想像すると多少、彼女の身の毛はよだった――が、どうやらそんな目に遭ったのは凶悪な犯罪者たちだけらしい。それ以外の首は切って落とすと同時に血を集めて飲んだり、固めて米と一緒に食べたりした。そのあとで肉を小さく切り分けて――手のひら、足裏、頭の肉、心臓、肝臓はとりわけおいしいとされていた――炙って、塩をふって食べたという。

トバ湖までの道のりは厳しかった。イーダは一日に三十キロ近くを歩いた。鬱蒼とした棘のある低木の茂みに肌が引っかかって血は出るし、剝きだしの足は棘だらけだった（湿地では靴は使えなかった）。午後になると雨が降り、かといって濡れて泥まみれの服を着替えることもできなかった。食べ物はあったりなかったりで、あってもごくわずかだった。夜はトラに見張られて怖くて眠れなかった。朝になるたびに、もうこれ以上はどうやっても進めないと思ったが、それでも続けた。

非友好的な現地人対策として、イーダには考えがあった。「先住民たちを笑わせることができれば」生きて帰れると彼女は信じていた。そうしてある日、八十人の兵士に取り囲まれ、ここから引き返さないと首を落として食べるぞ、と身ぶり手ぶりで脅された。ここは腕の見せどころとイーダはマレー語とバタク語の入り混じった言葉と、最後のほうはジェスチャーを交えて陽気にこう説明した。「こんなに年老いた女を殺して食べたくはないでしょう、肉だってまるで硬くてちぎれやしないのに!」。この狂った女のおかしな演技に兵士たちが本当に笑って、道を通してくれた。が、この二日後、あと十キロで目的地というところでイーダはなくなく諦めることになる。敵意を剝きだしにして道を塞いでいる百人もの兵士たちが村に集まっていた。イーダは身の危険を肌で感じた。彼女は案内人の指示で走って引き返した(イーダはロングスカートを穿いていたことをお忘れなく)。

非常事態における夜の女の助言。「笑いがとれなかったら、走れ」

さらにイーダは中部アメリカ、ペルー、エクアドル、アメリカ合衆国の辺境の地をまわり、一八五五年の夏、五十七歳でついにニューヨークからヨーロッパへ船で戻った。有名な大旅行家のために無料乗船券をプレゼントしてくれた船のはからいで。あくる年、『私の二回目の世界一周の旅』という分厚い四巻本が刊行された(四巻本! 本の厚さに対するこの当時の緩さがうらやましい。編集者の監視下にある私は、膨大な資料を五百ページ以下に絞るのに何ヶ月、へたすると「何年」もかかるのに)。本の刊行は目覚ましい出来事でもあった。イーダの名前がこの本ではじめて表紙に印刷されたからだ。イーダは、十九世紀でもっとも愛読された紀行作家のひとりになった。彼女の本はこれまでに英語、フランス語、オランダ語、ロシア語、マレー語に翻訳されている。ファッション誌『ディー・ウィーナー・エレガンテ』の読者たちはイーダの写真を見たがったので、旅の装いをして虫とり網を手にした想像上の彼女のイラストが誌面に掲載された。しかし、嫌味を書かれたり、嘲笑するような絵を載せられたりもした。ひとり旅をする女性ほど、おもしろおかしいものはなかったからだ。一八五五年の『ウィーナー・テレグラフ』紙に掲載された風刺画では、望遠鏡を持ち、ベールのついた帽子をかぶり、アメリカ先住民たちに混じって探検中のイーダが描かれている。籠のなかにはコーヒーポットが入っていて、ピクニックにいくかのようだ。絵に添えられた説明文では「逃げないで、野蛮人でも私は平気」とイーダは逃げる先住民に叫んでいる。先住民は「でも、オレは平気じゃない！」と答えているが。

五十九歳になったイーダはなおもオーストラリアへの旅を夢みていた。神秘的なインド洋上の島であるマダガスカルを通っていく予定だった。彼女は持病をたくさん抱えていたうえ、もうあまり若くもなかったが、それでも旅に出た。まずは支持者たちから旅の資金を調達するため、ヨーロッパで小さなツアーを行った。不運にもマダガスカルでは島を揺るがしていた政治的な論争に巻きこまれ、捕まってしまった。彼女のほかに二人のヨーロッパ人旅行客が、スパイ行為の罪で二ヶ月近くのあいだ粗末な竹小屋にとらわれ、兵士たちに一挙手一投足を監視された。手紙によれば、五十三日間イーダは体を洗うことも、服を着替えることもなかった。熱を出しても、医者を呼んでもらえなかった。彼女たちがついに解放されて島を出たとき、イーダはなおも健康回復のためにオーストラリアへの航海を夢みていた。しかし、イーダの体はマラリアに蝕まれており、旅はできなかった。しまいには彼女は船でヨーロッパへ、それからウィーンへ運ばれて帰ってきた。一八五八年十月、イーダはマラリアによる合併症でおそらく肝癌になり、六十一歳で亡くなった。病床に臥していても最期まで書き続け、マダガスカルの旅の本は遺作となった。

　イーダが亡くなって三十年後に、ウィーンの墓地に記念碑が建てられたが、それから百年間、彼女は忘れられていた。イーダは一九九〇年代のオーストリア・シリング[163]の顔になった。二〇〇八年にイーダの名を冠した通りがウィーンにできたが、ドイツ人やオーストリア人の私の友人ですら彼女のことを知らなかった――勲章を授かった型破りな世界的ベストセラー作家である中年女性のことを。巻貝ひとつと某マダガスカルカエルに名前がつけられている女性のことを。

　イーダのことを夜に思うとき、彼女の肖像写真が脳裏に浮かぶ。詰め物をしたボンネットをかぶり、地球儀の隣に座っている彼女が。「ご覧のように、慎み深い既婚者です」と写真のなかのイーダはいっているようだ。「穴があくほどご覧になったって見たままですよ。でもじつはこの世界は私のもの。してやったり。私は地球の隅々まで見ました。だれも私を止められなかったのです」

★

夜の女たちの助言

旅をしたいなら、出発せよ。理由はいらない。

先だつものがなくても、かまわない。

請え（旅を、宿を、食事を）。

切り詰めろ（出費を）。（節約はあなた次第）

本を書け、石を集めろ、必要ならば机の下で眠れ——自分の思うようにしたいなら、なんでもせよ。

自分の（獣や人を食べるといった）食習慣と異なる場所にきてしまっても、動じるな。出されたものを食べよ。

他人の意見は気にするな。

とにかく行動せよ。

163　ユーロ導入まで使用されていたオーストリアの硬貨。

メアリー

あなたがひとりで、だれからも
必要とされていないのなら、
死ぬ覚悟で西アフリカへいけ、
道中の笑いは絶やすな。

夜の女、その四：メアリー・キングスリー。
職業：未婚女性を経て探検家、紀行作家。責任を持って親を看とったあと、ひとりで西アフリカの密林へ出発。黒いロングスカート姿でカヌーを漕いで川を渡り、食人種やヨーロッパの商人と交流を深める。ひたすら自分を嘲笑う旅行記を二冊書き、ベストセラーとなる。

「本当に私が誇りに思っていることは二つだけ。ひとつは、ギュンター先生[164]が私の集めた魚を認めてくれたこと。もうひとつはオゴウェ川をカヌーで漕いで渡れること。リズムも、漕ぎ方も、舵とりも、すべてが……オゴウェのアフリカ人のよう。（……）よく考えるのは、ほかの人はなににいちばん誇りを持っているのかということ」

——一八九七年に二度目の西アフリカの旅を終えたメアリー

ユーモアがあって自虐めいた、だれもが愛さずにはいられない素敵なメアリーはどうだろう？一八九四年一月、六十代のイザベラが最後の旅となる中国へ出発したとき、三十代のメアリーは西アフリカの最初の旅から戻ってきたところだった。おそらくリヴァプールの港ですれ違っていた二人を思う——一人は朱夏を、一人は黄昏を迎えていた。

イギリス人メアリー・キングスリー（一八六二〜一九〇〇）の幼少時代のどこにも、探検家という将来に繋がる足がかりはない。控えめにいっても鬱々として寂しいものでしかなかった。メアリーの父親は医者で、孕ませてしまった使用人との結婚を土壇場で決めた。式を挙げた四日後にメアリーが誕生。メアリーにとって、この身分差のある結婚は怪我の功名だったが、メアリー

164　ドイツ人動物学者アルベルト・ギュンター。

の母親にとってどうであったかはわからない。要するに、ジョージ・キングスリーは理想の夫ではなかった。彼は、メアリーの幼少期から思春期にかけて、貴族の医者としてアジア、アメリカ、南太平洋といった世界を飛びまわっていた。最小限の生活費をわたし、妻と子どもを家に残し、数ヶ月、場合によっては数年もほったらかしにした。メアリーの母親は——元使用人として社交界には向いておらず——部屋に引きこもり、神経を病み、鬱になり、女性特有の悩みをいろいろと抱えて寝こみ、なかなか回復しなかった。

そんなわけで、メアリーは幼少時代をロンドンの町はずれの家から出ることなく過ごした。学校へはいかせてもらえず、家庭教師すらつけてもらえず、友人はおらず世間とのつきあいもなかった。父親は旅に出ており、母親は亡霊のように二階で臥せっていた。そばにいたのは二歳下の弟チャールズと乳母と料理人だけ。メアリーは自分の家を死の陰の谷だといっている。ここで暮らしているのは、ふつうの人たちから疎外された部外者たちだと。メアリーのような上層中流階級の家庭の娘は母親から文字の読み方、図画、ピアノを習うのがふつうだが、メアリーの母親にはそういった技能がなかった——読むのがやっとだった。それで、メアリーは小さいころから家事も病気の母親の看病もつきっきりでこなした。彼女の一生の仕事が母親の介護と家族への奉仕であるかのように。

だが、メアリーには女性にはふさわしくない悩みがひとつあった。好奇心だ。メアリーがどのようにして文字が読めるようになったのかはわからない——おそらく学校に通っている弟から教えてもらったのだろう——が、家事を終えたあとの時間は、彼女は父親の書斎で過ごした。父親の家系には著名な作家がいて、広い書斎にはあらゆる分野を網羅した書物があった。メアリーは時間をかけて、これらの本からラテン語、物理学、化学、数学、工学、生物学、社会科学をなんとか独学で身につけた――ヴィクトリア時代の女子がひとりとして受けられなかった学問を。メアリーのお手本となる人物が、体が弱くて寝こんでいる他力本願の母親と、教養があり研究のために旅をしている父親であったなら、どちらを見ならうか想像に難くない。メアリーは不在の父親とその刺激的な生き方に心酔し、父親が異国の辺境の地から送ってくる手紙を、書斎で見つけた探検家たちの書物とおなじく貪るように読んでいた。父親の書斎の本棚にはイザベラ・バードの本もあっただろう――メアリーは知らなかったが、父親はロッキー山脈で、イザベラの片目の彼氏ロッキー・マウンテン・ジムに会っており、撃たれて傷を負い、死にかけていたところを助けたのだった。

だが、メアリーは母親のそばから離れられなかった。二十代の彼女は片時も離れず母親の介護をした。母親はメアリーがつくった食事しか受けつけなかった。メアリーだけが、車椅子に乗った母親を近くの公園へ連れていくことができた。空いた時間にメアリーは数学を勉強し、ダーウィンを読み、父親が家にいるときは秘書を務めた。父親はゆくゆくは論文にしようと旅行中に日記やメモを書いていたからだった。求婚者も、恋愛も、そもそも交際自体にメアリーは縁がなかった。彼女がはじめて家を空けたのは二十三歳のときで、一八八五年に友人の家族とウェールズへ小旅行した。ところが、出発して二日後には母親の症状が急激に悪化したという電報が入り、急いで帰ることになった。一八八八年の春に、メアリーは休暇をとってべつの友人と生まれてはじめてパリで一週間過ごしたが、帰国してから母親の容体がふたたび悪化したため、一、二時間すら家を空けられなくなってしまった。一八九〇年に母親は脳卒中で倒れ、話すことも体を動かすこともほぼできなくなった。今やメアリーは食事や入浴の世話もすることになり、母親の手足となって尽くしたのだ。一八九二年二月にメアリーの父親が急死、続いて四月に母親が亡くなった。メアリー二十九歳。彼女は悲しみに打ちひしがれ、そして自由になった。

両親を弔ったあと、メアリーは癒しを求めてどこかへ出かけようと決めた。家族の知りあいからマデイラを勧められたが、メアリーには文明化されすぎた場所のように思えた――南フランスやイタリアの温泉地のような、観光地然としたところは考慮にすら入れなかった。メアリーは、突如として舞いこんだ自由がもたらしたチャンスにやおら気づき、当時、冒険心をくすぐる場所だったカナリア諸島へいくことにした。一八九二年の夏、リヴァプールから船で七日かけてテネリフェ島へ到着。メアリーはカナリア諸島に何週間も滞在し、島を一つひとつ調査して、火山のクレーターへ登った（遠足時間に誤算があり、途中、宿をとることになった）。メアリーにとって遠足のいちばんの収穫は、ヨーロッパからアフリカへ渡る船はすべてカナリア諸島に寄港することだった。メアリーは、西アフリカ海岸の商人、宣教師、役人、アフリカからカナリア諸島へ療養のため、もしくは死ぬために連れてこられたマラリアや黄熱や黒水熱の患者と知りあった。

西アフリカへいこう。イギリスに戻ったときにはメアリーの心は決まっていた。

十九世紀のアフリカは西洋人の情熱的な夢の対象だった。彼らの関心は未踏の地と天然資源にあった。十九世紀後半はアフリカ探検の黄金時代で、ナイル川の源流を探るといった大陸の地理学的な謎に挑んでいた。海岸から川に沿ってアフリカの奥地へ分け入る旅は危険をともなった。探検隊員たちは、マラリアやさまざまな寄生虫、そして恐ろしい熱帯病につぎつぎと罹り、折りたたみ式の簡易ベッドで密林のなかを運ばれ、その多くが死にいたった。一八五八年にリチャード・バートンとジョン・スピークがタンガニーカ湖を、スピークがヴィクトリア湖を、一八六四年にサミュエル・ベイカー[165]と婚約者がアルバート湖を発見した。宣教師であり、医者であり、探検家のデイヴィッド・リヴィングストンがナイル川とコンゴ川の源流を探している途中で消息を絶ったとき、『ニューヨーク・ヘラルド』紙が若手の記者ヘンリー・モートン・スタンリーを雇って、リヴィングストンを捜索させた。一八七一年にスタンリーによってタンガニーカ湖畔でスタンリーがリヴィングストンを発見したこと（「リヴィングストン博士でいらっしゃいますか？」）、その二年後に中部アフリカの辺境の村でリヴィングストンが亡くなったこと、博士を慕っていた二人のアフリカ人従者が心臓を土に埋めたのちに、防腐処理した遺体を八ヶ月かけてイギリスへ発つ船が待つ海岸まで歩いて運び、その後ロンドンのウェストミンスター寺院に埋葬されたことを、九歳だったメアリーは新聞記事で読んでいたかもしれない。

西洋諸国における帝国主義時代の夢は、一八八五年に開花する。アフリカは、ベルリンで開か

165　三人ともイギリスの探検家。

れた会議でヨーロッパの列強によって分割された。愚かな会議に、アフリカ人はひとりも呼ばれなかった。アフリカに一歩も足を踏み入れたことのない外交官たちが、好き勝手に切り分けていった。西アフリカの経済の見通しはきわめて魅力的だった。探検家、行政官、宣教師に加えて、象牙、パーム油、天然ゴム、カカオを酒、釣り針、ビーズと交換した商人たちが押し寄せてきた。「リヴァプールから西アフリカへ――ラゴス・エクスプレス――隔週運行」と謳う蒸気船会社のチラシでは、アフリカの「先住民」とローマ風の征服者の兜をかぶったヨーロッパ人が握手をしていた。二人は、象とライオンと、喉から手が出るほどほしがった商品の入った木箱に囲まれていた。

そこへメアリーもいきたいと望んだ。

メアリーの家族の世話は両親が亡くなったからといって終わることはなかった。独り身の姉である彼女は、小うるさくて注文の多い弟チャールズの服を洗って料理をつくる家政婦の務めを果たさなければならなかった。幸いにも弟も旅が好きだった。これまでは弟が旅に出ると、メアリーもすかさず乗船券の手配をしていた。チャールズの帰りを一年近く待つことになり、そのあいだにロンドンへ引っ越して、メアリーは看護師の訓練を受け、蛇に咬まれたり、熱帯病に罹ったりしたときの応急処置を習いに通っていた。

メアリーはアフリカ西海岸へいくと決めていた。ひとりで。植民地政府の役人や宣教師の妻であれ、当時は女性がそんなところへいくことは、前代未聞だった。メアリーは旅をするためにもっともな理由をあれこれ挙げた。孝行娘の義務であるかのように、父親の人類学研究を引き継いで一冊の本にするつもりだった。一方で、生まれてはじめてできた数ヶ月という自由な時間を、「熱帯の勉強」に使いたいと思っていた。友人に宛てた手紙は、完璧な夜の女らしく動機を三度書き直した。

「私は死ぬほど疲れました。一八九二年に父親と母親があいついで亡くなり、弟が東方へいったので、自分はもうだれにも必要とされていないと思ったのです。だから、私は死ぬ覚悟で西アフリカへ出発しました。ですが、西アフリカは魅力的で優しくて科学的な見地から興味深いものだから、私を死なせてはくれなかったのです――それに時間もありますし」

たぶんメアリーは本当に死にたかったのだろう。もしくは、死のうが死ぬまいがどうでもよかった――「すべてを懸ける」と彼女は思っていたのだろう。失うものはなにもなかった。

私だったらびくびくするだろう。その当時、西アフリカは「白人男性の墓場」と呼ばれており、そこへいくのは危険な賭けをするようなものだった。「世界でもっとも死にいたる場所」と医者たちはメアリーに軽くいってのけ、熱帯病の分布範囲を地図で示した。メアリーのノートには、アフリカの危険、病気、考えられうる最悪のケース、必要最低限の荷物がずらずらと書き連ねてあった――まるでそれは百年後の私のノートそのもの。あとになってメアリー自身もいっていたが、西アフリカへいった人の八十五パーセントが亡くなったか、健康を一生損なうことになって戻ってきた。多くの人が、到着してひと月も経たないうちに、熱、黄熱、マラリアで亡くなった。

熱が下がらないまましばらく持ちこたえた人もいたが、ある日急に亡くなった。男性の――そして女性の――運命はマラリアに対する抵抗力があるかどうかにかかっており、海岸気候に適応することはできなかった。

それでも、一八九三年八月にメアリーは旅に出た（リアリストの彼女も出発前に遺言書を作成した）。リヴァプールから貨物船ラゴス号に乗る。縁起でもないことに片道切符しか売ってくれなかったが。メアリーの手荷物は、重たい三脚とネガフィルムの入った写真撮影機材、魚と昆虫の保存のためのホルムアルデヒド瓶、自然史標本を収集するための備品各種、さらに黒い往診鞄がひとつ、衣類や毛布などを詰めこんだ口のしまる防水袋が一枚あった。加えて、日記帳が二冊（調査データ収集用の密林日記とプライベート日記）、本が二冊（アルベルト・ギュンターの『魚の研究』とホラティウスの詩）、大型の狩猟用ナイフが一本、リボルバーが一丁――どうやら最後の二点は、いざというときに自分自身に使えるように持っていったらしい。食料として燻製ニシンの缶詰を数個、ビスケット、正真正銘のイギリス紅茶は十二分に詰めた。ヘアピンと歯ブラシは何本か持っていったが不十分だったことがあとから判明。これらは物々交換の品物として人気だった。旅の服装は、本国イギリスにいたときといたって変わらない。ロンドンで見られたら恥をかくような恰好でアフリカを歩いてはならないとメアリーは思っていたからだ。両親が亡くなってからの晩年は、悲しむ未亡人のように黒を多用した。ロングスカート、幅広のベルト一本、白いシャツ十数枚、黒い革のブーツひと組み、熱帯であろうがつけない理由はないコルセットも。弟の古いズボンも持っていって、スカートの下にたまに穿いていたかもしれないのでは、と意地悪くいう人たちもいた——川や沼を歩いて渡るようなことがあったら、蛭を避けるために、下のズボンの裾をきゅっと縛ってスカートをたくしあげていたかもしれない——しかし、メアリー自身はこういった噂をまっこうから否定した。

手持ちのお金はたった三百ポンド。旅の資金は売り買いしながらこしらえようとメアリーは考えていた。食料も現地調達。交通手段は自分の足かカヌー、寝泊まりは部族の村の泥と藁でできた小屋か野宿でやっていくつもりだった。当時のアフリカ旅行者たちは輿に乗り、隊をなすキャラバンが運ぶ備蓄食料、テント、簡易ベッド、ゴム製のバスタブ、携帯トイレなしには、密林へ足を踏み入れようとしなかった。メアリーにはまずもってそんな余裕はなかった。その一方で、ビーズ、ワイヤー、布、ラム酒、ジンをゴムや象牙と交換するときには、先住民たちと話ができて、ほしい情報が手に入ると信じていた。そもそもこの旅には二つの科学的な目的があったのだ。魚の標本を収集し（そのようなものが有益だと科学博物館館長がそれとなくいっていた）、土地の人たちの迷信を調査するという目的が。

ラゴス号がカナリア諸島へ到着すると、メアリー以外の二人の女性旅行客が下船し、メアリーだけが商人と政府の役人とともに船内に残った。男たちはもちろん親切ではあったが、結局、だれそれがお気の毒に病気になり亡くなったという話になり、メアリーは気が滅入った。つくづく思ったのは、アフリカへいく旅行客はよそゆきを一着は持っていったほうがいいということ——夕食会のためではなく、（自分自身の）葬式のために。彼らの口の端に上ったのは熱とマラリアに加えて、ポルトガル疥癬、おでき、化膿した傷、寄生虫による病、眠り病、黄熱、コレラ、天然痘、クラウクラウ[166]という禍々しい響きの疾患もあった。メアリーの船旅についての感想は明るい。「信じられないけれど、これまで生きてきて、こんなに楽しいのははじめて」。あらゆる予想を裏切って彼女は商人たちと親しくなった。彼らの多くはパーム油の蛮人と呼ばれた男たちで、もともと奴隷商人だった。教養はたいしてなく、なかには読み書きできない者もいたが、そのぶん裏も表もない正直な人たちだった――宣教師や役人と違って、とメアリーなら答えただろう。彼らはメアリーのもっとも大事な支援ネットワークとなった。

ラゴス号は雨季のまっただなかの西アフリカ海岸へ到着した。船はシエラレオネの手前で濃霧に立ち往生したあと、象牙海岸、黄金海岸、奴隷海岸と当時呼ばれていた海岸[167]を通過した。九月あたまにラゴス号はようやく最南の港ルアンダへたどり着く。ルアンダからメアリーは四ヶ月かけて北上してカラバル[168]へ向かい、ここから船で帰国した。

船上の話は根も葉もないわけではなかったことにメアリーは気づいた。ボニー湾[169]では黄熱が猛威を振るっており、一週間あまりで十一都市に住む九人の白人の命を奪った。カコンゴ[170]では天然痘と眠り病が蔓延し、村は全滅した。いたるところにハンセン病患者がいて、コンゴ川下流では重度の鬱患者と自殺者も現れた。土地の人たちはすべての病の元凶は魔術と悪霊だと思っていた。ヨーロッパ人からすれば愚にもつかないことだったが、空気中に原因があったのは事実だった。「マラリア」は悪い空気という意味だ。だが、メアリーはまるでテフロンのごとく、軽くマラリアを患ったほかは、これといった病気には罹らなかった。

フランス領コンゴ、つまり現在のガボンのあたりが、メアリーの旅の拠点となった。はじめての旅で、ひとりで奥地を見てまわりながらそこに何週間も滞在した。最初は輿に乗って、それからカヌーと徒歩で。同行したのはポーターが数人とガイド兼通訳と料理人がひとりずつ。連れのいない白人女性のこういった行動は頭がおかしいと思われたが、そんなことはおかまいなし。どこにいっても白人からも黒人からもあやしまれたが、驚かれたあとは、たいてい村一番の藁小屋と食事とヤシ酒でもてなされた。多くのアフリカ人が、ひとり旅の白人女性はもとより、白人を見たことがなかった。目にしたものが信じられないように、彼女のことをいつまでも「旦那様（sir）」と呼んでいた。このあたりに独身の女性はひとりもいなかった。十九世紀の西アフリカをひとりで旅をしている女性を数えても五指にも足りないだろう。アフリカの独身女性はさらに少なかった。複婚を行っている共同体では女性はつねにだれかの所有物で、未亡人になっても夫の兄弟が娶るからだ。男性の連れなしにメアリーが部族の村に着いたとき、彼女に夫が本当にいないことが村人たちには理解できなかった。のちに、メアリーはイギリスでひとり旅をする女性たちのために助言を与えている。「アフリカへ探検にいこうと考えているすべての未婚女性にお話しして

166　痒みをともなう皮膚炎。
167　現ギニア湾。植民地時代は、取り引きされる品物の名前がつけられていた。
168　ナイジェリア南部の港湾都市。
169　ギニア湾奥の支湾。
170　アンゴラの飛び地。

おきます。夫について詮索されるのでつねに苦い思いをすることになります。旦那さんは『いますか』、ではなく（……）『どこに』いますか、と尋ねられるのですよ。夫はいません、と答えないようにしてください。私は試してみましたが、もっとおぞましい質問を受けることになります。夫を捜しているところです、と答えて、いこうとしている方角を指すほうが賢明です。こういうと親切にしてもらえますし、同情してもらえます」

夜の女の助言を書きとめる。「アフリカを旅するときは、つねに夫を捜せ」

一八九四年一月の晩、船で霧雨の降る灰色のリヴァプールへ戻ってくると、メアリーはほっぽり出されてしまったような気がした。以前の生活が耐えがたいほどつまらなく感じる。「西アフリカの魅力に取り憑かれたなら、ほかのすべての生活形態は色を失ってしまうでしょう」とメアリーはこれまでのメモに手を加えはじめた原稿に書いている。

アフリカはメアリーをすっかり変えてしまった。旅立つときは内気で未熟で不器用で、楽しみがなにもない人生を抱えた守られた生活を送る未婚女性だった。彼女はいまだに分をわきまえてしまうことに悩んでいたし、つまらない人間だとも思っていた。けれども、それと同時に自分のことは自分で決める自立した物怖じしない女性にもなっていた。すぐにでもアフリカへ戻って、魚や宗教的な慣習——彼女の言葉でいうなら、「魚と呪物（fish and fetish）」を調べるつもりでいたので——人類学という、あのダーウィンの理論を介して生まれた新しい学問にさらに深くのめりこみ、大英博物館の動物学部門長アルベルト・ギュンターのもとで魚類学を学びはじめた。メアリーが旅で収集した標本をギュンターに見せると、彼は感心したものの、仕上がりの素人臭さがいささか目についた。そこで、ギュンターはメアリーのためにきちんとした標本作成道具一式を揃え、ニジェール川とコンゴ川に挟まれた区域の淡水魚を探すよう、仕事を依頼した。自分の書く旅行記に興味はないか、メアリーは父親と作家の叔父の出版社だったマクミラン[171]に問いあわせてもみた。すると、出版社はなにを書いても本にすると約束してくれた。メアリーはつまり二度目の旅へ、出版契約書を携え、ひとかどの研究者兼作家として出発できるのだ。旅は金銭的には保障されてはいたが、求めていたのはより贅沢な旅ではなく、より長い旅だった。

帰国から十二ヶ月後、とうとう二度目の旅の準備が整った。一八九四年のクリスマスイブに、メアリーはリヴァプールでバタンガという名の船に乗りこんだ。メアリー三十二歳。今回は、自分の手荷物以外にも、アフリカ海岸に住んでいる親戚や友人へ渡してほしいと託されたありとあらゆる品物——墓石や刺繍を施した何組もの室内履きなど——も持って、雲ひとつない青く晴れわたった乾季のアフリカへ戻ろうとしていた。

メアリーは、西アフリカにいる夫のもとへ引っ越そうとしているマクドナルド夫人と旅を共にすることになっていた。船がケープ・コーストとアクラ[172]に寄港すると、メアリーは競馬やお茶会

171　チャールズ・キングスリー。
172　いずれもガーナの沿岸都市。

といった上流階級のわずらわしい植民地主義色の濃い社交場にやむなく出入りすることになった。アクラでは二人は巨大なオス城に知事の客人として招かれ、「葬式がすみやかに行えるよう墓穴はつねに二つ用意している」という知事の話を聞いた。マクドナルド夫人の行き先はカラバルだったが、そこでは腸チフスが流行しており、二人は看護にまわった。男性たちを看病したり、彼らが亡くなるとあごを縛る必要があるので、肉体的にも精神的にも強さが求められた、とメアリーは打ち明けている（私にはそんなガッツはないことを告白しておく）。

感染が収まると、メアリーはカラバル周辺の川で魚や昆虫を集めてまわった。密林で彼女はスコットランド人宣教師メアリー・スレッサーと出会う。スレッサーがこの海岸にきたのは二十年も前で、その大半をカラバルの北にある小さな部族の村でひとりで暮らしていた。四十五歳のメアリー・スレッサーは、温かくてざっくばらんな女性だった。短く切った髪と飾り気のない木綿のワンピース（コルセットもヘアピンもつけていなかった！）という格好で、まさしく自然のままに暮らしていた。彼女は素朴な泥小屋に住んでおり、土地の料理だけを食べ（しかし、紅茶はイギリスから持参していた）、ほかの白人に会うのが数ヶ月ぶりのことも あれば、数年ぶりになることすらあった。休暇でスコットランドへ戻ることを余儀なくされたときは、町なかを移動するだけで精神的につらかったという。メアリー・キングスリーはもとより宣教師が嫌いだった。彼らは植民地政府よりさらにひどくアフリカの文化を破壊したと思っていたからだ。だが、メアリー・スレッサーは違った。紅茶とアフリカ好きの女二人は意気投合し、湯気の立つティーカップを手に夜な夜な泥小屋で語りあった。

一八九五年五月にメアリーはついにフランス領コンゴのグラス港へ、赤道近くのアフリカ大陸の心臓部へ到着すると、家に帰ってきたように感じた。彼女はここで探検家としての職務を果たすつもりだった。「メアリー卿（sir Mary）」が独り身の女性ということで奇異の目で見られたが、彼女は探検家としても変わっていた。男らしい探検家とは、「力づくで侵入」し、帝国主義的に制圧し、天然資源を支配するものだが、メアリーはまったくもって違っていた。彼女は「見て理解」したかった。部族の文化そのものに惹かれていたが、土地の人たちのように生活したかった。彼女は自分もいくぶんアフリカ人であるかのように思いはじめていた。

今回、メアリーはガイド一人とポーター二人を雇って、カヌーでオゴウェ川に沿って奥地へ出発した。二ヶ月のあいだ、黒のロングスカートとコルセットと白いブラウス姿でひたすら密林をさまよったり、カヌーを漕いだりした。先住民の部族たちのもとで原始的な暮らしをともにしたり、野宿したり、必要に迫られて伝道所に泊まったりした。出されたものを食べ（キャッサバ、ココナッツ、オクラ、葉で包んで焼いた魚、カタツムリ、甲虫の殻、木の皮で味つけした煮物、イギリス紅茶はいうにおよばず）、蜘蛛、蛇、ワニ、病、灼けるような暑さと闘い、身ぶり手ぶりで会話し（彼女は現地の役人たちの公用語であるフランス語もできなかった）、物々交換を行い、呪物を買って、魚と昆虫を捕獲して標本にし、目にしたものすべてを夜ごと書きとめた。密林の奥地に姿を見せるとき、メアリーは明るく「It's only me!」と声をかけるので、アフリカ人たちは彼女のことを「旦那様」に加えて「オンリーミー」とも呼びはじめた。引き返すようにいわれたこともある。さもないと「海岸でまともな埋葬を行える唯一の人びと」だったメソジスト派宣教師たちのところへキニーネ[173]と一緒に送りつけるぞ、と。が、メアリーは相手にしなかった。彼女は、教養からほど遠いところで生きる商人の友人たちからハードな旅のスタイルと荒くれた言葉遣いを学んでいた。メアリーは木こりのように罵り、自分のことを真の船乗りと名乗った。

　メアリーはカヌーの漕ぎ方を見よう見まねで覚え――土地の人に引けをとらないほど上達したとのちに得意げに話している。あるとき、とあるフランス人の役人が探検隊を引き止めて、メアリーが先へ進むのを差し止めたことがあった。彼は目の前の滝でメアリーが命を失うことで責任を負いたくなかったからだ。夫の保護もなくこういった旅に出たメアリーを厳しく非難したところ、自分の知っているかぎりにおいて王立地理学会による「旅行中に持ち運ぶ用具一覧」に「夫」は記されていないと彼女はすげなく答え――カヌーとイガルワ族一行とともに滝を指して旅を続けた。

　オゴウェ川からロンブエ川まで歩いて熱帯雨林と沼と岩からなる丘を抜けた。沼を渡りおえたときに、蛭にまとわりつかれて失血で気を失いそうになったことが一度。歩いていると落とし穴に落ちたことが一度ならずじつは何度もあった。「よき厚手のスカートのご加護を実感するのはこんなとき」とメアリーは書いている。これはのちに広く知られる名言のひとつとして記録された。

　メアリーのカヌーがぬかるみにはまってワニに取り囲まれたとき、雨傘で追い払う事態に陥った。「この状況で残されているわずかな時間に、なぜ西アフリカへきてしまったのか考えてしまうことでしょう。この不条理な謎が解けると、マングローブの沼地の美しさを知りたがったことを愚かにも自問することでしょう……」

不満が募ったり、腹の虫の居所が悪かったりすると、メアリーは釣りをした。釣りは癒しだった。カヌーに揺られて何時間と釣り竿を持ったまま過ごすこともあった。伝道所に泊まったときは、マチェットナイフで道を拓きながら密林を散策した。コブラ、ゴア、青緑や突起のあるトカゲにいつ出くわすともしれなかった。「いつも死ぬほど怖い思いをしたものです。でも、私を怖がらせるものをひとつか二つは瓶に確保せずに戻ることはありませんでした」

メアリーはオゴウェ川の土手で摘んだ一輪の百合をギュンター先生へ送ったことがあった（それは今でもロンドン自然史博物館にある）。

夜に眠れるように、湿って破れたホラティウスを読んだ。蚊と蚤のせいで眠れないこともあった。寝つけなかったある夜は、小屋を出てひとりで小さな島までカヌーを漕いでいき、服を脱いで星空のもと川で水浴びをした（「幅広のベルトで体を拭くのはうれしいものではないけれど、できないことはない。ほかに方法がないのだから」）。

川をカヌーで移動していると裸の先住民たちに出くわして、村に泊めてもらった。たまに診療所を開いて、村人たちの傷や炎症や寄生虫症の治療にあたった。やがて彼女は熱帯病に詳しくな

173　抗マラリア薬。過度の投与は中毒を引き起こす。

り、土地の治療方法も身につけた。たとえば、フィラリアは白目に入りこむこと、足には一メートルもの長さに成長するギニア虫がいて、竹の棒に巻きつけながら何日もかけて少しずつ引っ張りだすことを、メアリーは知った(この病気を患っている人をカヌーに乗せないように、と彼女は旅行者たちにアドバイスしている。毎朝、虫を引っ張りだす作業で旅が大幅に遅れるからだ)。

彼女は一箱分の物品を——つまり取り引きできる通貨を——持っていった。土地の人たちにハンカチ、釣り針、煙草を売って、天然ゴム、象牙、食料、宿、荷物運び、未知の魚と交換した。ある部族長の妻から象の剛毛でできた首飾りを赤い絹のリボンで買いとった。交換する物品が底を突くと、靴下や歯ブラシといった自分の持ち物を売りはじめた。「十数着もの女性の白いブラウスはよく売れました。赤い染料と豹の尻尾の束しか身につけていない新しい持ち主が着るとぱっとしないのだけれど」。新しい部族に出会うと、自分はハットン&クックソン商事の者だと偽ることもあった。「どこかに属しているほうが、なんでもやりやすい」からだった。

メアリーのポーターのなかには、借金、女性問題、先代の不正、さらには犯罪に関わって逃亡している者たちがいることが判明し、彼女はいく先々で彼らの弁護士を務めることになった。「一日中歩いて死ぬほどくたびれて、沼や川でびしょびしょになり、サシチョウバエと蚊にたかられながら、彼らを守るために何時間も立ちっぱなしで話すはめになった」。それでもポーターたちはメアリーを楽しませてくれる旅の道連れだった。彼女のお気に入りのガイドのオバンジョは、「どんどん密林へ分け入っても、私たちのどちらかは生きて戻れるでしょう……」といっていた。

ある日、メアリーは食人種として知られていたファン族の居住区へいくことにした——宣教師も商人も近づかなかったので、地図上にその場所はない。ボートに乗った一行が出発すると「ファン族について聞いた話を考えただけで髪の毛が逆だった……。むやみに歩きまわらないように、というハドソン氏のいいつけを、どうして守らなかったのだろう！」と、メアリーは書いている。ファン族の村は殺気だっていた。部族の男たちは手にナイフを持ち、子どもたちは黒服を纏う白人女性を見るとおびえて逃げた。メアリーの一行のひとりがファン族のひとりと知りあいだとわかってからは、その場の空気が和らいだ。村は信じられないほど汚かったとメアリーは書いている。あちこちに先々週に食べたというワニの鼻をつく死骸や、魚の内臓や、臭いカバの肉片が散らばっていた。メアリーには村一番の小屋が与えられ、ある女性から歓迎の徴に叩き潰したカタツムリが差しだされた。メアリーは蚊とシラミと格闘しながら眠れない夜を過ごし、楽になろうと夜の散歩に出かけた川で、あわやカバの餌食になるところだった。

メアリーとファン族のあいだにある種のよしみが結ばれた。彼女は彼らをガイドとして雇いもした。密林での移動は過酷でメアリーはガイドたちに追いつけないときもあったが、幸いにも彼らが二時間ごとに休憩をとって肉を少し食べてパイプを吹かしているあいだに追いついた。「私たち、つまりファン族と私はお昼に蛇を食べました」とメアリーは日記に書いている。「きちんと調理された上質の蛇は、このあたりで手に入るご馳走の一品になるのに、ほかの人は手をつけなかった」。ファン族がカニバリズムだと思われていることが白人の旅行者にとって脅威になるとはメアリーは思っていなかったが、「仲間の黒人たちが食べられないように気をつけていなければならなかった」のでわずらわしかったようだ。

彼女がファン族の村に泊まった際、小屋の耐えがたい臭いのせいで眠れないことがあった。調べていたら天井にぶら下がっている袋を見つけた。なかに入っていたのは、人間の手が一本、大きな足指が三本、目玉が四つ、耳が二つ、人肉の肉片がいくつか。落ち着いて死骸を確認し、それらをそっともとに戻すと、樹皮の扉を開けて、新鮮な空気を吸うために外へ出た。

あえて恐れなかった、とメアリーは書いた。どんなことに遭遇しようとも、とにかく前向きに明るく受け止めたほうがいいと西アフリカを旅するすべての人に勧めている。彼女の経験から、これが恐怖に呑まれないようにする唯一の方法だった。

夜の女の助言を書きとめる。「アフリカを旅するときは、笑いを絶やすな」

［オゴウェ川へ投げたボトルメール］

親愛なるメアリー

夜になるとあなたのことを思います。密林であなたがひとりで乗り越えなければならなかった人間生活に不可避なことすべて——体を洗うこと、食べること、寝ること、蒸し暑さ、頭痛、不調、恐怖——を、ことのほか思います。

もし、忌々しいマラリア偏頭痛などに罹ったら、食べるものが甲虫の殻や沸かした川の水だけだったら、自分はどう感じるだろうと考えてしまいます。血に飢えているというファン族の住む場所へ、たとえば生理中に着いてしまったら？（ところでナプキンになにが使われたのでしょう？ 木の皮？ それとも、夜のあいだにカバの群れる川で布切れを洗ったのですか？）自分の寝床に腐乱しかけた人間の手や目玉の臭いが漂って、私のコルセットが締めつけられたら？ 燻製ニシンの最後の一缶の底が見えはじめたら、私はパニックに陥ってしまうでしょうか？ 大好きな日本の玄米茶が切れてしまったら？ それなしでは私はどこにもいけない。あのなじみの香りが、不案内な場所で安らぎと温かさと心地よい空間をつくってくれるから。

消えることのないよろこびと明るい気持ちを私ははたして保ち続けられるでしょうか？ どんな状況でも、軽い自虐と真っ黒なユーモアを忘れないでいられるでしょうか？ 日記に気の利いたことを毎日書けるでしょうか？ 冷静に自分の行動を観察して、笑える喜劇にできるでしょうか？

できたらどんなにいいか！

あなたのM

旅の締めくくりに、メアリーはさらにカメルーン山[174]へ登った。「魚はほとんどいないし、上質な呪物はごくわずか」だろうといわれていたにもかかわらず。メアリーには登山経験も地図すら

174 西アフリカ最高峰の活火山。

もない。凍えるほど寒くて、雨模様だった。登頂まで過酷な七日間だったが、食べ物と飲み水には苦労した——こともあろうに——お茶を淹れることすらできなかった！　メアリーはそういった環境でポーターたちの健康を損ねていいのか考えた。「私自身に関していえば、たとえ一時間後に私が死んだとしても、だれもなんとも思わない」。精も根も尽き果ててやっとのことで四千メートルの頂上まで登りきると、十メートルから先は見えなかった。このために苦労して登ってきたというのに、天候のせいで見通しはよくない。こうしてメアリーは世界ではじめてカメルーン山を踏破した（白人）女性となったのだが、彼女は謙虚にもそのことについては触れようとしなかった。

　下山したメアリーは、かすかに煌めく星とホタルに囲まれて、宿のベランダに腰をおろした。ヴィクトリア[175]の明かりが遠くで輝き、海岸の岩に打ち寄せる波の音や先住民たちの太鼓と歌が聞こえる。すべてがたがいに響きあって混じりあう。「なぜ私はアフリカへきたのだろう」と、メアリーはふたたび考えた。「なぜ！　こんなに美しくて惹きつけられるのだもの、たとえ地獄であってもきてしまう」。そうね、メアリー。

　十一月なかばにメアリーはカラバルから船でイギリスを指して発った。収集した魚やトカゲや昆虫は箱に詰めて先に送っていたものの、荷物は手に余るほどあった。アルコール漬けの得体のしれない生き物が浮かんでいる瓶が何十本とあり、ほかに呪物、木彫りのオブジェ、楽器、仮面、布、護符、浮かばれない魂の詰まった籠が山ほど。それから、ロンドン動物園のための大きなトカゲが一匹と小さな愛玩猿が一匹（荷物と取り組むメアリーを思う――「さて、酒瓶に入っているのはヌマクマネズミが一匹、ミニグリップにはムカデが一匹、デバネズミはもう送ってある」――その前に、彼女はこれらの動物をつかまえて息の根を止め、標本にしたのよね、自分で）。旅のことがイギリスの新聞ですでに記事になっていたのを船上でメアリーは聞き知った。彼女は複数の出版社が本にしないかと打診してきたが、これはメアリーにとって好都合だった。彼女は売れる本を書きたかった。お金を手に入れて、一刻もはやくアフリカへ戻るために。

一八九五年十一月末日の夜、メアリーは一年近くの旅を終えてリヴァプール港へ到着した。彼女が猿を肩に乗せて埠頭に降りたつと、ガス灯の明かりのなかでメモ帳を手にしたひとりの記者が待っていた。メアリーが帰ってきたことを『タイムズ』紙と『デイリーテレグラフ』紙が記事にしたが、どちらの記事もスキャンダラスな書き方で彼女は血の気が引いた。食人種の話を大げさに盛り、ゴリラと遭遇したときの彼女の勇敢な行動を書きたてた。各紙が「新しい女」と書いていたことが、なによりもショックだった。メアリーは、男性探検家たちのもっとも大胆な偉業をまねして、「男らしいこと」を経験したがっている女性解放の先端に立っているらしかった。これは度がすぎるとメアリーは息巻いた。荷解きすらもすまさないうちに、彼女は新聞社へこう書き送った。「私は新しい女と呼ばれたくありません。私はそのような言葉となんら関わりを持

175　現リンベ。カメルーン山に近いギニア湾に面した都市。

つ者ではありません」と。

ああ、メアリー、なによそれ！　イザベラとおなじじゃない、こういうのがどんなにもどかしいことか、二人ともわかってない！　が、よく考えてみたら、あなたたちのことはわかってあげなければならない。女性解放運動と「新しい女」は当時、悪評を買っていて、多くの女たちは、女性の権利のために目の色を変え、声高に煽っている両性具有のうるさい奇人と思われたくなかった。結婚もせず、子どももいない女性は、それでなくても十分に変わっていた。だから、探検家の仕事を確実に続けたいなら、目立たないように行動し、できるだけ慎み深くよそおい、なににもまして料理と繕いと親戚の世話に懸命になっているとアピールしておくのが一番だった。当時のメアリーの写真で残っている二枚のうちの一枚を見れば、うまくいっていると思う。メアリーは新しい女になど見えない。この姿で西アフリカの密林でカヌーを漕いでいたのかと目を疑いたくなる。ヘンリー・モートン・スタンリーは探検家の公式の肖像写真として、探検帽とカーキ色のズボン姿でライオンの剝製の隣でポーズをとっているが、メアリーはヴィクトリア時代によくいる未婚女性のようだ。彼女は黒のビショップスリーブにコルセットをつけ、高い襟にリボンをつけている。帽子のような頭飾りには造花が飾られ、それらに囲まれてアンテナのような飾りが巨大昆虫の触覚さながらピンと立っている。公園を背景に、手に手袋と雨傘を持ち、口もとには当たり障りのない笑みを軽く浮かべて。

家ではメアリーはもとの日常と弟のために家事手伝いをする日々にあっけなく戻った。たちどころに旅は素敵な幻にすぎなかったかのように感じた。部屋を熱帯のように暑くしたり、棚を部族の仮面や護符で埋めたり、アフリカの地図を床に広げたり、執筆をはじめたりと雰囲気づくりに励んでみたが、いまひとつ盛りあがらなかった。イザベラやカレン、そしてアフリカの旅から帰ってきた私のように——というか、じつをいえばどんな旅であっても——メアリーも家に帰ってくるときまって寝こんだ。密林では自分のために往診鞄を使うことは一度もなかったし、かといってマラリアの進行を遅らせることもなかったが、イギリスへ足を踏み入れた途端、メアリーの体は不調をきたしはじめた。インフルエンザ、偏頭痛、動悸、リウマチ、孤独、鬱。アフリカでは父親の血を受け継いで旅をし、家では床に臥せる母親になったかのようだった。

それと並行して、メアリーは人格が分裂した二重生活を送るようになった。彼女は時の人となっていた。ありとあらゆる政治家、文化人、貴婦人から夕食会やお茶会の招待が舞いこみはじめた。正直いって、彼女はどこにもいきたくなかった。自分は内気で無粋な人間で、社交の場では「とことん救いようがない」と思っていたからだ。しかし同時に、つぎの本で旅費を稼ぎたいのなら、本が出るまで興味を引きつけておかなければならないだろうということくらいはわかってもいた。そんなわけで、暑いアフリカのわが家から自分を引きずりだして、公の場へ顔を出し、取材に応じ、講演をしてまわった。意外なことに、講演はメアリーに向いていた！　彼女はコメディエンヌと大学教授と伝道者が陶然とひとつに溶けあったようなすばらしい話し手で、イギリスを巡回した講演は大評判になった。一回の講演で西アフリカを五マイル進める、とメアリーは計算して、精力的にこなした。年の終わりには、代理人を雇って講演依頼と報酬の対応を任せることになり、あいまに本も書かなければならなかった。ストレスによる不安、頭痛、不眠、講演会の服装やヘアピンの用意を考えると襲われる絶望感。彼女は負のスパイラルに陥った。

一年中、メアリーは執筆もしていた。となると、メアリー、他人事とは思えない。資料は十分にあった（要チェック）。一般人にも専門家にも受ける本を書きたいのに、私的な旅行記と調査結果の融合はとうてい不可能のように感じて、メアリーはしょっちゅう行き詰まった（要チェック）。メアリーは先の見えない不安に苦しんだ（要チェック）。というのも、彼女は民族学を勉強していない――そもそも教育というものを「いっさい」受けていなかった――不正確な箇所が見つかりでもして、軽い本だと思われてしまうかもしれない（要チェック）。実名を伏せてM．K．というイニシャルで本を出すべきだろうか？（要チェック）。アメリカ人のメイ・フレンチ・シェルドンのキリマンジャロ探検が科学的な成果をもたらすものではなく、旅の動機がたんなる「女の好奇心」だったというだけで報道機関で看過されたのは二年前のこと（要チェック）。だから、ペンネームは多くの問題を解決してくれるだろう。性別のせいで彼女が発見したことが軽視されることはないだろうし、女らしくない行動を責められることもないだろう。そもそも、まとまりのない日記を筋の通った読ませる話にまとめる力はあるのか。一キロあたりの玉ねぎの値段、手に入れた魚の大きさや量、レシピ、判例、家系図、現地の卑語が入り混じっているというのに！（要チェック）本はおもしろおかしくなりすぎていないか、はたまた重すぎやしないか、いずれにしても読めるような代物ではないかもしれないとメアリーは不安になった（要チェック）。

彼女自身が本のタイトルとして「浅はかな愚か者の日記」を提案していたことからもわかる（メアリーは使わなかったので、私が自分の本のタイトルに借りてもいい）。最終的には出版社と愚劣な作業をするはめになった。編集者によって文体が整えられ、文章は大幅に変えられた。もはやメアリーの文章とはいえず、もとの文章に戻すために容赦ないやりとりをした。「私はよき船乗りとして、正直な観察者としての名声を失いそうです」。本が大詰めの段階に入ると、メアリーはますます落ちこんで、偏頭痛と不眠と倦怠感に絶えず苦しんだ（要チェック）。序文の一ページを割いて、彼女は本の未熟さと不十分さを詫びた——自虐という概念を新しい領域へ引きあげながら。

しかし、いらぬ心配だった。メアリーの苦労は報われたのだ。一八九七年一月に、『西アフリカ紀行』というまっとうなタイトルで本が刊行されると、たちまちベストセラーとなり、この分野の不朽の名作となった。これは今読んでも底抜けにおもしろく、読みごたえがあり、軽妙な機知に富んでいて、何ページにもわたってリストアップしたくなる。「キングスリーさんが女性にふさわしい文章で書こうとされなかったことが悔やまれる」と書いた批評家もいたが、何十人もの書評家が絶賛しているのを見れば、すばらしい文章だったことがわかる。なぜメアリーの本に彼女が旅をした証の地図がないのか、今もって不思議に思う人のためにいっておこう。当時は、メアリーが旅をした地域の十分に詳細な地図が「なかった」ことと、彼女には自分で作成する時間がなかったからだ。

大好きなメアリー、夜の女たちの助言はこれね。「自分を卑下するな」

読者たちの人気よりもなおいっそうメアリーは学界から認められたかった。だから、彼女が収集した六十五匹の魚と十八匹の爬虫類の大部分が価値あるものだったことは幸いだった。なかには貴重な発見もいくつかあった。大英博物館がここ十年なんとしても手に入れたかったトカゲや、メアリーにちなんで名づけられた新種の魚が少なくとも三匹はいた（クテノポマ・キングスラエ、ポリミラス・キングスラエ、アレステス・キングスラエ）[176]。

魚の話に少々深入りしていることはわかってはいるが、おもしろ半分に魚の名前を検索すると――まさかとは思ったが――メアリーがアルベルト・ギュンターへ送った魚の標本の写真にいきあたった。彼女自身の手でつかまえた「正真正銘の」個体だと思うものに。胸を躍らせながらぱっとしない見た目のごく小さな魚の写真を、私のパソコンにダウンロードして何日も眺めている。これらの写真をとおして、一八九五年に西アフリカのどこかの川のある特定の瞬間にたどり着くことができたかのように（これらの魚から開かれる時の窓に今までだれも気づかなかったなんて！）。写真のなかの虚ろな目をした半透明の羊皮紙色の小さな魚たちは方眼紙の上に載せられ、そのうちの一匹につけられた紙片にはタイプライターで「Pollimyrus kingsleyae (Günther, 1896) Holotypus BMNH 1896.5.5:100」と打ってある。それよりも明らかに古い黄ばんだ紙片が糸で魚の尾にくくりつけられている。紙片には手書きの文が書かれている――おそらく（おそらく！）メアリーの直筆ですらある。午後は、小さな魚を拡大したり縮小したりして過ぎていった。私はどうかしている、とまず思った（見せ場はこの死んだ魚だというのか?）。それから、オゴウェ川のどこかの隅っこで成長した個体を、卒倒するほど暑い赤道直下のある日の午後にメアリーが実際に釣ったのがこれだということに、胸が少し熱くなった。これをカヌーのなかにあった道具で保存し、密林を通りぬけ、ついには蒸気船に乗せて大西洋のはるか向こうのリヴァプールまで運んだ。そして百二十年後の今、カッリオ地区のワンルームの私のパソコンの画面にたどり着いた。これが釣り針にかかったあと、彼女は話しかけていたかもしれない（「さあ、つかまえたわよ、おちびさん」）、釣り針をはずしながら鼻歌を口ずさんでいたかもしれない、こんなに小さな魚を釣っていいものなのか私にはわからないが、歌を口ずさみながらくり抜いた木の器に小さな魚の群れごと網ですくったのかもしれない（いずれにせよ彼女は終始、上機嫌だったと思う）。そのうちの一匹をペットにして——それだって話し相手にはなるだろう——名前をつけたかもしれない。ポリーとかミルトルとか。それからポリ容器に入れてカヌーに乗せて運んだ……。思えば二日前にアフリカのオッリからeメールでヒメクジャクヤママユの写真が送られてきたばかりだった。夜の虫捕りハイキングで写真に収めるのに成功したという——「世界にこれ以上美しいものなんてありえない」と彼は書いていた——だから、私はお返しにメアリーの半透明の小さな魚の写真を送ろう。人間は奇妙な情熱の対象をもっているものだ。西アフリカの魚、キリマンジャロ山腹の蛾、ありとあらゆる夜の女。ある人にとっては気にも留めない、たいした価値も

176　三匹ともアフリカの淡水魚。

ない奇異なものが、ある人にとっては生死を分かつほど重大なことで、そのためならすべてを懸けてもいいいと思えるものなのだ。

それからの三年間、メアリーは西アフリカ海岸へ戻ろうとしたが果たせなかった。旅の資金はもちろん貯まっていた。が、メアリーはなおも弟の予定に振りまわされ、我慢の限界にきていた。メアリーは今や名の知れたアフリカ旅行家であり、講演者であり、作家であったけれど、それでも独身女性の務めは果たさなければならなかった。弟にステーキ・アンド・キドニー・パイをつくらなければならない、弟の肌着を洗濯しなければならない、必要とあらば具合の悪い親戚の世話に駆けつけなければならないのだった（子どもや兄弟や高齢の両親のために出かけられなかった男性探検家がひとりでもいるか、私は知りたい。台所で必要とされていたという理由で探検隊の出発を延ばしたジェームズ・クックを想像できるだろうか？）。本が出版されて数ヶ月後の一八九七年四月には、メアリーは西アフリカへ発つ予定だったが、弟が病気になり取りやめることになった。大学を出てからの弟は取りたてていうほどのことは成し遂げていなかった。だから、ただの妬みからわざと手を焼かせたのではないかと思わずにはいられない（この愚痴ばかりこぼすあわれな弟が私は嫌いだ。メアリーが亡くなったあと、彼は彼女の日記や手紙を処分した）。

旅に出ることがままならないとなると、メアリーは研究者に向けて『西アフリカ研究』を書きはじめるとともに、熱心に講演をしてまわった。メアリーは講演でアフリカ人たちを擁護し、しだいに植民政策の争議において重要な人物となっていった——彼女の意見は宣教師や植民地主義者の見解から大胆にも逸れているため危険だとすら考える人たちもいた。メアリーにとってアフリカ人は「文明化」しなければならない「野蛮な自然児」でも「無垢な子ども」でもなかった。むしろ、分別があり、彼らの文化は守るべきもので、尊重しなければならないものだった。

フェミニズムをはじめとしたほかのことがアフリカの陰にすっかり隠れてしまった。アフリカの密林で滝を下ったメアリーが、女性参政権と王立地理学会への女性の入会を、自転車（危険なため）やバス（知らない者同士が近づきすぎてしまうため）に乗ることとおなじように、公然と反対していたことは――極力、受け入れます。

ヴィクトリア時代の未婚女性のコスチューム姿で説教するメアリーを思うとき、こんな言葉を思いだす。「いつの時代も過激な女性というのは、より多くの聴衆により重要なことに目を向けてもらえるよう、無難な格好をしているものだ」

もちろんアフリカは重要だった。しかし、メアリーはそれとなくほのめかしていた「もっとも重要なこと」を、ある取材でうっかり漏らしてしまったようだ。メアリーは自分の旅が女性にしては稀にみる偉業だと思われることに違和感があるといっていた。一方で、自分が死ぬまでつらい家事労働の務めを続けていても、だれも感心しないだろうと。「女性が台所で身を粉にしていることはだれも気にしないのに、男性にならって――はるかに生きやすい道をたどると――周りは目を見張る」

メアリーは、女性は実際にはもっと深いところで男性よりも忍耐強いと思っていた。彼女自身はロンドンの社交界の女性がこなしている社会の務めを果たすよりも、沼で首まで泥に浸かって歩いたり、カメルーン山の頂上へ登ったりするほうがよっぽどいいという。社交界の務めを果たしていると身がもたないらしい。

メアリーの二冊目『西アフリカ研究』が一八九九年一月に刊行されると、一週間で売り切れた。その年にメアリーは恋に落ちた――おそらく人生でたった一度の叶わぬ恋に。想い人はまもなくしてシエラレオネの知事として送りだされてしまった。

この年にメアリーはついにイザベラ・バードとも出会った。あの畏れ多い先達の世界旅行家であり、王立地理学会特別会員である彼女とは、何度も道が交わりそうになってはいた。一八九九年二月十六日に、メアリーとイザベラはとあるロンドンの夕食会で出会う――「娯楽本はきまって情報が正確ではない」のがどうもいけないと、いうまでもなくメアリーについて触れながらだれかがイザベラに話しているのを聞こうとしてメアリーが近づいただけだったのだが。イザベラはその話に大きくうなずいていた。

メアリー、結局、私の夜の女たちの出会いにこれ以上の進展がなかったのは残念に思う。でも、あなたたちは数週間後にもう一度会ったのよね。そのとき二人でなにを話したのか教えてくれる？

一九〇〇年一月にイギリスのトップニュースに躍りでたのは南アフリカで勃発した戦争だった。イギリス人とオランダ系ボーア人が豊富な金の鉱脈をめぐって戦った第二次ボーア戦争である。

政治闘争では自分はアフリカ人たちのためになにもできないとメアリーは感じ、看護師として南アフリカへ発つことに決めた――それなら彼女にもできた。それに看護しながら大英博物館のために魚を集めることもできるだろうし、イギリスの報道機関に戦場報告ができるかもしれない――そのあとで、この四年のあいだ戻ろうとしていた西アフリカ海岸へ旅を進められるだろう。

メアリーは旅にそなえてカーキ色のナース服を選んで、一九〇〇年三月にケープタウンを指して船で出発した。現地に着くと、最悪の現場に配属された。そこはサイモンズタウンの古い軍の兵舎に開かれたばかりの救急病院で、メアリーは病人や負傷した捕虜の治療にあたった。家に送った最後の手紙で、病院では腸チフスが猛威を振るっていることや、百人を超える患者をひとりで看ていることを書いた。「私はまたも死と隣りあわせです。はたして生きて帰れるかどうか」。悪臭と血と排泄物とおまると浣腸器だらけの地獄のなかで、メアリーがどんなふうに患者の世話をして、体を洗って、食事を与えていたのか、私は想像することしかできない。感染を防ぐために彼女は喫煙をはじめ、夜になるとワインを飲むようになった。どんな状況であれ、いずれは必要になっていた。

五月半ばにメアリーは発熱し、食べることもままならなくなった。だが、これは西海岸によくある熱でたいしたことはないと自分にいいきかせた。実際には、症状はどれも腸チフスに見られるものだった。頭痛、発熱、目眩、さまざまな痛み――のちに鼻血、腹痛、下痢、脱水症状によるうわ言――小さな部屋のベッドにひとり臥せって。

六月二日の夜、メアリーはカレ先生に、喜望峰に面した海に埋葬してほしいと頼んだ。アフリカ最南端の岬の二つの大海が交わる場所に。ひとりで死なせてほしいとも。もがき苦しむ最期はだれにも見られたくなかった。メアリーが意識を失うと、同僚の看護師たちが彼女のベッドへ戻ってきた。一九〇〇年六月三日の早朝に彼女は亡くなった。三十七歳だった。

メアリーの棺はケープタウンの海岸で海へ下ろされた。われらがコメディエンヌの最後のジョークを思う。棺は予定と違って大海の墓にすぐには沈まず、楽しそうに波の上を漂っていた。この最後の脱線についてメアリーが講演で話したら、聴衆は大爆笑しただろう。

メアリーを悼むとき、アフリカの病気について陽気に報告する彼女の声が頭のなかで木霊する。

(一) 死ほど人を悩ますものはありません。

(二) 病気のつぎに危険なものは施される治療です。

(三) 飲み水はつねに沸かすこと。濾過するだけでは不十分です。すぐれた濾過器は、カバ、ワニ、ウミヘビ、オオカミウオなどを水と分離するのにとても便利です。それは生きているか死んでいる海の動植物の六十パーセントを除去するでしょう。が、マラリアをもたらす病原菌を除去できると思っているのなら——まちがっておられますよ。

(四) マラリアを予防するために、飲み水、夜気、風邪、心身への過剰なストレスや、神経過敏、腹を立てることは避けたほうがよいでしょう。このうち避けられるのは飲み水だけですが。夕方の六時半から朝の六時半まで空気なしでどうやって過ごせるのか知りたいものです。夜気のほかに夜に得られるものはなにがあるでしょうか?

二ヶ月経ったある日、メアリーの本を読んでいると、開いたページの押さえにしている木片からムコマジの赤い砂埃が紙についた。メアリーのことを書くのに東アフリカの高原の旅だけで事足りるだろうか、それともメアリーの見た景色へ、西アフリカの死ぬほど蒸し暑い偏頭痛海岸へ勇気を出していくべきだろうか？　フィンランドのアーティスト・イン・レジデンスの応募ははじまっている。ベナンの白い砂浜に立って、メアリーの船が滑るように進んでいくのを眺める自分を想像する。

メアリーが亡くなった最後の場所へ私はいく必要はない。だって、私はそこに滞在したことがあるから。十年前に南アフリカのサイモンズタウンで数日過ごしたときには、メアリーのことも捕虜収容所の病院の恐怖もいっさい知らなかった――知っていたのは、その場所が三千羽のケープペンギンで有名だったことだけ。それを見るために私はきていた。朝早くに目を覚まし、私は何百羽ものペンギンに囲まれて静かに海岸に座っていた。ペンギンたちは私をまじまじと見つめ、調子はずれにクワックワッと鳴いて、体をゆらゆらと揺らしたり、ぎこちなく歩いたり、恥ずかしげに私の目の前を走りすぎたりした。大波のなかに潜っていったものもいれば、そのまま戻ってこないものもいた。昼になると、観光客たちに混じってラグーンで泳いだり、ビーチで寝そべっている人びとのあいだを縫って大事な用事でもあるかのように走っている、はぐれた一羽のペンギンを見かけた。ペンギンたちはほのぼのとしていて屈託がなくて、これまでになく私の胸を打ち、見ていると涙があふれてしまった。夜明けの海岸は楽園だと思った。

親愛なるメアリー、一八九九年に友人に宛てて書いたあなたの手紙を思う。

「私は人間というよりも一陣の風です。私には個人の生活というものがありませんでした。いつもなにかしらの仕事に追われていて、他人のよろこびや心配や悲しみのなかで生きてきました。暖炉のそばでたまに体を温める以外になにかする権利があるのか、私は今でもわかりません。(……)私は人間の世界に属してはいない、私とともにあるのは、マングローブ林、沼、川、海――私たちはわかりあえているんです。これらの振る舞いは人間と違って私を驚かせることはありません」

⋆

夜の女たちの助言
幼少期や母親のせいにするな。出発せよ。

アフリカ旅行中は笑いを絶やすな。

家族のいないことは脅威ではなく、チャンスだ。あなたが死のうが、だれにも迷惑はかからない。

あなたの有効な時間がたった八年だとしても、ほかの多くの人の一生分以上の経験ができる。

やる気があるなら、それを勉強しろ。かたくるしい教育は不要である。

つねに黒のロングスカートを穿け。

とにかく行動せよ。

V　京都、九月

「以前に効果的だった方法で健康を回復するよう勧められた私は、一八七八年四月、日本を訪れることにした。気候がすばらしいという評判に惹かれたというよりは、日本には目新しいことや興味をひくものが特別に多くあり、これらが健康になりたいと思う孤独な旅人に大きな楽しみと元気を与えてくれると確信したからである」[177]

――イザベラ・バード『日本奥地紀行』はしがきより

私は京都の旅にそなえて荷造りしている。イザベラの鬱改善指南の効果はてき面だ。ある段階でへんに落ちこんだりしたときは、航空券を手に入れるだけで奇跡的に回復する。と、ここで考える。「健康回復のために」旅をしてみたら、KELA[178]から保険は下りるだろうか。旅で家を空けるあいだ、部屋を借りてくれる人を私は探していたのだが、その期間中に仕事部

177　イザベラ・バード『完訳　日本奥地紀行1』(金坂清則訳、平凡社)。
178　フィンランド社会保険庁。国民年金、医療保険、出産保険、失業保険などを扱う。

屋を必要としているという知りあいの作家から連絡があった。それで今日、私はこの「秘密の借り主」に鍵を渡してきたのだった。借り主からは、だれにも話さないでほしい、と頼まれている。私の部屋に詰めて仕事をするつもりなので、町にいることが友人たちに知られたら元も子もない。ここ数週間の目まぐるしい日常を、この秘密の仕事部屋のことだけを考えて切り抜けたらしい。居場所は夫にすら打ち明けるつもりはないという。朝になったら彼女は行方をくらまして、だれにも知られていない場所へ出かけていくのだ。なんという幸せ！

よくわかる。作家の仕事でもっとも欠かせない大事なことのひとつは、身を隠すこと。仕事には——なにかを成し遂げようとするなら——徹底した孤独が求められる。あいつぐランチの誘いやフリーマーケット巡りや飲み会を、要するに「生きがい」をひと月断る超人的な自制が問われる。こもって執筆するには、まだはじまってすらいないのに何日も予定を空けておかなければならない。頭のなかで交差する、かたちになりはじめた脆い思考回路、文章のリズム、構造、因果関係がすり抜けていかないように、何日にもわたってだれとも話すことができない。これらのおぼつかない思考のかけらをつかんだまま、ただ己とつきあいながら、目を光らせ、原稿を進め、食べて、眠らなければならない。それはヴィヒティの屋根裏部屋へ逃げこむことでのみうまくいく場合もある(世のなかの動向に関与しない正当な理由)。もっと好適な隠れ家はノルマンディーの家だ。孤独な缶詰めを、長くても発狂寸前の絶対的な限界である六週間に抑えれば。

そういうわけで、秘密の仕事部屋に惹かれる気持ちはよくわかる。ひそかに執筆さえできれば申し分ないのだ。悪意のない「どう？　進んでる？」という問いかけほど酷なものはない。「どれくらい書けた?」(はたしてページ数で測るのか、それとも長い停滞期間を経て得た着想の量で測るのか?)、「今どの段階?」(まさに途上だが)。「もう半分はいった?」(最初から最後まで書いているわけではないのでわからない)、「また今回もおなじテーマ?」(変えたほうがいいと遠回しにいっているのだろうか?)、「でも進んでいるのよね?」(作業が進むことに関して実存的な恐怖の渦中にいる場合、この質問は非常に悪い)。

最初の本をいつまでも書くことができたらどんなに素敵だろうと考えることがある。本を書いていることを知っている人すらいなかったから。

私の夜の女たちと何週間もヴィヒティの屋根裏部屋にこもったあと、なんとか自分を立てなおし、社交的な人間か、せめて人前に出られるように自分を変えようと試みる。作家としての務めを果たし、読書会に呼ばれていったり(ある会では寿司が振る舞われ、参加者たちは着物を着ていた)、とある読者主催の、花と美に捧げられた著名な女性たちが集ううっとりするほど豪奢な社交行事である菊祭りでは、自分の本の一部を朗読したりした。メアリーのように、私の使命は旅費を貯めること。自分で売って歩いたハードカバーの一冊一冊が、小皿が何皿も並ぶ京都のお昼になる(書店で売れたペーパーバック十冊分で、さみしい男たちが集う吉田山の中腹にある食堂の安いお昼一回分になる。これでは貯まるものも貯まらない)。

京都の旅まであと数日。旅の支度をして、美容院へいって、友人たちに会って、部屋を掃除する。さらに出発前日に某女性誌のインタビュー記事に絡んだ写真撮影が入っていた。

ありえない一日。編集者は「ありのままの私」を撮ります、といっていたのに、そうは思えない。朝、カメラマンのスタジオへ到着すると、カメラマンのほかにカメラマンのアシスタント、ヘアメイクアーティスト、スタイリスト、雑誌のスクリプターが揃っていた。全員、私をすっかり変身させる気満々である。スタイリストのハンガーラックにはゆったりとした冬のコート、毛皮の襟巻き、ブラウス、ストレートパンツ、ニットワンピース、フェルト生地のケープ、スパンコールのついたハイヒールと、雑誌のコンセプトに合ったデキる女の衣装が――平たくいえば、私のクローゼットには一枚もない「大人の服」が――わんさと掛かっているように見えて背筋が凍りつく。ああいうのを私は着ることになるのだろうか？　ハイヒールは一足も持っていないし、スーツはいうにおよばない！　自分は貧乏な旅行作家だと泣き言をいってみたが、なんだか自分がバカみたいだ。

　撮影中、自分が自分でないような気がしていた。エイラ海岸[179]でよさそうなロケ地を車でまわる。ヘアメイクアーティストにアイシャドウやマスカラをどんどんのせられ、スタイリストに襟を直される。さながらテレビ番組のトップモデルかなにかのようだ。トップクラスのプロたちが一流の仕事をしてくれているのはわかるが、「私」はここでなにをしているのかわからない。カメラマンの口が悪くて、じつはおもしろい人だったのはよかった。十センチのハイヒールを履いた私に、エイラ海岸の砂利道を気取って歩けという。あたかも「べつの惑星から落下してしまったような」表情で――と同時に、口もとは緩めて、あごは奇妙に前へ突き出して、「すさまじく不可解そうに」砂利を見つめて。とんでもなく難しい注文だ。スパンコールのついたハイヒールを履いて、ネオンイエローの毛皮を着て、岩場でよろめいたとき、助成金はもう絶対に下りない、世界をめぐってセレブ生活をしていると思われる、と私は弱音を吐いた。カメラマンはいう。そうそう、昔、リンダ・ランペニウス[180]にレザーパンツを着せたのは私――あれがリンダのキャリアを変えたのよ！　それから、黒い服といえばイェンス・ラピドゥス[181]でしょ？　このハイヒールは魔法よ！　あごは前へ、口は緩めて！

ある時点で、ハイヒールとストッキングとブラウスと冬のロングコートという上着だけの格好でポーズをとる。九月の今日の気温は二十度。汗が流れる。撮影場所を変えると、スタイリストにコートを脱がされ、私は車中でストッキングとブラウスとハイヒールだけの姿になる。つぎのロケ地でも下は穿かずに車から降りて岩の前に立ち、またもあごを突き出すことになる。観光バスが通り過ぎる。人びとの視線が突き刺さる。

ようやく撮影が終わると――五人と私の作業時間は六時間――カメラマンがアイスクリームスタンドで遅いお昼をご馳走したいという。私が身につけているのはストッキングとブラウスのみ

179　ヘルシンキの南にある海岸。この一帯には高級住宅が建ち並ぶ。

180　リンダ・ブラヴァとも。ヴァイオリニスト。クラッシックからロックまでこなす。『プレイボーイ』やファッション誌のカバーを飾る。演奏する音も姿もセクシーなアーティスト。

181　スウェーデンの作家、弁護士。北欧の犯罪小説の旗手。

なので——コートはスタイリストとともに姿を消してしまっていた——私は車中で待つ。
夜はずっと悩んでいた。撮った写真は話した内容と嚙みあうのか。安定した仕事を辞めて、着るものは物置に転がっている自分の古着で間に合わせる低予算で生活する旅行作家について話したのだが。

あくる日、私は京都へ発つ。空港ではたと自分の旅の身なりのひどさを痛感する。レギンス、着圧ソックス、履き古したアウトドアサンダル、ああ、だめだ——ラインストーンをつけた白いフラシ天のレジャーウエアにハイヒールという格好で搭乗しようとしている、完璧なメイクの女性たちを見る。
私の頭のなかにメアリーの声が響く。「旅行中は家で着ないような格好をする権利はない!」。それにしてもイザベラの旅の格好は見るからにすばらしくエレガントだった。
(一)寒い日用にツイード地の外套一着、(二)乗馬用に袋状のズボン、(三)特別な行事用にシルクのドレス。
ワードローブのアップデートが必要だろうか?

[搭乗ゲートのベンチで書いた短い手紙]
メアリー!
黒のロングスカートがいかに旅の実用的な服装であるか、あなたは熱弁していましたよね。

それを試してみようと私は思っていたんです。厚手の生地でつくられた足首まであるスカート、モグラ革の帽子、立ち襟のついた白いブラウス、編みあげブーツ、赤いシルクタイ、でしたよね？　こういう衣装はどこで手に入りますか？　手ごろな値段なら、古着でかまいません。私のサイズは十三号。身長は一七二センチ。できたらすぐにもお返事をお願いします。飛行機に乗るところなので。

あなたのM

京都。吉田山の山腹にあるなじみの宿は今も昔も変わらない。キムが私のために、私の人生の一年以上を過ごした畳の部屋を用意してくれていた。同居人たちにあいさつし（オーストリア人のイーリスには去年会っている）、自転車を修理に出して、ここでバーを経営しているフィンランド人と日本人のハーフのレイにスーパーでばったり遭遇し（いや、今日はさすがにバーへいかない）、部屋を整えるために百円ショップで千円を消費する。

京都は素敵だ。が、暑い。息苦しさが半端ではない。すばらしい気候のためというなら、少なくとも九月はこないほうがいい。

では、なんのため？　京都へくることにいつもなにかしらの理由がないといけない気がする。自分自身のため、友人たちのため、両親のため。時差ボケの胸やけと頭痛を抱えながら、ここで私がしていることに意味はあるのか、自分でも考えた。いったい私はなにをしにここへきたのだろう？　とくになにも、仕事などではないと思う。たいていは部屋で書いているだけで、あいまに自転車で川沿いを走って、とりどりの小鉢がのったお昼をオーガニックカフェでとり、静かな茶室に立ち寄る。たぶん日文研塹壕[182]にもいって、蔵書を隈なく探る。大学図書館で見つけた一九〇〇年版の信じられないほど美しいイザベラの日本の旅の本をずっと読んでいるだろう。その青い布張りの表紙には朝日を浴びた富士山を背景に、角張った金の文字が施されている。[183]舞踏や歌舞伎や和太鼓バンドの公演があればいく。お茶の在庫を確保して――玄米茶が切れているので、ここにくる必要はあったのだ――レイのバーに寄って梅酒を飲む。昔の同居人たちや友人たちと会う。セブとレイナと山へハイキングへいって、どこかの温泉に入ると思う。もし余裕があれば、東京で現代美術の今を見てこよう。それからニコルのヨガリトリートに参加する。宿坊で眠るとき、山になった瞬間をふたたび思いだすだろう。

　京都には京都の心がある。ここでできないことはない。すべてが美しくて、奇妙で、刺激的だ。カフェ、庭園、静かな路地、寺。訪れるたびに、暖簾や格子窓の向こうの世界を少しずつでいいからわかりたい。錦市場で売られているものすべてに名前をつけていきたい。

　京都がいつまでも謎に包まれているのは、たんに私が日本語ができないからではないかと思うことがある。看板や古い町屋の入り口に掛かる暖簾に書かれた文字が読めたら、すべてが一気にありふれたものに見えるのだろうか？

　正午に東寺の縁日で友人のベアトリースと会う。陽の光が燦々と降り注ぐ暑い日――今日は必要ないと思って雨傘を宿に置いてきたのだが、今日のような日にこそ役立つことをすぐさま思いだした。そう、日傘として。
三年前に私の同居人だったドイツ人のベアトリースは、この半年間、京都の日文研塹壕、もとい国際日本文化研究センターに詰めて、室町時代の漆器に隠された文字について美術史の博士論文を書いている。ベアトリースは日文研塹壕の図書館にこもって、豆腐とナッツとアボカドを食べる以外、なにもしていないように見える。彼女はいまだに京都の名所についてあきれるほどなにも知らない。たとえば中心街でもよく知られた花街のひとつである先斗町についても聞いたことがないという。一週間後に彼女はベルリンへ帰ってしまうだろうから、急ぎ足で観光ツアーをするのが一番だろう。せっかく私たちは一日バス乗車券を買ったのだ（ベアトリースは筋金入りの実際家）。縁日からさらに京都国立博物館へ足を延ばし、漆器や鮮やかに煌めく着物や歴史上の宝物に魅せられようということになった——私のお気に入りは漆塗りの小箱。表面には金粉が散らされ、鹿の子を思わせた。ミュージアムショップで、いつものようにクリアファイルをたんまりと買う。お世辞ぬきに、これほど趣のあるクリアファイルは日本をおいてほかにないからだ。

182　国際日本文化研究センター。前作『清少納言を求めて、フィンランドから京都へ』で著者が足しげく通った「戦場」。

183　イザベラ・バードの日本の旅の原著は三つある。完全本、簡略本、写真つき限定本。著者は完全本を参照。日本語の完訳は金坂清則訳ほかで、簡略本は高梨健吉訳ほかで出ている。青い布張りの美しい表紙の本は写真つき限定本。

鶴が舞い、美しい筆跡の賛が添えられた十七世紀の水墨画のものを選んだ。

夕食にしゃぶしゃぶを食べたあと、鴨川の土手に立つ先斗町のショットバー「アトランティス」のこぢんまりとしたテラスへ移動した。暖かい夜。梅酒が甘やかにまわる。友人とここにいるのは素敵だ。


大好きなもの。

京都のオーガニックカフェ。少々値の張る素敵なランチ、木のお盆に並べられたアースカラーの小皿料理。

茶室。疏水に架かる橋、竹でできた色褪せた庭木戸、落ち着いた露路が見える茶室の壁際の腰掛け。これはタイムカプセル。一碗の抹茶ほどの、どこか遠い旅。

天気予報どおりの琵琶湖の晩夏。

賀茂川。下鴨神社を過ぎて北へ、川の西側を自転車を漕いでいると、もうひとつの世界が広がる。土手は広くてひっそりとして、流れる水の音だけが聞こえる。緑に囲まれて黄色や赤い花と、羽毛のように柔らかい尾花が燃えている。川にゆっくりと歩を進めるサギ、白いアヒル、上空を滑空する鷹、水面下には河童のようなオオサンショウウオ、丈のある草陰には亀と蛇と、たぶん鹿もいるだろう。オーガニックカフェでお昼を食べて、賀茂川の土手の木陰のベンチで仰向けに寝る。鷹を、雲を、青い空を眺める。『優雅な暮らしにおカネは要らない』[184]というタイトルの本を読む。少し前に私の恩師のアンナ先生がくれた本だった。こんなような幸せはあたりまえなんかじゃないと思う。


大嫌いなもの。

悪夢のような暑さ。いまだにとれない時差ボケ疲れと頭痛。

女性誌のインタビュー記事の修正作業。どうしていつもこんなことでひどい自己嫌悪に陥るのだろう？　自分の文章が言葉足らずの間抜けが発したように思えるのはなぜ？


時差ボケ疲れと頭痛を抱えながらしたこと。

バスに鞄を忘れた。パソコン、カメラ、手帳、財布、すべてが入った鞄を。恐慌。血の気が引いた。言葉のできない者が夕方六時すぎに電話をかけられる場所はどこか考えた。キムとレイナにメールして、バスの営業所に電話をかけてほしいと頼んだ。イーリスと交番へいった（イーリスはこのために使える日本語の文章を覚えた）。そうしてあくる日、連絡がきた。鞄は市北部のバスターミナルで見つかった。なにもできない子どもみたいにイーリスが書いた日本語のメモを携えて現地へ向かう。鞄が戻ってきた。中身はすべてもとのまま。鞄の上にあったバナナの皮だ

184　アレクサンダー・フォン・シェーンブルクのベストセラー。邦訳は畔上司訳で集英社インターナショナルより刊行。

けが親切にも処分されていた。

誕生日。ここにきて一週間以上経つのに妙に疲れが抜けない。頭が痛くて気分も晴れない。頭ではすべていうことなしだとわかっているのに、この蒸し暑さに私はやられている。なにもする気になれない。オーストラリアにいたときのイザベラのように私は愚痴をこぼす。

午後に母から電話があって、それから姪っ子たちがスカイプでバースデーソングを歌ってくれた。母の話だと、九十七歳の祖母が夜にトイレにいって、ビデ[185]を出しっぱなしにしたという。「雨があんまり激しく降る」ので、祖母はベッドの下で眠った。翌朝、訪問介護員がベッドの下にいる祖母を発見した。ビデは一晩中流れっぱなしだったので水害に発展。床は水浸しになり、リフォームは大がかりになりそうだ。祖母は施設に入れなければならない。もう自宅に戻ってくることはないだろう。

夜、ベアトリースと見つけた川の近くの素敵な焼き鳥屋へいく。その夜、ベアトリースはギリシャ劇のような展開の過去の恋愛話をずっとしていて、ほとんど夢物語に聞こえた。そもそもそんな恋愛がありうるのか私にはまるでわからない。その一方で――どうして「私」は人の恋愛話を疑い、恋に落ちることを治療が必要な状態だと思う人間になってしまったのか自分でもわからない。

きっと私自身も治療が必要なのだろう。イザベラ、イーダ、メアリー、カレンが、ほかでもないこの日に、私の誕生日になにをしたのか明らかにできないか考えはじめた。今日の日付がないものかと、日記、手紙、旅行記を渉猟する。

一八四八年九月二十八日、イーダは最初の世界一周旅行からロシアを横断してウィーンへ戻ろうとしていたことが判明。前日にイーダは蒸気船に乗っていた。船は黒海を渡り、今日、人口五百人の小さな村ヤルタに停泊。イーダは五十一歳になろうとしていた。

一八七三年九月二十八日、イザベラはふたたびロッキー山脈のエスティスパークへ到着し、そこから妹に宛てて最初の手紙を書いた。手紙の日付のところには「エスティスパーク！！　九月二十八日」とある。四十一歳のイザベラは息もできないほど興奮していた。彼女はマウンテン・ジムに、おそらく生涯で唯一思いを寄せた人に出会ったばかりだった。「十時間におよぶ過酷な遠乗りのあとに、落ち着いて手紙は書けないものです」と彼女は秋の澄んだ山の空気に包まれながら入植者たちの小さなログハウスでつづった。メアリーはもうすぐ十一歳、イーダはもう亡くなっていた。

一八九五年九月二十八日、メアリーは西アフリカ海岸でカメルーン山の登攀の疲れを癒していた。白人女性としてはじめて登頂した山を前日に下りていた。三十三歳のメアリーは、夜は宿の

185　フィンランドのトイレには、トイレ本体とは別に小さなシャワーがついている。洗面台の蛇口をひねって水を出し、シャワーについているレバーを押すと水が出る仕組み。

ベランダで過ごし、あのだれもが知る「なぜアフリカへきてしまったのか」という一文を考えていた。イザベラはもう六十を超えていて、中国か韓国、もしかしたらここ日本へもこようとしていたかもしれない。カレンは十歳、デンマークの実家にいた。

二〇一四年九月二十八日、私は京都の吉田山の中腹にある宿の畳部屋にいる。イーダ、イザベラ、メアリーのことを考え、書いている。蟬が鳴いている。私は四十三歳。

彼女たちの誕生日をよくよく見てみる。

メアリーは十月十三日生まれ。

イーダは十月十四日生まれ。

イザベラは十月十五日生まれ。

三人の世界旅行家の誕生日が「立て続けに三日並んでいる」。三人とも私とおなじ天秤座だ。

これもなにかの徴だろうか？

見えない糸と謎めいた図が私の頭のなかをヒュンとかすめる。

ベアトリースと最後の一日を過ごす。明日、彼女はドイツへ戻る予定だ。夜に祇園まで散歩に出る。小路に建ち並ぶ伝統的なお茶屋には、失われつつあるプロの芸者たちがいる。芸ともてなしと舞と唄のプロフェッショナルが、今でも客を楽しませている。ここには客以外もいるようだ。花見小路は夕方の六時にものすごい人だかりができる。観光客がパパラッチよろしく芸者たちをつけまわしているのだ。二人の芸者が名の知れた老舗お茶屋から出てきた。二人が連れを待つためにタクシーに乗っていると、観光客たちがカメラを向けてハイエナのように取り囲む。見えるのはフラッシュの光だけ。ある一軒のレストランの前には団体客がいて、日本人のツアーガイドが引き連れてきていた。なかからついに若い芸者見習いのひとりの舞妓が出てくると、ツアーガイドは指さしながら「マイコ！　マイコ！　ティーンエイジャー！　ティーンエイジャー！」と声を張りあげる。観光客たちは写真を撮りまくり、ツアーガイドは「満足？　ティーンエイジャー！」と叫ぶ。ひどい。気分が悪くなる。こういう状況で芸者たちはどうやって毎日、仕事をこなしているのだろう。こんな見せ物になったあとで、どうやって自分を立てなおせるのか？この小路で起こるいつもの集団ヒステリーと、彼女たちの仕事であるこのうえない優雅さや洗練された美が調和しているようには思えない。

かくいう私自身も、彼女たちをひと目でいいから見たいと思って歩いているのだが。

日本に大型の台風が近づいている。キムから、宿が風圧で吹き飛ばされないよう、窓とドアに隙き間を開けておくようにとメールで念を押された。台風を待ちながら、台所に攻めこんできた巨大なゴキブリたちと私は戦っている。

夜、ベアトリースから誕生日プレゼントにもらった忍者について書かれた本を読み、遅くならないうちに床に就く。もう雨が降っている。開けた障子の隙き間から、もわっとした土の匂いが襲ってくる。湿気は私の布団のなかへ忍びこんでいた。ここ吉田山の急斜面での土砂崩れの恐れを考えないようにする。
朝になって、台風は京都から逸れていたことがわかったが、東京を直撃していた。航空機は欠航、電車は運休。土砂崩れが原因でどこかの地下鉄のホームが浸水。学校は休校。公的機関は避難勧告を出した。私は――不謹慎にも――広重の木版画『名所江戸百景』第五十八景[186]のことを考えた。大橋を渡る町人たちが急に降りだした夕立に遭う場面を。一面を覆うのはまっすぐな雨。そのなかを人びとは傘に埋もれながら顔を伏せて渡っている。

旅日記を欠かさずつけようとがんばっているが、実際は長い一日の出来事やあふれんばかりの情報のせいで疲れてしまい、そのうえ暑さによる不調や頭痛のせいもあって、毎晩自分に厳しく課すのはさすがに大変で骨が折れる。
「書けそうにない――描写する力がない。これでは読んでもわかってもらえない」とイザベラも一八七三年三月にハワイから妹に手紙を書いている。
それから「キラウエアのクレーターハウス!!!!! 六月五日水曜の夜。興奮して震えるのは出来事のせい。この手紙を最後まで書ききれるかわかりません。それくらい私は疲れています。眠れなくて気持ちが昂っています」(イザベラ、一八七三年六月五日、ハワイにて)
「手紙をどうやって書いたらいいのかわかりません。長い一日の遠乗りを終えて、ペンを持てないほど私は眠たくて、心身ともに疲れています」(イザベラ、一八七三年十月二十三日、ロッキー山脈にて)

「広東について書けそうにありません。書くことがありすぎて。私はいつも外出しているか、書けないほど疲れているか、どこかへいこうと準備をしています……。ああ、もっと強くなりたい！」（イザベラ、一八七九年一月五日、中国にて）

それでもイザベラは書けた。毎晩。イーダやメアリーも。ほかの人は眠っているのに、夜遅くまで蠟燭の明かりで書いている三人のことを思う――揺るぎない意志の力で、あと一ページ、さらに一ページ、さらにあと一ページと書いている三人のことを。

旅をすることの意味はまさにこの「見ること」にあるように思う。見たものを「書きとめること」に。書くたびに、世界はもっとすばらしく、もっと深い意味をどことなくふしぎと帯びてくるからだ。書いてようやく「わかり」はじめる。

夜の女たちの助言。「毎晩、書け」

わかってる。いやがおうでもね。

せめてためになることをしようと決める。数日のあいだ、一時間半かけて町の反対側にある日文研塹壕図書館へいって、江馬細香という名の夜の女の本を読む。江馬細香（一七八七〜一八六一）は日本の江戸時代に生きた詩人であり、書家であり、芸術家だった。生涯、独身を貫いて、

---

186 「大はしあたけの夕立」。

琵琶湖畔の父親の家で暮らし、たまにここ京都へきて、男性の詩人仲間たちに会ったり、彼らと山へ登って花見をしたり、酒を飲んだり、詩を書いたりしていた。彼女は過激な世界旅行家などというよりも「静かな過激派」だった。江戸時代の女性にふさわしいことなど気にせず、したいことをした。心を和ませる声を、穏やかさを、もの静かさを、筆硯に心を注いで京都へひとり旅をした彼女を夜によく思う。独身を貫きとおし、酒と隠居と月光に惹かれ、青春から朱夏、白秋へ進む女の人生を詠う彼女を。不穏のあとにはいつも平和がくる――動かしがたい感情などないことをわかっていた彼女の賢さを思う。

さして重要でもないふりをした宝物が私の腕のなかへ落ちてきたのは、江戸時代の女性たちの旅日記を扱った本を日文研塹壕の書棚で見つけて捲っていた日のことだった。

江戸時代の「日本人の女性たちは江戸から他藩領へ移動するとき女手形が必要だった」ことを知る。

どうやら手続きのおもな理由は、幕府が大名たちの忠誠心を確かめるために妻子を人質として江戸つまりは今の東京に住まわせ、夫のもとへ逃げ帰らないよう女性たちを見張っていなければならなかったことにある。女性たちの旅日記からわかったのは、手形の取得自体もさることながら、関所という検問所で決められた検査を受けるのがもっとも面倒だったこと。手形の取得はきわめて煩雑で、申請書には女性の身もと、通行人数、乗り物（馬、牛、車）の挺数、出発地、目的地、手形申請者の名前（たとえば、地方では身分の高い僧が申請することもあった）、女性の身分、女性はだれの母親あるいは娘か、懐胎の有無、お歯黒の有無を記入しなければならなかった。関所では女性たちに対して身体検査が行われた。髪を櫛で検め、取り調べを受け、手形の記載内容と少しでも違っているところがあれば差し戻され、手形を取得しなおさなければならなかった。女性が関所を破ろうとすると罰が科され、たとえば「その場で磔にされる」こともあった。病気になったりホームシックになったりしても、手形のせいで旅程や予定を変えることはできなかったことが悩ましい、と多くの女性が旅日記で不平をこぼしている。江戸時代末期になると検査は減っていく一方で、手形を持たずに旅をする向こうみずな女性たちの話が増えていく——たとえば、手形には記載されていない場所を旅程に加えた場合、関所を避けて木の根や石にぶら下がりながら険しい山腹を登るか、関所の向こうへ連れていってくれる案内人にお金を払うことになった。このような手形は武家の女性たちのものだが、庶民のものはいくぶん簡略化されており、名前と住所とだれの母親か娘であるかが記載された。手形には、本人が行き暮れた場合は旅宿の世話を、死亡した場合は葬ってほしい旨の一文も添えられていた。死亡した場合、家族には知らせる必要はないと書かれたものもあった。

女手形の最たるものは、「女性の身分」を尋ねる箇所だ。たとえば、禅尼なのか、侍や貴人の未亡人なのか、姉妹なのか、比丘尼なのか、小女つまり振袖を着ている女子なのか、はたまた乱心した女性なのか、囚人なのか、死骸なのか記すことになっていた。

死骸！

京都にきてここ数週間、私の気持ちはへんに沈んでいた。なぜなのか自分でもよくわからない。疲れていることは確かだった。この暑さのせいでやる気が出ず、いつまでも気が立っていた。なにかにつけてわけもなく気色ばむこともあった。日常からいらいらの原因を取り除こうとしてみたが、それどころか増えていく一方のように感じる。京都へきたこと自体を悔やみすらした。旅のせいで書く手が止まり、書くことになんの意味もないように感じてしまった。私はここでなにをしているのだろう？　観光旅行をしている余裕も時間もないのに！　それが楽しくもない観光旅行なのだから最悪だ！

　が、江戸時代の女性たちの女手形のおかげで旅がにわかに意味を帯びてきた。こういう情報は探せない。そんなものが存在していることすら知ることができないのだから探し「ようがない」。こういう情報は、あてもなく京都をさまよい出て、旅の意味を苦しまぎれに見つけようとしているからこそ、はからずも見つかるもの。それに巡り合うために、まずは心がときめくことのない（「考察」という言葉が出てくるものにだれが心をときめかせるだろう）おびただしい数の学術研究のなかでもがいて、はたしてかたちになるのだろうかとよく考えなおさなければならない。

　それで、こういうちょっとした掘り出し物を手に入れると、すべてがふたたび意味を帯びてくる。どこへ導かれるのかまるでわからないが、芽生えつつある興味の対象についていく。逸話や物語を集めて、それらからなんらかのネットワークを編みあげる。歴史と大陸を超えて広がる夜の女たちの菌糸体を。アフリカへ蒸気船で向かうカレンを、日本の山村の蚕の巣食う畳で眠れないイザベラを、密林の川で体を洗うメアリーを、船長の机の下で熱を出して眠るイーダを、女手形を携えて硯と筆を風呂敷に包んで京都へ向かい、禅尼なのか（　）貴人の未亡人なのか（　）乱心なのか（　）死骸なのか（　）、関所で身分にチェックを入れる江馬細香を。

この宝の動かしがたい意義はここにある。

私は、自分がいきたいと思えば京都へいける。

私は、だれかに許可をもらう必要もなく、どこかでだれかの人質になっているわけでもない。私はだれなのかチェックを入れる必要もない。私の精神状態は定かではないが、それでも検問所を破って木の根っこにぶら下がりながら抜け道を登る必要はなく、着たい服を着て空港の出入国審査をそのまま通過することができる。

この権利は江戸時代の日本人女性にも、世界各地のほかの多くの女性にもなかった。そして今もなお世界のあらゆる女性にあるわけではない。

でも、私は今、この至福の町で自由の身だ。自分のしたいようにも、したくないようにもできる。


だから、私はしたいようにする。

あてもなく自転車を漕いでいると、美しい町屋が続くひとけのない一本の通りを見つける。そこへはまだ迷いこんだことはなかった。建ち並ぶお茶屋の入り口には赤と白の提灯がぶら下がっている。どれにも赤い三つ輪が描かれていた。宮川町の芸者たちの紋だ。お茶屋に混じって、小さな八百屋、豆腐屋、美容室が並んでおり、年配の女性たちがはじめから汚れひとつないように見える店先を丹念に洗っている。一軒の開け放たれた玄関の奥から三味線の爪弾きと唄が聞こえてきた。舞妓が稽古しているのだろう。これが京都の醍醐味だと思う。路地でこのようなのどけさとの——ほかのだれも知らない秘密とのふとした出会い。

夜、私は宮川町の芸者たちの歌舞練場の前にいた。公演チケットを手に入れていたのだ。通りには盛装した団体や、下駄を履き、ふさわしい髪に結った着物姿の立派な紳士淑女がいる。芸妓や舞妓もあちらこちらにいて、客と公演を見にきている。観光客はひとりもいない。数ブロック先の花見小路のパパラッチ地獄とは大違いだ。私は歌舞練場の階段で立ち止まっていた。華やかさの見事な化身である二人の愛らしい舞妓をこっそりと眺めようと思ったのだ。じっと見つめるなんてとてもできないが、どうやら見つめすぎたらしい。片方の舞妓が私を見つめ返し、たおやかに頭を下げた。私は雷に打たれてしまった——美を見せられたのろまな象か、薄汚い野蛮人かなにかのように——会釈を返すことすらできない。咳払いをして、ぎこちなく頭を揺らし（はじめて会う舞妓があいさつしてきたらどう振る舞うのか、どうしてだれも教えてくれなかったの！）、この妖精が「私を見てくれた」ことで泣きそうになる。

公演は素敵だった。私は、この儚い世界の最後の現実離れした夜の女たちのことを、夜に思う。

至福はこれで終わらない。禅寺でニコルの三日間のヨガリトリート。大心院へ足を踏み入れた途端、心が安らいで周りの気配が消えた。石庭の見える自分だけの美しい畳の部屋が用意されている。開けられた障子から庭が見える寺の本堂の畳や、本堂をぐるりと周回する縁側に座ってヨガと瞑想をする。空気は清々しく、微風が肌を撫でる。なめらかな木肌は足裏に温かい。お昼に僧侶たちの完璧な精進料理が出された。足のついた赤いお膳が畳の上に並べて置かれ、料理がそれぞれ艶のある赤い漆器に少しずつ盛られている。寺の住職の奥さんが僧侶おすすめの「お茶」を、つまり釜の底のおこげを淹れたものを私たちに出してくれる——それは玄米茶とおなじような炒った米の香りがした。夜、私たちは順番にお風呂に入って、眠る前に私は暗い石庭を照らす月をもう少しだけ愛でた。

朝六時に私たちは起きて瞑想する。寺の住職がゴォーン、ゴォーンと鐘を打ったら、少しヨガをして、畳の上を病人のようにすり足で静かに歩く、漆塗りのお膳でお昼を静かに食べる、虚ろな目でゆっくりと丁寧にご飯を咀嚼、茶室に静かに座って、石庭の箒目のついた砂を静かに眺める。「私は山、私は流れのなかの石、石のように泰然としている、うむ、私は一陣の風」と私たちは考える、

が、外の世界が、スポーツイベントだかなんだか知らないが、けたたましい騒音、拡声器に向かって叫ぶ声、緊急車両のサイレン、音の出る信号機のメロディ音が、寺の塀を越えてなかへ入ってこようとする——風のざわめきと鳥のさえずりに私は神経を集中させようとするが、無理だ、騒音公害のせいで外の世界が狂っているように感じてしまう。世界が自分の目の前に投げつけた癇癪玉には触れずに受け流すこと、これこそが大事なのに。

私はノートに書きとめる。

自分と他者への思いやり
たとえ不都合でも自分自身の真実を見つめよう
自分のエネルギーは賢く使え
心身ともに物事にこだわるな

いちばん大事なこと…自分のアイデンティティにこだわるな、それが不変であると思いこむな。それはつねに変わり続けているのだから。

顔を能面のように取りはずして、自分の殻を破って――どんな私であれ――生気に満ちた新しい自分を思うと、なんと気が楽になることか。

俗世へ戻ったあと、私はもう一日、すばらしい日を友人たちと過ごす。京都寄りの琵琶湖畔にあるセブとレイナの古い木造の家へ向かう。セブが鉄道駅まで迎えにきてくれた。途中、私たちは山林の麓の小さな公園へ立ち寄り、セブは尺八で『鹿の遠音』という曲を少し披露する。たしかにそんな音だ。どうやらセブは僧侶たちが着ていた伝統的な衣装の青い木綿の上着とズボンを纏い、日本の言葉や相槌をふんだんに取り入れた英語とフランス語が混じった言葉を話しはじめたようだ。彼はなんだか疲れている――聞けば、もうすぐ一歳になるルナが寝かせてくれないらしい。寺で体験した至福を話して聞かせると、セブはひとり洞窟にこもってひと月瞑想し、だれかに一日一回食事を運んでもらうリトリートが夢だという。私は笑ったけれど、彼は真剣そのものだ。山伏リトリートは彼の最大の夢らしい。

セブとレイナと一緒に車で近くの村へいく。そこは時が止まったような昔の雰囲気があった。私たちは小さなレストランに入り、席についたまま小さな鍋でご飯と肉を調理した釜飯を食べる。小川がくねくねと流れている日本庭園が窓から見える。愛らしい小さなルナは畳の上で遊んでいる。ここには以前、隣の寺の住職が住んでいたというが、今ではもうこんな家に住みたがる人はだれもいない。壁一面の障子の上のほうは紙だ。冬は凍てつくほど寒い。

食事を終えて、私たちは近くの神社へ上る。そこは太古から京都を北東の邪気から守ってきた妖しく忘れられた感じの場所だった。立ち並んだ見あげるほどの巨木と神社の向こうにそびえる比叡山に、自分の小ささが身に染みる。山から流れてくる氷のように冷たい水がすべての疏水や川を流れてゆく。神社の奥に澄んだ滝があり、木陰に打ち捨てられた茶室と荒んだ宿が心もとなく建ち、この世のものではない雰囲気を醸しだしていた。この場所を満たす精気が、高くそびえる杉と山の洞窟と大地の力が満ちた場のなかでざわめいている。私はそれを胸いっぱいに吸いこむ。

それからさらに山の近くにある温泉に入り、レイナがつくってくれた遅めの夕食をとる。友人、尺八の演奏、いくつもの小鉢が並ぶ料理、人里離れた山の神社、滝、温泉——旅の目的達成。三日月に照らされながら鉄道駅から宿まで自転車を漕ぐ。私は心地よく疲れて幸せだった。

最終日に、私はこの旅で収集したすべての「自然史標本」を箱に詰める。キロ単位で買った香ばしいお茶、カラフルな風呂敷、本、茶碗、京都のおばあちゃんの綿入り半纏、縁日で見つけた木のお盆、美しい柄のクリアファイル、琵琶湖畔の貝殻、ノートに丁寧に挟んだ松の長い針葉と銀杏の葉。この私の名前がついた荷物は、トラックの荷台に載せられてシルクロードを通り、アジア大陸を横断し、ヘルシンキのカッリオまで何ヶ月もかけて駆けてゆく。私が傾けたこれらすべての情熱にもかかわらず、私にちなんだ名前はつけられないだろう。

暖かい日。一朶の雲もない。私はもうしばらく横になって、鴨川の土手でサギを眺め、せせらぎに耳を澄ます。

私は、京都の空気に凝縮されたこの幸せを呼吸する。このままずっとここにいられたらいいのに。

ヘルシンキへ向かう飛行機の窓から、冠のような雲を戴いた富士山が見える。故郷のフィンランドでは十月の肌寒い霧雨と時差ボケが待っている。

数日後には、あの頭の痛い女性誌が世に出る。スパンコールのついたハイヒールを履いて、すさまじく不可解そうに砂利を見つめて立っている私が載った雑誌が。

朝、新聞を読んでいると、女性誌の最新号のためにまるまる一ページを割いた広告に気づく。

その表紙には「ファッションデザイナー　ミア・カンキマキ『私たちは情熱的な家系なんです』」とある。玄米茶が気管に入る。絶句！

事情を聞けば、ここ最近、社内で退職者が続出し、そのごたごたにまぎれてグラフィックデザイナーが好き勝手につくったたたき台の表紙がそのまま残ってしまったという。編集長から謝罪メールが送られてきた。ご在宅ですか？　いらっしゃるならお詫びにシャンパンを届けたいのですが、と編集長。います、と私。シャンパンを待ちながら、かなり衝撃的な私の直近の転職について問いただしてくる友人たちの困惑したメッセージに、私は返信し続ける。

［冷蔵庫の扉にマグネットで留めたヒマラヤ山脈への手紙］

拝啓

私はあなたの消化器系をいただきたいです。もしくは膵臓の機能か、血糖調節メカニズムを。ヒマラヤ山脈で四ヶ月、ないに等しい栄養でさまよえるなら、もうなんでもいいです。こちらはカッリオのワンルームで少なくとも四時間おきに食事か間食を用意しなければなりません。えぐるような頭痛や衰弱のなかで「なにもできずに」寝こみたくなければ。ごく少量のストリキニーネが必要になるかもしれません――それがもたらす狂おしいほどのエネルギーでこの本も書きあげることができるかもしれません。

どうか一刻もはやくあなたの消化器系を送ってください。事情があって差し障りがあるようでしたら、チュニジアから早急に航空便で送ってもらうよう、フィリップ旦那様に頼んでくださいませ。旦那様が――可能なら今年いっぱいはもつだけの――まとまったお金も送ってくださるのならありがたいです。私の作業が想定以上に長引いているのは承知しております。ですが、書き続けることが私にとって大事なのです。もうあと少しで糸口が見つかりそうです。

敬具

M――K――

アレクサンドラ夫人様

［ネリー・ブライとネリー・ブライの列車宛ての電報、たくさんの赤い芍薬を添えて］

親愛なるネリー

とりあえず急いで連絡します。また旅に出るので。旅のもっとも恐ろしい瞬間――荷造り――がもうすぐやってきます。あなたの手提げ鞄のことが頭から離れません。二ヶ月半におよぶ世界一周旅行に必要な荷物を、どうやったらそんなに小さな往診鞄にまとめられたのでしょう？　世界を旅する女性たちのための荷造り講座を開いてもらえませんか？　もしクラスに空きがあって妥当な受講料なら、ニューヨークにだっていく覚悟です（荷物が鞄に収まれば、ですが）。

あなたのM

追伸　ニューヨークはどこですか？

アレクサンドラ

目の前に開かれる道をいけ。
帰りの切符は捨てよ。

夜の女、その五：アレクサンドラ・ダヴィッド＝ネール。
職業：頑固なフェミニストを経て尼僧、旅行家、作家。一九二四年、托鉢の巡礼者に扮し、入国が禁止されていたラサへ白人女性としてはじめて潜入を果たす。

「心臓が強くなく、神経もずぶとくない方々はこのような旅は避けたほうが賢明です」

――一九二三～一九二四年冬、ヒマラヤ山脈を越えてラサへ向かうアレクサンドラ

「私は自由意志を信じていません。目の前に開かれる道をいくのみです」

――一九一四年、なかなか戻ってこない妻に業を煮やしていた夫に、アレクサンドラがインドから送った手紙

京都から戻ってきて、私は毎晩のようにアレクサンドラ・ダヴィッド＝ネールを思う。帰りの切符を捨てるという私の永遠の夢を、彼女が突拍子もない方法で成し遂げたことがうらやましい。寺に入って瞑想し、解脱をするという私の夢も彼女は叶えた。旅で別人になるという多くの旅人の願望も常軌を逸した方法でかたちにし、ほぼすべてのことを、たとえばきちんとした食事を意志の力で（もしくはストリキニーネで）埋めあわせることができた。

消えて、と彼女に命じようとする夜もある。なぜなら、話の進行上、畏れ多くも「ダヴィッド＝ネール夫人」はこの本から削除しなければならないだろうから。「あっちへいって」と私はいう。だが、アレクサンドラは立ち去ろうとしないし、彼女のような夜の女の消し方が私にはわからない。

ベルギーで育ったアレクサンドラ・ダヴィッド＝ネール（一八六八～一九六九）は、バイタリ

ティーにあふれ、意志が強く、頑固なタイプに見える。険しい山や踏破できない氷河を夢にみて、はやくも十代で海外へ逃げるようにひとり旅に出た。二十代で仏教に関心を持ち、パリへいって神智学、サンスクリット語、音楽を勉強した。一八九一年にはじめてインドを旅し、祖母の遺産を使い果たして二年後に帰国。それからは歌手として生計を立てていくと決め（それは、二十五歳の独身女性が身を立てる数少ないせめてもの立派な職業だったのだろう）、オペラ歌手として巡業一座とインドシナ地域をまわった。オペラ歌手の仕事をしながら、彼女は旅行し、講演し、過激なフェミニズム志向の記事を書いた。とことん進取の気性に富んでおり、自立した生活をしていた。子どもを持つこともさることながら、伴侶を持つことも頭の片隅にもなかった。

チュニジアでの公演のときにアレクサンドラはフィリップ・ネールと出会い、この保守的な鉄道技術者と結局は結婚することに決めた。恋愛結婚でもなんでもなかった。が、アレクサンドラは三十五歳で、中年になろうとしている女性の暮らし向きをなんとか守らなければならなかったのだ。数年間は中産階級の妻の役になじもうとアレクサンドラはつとめたが、不首尾に終わる。彼女は鬱になり、吐き気と頭痛と神経障害に悩むようになり、夫へこんな手紙を書いた。「あなたは私が気持ちを寄せる世界でたったひとりの人。でも、私は結婚生活に向いていません」

それよりもアレクサンドラはチベットの哲学と神秘体験をもっと学びたいという意欲に燃えていた。ついに夫からアジアへの「健康回復の旅」を提案される。フィリップは広い心で一年間にわたるインドへの現地調査旅行のためにお金を出すと約束した――妻がとらわれている東洋の宗教への切実な思いが満たされれば、妻らしくなって家に戻ってくるだろう。アレクサンドラは中し出に蠅のごとく飛びついて、すぐにも出発します、と告げた――実際には、一九一一年八月に、夫に別れのあいさつをする暇さえなくチュニジアから蒸気船で旅立ったのだった。

アレクサンドラはインドをゆっくりと横断し、ついに仏教を学ぶためにチベットの国境に近いインド北東端のシッキムへたどり着いた。ヒマラヤ山脈ではじめてテントを張って野営し、チベット高原を覆う雄大な氷河や地平線のかなたに冠雪した峰々を目にすると、ずっと目指していた場所へきたとアレクサンドラは思った。「長くて厳しい巡礼の旅を経て、家に帰り着いた気がした」と彼女は書いている。彼女は四十四歳になっていた。

アレクサンドラは、寛大な夫が想定していた一年が経っても家には帰らず、夢みるだけで終わるだろうことをやってのけた。帰りの切符は使うことなく約束を反故にし、予定を取り消して留まった。数週間や数ヶ月どころの話ではない。アレクサンドラは旅を「十四年」に延ばしたのだ。そんなことがどうやったら経済的に可能なのか、私のように躍起になって考えている人のために、夜の女の助言をここに書きだしておく。「旅を十四年に延ばしたいなら、夫を手ばなすな」

夫婦はもはやひとつ屋根の下で暮らしていなかったものの、フィリップはアレクサンドラの旅を死ぬまで金銭的に支えていた。フィリップはアレクサンドラの金庫であり、彼女とヨーロッパを繋ぐきわめて重要な人だった。数十年のあいだ、アレクサンドラは夫へ毎日のように手紙を書き送り――手紙のほとんどを燃やすようにとアレクサンドラからいわれていたものの、三千枚が保管されていた――アジア各地から夫へ、報告書や本の原稿や新聞社に提供する記事が詰まった大きな箱を送り続けた。あわれなフィリップは妻に家に帰ってきてほしいと再三にわたって頼みこんだものの――彼の我慢が限界に達したこともあった――アレクサンドラに頼まれたお金や必要だといわれたもの、お気に入りの着物、茶色の長靴下六足、厚手の長いウールのベスト（できれば赤）一枚、実用的な医学書一冊、解剖学と体操を扱っている本、珊瑚と琥珀のネックレス、そのほかの貴石（これらでいざというときに取り引きする）をいわれるがままに送った。折り返し便には、フィリップの健康、食事、商取引に関する指南が延々と書かれていた。自分にとってあまりに都合のよい文通婚をアレクサンドラはよくも維持できたものだ。にわかには信じがたい。なぜ自分にとって「勉強を続けることが重要」だったのか、いかにして「自分の健康問題に揺るぎない安らぎと解決策」を手にし、「自分の大いなる夢」を叶えたのか、アレクサンドラは繰り返し説明した。「愛しいあなた、離婚なんてとんでもない。あなたをこれ以上ないほど愛しています」。お見事、大好きなアレクサンドラ。

当時、ヨーロッパ人たちのあいだではチベットへの入国を試みることが流行っており、アレクサンドラもそうだった。チベットは十九世紀末に鎖国し、峠は厳重に監視されていた。入国を試みる人の多くが牢に入れられたり、殺されたりした。アレクサンドラもインド側から何度か入りこもうとしたが、そのたびに引き返させられた。だんだんと頭にきた頑固なわれらが夜の女は、立ち入り禁止のラサへ最初の白人女性としてなんとしても入ると心に決めたのだった。女がどこまでできるか見せてやろうとした！

それがついに果たされるまで十三年。そのあいだに、アレクサンドラは東洋の生活様式にどっぷりと浸かった。彼女はチベット語とサンスクリット語を勉強し、聖典や手稿を集めて訳しはじめた。ヒマラヤ山脈の僧院で仏教とチベットヨガの方法を学びながら二年を過ごし、洞窟にひとりずっとこもって過酷な瞑想修行をし、ついには僧名「知恵の灯」を授かった。彼女は隠者の生活を愛していた。尼僧の法衣を纏い、山の大いなる静寂のなかでひとり、なににもとらわれず禁欲的に生きることほどすばらしいことはなかった（そうね、アレクサンドラ、惹かれる気持ちはよくわかる）。山中の僧院で知恵の灯はヨンデンという名の十五歳の僧とも出会った。彼は、彼女の案内人となり、生涯の旅の友となり、のちに養子となる。

アレクサンドラがヨーロッパへ戻ろうと考えたことがあったとしても、第一次世界大戦のせいでかなわなかった。一九一六年、アレクサンドラとヨンデンは東へ向かうことにした。二人はカルカッタを経由してビルマ[187]、フランス領インドシナ、日本、韓国、そして中国を旅した――アレクサンドラの荷物は、旅行用品、本、原稿、ノート、ネガフィルムがトランクにして二十七個分。彼女も俗世を捨てきることはできなかったというわけだ。アレクサンドラはいつだってチベットを、「私のものでない国」を恋しく思っていた。中国では、二人はチベット仏教のクンブム寺に二年半滞在し、般若経を学んで訳し、アレクサンドラはチベット語を完璧に磨いたのだった（僧院での静かな作業環境。これもうらやましい）。一九二三年の冬、二人は満を持してチベット人

187 現ミャンマー。

の托鉢の巡礼者に扮して秘境ラサを目指そうと心に決めた。

アレクサンドラとヨンデンには作戦を練る時間はいやというほどあった。二人は母親と息子のふりをすることに決めた。アレクサンドラはありふれた托鉢の巡礼者（アルジョパ）に、「その息子」ヨンデンはラマ僧に扮した。実際、彼は学識のあるチベット仏教の僧侶だった。雲南省から冬のヒマラヤ山脈を越えてラサへいくという異常なほど過酷で危険な徒歩の旅は、距離にして千キロ近く、四ヶ月半かかった。アレクサンドラが五十五歳だったことを、ここで念を押しておく。

扮装が見破られないように、アレクサンドラは最低限必要なものだけしか持たず、疑わしいものはすべてマントのなかに隠しておかなければならなかった。持ち物は、鍋一個、スプーン二本、ナイフ一本、箸一膳、それぞれのお椀、火打ち石、服のなかに隠し持ったリボルバー一丁、おそらく必要になるかもしれない帯に隠した身代金がわりの金の装飾品や銀貨、温度計一本、時計一個、小さなコンパス一個、百八片の人間の頭蓋骨のかけらでつくられたチベットの数珠。地図と道筋についてのメモはヤク革のブーツのなかに隠した——地図は空白が目立ち、これまでに白人はだれひとりとして足を踏み入れていないことがわかった。アレクサンドラの托鉢のチベット人巡礼者の扮装は見事というほかなかった。変装スキルはオペラ歌手時代に身についていたのだ。中国の墨で髪を染め、黒いヤクのたてがみを編みこんで、ココアの粉と炭の粉を顔にはたき、手は鍋底にこすりつけて黒くした。旅行者はその土地の人に溶けこみたいという願いを持つものだが、その点、アレクサンドラは新境地を開いた。

二人は外国人だと知られないようにすることに気を遣った。はじめは日中に移動することを避け、沈む日を背に夜に発った。たいてい木の下や洞窟やテントで野営した。白い布を広げて覆うと周りの雪にほぼ完全に溶けこんだ。食生活は、（a）バターと塩を加えたチベット式のお茶か、（b）乾燥肉のかけらが入ったスープとひと握りのツァンパという煎った大麦の粉で、ごくわずかな一日一食のじつに質素なものだった。ツァンパは塩味のバター茶に混ぜたり、こねておかゆのような塊にしたりした。脱帽、アレクサンドラ。あなたには頭が上がらない。ヒマラヤ山脈をごくわずかなバター茶と大麦粉とスープだけで四ヶ月半も歩くなんて、ヤワな私はすぐにも音をあげ――半日で倒れてしまうでしょう。

が、アレクサンドラとヨンデンは、何週間、何ヶ月と疲れをしらずに歩いた。チベットの不毛な草原や山腹、目の眩むような山の頂き、万年雪、広い空、地平線のまばゆいばかりの光、荒野、緑のない平原、この世のものとは思えないかたちをした奇岩の混沌、風のみが歌う静寂を、アレクサンドラは愛していた。二人は雪の積もる峰々や輝く氷河を越え、氷のように冷たい水に胸まで浸かりながら川を渡り、ロープに吊るされて峡谷を渡った。目が覚めるほど美しく咲きほこる谷を進み、極寒を耐えしのいだこともあった。あるときは火打ち石が雪で湿ってしまい、夜の凍てつくほど寒い山のなかで命の危険を感じたが、アレクサンドラは術師のもとで学んだツモと呼ばれる瞑想によって体温を高める呼吸法を使い、火打ち石とその付属品を乾かした。またあるときは降りしきる雪のなかで二人は道に迷い、ヨンデンが足首を挫いてしまった。洞窟で夜を明かすことになったが、入り口は一夜のうちに雪で塞がった。二人は膝まで降り積もった雪のなかを、正しい道筋を探しながら苦労して進み、三日間の断食の末、靴底用の革を煮て食べることになった[188]（夜の女たちの助言に追加すべし。「非常時は靴を食べろ」）。

悩ましくも、その土地の人たちの家に招かれて、あわや気づかれそうになったことが何度もあった。ヨンデンは占いや祭式を行ったり、臨終間近の人に祈禱したりして、ラマ僧としての務めを果たすはめになったが、ラマ僧と年老いた母親に食事や宿が提供されるとあっては断りづらかった。驚いたり、ぞっとしたり、とまどったりはできなかった。この世界に生まれ落ちていたかのように振る舞わなければならなかったからだ。どんなことも、もっともプライベートなこともすべて、土地の慣習に従って人前で行わなければならなかった。用を足そうと屋根の端でラマ僧の年老いた母親が座りこんだら、親切な若者がそばへきて手を貸そうとするかもしれない。そんなときは、うろたえるか急に便秘になるしかない。家の者と一緒の部屋で眠らなければならなかったし、人に見られずに朝の身支度が――黒い墨を顔に塗ったり、荷物を隠したり――できるか考えなければならなかった。何時間も祈りを唱えたり、やむなくチベットのさまざまな方言で流暢に話したりしなければならなかった。なんでもないふうを装って、油やバターや唾が飛び散ったごつごつした地べたに座らなければならなかったし、身につけた服の上で――ハンカチとして、台所のふきんとして、一度も洗わずに何年も使われてきた服の上で切られた一片の肉片を女たちから差しだされたら、ありがたく受け取らなければならなかった。貧しい者たちがするように、手鼻をかみ、スープやお茶のなかに指を入れ、おなじように微笑まなければならなかった。チベット人らしく椀はけっして洗わず、舐めてきれいにすることに慣れなければならなかった。アレクサンドラのように舐める術に長けていないと、あくる日の朝は、前の日の凍りついた残飯の上にお茶を注いでもらうことになる。いつ気づかれるかという恐怖がつねにつきまとった。物乞いらしく手でかき混ぜなくてはならず、アレクサンドラの指の黒い色が牛乳に溶けだしたこともあった。ある日の朝、コンパスをなくしてしまったアレクサンドラはパニックに陥りながら捜した。二人が発ったあとに、村から離れた山中とはいえ、外国製の品物が見つかりでもしたら、たちまち口の端に上って、違法に滞在している異邦人たちを政府が捜索しはじめるだろう。

しかし、二人は慌てなかった。窮地に陥ったアレクサンドラの言葉を、私は羨望の念を抱きながら書きとめる。私の旅行記からはルーペで探したって見つかりはしない言葉を。

「私より弱い精神を持っている人ならば、かなり打撃を受けるような小事件が次々と起こる日々の始まりとなった[189]」

「むだな感傷にふけっている時ではなかった[190]」

188　『パリジェンヌのラサ旅行2』（中谷真理訳、平凡社）のアレクサンドラの話によると、長靴の底につけておいた防水用のベーコンと新しい靴底の革でスープをつくって味わった。

189　アレクサンドラ・ダヴィッド＝ネール『パリジェンヌのラサ旅行1』（中谷真理訳、平凡社）。

190　同書。

「女がどこまでできるか見せてやりましょう」
「私たちは洗練された食事を楽しもうなんて思っていなかった」
「私は、気分がどんなに落ち込んでも、食欲がなかったり眠れなかったことは一度もない」[191]
「十九時間一時も休憩せず、渇きも飢えも我慢して歩いたのだ。意外にも疲労は感じなかった」[192]
最後の言葉のところで、麻薬がどれくらい関わっていただろうと考えずにはいられない。ある情報によれば、アレクサンドラとヨンデンは希釈したストリキニーネで正気を保っていた。ごく少量でも摂取しすぎると幻覚をもたらし、大量であれば死にいたるという、中枢神経系に作用する覚醒剤で。

雲南省を発って四ヶ月以上が過ぎた一九二四年二月に、満身創痍の二人の旅人はついに立ち入り禁止の町ラサへ到着した——アレクサンドラは最初のヨーロッパ人女性として。彼女は夫にすぐに手紙を書き送った。「親愛なる友よ、私は前回の手紙にもあったようにあの〝歩み〟で「完璧に」やってのけました。若くて元気な男性にとっても過酷であろう旅は、私のような年齢の女には狂気の沙汰でした」。百万ものお金を積まれたとしても、こんな旅はもう二度としたくない、とも。おまけに彼女は骸骨のように痩せてしまっていた。「体に手を這わすと、骨の上に薄い皮しかないのがわかります」
フィリップに宛てた手紙には、町は期待はずれだったとも書いていた。でも、叶った夢なんてたいていそういうものじゃない、アレクサンドラ？　旅を終えて体を壊したせいで、ラサはつまらない場所だと夫に書いてしまったのかもしれない。そもそもそこには悪ふざけのつもりで――彼女を阻止しようとした人たちに見せつけるために――きたのだ。しかし、喉元過ぎれば熱さを忘れる。あとになってアレクサンドラは自由な巡礼者としてヒマラヤ山脈を歩いたこの四ヶ月ほど生涯で幸せだったことはなかったと思った。

あくる年、アレクサンドラは十四年を経てとうとうフランスへ戻る。ヨンデンは彼女につき従い、正式に養子となった。夫のフィリップはいささか待ちくたびれてうんざりしていたとみえ、妻が持ち帰ってきたもの、とくにこの若者がここに住むには家は狭すぎると伝えた。ここ以外のヨーロッパではしかし、二人は熱狂的に迎え入れられた。アレクサンドラは時の人となり、インドのボンベイまでフランスやアメリカの新聞社から電報が届いた。パリでは記者たちが鉄道駅で出迎えた。アレクサンドラの『パリジェンヌのラサ旅行1、2』は一九二七年にフランスとロンドンとニューヨークで刊行され、その二年後に出版された『チベット魔法の書』[193]は何十年経っても読み継がれる不朽の名作となった。全部で三十冊を超える東洋の宗教、哲学、旅についての本

191　アレクサンドラ・ダヴィッド＝ネール、前掲書。
192　同書。
193　邦訳は林陽訳で徳間書店より刊行。

を著し、百歳にしてなおもパスポートを更新した。アジアへの旅行や、リウマチを治してもらえるかもしれない医者に会うために少なくともベルリンへいこうと考えていたからだ。だが、その旅には間に合わなかった。一九六九年、アレクサンドラは百一歳の誕生日を目前に亡くなった。

アレクサンドラにパリ地理学会の金メダルとレジオンドヌール勲章が贈られた。しかし、この有名なラサの旅にはつねにおかしな影がつきまとった。彼女の話をまるきり信じようとしない人もなかにはいた。どういうわけか女性にこういう旅はできないと思われていた。なぜアレクサンドラは、旅の地図をつくったり、道筋や中継地点や日付をきちんとつけたりしなかったのだろう（おそらくバター茶や薬物で命を繋ぐことに必死だった?）。では、写真は？　アレクサンドラはカメラを携行していなかったのは確かだ。持ち運ぶことで外国人だと見抜かれてしまいかねなかったから。それなのに彼女の旅行記には、アレクサンドラ本人が撮ったものだといわれているラサの写真がある。偽造の疑いがかけられている写真には、ダライ・ラマの宮殿であるポタラ宮がそびえたち、その手前の芝生に三人が座っている。添えられた文章には、アレクサンドラ「夫人」、ヨンデン、ラサの幼女、とある。アレクサンドラかどうかは、どうにも判別できない。彼女の顔は「チベット人女性らしく」黒く塗られているからだ。ヨンデンの目もとにはきゅうりの輪切りを載せたような、もしくは、そこの部分を引っ掻いたような白い点が載っている。これをどうとらえるべきなのか、私にはわからない。もしこれが偽造写真というなら、あきれるほど雑だ。もしそうでないなら、だれが撮ったのだろう？

疑惑の影が濃くつきまとうので、一九八七年と一九九七年の改訂版の伝記で、文書、地図、手紙、以前は軽んじられていた脚注、イギリス領インド帝国の秘密文書を研究者たちは引きあいに出して、アレクサンドラがたしかにラサを訪問したことを証明した。アレクサンドラがチベットを出国する際、国境検査所を通過したことをイギリス政府が記録している。秘密情報機関の公文書には、「フランス人の尼僧」というコードネームが随所に散見され、その行動がずっと見張られていた。ポタラ宮の写真は、おそらくチベット人のカメラマンが撮ったものだろう（そういう人たちが当時、何人かいた）。アレクサンドラが一九二四年にインドからクリスマスプレゼントとして夫へ写真を送ったのは確かだ。

アレクサンドラを夜に思うとき、彼女について矛盾した情報がこんなにもあることに苦しむ——細かい基本的なことも正確に把握しづらいけれど、私の夜の女たちと一緒にいるとこういうことがふつうだと感じてしまう。問題は、歴史書で女たちが看過されてきたことや情報が少ないことだけにとどまらない。女たち自身も真相をうやむやにすることに加担し、「デキる」女によくない印象を与えるであろうものすべてを削除してきたのだ。病気、自己疑念、弱み、旅費を負担する夫、他所から入手した写真——私が知りたいと思うごくふつうの人間らしいものすべてを。

けれども、あらゆる混乱のさなかにあっても、アレクサンドラだけではなく、ほかの多くの私の夜の女たちに共通した特徴でもある並はずれた意志力と壁をも貫く精神力も思う。それは、年代の違いも、誤解も、誤訳も、脚色された解釈も、懐疑的な声もものともせず、強力に、嘘偽りなく、このうえなくうらやましいほどに息づいている。

ついに私は、インターネットの深淵から、矛盾するところのない手ごたえのある証拠を少なくともひとつ見つけた。アレクサンドラの名を冠したお茶だ。パリの老舗紅茶専門店マリアージュフレールがブレンドし、スタイリッシュな黒い缶に入った「アレクサンドラ・ダヴィッド＝ネール――冒険者の紅茶」は、十四ユーロに送料十七ユーロで入手可能だ。紅茶はフローラルな香りに加え、胡椒、クローブ、ジンジャー、シナモン、カルダモンがブレンドされている。正直にいうと、私はこういったフレーバーティーは好きではないが、それでも注文する。眠れない夜に淹れようか。バターと塩を添え、ひと握りのツァンパを入れて。アレクサンドラとヒマラヤにいる自分を思い浮かべて。お腹が空いたら、リービッヒの肉エキスの蓋を開けよう。

⋆

夜の女たちの助言

したいことがあるなら、それをせよ。

チャンスをつかめ。たとえ一年のプロジェクトが十四年に延びようとも、情熱に従え。大事なのは結果だ。旅に出よ。

悟りを開きたかったら、洞窟にこもれ。

直感で動け。わずかな物資で乗りきれ。必要であれば、変装せよ。少しくらいつらくても、寒くても、空腹でも、あなたは耐えられる。つべこべいわず、いけ。「一般に、困難で恐ろしいと思えたことも、いざぶつかってみると容易である」[194]（ラサに通じる通行税を徴収する橋上に立つアレクサンドラ）

194　アレクサンドラ・ダヴィッド＝ネール『パリジェンヌのラサ旅行2』（中谷真理訳、平凡社）。

ネリー

よいアイデアを思いつくために力を注げ。
「手提げ鞄ひとつ」戦略で旅をせよ。

夜の女、その六：ネリー・ブライ。
職業：ジャーナリスト、女性参政権運動家、世界旅行家を経て、夫の事業を引き継いだ大実業家、発明家。手提げ鞄ひとつ分だけの荷物を持って七十二日で世界をひとりで一周した。

「やろうと思えばできる。問題は、あなたがしたいと思うかどうかです」

――一八八九年、直前になって世界一周旅行の仕事にありついたネリー

告白します。私はネリー・ブライにすっかり惚れてしまいました。百年前に女性の権利を熱心に主張し、世界を七十二日で一周することになったアメリカ人の調査報道記者のパイオニアに。惚れたひとつめの理由は、ネリーはすぐれた発想の持ち主だったこと――『精神科病院での十日間』、『七十二日間世界一周』、「ネリー・ブライ、使用人になる」、「ネリー・ブライ、白人奴隷になる」[195]――タイトルからして体がかっと熱くなる。ここに体を張った女がいる。しかも作家の素質までである女が――わかりやすくて、的確で、おもしろい。ああ、私がネリー・ブライだったらいいのに！

もうひとつの理由は、荷造りがほれぼれするほどうまいこと。フライトを明日に控えている夜などは、彼女のことを強く思う。

貧しい労働者の家庭に生まれたネリー・ブライ（一八六四～一九二二）、本名エリザベス・コクランは学校に通わなかったが、おもしろい切り口で挑戦的にものを書く比類なき才能があった。

195　後者二本は一八八七年の新聞記事。

ガーデニング、料理、ファッション、社交といった雇い主たちが押しつけてきたテーマには、彼女は関心を持たなかった。彼女が熱く訴えたかったのは、とりわけ性差による不平等、女性の工場労働者や使用人の職場環境、独身女性の立場、望まれない赤ん坊の運命といった社会的なテーマだった。

おそらく彼女のアイデアのなかでもっとも有名なものはこうやって生まれた。一八八八年のとある日曜深夜のニューヨーク。彼女は眠れずに寝返りを打っていた。『ニューヨークワールド』紙の編集長であり上司であるジョセフ・ピュリッツァーに記事のネタを朝までに提出しなければならなかった（自分の上司が「あの」ピュリッツァーなら、私は頭がまわらず固まってしまうだろう）。朝の三時にネリーはやけになって休暇がほしいと口走った。「地球の反対側にいられたら」と彼女は思った。待てよ、それだ。世界一周の旅に出る。ふむ。大評判になったジュール・ヴェルヌの『八十日間世界一周』の架空のヒーロー、フィリアス・フォッグよりもはやく地球を一周できるだろうか？　やってみるべし、とネリーは思うと、安らかな眠りについた。

朝になり、ネリーは手はじめにインターネットへ……もとい蒸気船会社の事務所へいって時刻表を山ほどもらってきた。それらを精査したあと、世界は本当に八十日以内でまわることが可能かもしれないことに気づく。彼女はそわそわと落ち着かず、胃は波打ち、胸は震えて高鳴った――名案に武者震いした。そうして彼女は脇目もふらず編集長のもとへ向かった。「アイデアは浮かんだかい？」と編集長。「ええ、ひとつ」とネリー。「私は世界を一周したいです。フィリアス・フォッグの記録を破れると思います。やってみてもいいですか？」。どうやら編集部ではおなじことがすでに考えられていた。旅をするのはむろん男性であるべきで――女性にはとうてい無理な話だった。女性にはつき添いが必要になるし、荷物が多すぎて乗り換えに時間がかかってしまう。「わかりました、どうぞ男性をやってください」とネリーは息巻いた。「私はおなじ日にどこかほかの新聞社に融通してもらって彼を負かしますから」

結局、『ニューヨークワールド』紙はネリーを世界一周に送りだすことに決めた。その一年後の一八八九年十一月、冷たい雨の降る夜にネリーは編集長室に呼ばれた。「明後日、世界一周の旅へ出発できるかい?」と編集長。「今すぐにでも」とネリー。つまり、ネリーが旅の支度にかけられる時間は一日。ほかのだれかならパニックに陥るところだが、ネリーは違う。その足で旅の服をあつらえるためにゴームリーのお洒落な仕立屋に駆けこんだ。「今晩までに服がほしいのです。三ヶ月は着続けられる服が」。四時間後、服は仕上がった。べつの店でコートと暑い国で着られる薄手の服もあつらえた。最後に、旅行荷物が収まる往診鞄型の革の手提げ鞄を買った。夜は友人たちに簡単な別れのあいさつを書いて、鞄に荷物を詰めた。「この鞄に荷物を詰めることほど、これまでの人生でいちばん大変だったことはありません」とネリーは書いている。結果、薄手の服がどうしても入らず、一着で世界をまわった。

ネリーはアウグスタ・ヴィクトリアという名の船で一八八九年十一月十四日九時四十分三十秒にニューヨークを発った。手持ちのお金は、ニューヨークワールド社から渡された二百イギリスポンドと、外国で使えるかどうかさっぱりわからなかったが試しにアメリカドルが少々。金貨はポケットにしまって、お札は首に結びつけたセーム革の小さな巾着に入れた。これから四万七十一キロメートルの世界一周の旅が待っている。そこに彼女はひとりでいくのだ。船の甲板に立っていても、よろこびはまだ微塵も湧いてこなかった。「本当に私は戻ってこれるの?」。ネリーは弱気になった。「灼けるような暑さ、身に染みる寒さ、惨憺たる嵐、難破、熱——私の頭のなかはこういった愉快なことでいっぱいだった」。たちどころに彼女は船酔いした。出発。それは夜の女たちにとっていつだって難儀なものなのだ。

しかし、出港して一週間が経つと、ネリーは調子を取り戻し、寄港した町がつぎつぎと過ぎていった。ニューヨーク——ロンドン——カレー(フランス)——ブリンディジ(イタリア)——ポート・サイド(エジプト)——イスマイリア——スエズ——アデン(イエメン)——コロンボ(スリランカ)——ペナン(マレーシア)——シンガポール——香港——横浜(日本)——サンフランシスコ——ニューヨーク。ロンドンでネリーはイギリスの船舶会社P&Q[196]から少なくとも旅程の半分の切符を手に入れた(手提げ鞄は口が閉まらないほどぱんぱんだった)。列車でフランスを横断して——途中、アミアン[197]で下車した。そこで面会したいとジュール・ヴェルヌ夫妻から事前に手紙を受け取っていたのだ(旅で薄汚れてしまったうえに、面会に着ていく服もなかったが、微笑んだりうなずいたりと所作を駆使して事なきを得た。ヴェルヌ夫人は、思わず口づけしそうになる自分を抑えることになるほど愛らしい人だった)。それから列車でカレーへ向かった(「車窓が汚れていなかったら、フランス横断中にもっと景色が見られたのに」)。イタリアからニューヨークへ電報を打ちたかったが、電信技師がニューヨークの場所を知らなかったため手間どった。インディア・エクスプレス会社の船でネリーはこういいはなった。「丁重なもてなしと、それなりの食事を望む旅行者は、ヴィクトリア号で旅をすることはない」。このどうしようもない船に乗っているあいだ、ネリーは旅に浮かれた青年についての記事も書いた。彼のいちばんの夢は荷物を持たずに旅ができる妻を見つけることだという。なるほど。彼自身のトランクは十九個あった。

ポート・サイド――スエズ――アデン――スリランカ……シンガポールで船は港に二十四時間停泊しなければならず、ネリーは前途を悲観した。すでに予定より遅れていたからだ。香港でつぎの乗り換えに遅れたら、到着がさらに何日も遅れてしまう！　おそらく焦りから、これまで我慢していた物欲がシンガポールで炸裂した。「ポート・サイドで少年を［！］、コロンボでシンハラ人の少女を［！］買いたい衝動に駆られましたが抑えました。でも、［家の前にいる］猿を目にしたとき、私の自制心は溶け、その場で交渉に入り、手に入れました」。さすがに猿は手提げ鞄に収める必要はなかったが。

香港では、ネリーはただ一刻もはやくアメリカの海運会社O＆O[198]の事務所へいきたかった。日本へ少しでもはやく着ける方法を知りたかったのだ。彼女が旅に出て三十九日が経っていた。海

196　Peninsular and Oriental Steamship Company
197　フランス北部の町。
198　Oriental and Occidental Steamship Company

運会社の店員は、ネリーは負けるだろう、と事務的に告げた。「負ける」ってどういうこと？聞けば、ネリーが出発した日に『コスモポリタン』誌がべつの女性[199]を西回りで[200]世界一周の旅へ送りだしていた。どちらが先に戻ってこられるのか、世界中が興奮していた。「知らなかったんですか？　彼女はここを三日前に発ちましたよ。マラッカ海峡あたりですれ違っていると思います。先を越すためならいくらでも払えるって。（……）彼女は七十日でまわるつもりのようですね。なんとか力を貸してほしい、と蒸気船の船長たちに宛てた手紙を持ってきていました」

　あきれた！　ネリーはこの三十九日間、すぐれたアメージング・レース[201]ばりに世界を駆けまわっていた。自分にライバルがいたなんて寝耳に水！　ネリーは電報と手紙で『ニューヨークワールド』紙に逐一報告しており（郵便が届くまで何週間もかかったので、「リアルタイム」とはいかなかったが）、それらは新聞に掲載され、「ネリー・ブライの旅の話」は何万、おそらく何百万という世界の人びとがこぞって読んでいた。その全員が、彼女と「もうひとりの女性」が競っていることを知っていた――知らなかったのは彼女だけ！

　ネリーは中国で何日も足止めをくった。手持ちの服は三十九日間ずっと着続けていた一着のみだったので、ネリーを称えて会食や歓迎会を設けたいという香港側の申し出を彼女は断った。世界には器量も稼ぎもいい独身男性があふれていることにネリーは目を見張り、すぐさま東方へ旅するようすべての若い女性に勧めた。つぎに乗る船の船長も若くてハンサムだった。彼はネリーに会って驚いた。てっきり「おっかない性格の年寄り」だとばかり思っていたらしい。ふぅ！

　私が好きな章は「日本までの百二十時間」。横浜、東京、鎌倉についてのネリーの評価をかいつまんでみるとこうなる。「恋愛結婚したら、夫に『私、楽園の場所を知ってるのよ』というでしょう」。ネリーが悔やんでやまないのは、コダックのカメラを持ってこなかったこと。ほかの人はみんなコダックを持っていて、それで素敵な写真を撮っていた。

最後の海路はオセアニック号で太平洋を横断し、アメリカへ渡った。嵐に遭い、旅は困難をきわめた。船乗りたちは、悪天候になったのは猿のせいだと信じこみ、海に捨てようとしていたが、機関士たちが遅れまいと力を尽くしてくれた。船のエンジンに「ネリー・ブライのために、勝つか死ぬか」と書いて。

船はサンフランシスコへ予定より二日遅れて到着したが、そこでネリーを待っていたのはピュリッツァーがチャーターした特別列車で、彼女を乗せて疾風のように本土を駆けぬけた。この時点でもう彼女は時の人だった。駅には、ネリーに手を振ったり声援を送ったりするために、一万を超えんばかりの大勢の人が盛装して集まっていた——目まぐるしく握手をし、歓声があがり、列車の窓から花束や果物や菓子が盛られた盆が差し入れられた。全国から届いた祝電の宛先は「ネリー・ブライ」や「ネリー・ブライの列車」だった。

199　アメリカ人ジャーナリストのエリザベス・ビスランド（一八六一～一九二九）。
200　ネリーは東回り。
201　賞金を懸けて二人一組で世界をまわり、課題や条件をクリアしながらゴールを目指す過酷なレース。

一八九〇年一月二十五日、ネリーはジャージーシティに国民的英雄として、すべての女性の鑑として降りたった。彼女は、七十二日と六時間十一分で世界を一周した。目標より三日早く、世界新記録を打ちたてた（もうひとりの女性は遅い船のせいで大西洋上で身動きがとれず、四日遅れてニューヨークに到着した）。

もっとも感心したのは、ネリーが「一着の服」と「一個の手提げ鞄に収まる荷物」で世界をまわったこと。そんなことができるなんて。

「帰国後によく訊かれたのは、たったひとつの手提げ鞄にいったい何着の服を詰めこんだのかということでした。一着しか詰めていないと考えている人もいれば、場所をとらない絹の服を持っていったと勘ぐる人もいました。なかには寄港するたびに必要なものを買い揃えたのではないですか、と尋ねる人も。ふつうの手提げ鞄の容量というのは、よっぽどの必要に迫られて、一つひとつの荷物をできるかぎり小さくするために創意工夫を凝らしたときにわかるものです。私が詰めたのは二つの（……）一組の（……）非の打ちどころのない服選び（……）小さな（……）いくつかの（……）いろいろと揃えて（……）どうにもかさばった必需品はコールドクリーム一瓶。どんな気候に遭遇しても肌荒れから守ってくれるのですが、これが頭痛の種でした。鞄の口を閉めようとするといつも邪魔になり、ほかを差しおいて場所をとっているような気がしたものです。（……）振り返ってみれば、荷物は少なすぎたというよりも多すぎましたね。（……）香港の晩餐会に招かれたときだけは、イブニングドレスを持っていなかったことが悔やまれました。ですが、トランクや箱をいくつも持ってくることで生じる責任や心配にくらべれば、晩餐会を逃すことなどとるに足らないことでした」

夜にネリーを思うと、おのずとわが耳が痛くなる。

荷造り下手な人top3

(一)アレキサンドリーヌ・ティニ

旅行熱に冒された富豪のオランダ人貴族。一八六二年、二十六歳のときにナイル川の源流を探し求めて出発。同行したのは、六十代の母親、おば、侍女二名、おびただしい数の荷物。トランク三十六個分の豪奢な装備品を三隻の船に積んだ。内訳は、家具、帽子箱、茶器(磁器)、銀食器、日傘、毛皮、イブニングドレス、図書室ひと部屋分の読み物、鏡、銅版画、犬五匹、ピアノ一台、テント、折りたたみ式ベッド、毛布、マット、シーツ、カメラ一台、写真現像機、植物標本を採集するための道具、イーゼル、画材一式、リボルバー五丁とピストル一揃え、一年分の食料――ケージ飼いの鶏、乳ラクダ、羊、塩一キロ、何箱ものワインとコニャックとコーヒー――物々交換用にガラス玉百五十キロ、銅の延べ棒八百本、カタツムリの殻一万二千個、のちにナイル川の土手で迎え入れた親をなくした豹の子ども一頭、ヤマアラシ一匹、猿一匹、ワニの剥製一体、たまに奴隷(あとで解放する目的で買いあげた)、使用人、ポーター、料理人、案内人、通訳、戦士が百五十人、さらに荷物を運ぶラクダ、ロバ、馬。

旅の荷物が多すぎたことが一行の命とりになった。

まず女性たちの荷物の山を運んだ蒸気船が、バハル・アル・ガザールの迷宮のような沼地帯で立ち往生した。高く生い茂るパピルス草と、水面に浮かぶホテイアオイのせいで、何日間もそこから先へ進めなくなった。雨季が近づいており、一行はすぐにも上陸すべきだったが、これほどの量の荷物を運べる十分な人手を現地で確保するのは無理があった（少なくとも五百人は必要だっただろう）。やっとのことで一行が出発できるようになったときには、土砂降りの雨が降っていた。湿地帯は浸水し、熱帯の熱病のほか、恐ろしい病気に襲われた。この大所帯に適した道筋も野営地も、ましてや食べる物も見つけるのは難しかった。荷物を運ぶ動物たちが一頭また一頭と倒れ、必需品は雨で使い物にならなくなった。が、着飾った愚かな貴婦人たちは、あいもかわらず四百人のポーターと百五十人の戦士と使用人を従えて、滑りやすくて細い小道を輿に乗って移動していた。だれもかれも具合が悪く、病んで、飢えていた。

この旅でアレキサンドリーヌの一行は彼女以外は全員亡くなった。母親、侍女二人、同行していた科学者、しばらくしておばも。結局のところ、女性たちの死因は「荷物が多すぎた」ことだった。

アレキサンドリーヌを夜に思うとき、悲劇の有力者がナイル川に沿って延々と流れてゆく光景が目に浮かぶ。はじめは上流へ、それから下流へ。連れは母親とおばと二人の侍女だ——はじめは生きて、それから息絶えて。彼女は遺体（と一行の荷物）を船やラクダに乗せて三千キロメートルあまりの距離を一年半近くかけて運んだ末に、一八六四年十二月にカイロへ戻ってきた。ナイル川の源流を突きとめることにおいては、さほど大きな失敗はなかったが。

アレキサンドリーヌ自身は数年後にサハラ砂漠で混乱状況のさなかに亡くなった——五十人からなるラクダに乗ったキャラバンと彼らが運ぶ荷物は、遊牧民たちにとって垂涎の的だっただろう。

（二）メイ・フレンチ・シェルドン

フランス文学翻訳者、実業家、フェミニストを経て探検家、王立地理学会特別会員。女性が男性とおなじように、さらにはそれ以上にできることを示したくて、一八九一年に四十三歳でキリマンジャロへ登頂。クレイジー・メイやベベ・ブワナという名でも知られている。ザンジバルで百五十人のポーターを雇い、見苦しくないよう彼らに服を着るよう命じ、一行のだれひとりも飢えや寒さで絶対に苦しむことのないよう周到に準備した。荷物に詰めたのは、大量の食料、武器、テント、折りたたみ式椅子、テーブル、バスタブ一据え、組み立て式ボート一艘、磁器食器、銀食器、ナプキン、シーツ、薬各種、必要なときに歯を抜く器具、会食のための絹のドレス一着、スルタンの推薦状、出会った先住民たちに配るためにわざわざあつらえた彼女の名前が刻まれた指輪。自らデザインしたクッションのついた籐製の駕籠に乗り、完璧な淑女のよそおいで左右の腰にピストルを一丁ずつ下げて。ウェストポーチには――かの有名な「フレンチ・シェルドン・メディシン・ベルト」には――緊急事態にそなえて救急セットが入っていた。ラテン語で「私に触れてはいけない（ノリ・メ・タンゲレ）」と書かれた三角旗を身分の高さを印象づけるために掲げた。部族の村が近くなるときまって、銀とラインストーンの刺繍が施された白い舞踏服に白い鬘、宝石箱の宝を身に纏う。白人としてはじめて火山湖であるチャラ湖を見ることに成功した。

（三）私

私のお茶のストックの重要性は、いくら強調してもしすぎることはない。だから旅ではいつも小さな木製の急須とミニグリップに小分けしたお茶各種を持ち歩いている――朝は玄米茶、午後はプーアール茶か高級煎茶、夜はカモミール茶、風邪を引いたらドイツのハーブティー「フステン・ウント・ブロンシアル」[202]。旅行の日数に合わせてオートミールとライ麦パンも詰める（現地の食事が嫌いなわけではない――むしろその逆――朝になると白い小麦粉で自分をぶよぶよに太らせないためである）。それからエナジーバーとナッツも（餓死恐怖症を軽く患っていると自分でも思う）。ヘッドライト一個も常備（きまって必要になる。解せぬ）。洗濯ネット一枚、靴用のつや出し一個（必須！）、タンザニアのキコイ布一枚（スカーフにもなるし、タオルにもなるし、ピクニックシートにもなるし、スカートにもなる）、膨大な量の日本製の小さな巾着（整理整頓用）、薄手のサブバッグ一枚（お土産用）、ダクトテープ小巻ひとつ（破れたエコバッグを修繕できるし、半分飲んだポモー・ド・ノルマンディーを旅行鞄に入れて持ち帰りたいときに瓶の口を密閉できるから）。さらにマネーベルトひとつ、予備の眼鏡一本、旅行用空気枕一個、耳栓ひと組、アイマスク一枚、ティッシュペーパー（日本では現地のティッシュペーパーはあてにできないと思い知るだろう[203]）。神経質なほど薬も大量に持っていくが、ビタミン剤とエキナセア亜鉛錠

202　咳や気管支炎に効く。
203　「街頭で配られるポケットティッシュは薄くてちぎれやすいので鼻がかめなくて。すみません！」と著者。

剤以外はさほど必要ない。私の見るところ、このサプリで風邪とはほぼ無縁になる。それから、本、ノート、ポスト・イット付箋、鉛筆、USB、ノートパソコン一台、カメラ一台、電話一台、充電器各種、アダプター一台、コンパクトドライヤー一台、もちろん着る物も——普段着、よそゆき、部屋着、寝巻き、運動着、靴——そして最後に小さな容器に詰め替えてミニグリップに小分けした化粧品。二十三キロと手荷物八キロ——私には自前の鞍すらないのに。ネリー・ブライの荷造り講座をぜひとも受けたい。

［ネリー・ブライの荷造り講座］

服一着（二ヶ月半使用）。

パスポートと現金（セーム革の巾着を首から下げる）。

絹の雨傘（手で持ち運ぶ）。

手提げ鞄（中身は以下のとおり）

　旅の帽子二点。

　スカーフ三枚。

　上着一枚。

　ガウン一枚。

　下着。

　スリッパ一組。

　襞。＊

　ティッシュペーパー。衛生用品。

　ヘアピン。

　針と糸。

　インクスタンド一台、万年筆、鉛筆、カーボン紙。

　小瓶一本とコップ一個。

　コールドクリーム。＊＊

以上。

*襞は女性の最重要装飾品。状況に合わせて、襟や袖口にボタンで留めるか縫いつける。
**鞄に入らないので、はずしてもよい。

［夜の女たちの助言あれこれ］

通行手形。

旅をしたいかどうかは、自分に問え。したいなら、許可を出せ。

旅の荷物。

十人から五百人ものポーターを雇うほどの荷物を詰めてはならない。

憂き目。

困難をありがたく受け止めろ。すべて話の種になる。

公開／（非公開）。

一八七三年、イザベラの妹ヘニーはシェットランドを旅行した。「旅は五週間にわたり、心ゆくまで楽しみました。すべてが新鮮で（わたし宛の手紙を送ってもらうよう、手配できませんでした）、本当に気楽でした。わたしは今この瞬間だけを気にすればいい。心配事はすべて後まわし！」

できるなら、あなた宛の手紙を送ってもらう手配はしないように。

第三部　芸術家たち

［推薦状］

拝啓

この手紙の書き手であるM――K――はあらゆる点において慎み深い女性であることをお約束します。彼女の宿探しに、なにとぞお力添えをいただきますよう、お願い申し上げます――簡素な部屋でも、もちろんグレードの高い部屋でも差し支えございません……。女性のひとり旅ですから、三食つきが好ましいかと存じます……。旅が好きで、あいにく口数は少ないのですが、M――K――は誠実で信頼のおける人物です……。

敬具

［差し出し人不明］

お受け取り人様

Ⅵ　フィレンツェ、十一月

京都からフィンランドへ戻ると、タイトなスケジュールが待っている。ふたたび荷造りするまで二週間。それまでに時差ボケを解消し、洗濯物を洗い、友人たちに会い、ヘルシンキ・ブックフェアに顔を出す。というのも、十一月に私はフィレンツェへいくことになっているからだ。うだるように暑い日にひとりで訪れたのは十六歳のときだった。それ以来、美の宝に囲まれたいと焦がれて二十七年。今こそ、その夢を叶えるつもりだ。私は自分に通行手形を出した。

それに夜の女たちをフィレンツェで見つけなくては。

泊まる場所には緊張する。またしても私は名前のほかはなにも知らない男性の家に滞在しようとしている。京都の元同居人のニノが、フィレンツェに住んでいる幼なじみの彼女の弟のところに泊まれるよう手配してくれた。このステーファノは広いほうの寝室を私が使っていいという。宿泊費は、ひと月分の電気代と水道代の半分を支払うことで話がついた。これはちょっと話がうますぎる。彼について私はまったく知らない。二十歳かもしれないし、六十歳かもしれない。わからない。私はあえて訊かなかった。散らかった男の隠れ家で巣を張る蜘蛛のように私の到着を待ちかまえている、むさくるしい引きこもりの独身男が目に浮かぶ。中心街のどこかのアパートを千ユーロ以上出してでも借りるべきだっただろうか？　いいえ、イーダだってこうしたはず。

　荷造りしながら、アンナ・コルテライネン[204]の『恍惚』を読む。フランス人作家のスタンダールは当時、フィレンツェでかの有名な恍惚状態に陥った。さかのぼること二百年余りの一八一一年九月、郵便馬車に乗った快活な二十八歳の青年はフィレンツェで降りた。彼の旅行記に、サンタ・クローチェ教会で昂りを覚えた奇妙な体験についての描写がある。「感動して泣きそうになった。これほどまでに美しいものは見たことがない。外へ出ると、ベルリンでは『昂り』と呼ばれている動悸が起こった。体に力が入らず、歩いていると倒れそうな気がした（……）二時間ものあいだ、私はただ震えていた」。彼はこのとき、のちにスタンダール症候群と命名されたものをはじめて経験した。強烈な美術体験をもたらした、多様な症状をともなう混乱状態を。

　未知の町、見知らぬ男性、ルネサンスの美の宝、不確かな計画。私は症状が表れるのを待ち望む。


　フィレンツェ、ああ、フィレンツェ！　飛行場からアパートまでタクシーに乗る。入り口のすぐそばに歓迎委員会の面々が立っている。とても若くて、おしゃれで、勉強がよくできそうなステーファノ、彼とおなじ棟に住んでいるお姉さんのアンジェラとその彼氏のベネデット、ニノの旧友――みんな優しくて、安心してつきあえそうな人たちのように見える。ステーファノが私のスーツケースをシンプルでモダンにしつらえた部屋へ持って上がる。狭い螺旋階段をのぼったところに寝室がふた部屋。というか正確には、ダブルベッドと浴室と遠隔で操作する天窓のついた広い寝室がひと部屋に、ステーファノがこれから寝起きするという、とってつけたような小さなベッドのある玄関ホール。私も彼も凝然と立ちつくしてしまった――こんなもてなしをどう受け止めたらいいのか、私は本気でわからない。

　夜遅くに、ベネデットが様子を見にきて、部屋は問題ないかと問う。ない！　ステーファノは階段下で眠って、自分が広い寝室を使うことはもってのほかだと思う以外は。「でも、君はウ〜マンだからさ」とベネデットはイタリア人らしく冗長にいうと、それで説明がついたかのように手を振る。

　ステーファノはパスタとお母さん手づくりのトマトソースで夕食をつくり、歓迎してくれた。おいしい。完璧なアルデンテだ。彼が昔のレコードプレーヤーでクラシックをかける――嘘ではない。そういうのを彼は持っていて、聞けば昔のＬＰレコードを集めているらしい――棚にはピンク・フロイド、フランク・シナトラ、エディット・ピアフ、クラシックが、つまり私の好きな曲ばかりが並んでいる。ここにきてようやく私は正しい場所にきたように感じはじめた。夢じゃないよね？　本棚の本もボッカチオの『デカメロン』からマルセル・プルーストにいたるまで古典ばかり。テーブルの上にはダンテの『神曲』（むろん「原語」で）――ステーファノは、故郷の子どもたちやお年寄りたちに教えるために暗記しようとしているらしい。戸棚の上には高祖父

204　（一九六八〜）。フィンランドの美術史家、作家。

の十九世紀末のカメラが一台あり、壁には昔の懐中時計が一本掛けられ、カンディンスキー[205]のポスターが貼られていた。「古いものと新しいものを組み合わせるのが好きなんだ」とこの内向的な二十二歳の男子学生はいう。けっして私のことをいっているのではない。

フィレンツェ、ウフィツィ美術館、ピンク・フロイドが、私の頭のなかで恍惚の三位一体をなしているのは語るまでもない。夏の夜明け前にそれまでの人生をしのぐイタリアの旅から帰国したのは十六歳のときだった。私はシエナレッド色の町とレオナルド・ダ・ヴィンチに酔いしれたまま明るい夜を明かし、ピンク・フロイドのレコードを繰り返しかけ、ウフィツィ美術館の書店で手に入れた、その先何年も私の部屋に掛かることになるレオナルドの壁掛けカレンダーのベージュ色の女たちを見つめてきた。

そして今、私はここにいる。炎がわが肌の下を這いめぐる。

朝早くに私はバスに乗り、旧市街へ向かう。フィレンツェの細く入り組んだ道を、ひねもす歩く。お昼はトラットリア・ネッラで食べる。スタンダール症候群と恍惚状態はレストランで起きるものなのか――シタビラメとほうれん草のバターソテーがたまらなくおいしくて、目が潤む。

午後はサンタ・クローチェ聖堂への道をたどる。ミケランジェロの墓のあたりで軽く喉が締めつけられる――ジョルジョ・ヴァザーリが彫刻した胸像が浮かべる表情は賢そうで温かい――でも、いくら感情をしぼり出しても、これは症候群の基準にも満たない。そのかわりにミケランジェロ症候群が――ミケランジェロはシスティーナ礼拝堂の天井画を描いているとき、劣悪な作業環境のせいで肩と目を痛めた――小さな礼拝堂に目を奪われているときにはもう忍び寄ってきていた。立ちくらみがして、気分が悪くなりだした。私は自分を奮い立たせる。大いなるフィレンツェのフレスコ画群はまだはじまったばかりだ！

部屋に帰りついて、スタンダール症候群にまともに襲われる。いつものようにひと足遅れて。なにか大きなものを吐きだそうとして、息が詰まって、泣きたくなって、笑いたくなる。

私が店からちょうど帰ってくるのとステーファノが大学から帰宅するのとほぼ同時だった。彼は、二〇一四年の若者ならだれもがそうするように、ノートパソコンに向かったり、スマートフォンをいじったりせず、ピンク・フロイドのレコードをかけて、ダンテとともにソファへ座る。私が台所でチキンサラダを食べていると、スピーカーから『炎～あなたがここにいてほしい』の世界でもっとも美しくてもっとも長いイントロが流れはじめた。「若かったころを覚えているかい、君は太陽のように輝いていた……。狂ったダイヤモンドよ……」。プルースト風マドレーヌを飲みこむように、私は時の裂け目に駆けこんでゆく。すべてが可能だった瞬間に、またも私は喉を締めつけられる。ステーファノのそばへいって声を震わせながら十六歳のときの出来事を

205　色と線で旋律を奏でるような抽象表現的な絵を描く。二十世紀前半に活躍したロシアの画家。

語りつくすが、彼は笑うだけ。私は席に戻って、私のチキンサラダ／マドレーヌを恍惚とした笑みを浮かべながら食べ続ける。

　フィレンツェの十一月はずっと雨だと釘を刺されてはいた。たしかにそれは本当だった。十一月中ずっと雨が降った。それでも私はまじめな筋金入りの観光客になり、教会、修道院、博物館、宮殿を足が棒になるまで見てまわる。ガイドつきツアーに参加し、ああ、人生がガイドつきの観光旅行ならどんなに楽かと考える。

　フィレンツェにはルネサンス時代の美を、目の眩むような美しい町を、美しいフレスコ画や美しい絵画の美しい女たちを崇めるためにきているのだと自分では思っていた。しかし、フィレンツェの美は建築分野においては思いのほか地味だとすぐさま気づく。ごてごてと飾りたてた華やかさはない。むしろ、厳かで飾り気のないファサード、要塞に似て人を寄せつけない少々不気味な中世の宮殿（それでも建物のなかでいちばん好きだ）、いつでも矢を放ち、侵入者たちに熱い油をかけられるようになっている高くそびえる見張り塔。ここには遊びも娯楽も装飾もない。あまり歓迎されているようにも思えない。教会のファサードはせいぜい色の違う大理石（カッラーラの白、マレンマの赤、プラトーの緑）で飾られているくらいで、装飾と呼ぶほどではない。周囲から抜きんでてそびえているドゥオーモ[206]はさすがに圧倒的だが、そこにもどこかシンプルで動物にも似たものがある。夜の暗闇のなかでぽつんと立ちつくすトトロのような。

　美しいフレスコ画と絵画なら、ここには息が切れるほどいくらでもある。写真のように精緻に時代を映したフレスコ画を、それらの煌めいた、あるいは褪せた色を、それらに隠された意味を、私は吸いこむ。わかったことは、フレスコ画はとりわけフィレンツェの宝で（描くには、ある種の気候を要する）、技術的に難しく（巨匠にしか向いていない）、聖母の顔はいつも時の人で（娼婦など）、絵のもっとも外側にいる人物のうち、だれかがこちらを見ていたら、それはおそらく画家自身であるということ。サンタ・トリニータ教会のフレスコ画は私のお気に入りで、そばを通り過ぎるときはいつも開いているかどうか確かめる。この壁の劇的な場面にはサセッティ一族が描きこまれている。私の目はサセッティ礼拝堂に釘づけになる。銀行家フランチェスコ・サセッティが、一四八〇年代に一族の富と立場を示す敬虔な絵を描かせたものだ。ルネサンス時代の教会の重要な収入源は、こういった裕福な一族が寄贈した個人的な霊廟だったが、どうやら今でもそうらしい。フレスコ画を照らす明かりをつけるためには礼拝堂の壁に取りつけてある小箱にお金を入れなければならない。明かりはいつも、なにか重要なことがわかりかけたときに消える。

この町の絵画を観れば観るほど、その物語がわかってくる。それにのめりこめばのめりこむほど、それなしではいられなくなる気がする。時間をかけて作品をただ「観て」いれば、頭のなか

206　サンタ・マリア・デル・フィオーレ大聖堂。高さは百十四メートル、身廊は百五十三メートル。

でほぼ再現できる。絵の隅々まで「見えて」きて、かけがえのない貴重なものが自分のものになる気がする。カーテン一枚越しに「ほぼ」見えたような、(一生のうちで)もっとも大事なことをほぼつかんだような気がする。夢をみていると、すべてのことが突如として明らかになるのに、目が覚めると考えがすり抜けていくみたいに……。

それとも、完全な調和を味わうことで、この調和からなにかが観る側へ移ることで癒されることが大事なのか。

私のおもな巡礼先はいうまでもなく、世界最古の美術館でありルネサンス美術の聖地であるウフィツィ美術館だ。フィレンツェは、十四世紀にはヨーロッパでもっとも裕福な町のひとつだった。当時は、羊毛や絹織物商人、銀行家、裁判官、薬剤師のようなさまざまなギルドや、視覚芸術の第一人者ジョット、ダンテ・アリギエーリ、ジョヴァンニ・ボッカチオなどの文化人によって町は統治されていた。しかし、十五世紀には三百年以上におよぶメディチ家の統治がはじまる。芸術全体のルネサンスは彼らに帰するといってもいい。メディチ家は権力欲の強い銀行家で、教会や礼拝堂を建てさせ、芸術家に膨大な数の宗教画を注文することで名を上げた。こんな具合にメディチ家は自らの天国の場所を確保した——こうしてルネサンス美術が誕生する。メディチ家の庇護のもと、マサッチオからフラ・アンジェリコ、ブルネレスキからドナテッロ、レオナルド・ダ・ヴィンチからボッティチェッリ、ラファエッロと、十五世紀から十六世紀のルネサンス美術と建築の精華が揃った。

十五世紀末のフィレンツェでもっとも慕われた人物はロレンツォ・デ・メディチだった。カリスマ性のある統治者であり、詩人であり、町を煌びやかに盛りたてた芸術のパトロンだ。ロレンツォは華やかな宴や狩猟や馬上槍試合を催し、哲学をたしなみ、自分の庭園で彫刻学校を開いた。この学校の生徒だったのが、若きミケランジェロだった。貴族は古代の理想を究め、プラトンを読んだ。芸術家の工房では、これまでに見たこともないほど美しい絵画、大理石彫刻、建築図面、フレスコ画の下絵が作成された。宮殿の高い石壁に取りつけられた金属の棒には祝いの旗が掲げられたり、鳥籠のなかの鳥や首輪をつけた猫や愛玩猿が遊んでいたりした。一四九〇年のロレンツォの庭園には、シチリアの黄金のキジ、チュニジアのアンテロープ、猿、オウム、バビロニアのスルタンから贈られた一頭のキリンがいた。

生活はしかし、のどかなばかりではなかった。豪華王ロレンツォの時代の十一月のフィレンツェは、寒くて、ぬかるんで、伝染病が流行って、臭かった。暗くて湿った夜を照らすのは、要塞のような建物の壁に取りつけられた松明のみ。芸術家は底冷えする暗い教会で、きわめて酷い状況下で結核になる覚悟で作業をしていた。雨が降ると、通りはぬかるんで広場はぬるぬると滑った。だから、広場へいく女たちは厚底の靴を履かなければならなかった。下水道が敷設されていなかったので、通りにはとんでもない悪臭が漂っていた。臭っていたのは垂れ流しの排泄物だけではない。町の区域によって、染め物師、皮なめし職人、屠殺人、蠟燭職人が住んでいて、養蚕家の廃棄物の臭いがした。ヴェッキオ橋には今のように金細工やアクセサリーの店はなく、当時は魚屋や皮なめし職人の工房が悪臭を放っていた。建物の内部ものどかとはいえなかった。

十一月の宮殿内はすでに寒かったので、石壁は内側からリスの毛皮の裏地をつけたタペストリーで覆われ、窓ガラスを入れる余裕がないときは窓に防寒具として油か蠟を染みこませた麻布が張られた。上流階級の人びとはひえびえする宮殿では体をいっさい洗わなかったことも、フィレンツェの臭いの話のついでにいっておく。水で体を洗うことはなかった。水が細菌を増殖させ、へたをするとペストが広まると思われていたからだ。それに、水に体が触れることは不潔だと考える人もいた。顔を洗うだけで見た目が悪くなり、歯が痛くなると思われていた……。上等な服も一度も洗われたことはなく、せいぜい風を通すだけ。そのかわりに香水を自分に染みこませ、匂い袋をあちこちにぶらさげ、外に出るときは香水に浸した手袋を口もとにあてていた。香水は伝染病からも守ってくれたのだ……。

　残念なことに、豪華王ロレンツォは四十二歳で痛風のために亡くなった。彼の死後、統治するメディチ家のいないフィレンツェがしばらく続いた。そのころ、町に厳格なドミニコ会修道士ジロラモ・サヴォナローラが現れる。彼は貴族の堕落と贅沢を咎めて熱狂的に説教した。通りを歩く子どもたちに十字架を背負わせ、家から虚栄の品々[207]を没収し、人びとに断食と告白をうながした。多くがそれに従った。おしゃれな女たちは地味な服を纏い、教会や修道院の銀製の燭台や挿絵入りの本はすべて捨てられた。一四九七年にシニョーリア広場で虚栄の焼却が行われた。香水瓶、つけ毛、扇子、首飾り、絹の服、チェス盤、ボッティチェッリの絵画、プラトンの本、魔法の手引書、聖母ではないあらゆる美しい女たちの肖像画が山ほど燃やされた。サヴォナローラの忌まわしいプロジェクトは、しばらくは機能した——が、一年後におなじ広場で彼自身が火あぶりにされた。

アンナ・マリーア・ルイーザ・デ・メディチには子どもができなかったため、一七四三年にメディチ家は断絶した。しかし、この間に一族の膨大な美術品はありがたいことにウフィッツィに集まった。トスカーナ大公コジモ一世が一五六〇年に当初は行政機関としてウフィッツィを建てさせていたが、のちに息子のフランチェスコ一世がそこに画廊を開いた。アンナ・マリーア・ルイーザが一族の至宝をフィレンツェの人びとに贈り、美術品がすべての人びとに開かれ、フィレンツェに留まるよう命じたことを、彼女の功績として挙げておこう。

というわけで、ここに宝がある。ウフィッツィ美術館の前で根気よく長蛇の列をなす人びとの、あるいは私のように雨の時期の十一月にやってきて待たずになかへ入っていく人びとの目を奪う宝が。

ここには、ジョットの金の海に浴する聖母がいる。フィリッポ・リッピの清々しいパステルカラーの聖母がいる。ピエロ・デッラ・フランチェスカの『ウルビーノ公夫妻の肖像』やレオナルドの珠玉の『受胎告知』がある。『受胎告知』の天使の翼は、二十代のレオナルドが科学者ばりの正確さで実際の羽根を写しながら描いた。ここには、ボッティチェッリの『ヴィーナスの誕

207　美術品、化粧品、香水、装身具など、虚栄心をくすぐる品々。

生』と『春』のように、プライベートな寝室に飾るスキャンダラスなものもある。話によれば、画家は両作品にルネサンスのフィレンツェ一の美女シモネッタ・ヴェスプッチを描いた。ティツィアーノの裸で横たわる『ウルビーノのヴィーナス』は、ウルビーノ公爵が早くから完成を待ち望み、十三歳の幼妻の手本になってほしいという思いから注文した。ここには、ミケランジェロの唯一の板絵とされる聖家族を描いた円形のパネル画もある。ミケランジェロは絵を描くことがなによりも嫌いで――彼にとっては彫刻に引きくらべれば、まったくもって時間の無駄だった――生涯で描いたのは二枚だけ。この絵とシスティーナ礼拝堂のフレスコ画だ。フレスコ画は、報酬がよいという理由だけでやむなく請け負った。「よろしい、それでは塗ってやろう」とミケランジェロは息巻いて、システィーナ礼拝堂の天井画を、後世の人びとがいかにしてそれが可能なのか理解に苦しむほどのはやさ[208]で仕上げたのだった。

　フィレンツェで女たちを探すことが私の目的だとしたら、ここウフィツィの壁に彼女たちがいる。聖母、マグダラのマリア、イブ、メディチ家の妻、母、姉妹、娘、見知らぬ修道女、高貴な貴族、チェストを漁る侍女、画家の恋人、敬虔な妻、蠱惑的なヴィーナス――その多くが名もなきだれかを表している。

　そのかわりに、ここから「女性芸術家たち」を探すのは至難の業だ。

　もとより彼女たちはいるのか？

　ステーファノはロンドンへ二日間の予定で出かける。私は女たちを追跡しはじめる。ルネサンス時代のフィレンツェに関する本を彼の（元）寝室の広いベッドの上へ寄せ集め、渉猟しはじめる。芸術家、フレスコ画家、建築家の名前が、おいしそうに音を立てるあめ玉のように私の口のなかで転がる（名前を声に出して読みながら反芻する。イタリア語のアクセントを誇張しながら、妙な満足感を覚える）。それらはたまらなく美しく（ミケランジェロ）、なんだか花の香りのようで（フラ・アンジェリコ）、モザイクのように歯切れがいい（ブルネレスキ）。目まぐるしい踊りを思わせるかと思えば（ギルランダイオ）、裕福な豪族の名前――スフォルツァ、ストロッツィ、パッツィ、ピッティ――には力と妖しい奢りがにじみ出ている（あとになってわかったことだが、これらの名前は、強制、抑圧、恐喝、狂気、を意味していた）。

しかし、だれもかれも男だ。

メディチ家の女たちについて――母について、娘について、妻について――読む。カテリーナとマリアのようにフランス王妃になった者もいる。ウフィツィの女たちについて、霊妙な白い顔で肖像画に登場する貴族の妻たちについて読み進める。

カテリーナ・スフォルツァ[209]やイザベッラ・デステ（のちにゴンザーガ）のような流行発信者について、美容アドバイザーについて、ファッション界の第一人者について読む。イザベッラの

208　わずか四年。
209　ルネサンス期の女性領主。女傑。兵法には長けていたが、強すぎて領民や配下の反感を買った。

ファッションは、フランス王ルイ十二世が妻に「デステの女たち」の前では陰に隠れてしまうためイタリアへいくのは控えるようにといったほど最先端をいっていた。イザベッラは美術と文化の熱心なコレクターでもあった。彼女はマントヴァの書斎(ストゥディオーロ)へ、優れた芸術家たちの絵画、彫刻、カメオ、壮麗に挿絵が施された書物のほか、珍妙な魚の歯や一角獣の角にいたるまで珍奇なものを集めた。一角獣の角はコレクションに不可欠だった。なぜなら穢れを知らない乙女にしかそれは懐かなかったからだ。

今の私は美容のお手本にも、貴族のインフルエンサーにも、敬虔な聖人にも惹かれない。べつのなにかを私は探していた。

ウフィツィの壁に掛かった絵のなかの女たち——美しい聖母、波から立ちあがるヴィーナス、煌びやかな服を纏う貴婦人——を見ていると、ルネサンス時代の女性は非常に敬われていたように感じるが、あらゆる美の向こうにはかりしれない苦悩が隠れていることが徐々にわかってきた。フィレンツェは男性の町で、女性は男性の所有物だった。女性は、娘時代は父親の、結婚後は夫の、夫を亡くしてからは息子のもので、徹底したしとやかさ、慎ましさ、恭しさ、従順さがつねに求められていた。

極論すれば、女性にはざっと三つの選択肢があった。(a)結婚する、(b)修道院に入る、(c)娼婦になる。結婚はとりわけ良家の娘には必須だったが、高額な持参金のせいで一人か二人しか嫁する余裕のない家が多かった。残りは修道院に送られる運命にあった。貧しくて結婚できない娘はたいてい侍女という道をたどり、なかには主人や息子たちに性奉仕を施す者もいた。こういった関係から生まれた子どもは孤児院へ送られ、そのあとは正妻の嫡子の乳母になることもあった。貧しい娘は、母乳のほかに髪も売った。男物の鬘は馬毛、羊毛、藁、死者の髪でつくられていたが、侍女の髪は質も値も最高だった。織り子、紡ぎ手、紡糸洗い、室内履き職人のように、手工芸の職につく女性もいるにはいた。ワインやビール商人、羊毛や絹商人、宿屋、両替商、女の奴隷もフィレンツェにはいた。広場での奴隷の売値は五十フローリン。その多くはスラブ人かタタール人で、ロシア人、ギリシャ人、アフリカ人もいた。もし主人がはからずも元所有者が孕ませた女奴隷を買ってしまったら、欠陥商品による補償を要求することができた。

貧しい娘は生きづらさを感じていたが、貴婦人とて目の前に結婚という選択肢（a）が降ってこようが、さほど事情は変わらない。貴族の娘は、生理がはじまるとすぐに、十二、三歳という若さで結婚させられた。処女であることは花嫁のもっとも重要な財産だったからだ。父親は、関係を強める価値のある家柄かどうかで夫を選んだ。夫はたいてい十歳か二十歳は年上だった。結婚後の妻の務めは跡継ぎをできるだけたくさん産むこと。女性が十五歳から妊娠し続けるのはごくあたりまえで、十人の子どもを産んで、そのうち成人するのは三、四人ほどだった。赤ん坊は生まれるとすぐに乳母に預けられるか、もっと体によい環境の田舎へ送られた――こんなふうに女性は妊娠を休みなく繰り返すことになる一方で、子どもが死んでしまっても痛みは感じなかった。だが、妊娠と出産で多くの女性が命を落とした。

フィレンツェの通りで目にする女性は使用人か娼婦であることがほとんどだった――上流階級

の女性は一日中、家で過ごし、その生活は宮殿に守られていた。教会へいく以外は淑女が外を出歩くことはふさわしくないとされていたからだ。出産を除く体を使った行動はすべて禁じられていた。女性は投票することも、政治や豪華王ロレンツォが催すパレードに参加することもできなかった。そのため祭日は寝室の窓から外の様子をうかがっていた（今後は宮殿の寝室と台所とトイレを集中的にあたって女たちを探すことにしよう。それらはどうやら女たちが権力者たちを産み育てながら何世代にもわたって生きてきた世界へ通じる希少な入り口であるらしいので）。

が、外に出ようが出まいが、女たちは美容に時間を延々と費やした。貴婦人の理想とする美は白い肌と金髪。これらは生まれつきだれもが持っているわけではなかった。美を磨くのは楽ではなかった。たいてい体に悪いものが使われたが、有毒なものすらあった。たとえば髪はレモンと馬か自分の尿を混ぜたものを使って明るくした。尿入りの液体を頭につけた女たちは、暑い日差しのなか、頭頂部に穴の空いたつば広帽子を日除けにかぶり、何日も何週間も何ヶ月も宮殿の屋上に座った。明るく（うまくいかないと赤みを帯びる）なっただけでは足りず——生え際の髪を抜いて額を強調した。それが知性の表れだったから。眉毛とまつ毛も抜いた。さらに顔は酢酸鉛でつくられた「聖母の乳」で能面のように白くした。しかし、肌が荒れて大きなクレーターができた。流行の最先端は、「死人のような」のっぺりとした無表情な白い顔だった。ウフィツィの壁に掛かっているバッティスタ・スフォルツァはまさにそんな顔をしている。彼女の死後に描かれた絵だ。

では、修道院に入る選択肢（b）は？　結婚資金のない良家の娘は、遅くとも九歳には修道院へ送られた。処女性が危険にさらされることのないよう余裕をもって。もちろん、宗教的な理由で送られもしたが、おもにそこは不本意に行き着く余った少女の保管場所だった。逃走をくわだて、貞操を破ろうとする者にそなえて、修道院にはそつなく壁をめぐらせてあった（抜け道がないわけではもちろんなかった。フィレンツェのある修道院では二人の修道女が一四六〇年に子どもを産んだ）。ある意味、修道院は女子刑務所のようなものだったが、よい面もあった。女性に教育と芸術を学ぶ貴重な機会を提供した。多くの本で小部屋は埋めつくされ、女たちは本を読んで絵を描いていた。たとえば、ヴェネツィアのアルカンゲラ・タラボッティは十七世紀に修道院でやむなく三十余年を過ごし、執筆に時間を費やした。残存する文書のなかで――『修道院の地獄』と『父親たちの専制政治』のいずれの出版許可もアルカンゲラが生きているうちは下りなかった――女性という性を厚く擁護し、持参金を支払いたくないからといって娘を修道院へ閉じこめる貪欲な父親のやり方を批判し、女性たちが学ぶ自由と機会を要求した。さすがアルカンゲラ！　夜の女たちよ！

良家の余った娘は修道院送りになったが、下層階級の女性が行き着いたのは選択肢（c）娼婦だった。娼婦はルネサンスのイタリアでは世界史上かつてないほど受け入れられ、ごくあたりまえの存在だった。たとえばヴェネツィアは「大いなる娼館」として知られ、そこでは町に流れ着く旅人のために評価の高い娼婦の一覧が住所と価格つきで発行されていた――高級娼婦たちは教養があり、閨をともにするほかペトラルカの詩について話もできれば、アリアも歌い、リュートを弾くこともできた。フィレンツェにも娼婦を職業としている女性は数多くいた。十四世紀なかばにはもう町に市営の娼館が建てられていた。十五世紀にはフィレンツェに娼婦の価格と「モラルの警護」を担当する役所が設立された。よろしくない女性はそれとわかるように手袋をはめ、頭に鈴をつけ、ハイヒールを履き、修道院や立派な女性の地域には近づかないようにしなければならなかった。

a、b、c。私はどれを選ぼう？

尿入り液体を頭につけ、鉛中毒で肌荒れした顔で一生を宮殿の屋上で送って、産み続ける？美しく着飾って、高価な宝飾品をつけ、外出禁止という契約に縛られる？　おそらく私はお産で死ぬだろう。

それとも修道院と呼ばれた女子刑務所で一生独身を通そうか――本が読めて、ものが書けて、絵が描けるが、子どもや夫には恵まれないだろう。

それとも「自由」を選ぼうか――町を歩けるし、男性とつきあえるし、女性だと本来ならできないことがすべてできる。マイナス面は売春、性病、魔術の告発、惨めな状況下での死。

（d）という選択肢をだれか持っていなかったっけ？

夜にバッティスタ・スフォルツァを思う――ウフィッツィの絵画の美しい女性たちに私はまたも振りまわされはじめた。今日、ウフィッツィ美術館でたくさんのファンに囲まれた彼女を見た。それ以降、彼女の死体肖像画がまぶたの裏に焼きついてしまった。絵のなかの彼女はよそよそしくて平然として隙がない。鉛白色の肌、広い額。金髪は編みこんで耳のあたりで巻いている。真珠や宝石が煌めいて、首にはデスマスクの型どり線のような黒ずんだ線が見える。

私の頭のなかでバッティスタ・スフォルツァ（一四四七〜一四七二）の伝記がきれぎれのスライド写真のように映しだされる。

貴重な人文学教育を受け、
才知に富み、
ギリシャ語とラテン語に堪能で、
修辞学に長け、
十三歳でウルビーノ公爵と結婚させられ（バッティスタより二十四歳年上の寡夫）、
子どもを産みはじめ、
十三歳から二十三歳の間に六人の娘を産み、
七人目でようやく息子を授かるも、
産後から回復できないまま、
亡くなった。

バッティスタが死の床につくと、夫はピエロ・デッラ・フランチェスカを呼んで、バッティスタの肖像画を描かせた。画家はすばらしくよい仕事をした。バッティスタは美の理想となり、亡くなったバッティスタと夫の肖像画は今やウフィツィ美術館でもっとも有名な絵のひと組だ。

しかし、バッティスタと子を孕む機械としての彼女の人生を夜に思うと、なんだか泣けてくる。インターネットを探って粘土で型どられたデスマスクの絵を見つける。そこには理想化された青白い美は見あたらない。そこにあるのは死んで疲れきった顔だけだ。七度の出産で老けこんで弱って果てた二十五歳のバッティスタ。

ベアトリーチェ・デステのことも夜に思う。彼女の肖像画の話になると、華麗な装飾品と髪形がいつだって強調される――ここに太い三つ編み（コアッツォーネ）の「すばらしい手本」がある。ウフィッツィの壁の解説にもあるように、「太い三つ編みはたおやかにネットでまとめられている」。三つ編みはたしかに美しいが、ベアトリーチェは私にはいささかうんざりしているように見える。胸に一物ありそうな横顔の彼女は歯噛みし、目は虚空を見つめている。私には彼女が静かに叫んでいるように思われる。「くそったれ」と。もしくは彼女は決然としているだけなのかもしれない。肖像画からはベアトリーチェのことはわからないと思う。ベアトリーチェ・デステ（一四七五〜一四九七）は完璧な女性の化身だったという。彼女は裕福な一族に生まれ、美貌だけではなく、抜群のセンスのよさで知られていた。姉のイザベッラ・デステとともに新しい流行を生みだし、ヨーロッパ中が二人のまねをした。

ベアトリーチェは五歳のときに二十三歳年上のルドヴィーコ・イル・モーロと婚約した。ベアトリーチェが十五歳になると二人は結婚。結婚式の演出は当時、ミラノの宮廷で万能の人としてさまざまな仕事についていたレオナルド・ダ・ヴィンチが担当した。伝えられるところによれば、ベアトリーチェは夫並みの外交能力があり、十六歳で大使としてヴェネツィアへ赴いて、ミラノ公の夫が支持を得られるよう働きかけた。二十歳で和平交渉に取り組み、すぐれた外交手腕を発揮。ベアトリーチェとルドヴィーコの宮廷は「栄華をきわめた」。ベアトリーチェは時の一流の学者、詩人、芸術家を庇護した。加えて、ベアトリーチェは息子を二人産み、いずれもミラノ公になった。要するにベアトリーチェは完璧だった。美しく、才があり、教養を積んだ、すべての女性の鑑だった。

ただし、彼女が二十一歳になるまでは。その年、彼女は息子を死産して亡くなった。

ウフィツィの才能ある女性たちの物語は早送りで進んでいく。むかっ腹が立ってもおかしくない。

眠りが浅く、朝は頭痛がしたので、今日は近所のコインランドリーで洗濯をしながら一日を過ごすことにする。すぐ近くの店でトリュフのピザを一枚注文する。それはとてつもなく大きいが、紙のように薄い——私は一気にかぶりつく。フォークを置いたら下げられるのを恐れているかのように、ほとんど息も継がずに。トリュフには直接的に中毒症状を引き起こすヘロインのような物質かなにかが入っているのだろうか——一度口にしたら、最後のひとかけらを食べきるまで勢いを止められない。

午後は寝室でぐったりと横になる。フィンランドの書籍界のニュースをググって、スカイプで友人のバズとあれこれ考えをめぐらす。現代のテクノロジーの恩恵をあらためて思う。私は友人に会うために、フェラーラに住んでいるイザベッラ・デステの女友だちみたいなことをする必要がない。その女友だちは食事時間にイザベッラの肖像画を前に置いて、一緒にいる気分を味わっていた。一四九八年にイザベッラは友人のチェチリアに（ちなみに彼女はベアトリーチェの夫の愛人だった）、レオナルド・ダ・ヴィンチが描いた肖像画を送ってほしいと頼んだ。チェチリアは了承した――それこそがよく知られる『白貂を抱く貴婦人』である――が、見た目は老けているし、服も髪形も流行遅れで、とてもじゃないが実際とはほど遠いとぼやいた。イザベッラも友人たちに送るために肖像画を描かせていたが、たいていは満足しなかった――自分があまりに太ってみえて、義弟からよく似ているといわれてもうれしくもなんともなかった。

　私がここで追い求めているこれらの肖像画の女たちを思う。ウフィツィの女、聖母のモデルとして座っていた画家の女友だち、カメラを見すえたフレスコ画の少女。折りたためるカバーのついた持ち運びできる肖像画を思う。花嫁候補の宣伝のためにヨーロッパ中へ送られた若い貴族の娘の肖像画を思う。今際のきわに描かれた肖像画を思う。

　アルノ川に架かる橋[210]で自撮り棒を売る商人たちを思う（いや、私は買わなかった）。中世のダヴァンツァーティ宮の寝室の黒ずんだ鏡に映る自分を撮ったことを思う。こうすることでしか自分はこれらの女たちの世界に入りこめないように思った。

　イザベラ、イーダ、メアリー、ネリーの写真のことも思う。彼女たちの肖像画を、それらに記録された眼差しを、髪形を、衣装を、罪のないパラソルと地球儀を――それらが語ろうとしているものを、そして隠そうとしているものを、それでもちらちらと背後に見え隠れしているものを。たいてい絵はひとつの物語を示しているのに、なにかべつの物語を隠しているように感じてしまう。

ここフィレンツェで、モデルとして、見られる対象として座っていただけではなく、自分で描いた夜の女たちを見つけられるだろうか？　女たちが描いた絵はどこかにあるだろうか？　女たちが見せた女たちの生きざまについての絵は？

もしあるなら、選択肢（d）を実現できた人がいるということだ。

いつの時代も女性芸術家たちには一角獣のようになかなかお目にかかれないことはわかっている――美術史の厚い目録を捲っても、最初の何世紀かは数えるほどしかいない。モデルやミューズとしてならまだしも、自分が芸術家になることは容易ではなかった。女性は勉強してはならなかった。女性の創造性が発揮されるのは、タペストリーや刺繍のようにもっぱら手仕事だと考えられていたのだ。芸術家になれたとしても、たいていは人に知られないよう活動し、作品が公開されることはなかった。作品が男性の名前で世に出ることはままあった。男性芸術家の名前をかぶせられた作品が女性の作品だとわかったのは、ここ数十年のことである。生前に芸術家として認められた女性たちもどういうわけか忘れ去られ、歴史の本から閉めだされている。彼女たちの作品は、何百年ものあいだ美術館の収蔵庫の片隅で黒ずんで、ネズミと鳩の糞と湿気に包まれて

210　ヴェッキオ橋。

横たわっている。ウフィッツィの回廊で女性芸術家の一枚の絵を探すのも足が痛くなるくらいだ。数人の女性の作品があるはずの部屋はいつもきまって閉まっているか、展示替えをしているか、そうでなければ不可解にも私を避けているように感じる。

ある女性芸術家の作品ならなんとかここで目にできた。フィレンツェ人修道女プラウティッラ・ネッリのキリストの十字架降架を描写した絵だ。修道院は選択肢（b）だったし、女性が自分自身を伸ばせる貴重な場所だった。そこでは芸術的に秀でた修道女たちが祈禱書などに挿絵を描くことができた。修道女プラウティッラ・ネッリ（一五二四〜一五八八）は若いころからシエナの聖カテリーナの、今はもう存在していないドミニコ会修道院で暮らしていた。知られている話では、彼女は独学で学び、高く評価され、多作な芸術家だった。彼女の聖人像は「あまりに多くのフィレンツェ人紳士の家に飾られており、すべてを列挙するのは野暮というものであろう」と、ジョルジョ・ヴァザーリは『美術家列伝』[211]で述べているように、おそらく有名な芸術家でもあった。それなのに残っているのは数点のみ。そのうちの一点はサン・マルコ修道院に展示されているが、それだって地下室の奥から出してきて修復されたばかりだ。大きなサイズの絵は色鮮やかで胸を打つ。キリストを悼む女たちの目は泣き腫らし、鼻は赤い。プラウティッラが描く男たちは、このキリストのようにどことなく女性的で、パーツを寄せ集めたように見える。だが、そのことでプラウティッラを責めることができようか。尼僧生活では男性の裸体をなかなか観察できなかったはずだ。プラウティッラの残されたもう一枚の絵は、彼女の最高傑作で七メートルの大作『最後の晩餐』である。これは女性が描いた「唯一の」最後の晩餐として知られているので、それこそ世界屈指というべきだろう。プラウティッラはキリストの食卓に定番のパンとワインのほかにサラダや豆や羊の丸焼きも描いている。宗教的シンボルだけでないのは、女性らしいきめ細やかさの表れだと私は思う――最後の食事にパンしか望まない人なんているだろうか？この逸品がサンタ・マリア・ノヴェッラ修道院の食堂で劣化してゆく。目にできないのが残念でならない。[212]

フィレンツェでの滞在も残りわずかになってきた。ある日のこと、部屋に戻る途中で、入り口で煙草を吸っているベネデットにばったり会う。もうあと一週間しかないのでみなさんに会いたいのですが、と声をかけると、「いつでも玄関の呼び鈴を鳴らしてくれてかまわないよ」という。呼び鈴を！　フィンランドではそんなおいそれと鳴らさない！　「でも、ここはイタ～リアだからさ」とベネデットは身ぶりを添えていう。

ベネデットからは今の政治についてもひと言あった。かいつまんでいうと、イタリアはこの二十年で荒んでしまった。政治家は悪党で、仕事は手に入らないし、大手銀行が国を掌握している。ベネデットも自分の人生に満足していないらしい。彼はミラノの大学を首席で卒業し、今は多国

211　邦訳は中央公論美術出版より全六巻で刊行。『芸術家列伝』（白水Uブックス）もある。
212　四年にわたる修復を終え、二〇一九年に公開された。

籍保険会社でコンサルタントとして働いているが、ほとほと愛想が尽きている。なにがしたいのか尋ねると、「いや、でも無理だね」という。でも、もし完璧な世界だったら、なにがしたいの？「ローマで暮らして、小学校か大学で教えたい」。博士号を習得した四十代は自分の専門分野を教えたいのだ。この人たちの夢はそんなに突飛なものじゃないように思える。

夕方にはステーファノも家にいて、台所で一緒にめいめいが食事をとる。ステーファノは春のニューヨーク旅行の写真を見せてくれて、フランク・シナトラのレコードをかける。大学を中退して革職人になる勉強をしようと思っている、と彼がいう――いうほど興味があるわけではないが、それがもっともまともな選択肢らしい。ステーファノいわく、イタリア人の若者は不安を感じている。仕事はまるでないし、勉強してもなんの保障にもならないからだ。ただ、革業界なら彼の家庭環境も一役買って仕事がもらえるかもしれない。でも、本当は小説が書きたいんだ、と彼は打ち明けた。

ベッドにもぐって思う。この世界の人びとはだれもがなにかべつのことをしたいと感じている。あるいは、さまざまな理由でしたいことができないと感じている。ベネデットは教えたい、ステーファノは書きたい、ルネサンス時代の貴婦人たちはまずまちがいなく出産以外のことをしたかっただろう。

京都のヨガリトリートで耳にした事実を思う。人の細胞は長い年月をかけてすっかり新しいものへと入れ替わり、この年になると子どものころのものはもはや残っていないのだという。

新しく生まれ変わった細胞ですべてに説明がつくことにはたと気づく。彼と別れることになったら、「あのね、細胞が新しくなったから」でいい。年金を増やすために作家になりたいなら、呼ばれもしないのに呼び鈴を鳴らす人になりたいなら——新しい細胞のせいにすればいいのだ。細胞の再生はあらゆることを可能にする。新しい人生を、新しい心構えを、読んで字のごとく新生を。

「ルネサンス」を。

帰国が近づいて、恐慌に襲われる。あとほかにまだ間に合うところはどこだろう？ もう一度サンタ・トリニータ教会へいく。金属の小箱にお金を入れると、フレスコ画を照らす明かりが点いた。そこにふたたびサセッティ一族が現れる。銀行家本人、その妻、娘、息子、娘婿、さらにフランチェスコ・サセッティの主人であるロレンツォ・デ・メディチから、フィレンツェ一有名なフレスコ画家ドメニコ・ギルランダイオ自身にいたるまで名だたる面々が。

だが、私の目はサセッティの娘たちに釘づけになる。彼女たちからどうしても目を逸らせない。末娘は私をまっすぐ見つめている。「つぎは私」と彼女はいう。「産む準備はできています。結婚できます。ほら、腰回りは丸みを帯びていますし。生理がはじまりました。跡継ぎを産めます。いかがでしょう？」

あるいは「私を助けて」といっているのかもしれない。

そして、帰り道にそれをついに見つけた。ドゥオモの近くにある書店に立ち寄り、この数週間、探し求めていたものがこれだったとピンときた。英語の書籍コーナーの下段にあったのは『目に見えない女たち――フィレンツェの忘れられた芸術家たち』。著者はフィレンツェで目にできる女性芸術家たちのすべての作品を網羅し、それらの場所を秘密の宝の地図のように記していた。そのうちの三人に私の心はときめいた。クレモナの貴族女性ソフォニスバ・アングイッソラ、ボローニャの画家の娘ラヴィニア・フォンターナ、ローマ生まれのアルテミジア・ジェンティレスキ。

三人とも選択肢（d）で成功している。

三人の絵はこの町に隠されている。

残された時間はあと数日。

フィレンツェマラソンの日はウフィツィにだれもいない。私はがらんとした広間を逸る気持ちで進み、なじみの顔ぶれへのあいさつもそこそこにすます。はっきりいって、バッティスタの毛先はかなりパサついているように見える（ごめん、バッティスタ）。が、そんなに目くじらを立てるべきではないだろう。彼女は亡くなっているのだから。バッティスタの宝石をしばらく盗み見る。それらは絵から飛びだしてきそうなほど、緻密に描きこまれていた。絵の主役は髪で、彼女はヘアモデルとしてそこにいる気がするといわざるをえない。どうして今まで彼女の目の下の隈に気づかなかったのだろう？　写真で見るのと実物を見るのとでは、こんなにも違うことに愕然とする（旅をする価値のあるもの：じかに観る美術品）。メリル・ストリープ、もといフィレンツェ人銀行家の妻でフランドル地方風のとんでもなく大きくて細長い頭をしたマリア・ボンチアーニにあいさつする——メリルはいささかエイリアンに似ているが、妙にそそられる。フィリッポ・リッピが当時、修道院から連れだして聖母に装わせた美しい恋人ルクレツィア・ブティを後ろ髪を引かれる思いで一瞥する。重厚な衣装を纏い、メディチ家の当主候補である幼い息子を隣に立たせたエレオノーラ・ディ・トレドの前を横ぎる——彼女は立派に出産任務を果たしたと見える。[213] 貝殻のなかに裸で立つシモネッタを横目に走りながら「きれいなお姉さん（チャオ・ベッラ）」と声をかける。彼女こそフィレンツェ一有名な女性だと思う。彼女が二十二歳で結核のために亡くなったとき、彼女の美しさをだれもが崇められるように棺は町中を運ばれた。今でも彼女の顔はここから何百という観光客とともに葉書や栞や冷蔵庫のマグネットや美術書という美術書の表紙となって世界各地へ運ばれている。

　が、ソフォニスバとラヴィニアの絵が見つからない。私の宝の地図によれば彼女たちの作品があるべき三十三室と三十四室は閉まっていた。ミニアチュール[214]の間は入り口から先へはいけず、そこに隠されていた女性芸術家たちの作品を目にすることができない。どうりでこれまで見つけられなかったわけだ！

213　十一子を産んだ。
214　細密肖像画。

で、いきなりカラヴァッジオの間になる。隅に掛かっている一枚からおっかない闇がせまってくる。その名も『ホロフェルネスの首を斬るユディト』。黄色の絹の服に身を包んだ恰幅のいい女性が袖をまくり上げている。彼女は男の喉を剣で切るところで、男は死のうとしている。血が白いシーツに飛び散り、侍女がもがく男をたくましい腕で押さえつけている。ユディトと侍女の力が衝撃波のようにのしかかる。彼女たちの表情は落ち着きはらっており、毅然としている。だが、男はパニックに陥っており、抵抗を続けている。彼の喘鳴が聞こえてきそうだ……。

作家名を見る。アルテミジア・ジェンティレスキ。

彼女がここフィレンツェで四百年前に描いた。

おお、なんという夜の女よ。

家に帰って、必死になって考える。私はウフィツィの密やかなヴァザーリの回廊になんとかして入らなければならない。宝の地図によれば、そこに夜の女たちがいる。まいった。一角獣の角のように希少な、数少ないルネサンス時代のイタリア人女性芸術家たちが自画像となってそこにいるのだ。

ヴァザーリの回廊はアルノ川に架かる橋の上の一キロ近くにおよぶ長い通路で、コジモ一世によって建てられた。設計者であるジョルジョ・ヴァザーリにちなんで名づけられた秘密の通路は当時、ピッティ宮殿からウフィツィまでコジモ一世の家族が安全に通行するためのものだったが、現在はウフィツィの芸術家たちの膨大な自画像コレクションを保管する場所となっている。十六世紀から今日にいたるコレクションには千六百点の自画像がある——その九十三パーセントはもちろん男性だが、女性も二十人ほどが壁に掛かっているらしい（倉庫には夜の女たちがもっとたくさん眠っているのだ——パティ・スミスみたいな女たちが）。私はそこでソフォニスバとラヴィニアを見つけるつもりだ。どんなことをしてでも。

ヴァザーリの回廊の高級かつ悩ましいほど高額な九十分のガイドつきツアーの予約がなんとか取れた——自分の目で夜の女たちを見るにはこの方法しかない。ツアーでは、まずウフィツィの見どころのガイドがある。私は逸る気持ちを抑えながら、リッピ、ボッティチェッリ、レオナルド、ティツィアーノ、それから、ああ、ミケランジェロの唯一の絵画をふたたびやり過ごす。やがて警備員がやってきて、壁の目立たない扉を開ける。と、不意を突かれたように私たちは有名な回廊にいた。回廊の階段は下へ上へと入り組んでおり、途中、細い廊下がまっすぐ百メートル続く。両側の壁は上下二段に並んだ肖像画で埋めつくされている。鉄格子のはまった円形の小窓から、貴金属や自撮り棒の店が並ぶヴェッキオ橋や川が見える。私たちはガイドについて家畜の群れのごとく進んでゆく。ときにガイドは立ち止まり、なにかについて話をしているが、私はそれを片方の耳で聴きながら、女たちはいったいどこにいるのかと必死で目を走らせる。「自画像コレクションは年代順に並んでいます」とガイドはいっているが、ここの十六世紀の自画像のどこにも女たちはひとりもいない。一行は前へ進む。ついていかなければ。遅れをとってはならない。それは絶対にしてはならない。私が細い廊下をいったりきたりしながら壁面の絵を見ていると、警備員が睨みをきかせてきた。汗が滴り落ちる。が、ない。どの壁にも女性芸術家の絵は一枚もない！

　やっとのことでソフォニスバを見つけたのは的はずれな場所だった。それは十八世紀のカツラ男たちに混じっていた。ガイドと家畜の群れは無言で彼女の前を通り過ぎた（じつにおもしろいじゃないか。最後の百メートルに最初の女がいるとは）。でも、そこに彼女はいる。大きな聡い目でゆったりと私を見つめる彼女が。

　わざとらしいカツラ親父たちに囲まれて、ソフォニスバの自画像はなんだか痺れるほど本物で人間味がある。彼女はまだ二十歳だ。この自画像を一五五〇年の自分の誕生日の記念にクレモナで描いていた。髪は尿で染めておらず、宝石も刺繍された絹の衣装も纏っていない——そのかわりに黒い服を着て、薄茶色の髪を後ろでひとつにまとめて、屈託のない明るい表情で、片手にパレットと筆を持っている。「私は描くわ」とソフォニスバ。「あなたはあなたのしたいことをして。私は絵を描くわ」と。警備員に前へ進むようにせき立てられるまで、私は彼女から目を離さなかった。

　私は見つけた。自分たちのしたいことをした女たちを。

ソフォニスバ

自分のしたいことをせよ。私は描く。

夜の女、その七：ソフォニスバ・アングイッソラ。
職業：貴族の娘を経て、フリーになった最初の女性芸術家。
すべての女性芸術家の鑑。スペイン宮廷に就職。とりわけ自画像を多く残す。

私はソフォニスバにすっかり心を奪われている。数々の自画像から、彼女はいつだって優しく穏やかに、けれども悠然とした自信に満ちて、自分がだれなのか知っている顔で私を見つめる。そのとおり。だって、彼女はプロの芸術家として名を馳せ、自分の仕事で自分を養った最初の女性なのだから。

ソフォニスバ・アングイッソラ（一五三二頃～一六二五）は、イタリア北部のクレモナで下級貴族の家庭に生まれ育った。おそらくソフォニスバの父親には六人の娘全員分の持参金を用意する余裕がなかったのだろう。彼は、娘たちを教育するという異例の対策をとった。良家の娘なら習うことができたのはせいぜい音楽と刺繍だったが（この二つは妻であれ尼僧であれ役に立つ）、アミルカーレ・アングイッソラは大評判の『宮廷人』[215]の教えを娘たちに施し、ラテン語やギリシャ語に加えて絵の勉強もさせてみることにした――結婚の機会を逃すリスクを負ってでも。

そんなわけで、長女であるソフォニスバは十四歳のときに妹のエレナと絵の勉強をはじめた。教えを請うたのは、クレモナの肖像画家でありフレスコ画家ベルナルディーノ・カンピで、彼は女性を画学生として受け入れた最初の画家のひとりだった。二人はカンピ家で暮らした。男性が作業をするアトリエにいるのは不謹慎なので、絵の練習をしたり画材を準備したりするのはカンピ夫人の台所だったと思われる（台所と食材を侮るなかれ。彫刻家という職業を夢みていたボローニャのプロペルツィア・デ・ロッシ[216]は、これよりも数年前にすばらしい細密彫刻を残している。練習材料が手に入らなかったため、プルーンの種に聖人の全身像を彫った）。ソフォニスバは画布や板の下地をつくったり、乾燥させたウサギの皮から膠を採ったり、その上に石灰粉や石膏を何度か薄く塗ったり、亜麻仁やクルミや鉛から油を煮出したり、顔料を土からつくったりすることを学んだ――どれをとっても根気がいるし、時間がかかった。裸体を描くことはもってのほかだったので、解剖学は自分の体で習得しなければならなかった。しかし、ソフォニスバには突出した才能があった。ベルナルディーノ・カンピが彼女の肖像画を描いている絵を――ある意味、ソフォニスバが創作されつつある絵を彼女は十八歳で描いた。創作過程を終えて、芸術家ソフォニスバが誕生したかのように。

一五五四年、二十二歳のソフォニスバは、七十九歳の巨匠ミケランジェロに教えを請うためにローマへ発った。ミケランジェロが当時の芸術家に与えた影響は絶大だった。クレモナからローマまで四百キロほどで、馬車なら三週間かかる。旅は過酷だった――ソフォニスバに同行したのは、必須のつき添い人ひとり、使用人二人、美しく彫刻と装飾が施された樫材のチェスト[217]がひと棹。チェストのなかには、絹やベルベットの服と画材が詰まっていた。はなから夫よりも仕事を選ぶつもりだった彼女には、ふさわしい荷物だった。ソフォニスバのローマ滞在についてはこれといって記録はないが、ローマはその当時かなり廃れていたことが知られている。ローマの新た

215　ルネサンス期の外交官で作家のバルダッサーレ・カスティリオーネ作。上流階級の社交術や教養を説いた。
216　ルネサンス期の女性彫刻家。さくらんぼの種に百の顔を彫った作品もある。
217　婚礼衣装や調度品を収納するための蓋つきの横長の衣装箱。

な栄光の日々はまだ先のこと。羊たちはフォロ・ロマーノの土の下のなかば埋もれた荒地で放牧され、パラティーノの丘の上でぶどうが栽培され、きわめつけは古代の偉大な遺跡が建築資材を採掘できる場所としてしか見られていなかったことだ（コロッセオなどは、その外縁の半分は掘りとられてしまっていた。まるで人が住んでいた緑豊かな大きな庭園のようだった）。ミケランジェロは傲慢で偏屈で、服も着替えない（作業時間を取られるため）倹しい隠者として知られ、皇帝たちのフォルム界隈の小屋に住んでいた（彼の死後、莫大な資産の規模が明らかになった）ので、ソフォニスバとの対面はどのようなものだっただろうと想像せずにはいられない。が、おそらく穏やかで美しいソフォニスバは天才を感心させたにちがいなかった。ミケランジェロはソフォニスバに絵を模写させ、彼女の絵について感想を述べ、解剖学と遠近法の問題点を指摘した。のちにソフォニスバの父親が、巨匠が娘の絵を褒めてくれたことに対して礼状を書いている。ローマ滞在の終わりにソフォニスバが教皇の肖像画を描くことになったのも、ミケランジェロと繋がりがあったおかげだろう。

ローマからクレモナへ戻ったソフォニスバは練習に励み、家族の肖像画を熱心に描いた――ある肖像画では、父親のアミルカーレと妹たちは優しくこちらを見つめ、毛むくじゃらの犬の眼差しまでも澄んでいる。一五五五年の『チェスをしている画家の妹たち』ももっともよく知られた一枚だ。彼女は庭でチェス盤を囲む三人の妹――ミネルヴァ、エウロパ、ルチア――を描きこんだ。知的でユーモアのある若い女性たちが、いまだかつてないほどのびやかに生き生きと描かれている。主題も斬新だ。それは家庭生活がリアルに描写された最初の有名な作品だった。

ソフォニスバがこれらの歴史的な家族肖像画を家で描いているあいだ、父親のアミルカーレはマネージャーとして立ちまわっていた。彼はミケランジェロの称賛を引きあいに出し、多くが肖像画を描いてほしいと思うよう、娘の画力をクレモナの貴族たちに巧みに売りこんだ。父親のおかげで肖像画の注文は遠方からも舞いこみはじめた。ソフォニスバは、仕事でピアチェンツァ、マントヴァ、ミラノを旅した。若い貴婦人が絵の具箱と画布を持って到着すると、社交界では驚きをもって受け止められた。実際に進歩的なアングイッソラ家に周囲はとまどっていた。女性にもこんなことが可能だったのか？　それとも、クレモナの変わり者というだけの話だったのか？当時の資料では、ソフォニスバはまさしく奇跡であり、異例中の異例の女性だと思われていた。彼女は「女性の体に生まれたが、心は男性」にちがいなかったか、第三の性かなにかに属していた。これはふつうではなかった。

この当時のソフォニスバの自画像が数多く残されている。厳密にいうと、十三点。これらの自画像ゆえに、私はソフォニスバに恋をした。彼女の大きな瞳は、好奇心と控えめな自信をもって絵のなかから私をまっすぐに見つめる。若いころの自画像のソフォニスバはつねにシンプルな黒い服を纏い、髪は編んで後ろにまとめている。化粧もアクセサリーも華美なドレスも身につけていない。髪形もおとなしく、忠誠を表す犬も虚栄心を示すものもない——彼女の飾らない容姿は、当時の飾りたてた理想の女性とは真逆だ。ソフォニスバは、自分は例外だとよくわかっていたとアピールしているように感じる。自画像のなかには、絵筆とパレットを片手に持った自分を描きこんだもの、未完成の絵に自分を描きこんだもの、クラヴィコードを弾く自分を描きこんだもの、ロケットペンダントに入れる精緻をきわめた小さなものもある。若いころの絵に彼女は宣伝としてこう書いた。「クレモナ出身の乙女ソフォニスバ・アングイッソラが鏡を使って自分でこれを描きました」。彼女の存在は宣伝に値するほどセンセーショナルだった。芸術の形式としての自画像はまだかなり新しく、珍しかった――アルブレヒト・デューラー[218]がはじめて描いたのはほんの数十年前だった――実際、自画像を描くのに欠かせないまともな鏡も新しいテクノロジーだった。金属を磨いた鏡は古代から知られているが、十五世紀から十六世紀の変わり目にヴェネツィアのムラーノ島で、正確に像を映しだす錫と水銀の合金をガラスの表面に加える方法が発明された。これらの貴重な道具のおかげでソフォニスバは描いた。女性が自分の手で自分を描いたことはもちろん重要なことではあったが、もっと重要なのは「乙女」と署名したことだった。この貴族の未婚の娘は変わったことをしているとはいえ分別はあるということの証として。つまるところ、ソフォニスバの自画像はおおむね宣伝目的のために描かれていた。とりわけミニアチュールは見こみのある客に名刺がわりに送るのに便利だった。クレモナのアングイッソラ家の奇跡の娘を喧伝しようと家紋を抱えたものもあれば、ソフォニスバが片手に持った開かれた本にキャッチコピーが書かれたものもある。駆けだしの芸術家が自分を売りこんだ方法がなんともうらやましい。彼女のスキルについての情報がさまざまな町の貴族を繋ぐネットワークのなかで広まっていく。まだインターネットもなかったというのに。なんともにくい、ソフォニスバ。

一五五八年、二十六歳のときにソフォニスバはアルバ公爵の肖像画を描くためにミラノへ渡った。この旅が彼女の人生の転機となる。公爵はこの並はずれた貴婦人の画力に感銘を受け、スペイン王に彼女のことを手紙で知らせると、ソフォニスバに試しに絵をスペインへ送るように勧めた――ソフォニスバはこのために手のひらサイズの自画像を描いて郵便で送った。自画像は効果的なエントリーシートとなる。スペイン王フェリペ二世はソフォニスバにすぐにもマドリードの宮廷へくるように求めた。王はパリからやってくる十四歳の花嫁エリザベート・ド・ヴァロワに、まさにこのような風流な側近を必要としていた。

ソフォニスバはこの招待をおそらく複雑な気持ちで受け取ったと思う。ヨーロッパでもっとも強大な統治者の宮廷へ仕事で招待されたのは光栄そのものではあったが、マドリードは遠い外国だった。金銭面も考えなければならない。未婚の女性である彼女は依然として父親のものである。が、宮廷の仕事に携わることでソフォニスバの面倒を看る責任がスペイン王へ移り、六人の未婚の娘を養う父親の経済的負担を減らしてくれるだろう。アミルカーレは話しあうためにミラノへ渡り、一五五九年九月に王に宛てて承諾書をしたためた。「しかしながら、私や家族にとって愛する娘が遠くへいってしまうことが悲しくもあります……」。もっともアミルカーレはさほど悲しんでいなかったと思うが――これこそ彼が娘たちを教育しながら目指していた、願ってもない結果だっただろう。宮廷での好待遇、持参金からの解放、行き先の決まった娘。

そんなわけで、ソフォニスバは画材をチェストに詰めて、スペインを指して帆船で発った。そ

218　独立した作品として自画像を描いたドイツ・ルネサンスを代表する最初の画家。

れ以降、彼女は家族と十二年間会っていない。王室の結婚式はグアダラハラ宮殿で開かれた。歴史書によると、この「絵を描くクレモナの女性」ソフォニスバは松明の踊りで感動をもたらしたらしい。その踊りは、夜の暗闇に忘れられない幻想的な雰囲気をつくりだした。おかげで、ソフォニスバと若い花嫁だったイサベル妃の距離はたちどころに縮まった。

イサベル妃には、厩舎係、使用人、料理人、台所女中、壁紙職人、裁縫師、金細工職人、医者、楽師、使用人頭、聴罪師、侍女ら何百人もが仕えており、それは小さな町といってよかった。宮廷でのソフォニスバの立場は特別だった。彼女は宮廷画家として仕事で呼ばれてきていたのだが、貴族としての身分は画家よりも高かったので、侍女という称号も与えられた。彼女はたんなる側仕えだったわけではなく、侍女も美術教師も肖像画家の仕事もこなした多忙で万能な人だった。ソフォニスバはイサベル妃とクラヴィコードを弾いたり、妃に素描や絵画を教えたり、妃の豪華な衣装をデザインするのを手伝ったりした――二人ともイタリアの高価な生地に夢中になり、その生地を手に入れることをイサベル妃はソフォニスバに打ち明けた。衣装の細かいところを描きこむのも、ソフォニスバのトレードマークになった。そう、彼女は本当に描きこんだ。教皇が愛らしい若いイサベルの肖像画を求めていると手紙に書いてきたので、ソフォニスバは描いてヴァチカンへ送った。イサベルの母親カトリーヌ・ド・メディシスがパリで娘を恋しがっているというので、ソフォニスバは描いて送った。これらの絵でソフォニスバは相当の報酬を得た――純金や純銀の糸で刺繍された絹、ブロケード、シルクサテンがお金になるため、報酬は装飾品や布で支払われることがあった。一五六〇年六月以降、ソフォニスバには年に百ドゥカートに加えて、福利厚生費として自分の側仕えと厩番の報酬、蠟燭代、洗濯代、馬やラバの餌代（今でいう通勤手当だろう）が支払われた。王の肖像画の報酬は二百ドゥカートの終身年金で、これは彼女の父親に支払われた。王の息子の肖像画は千五百スクードに相当するダイヤモンドだった。おおむねソフォニスバは身につけたことを仕事に生かして、その対価をもらい、そのおかげで財を蓄え、クレモナの家族を養うことができた――ルネサンス期の未婚の貴婦人には、まったくもって前代未聞のことだ。悔やまれるのは、彼女は宮廷で自分の作品に署名しなかったこと。そのためそれらの多くが男性の宮廷画家たちの作品と一緒にされてしまい、いまのところ輝きを失ったままどこかに忘れ去られている。

ソフォニスバは、二十三歳のイサベルが一五六八年に流産による合併症で亡くなるまでの九年間を宮廷でともに過ごした。イサベルにとっては四度目の妊娠だった。これ以前に二つと三つになる娘たちを産んでおり、双子は死産している。そして、今度は彼女が亡くなった――早送りでみる結婚を選んだ貴婦人の一生、選択肢（a）。ソフォニスバがどう感じたか、私には推し量ることしかできない。彼女は三十六歳だった。彼女自身、子どもや家族を望んでいただろうか。それとも、得がたいキャリアウーマンのステータスのおかげで産む機械という運命から逃れられたと胸を撫でおろしていたのか？　この運命のために、あまりに多くの女性が夫よりも数十年もはやくに亡くなってしまった。友であり主人であったイサベルを彼女が悼んだことは確かだろう。

イサベルが亡くなると、王はソフォニスバの縁談を考えはじめた。王の責務はソフォニスバの保護者として彼女にふさわしい相手を探すこと。夫となる人はせめてイタリア人を、というソフォニスバのたっての願いに、ある貴族にクレモナ界隈での婿選びが任された。美しいソフォニスバには以前はあり余るほどの縁談が持ちこまれていたが、今はそうもいかなかった——四十近いキャリアウーマンに男たちは恐れをなしたのだろう。使者たちからの報告が続々と寄せられてくる。「だれそれは以前はご関心がおありでしたが、今はもう……。結婚は考えておられません……。こちらの方は、ノヴァーラ[219]を管理下に置けるのであれば結婚に前向きだと……。お断りされました……。事を早急に解決したく、つきましては、こちらのソフォニスバと結婚する相手に陛下は具体的になにをお与えになるのかうかがいたく存じます……」。イタリアとスペインのあいだで縁談のやりとりが飛び交っていたとき、ソフォニスバはイサベルの幼い娘たちの世話に専念し、飼っていた犬や鳥とともに彼女たちを絵に描いていた。とうとう一五七三年に——四年がかりの婿探しの末に——ソフォニスバの夫としてシチリアの王子ファブリツィオ・デ・モンカダが見つかった。結婚式は宮廷の王室礼拝堂で執り行われ（夫は参加せず、代理を送ってきた）、その後ソフォニスバは夫の故郷パレルモへ発った。持参金としてソフォニスバは王妃の遺言により千五百マラベディ、大量の嫁入り道具、宝石、銀、家具、王から彼女に個人的に与えられた多額の年金を受け取った。結婚生活はしかし、たった五年で終わる。一五七八年に夫が急死したからだった。

　ソフォニスバは四十七歳で未亡人となった。スペイン王は宮廷に戻ってくるよう口説いたが、ソフォニスバはそれよりも母親や弟妹たちのいるクレモナへ帰りたかった。そんなわけで、ソフォニスバは船でパレルモからリヴォルノへ向かった。が、なんという運命のいたずら。船長で年若いジェノヴァの貴族オラツィオ・ロメッリーノが、この「有名な旅人」（そう、ソフォニスバの名はイタリア半島全土に知れわたっていた）に熱烈に恋に落ちた。もしくはソフォニスバがオラツィオに熱烈に恋に落ちたのか――プロポーズしたのは彼からではなく、ソフォニスバのほうからだったという話もある（結婚はソフォニスバが「こき使われるために」宮廷に戻らずにすむためのたんなる都合のいい解決策だったという話も）。ともあれ、結婚生活はソフォニスバが亡くなるまで四十年以上続いた。

しばし話をリヴォルノに戻そう。ソフォニスバはそこへ船長と到着していた。しかし彼女はピサのサント・マッツェオ修道院でしばらく休むことにした。一五七九年十二月十八日に、持ち歩いている荷物にかかる税を支払わずにすむよう、フィレンツェのトスカーナ大公フランチェスコ一世・デ・メディチに宛てて手紙を書いている。ソフォニスバは旅が過酷だったことにも触れていた。彼女が船酔いしたから？　夫が亡くなったばかりだったから？　それとも考えることが多すぎたから？

冬の修道院で自分の置かれた状況を考えるソフォニスバを思う。彼女は四十七歳。子どもも夫もおらず、安定した職場を捨てた――つまりは、よくある女の人生の転機にあった。彼女は広く名の知れた芸術家で、仕事もうまくいっているが、これまでは男たちに所有されてきた人生だっ

219　ミラノに近いイタリア北西部の都市。

た——最初は父親に、それからスペイン王に、この数年はスペイン王が選んだ夫に。未亡人となった今、所有権は彼女の弟に移るだろう。スペイン宮廷へ戻らないなら。結婚しないなら。でも、彼女は出会ったのだ。おそらく人生ではじめてソフォニスバは真の選択をした。宮廷には二十年近くいた。もう十分だろう。オラツィオといて楽しいなら、ましてや彼を好きになったのなら（彼は年下でイケメンときた）、これこそ真の選択でなくてなんであろう？　反対されたからといって、それがなんだというのか——フランチェスコ一世・デ・メディチからはよくよく考えるようにと手紙で勧められ、ソフォニスバの弟も結婚に強く反対した。おそらく弟はお金に困っていて、ソフォニスバの莫大な年金が自分に入ってきてほしかったのだろう。彼女の気持ちは揺らぐことはなかった。船長の妻としてソフォニスバはこれまででいちばん自由に自分らしく生きられるだろう。だって夫はいつも海に出ているだろうから！　そればかりか——重ねていおう——彼は年下でイケメンときた。ソフォニスバは夜にピサの修道院で、経済的かつ社会的にどうすることがもっとも賢明か、そろばんを弾いたのだろうか？　おそらく。だが、ソフォニスバの自画像と彼女の落ち着きはらった揺るぎない無垢な眼差しを見ていると、彼女が心から望まなかったことをしたようには思えない。

　そんなわけで、二週間後、この夜の女は決断した。ソフォニスバとオラツィオは迷うことなくピサで結婚。一月十四日にソフォニスバは、夫が早速フィレンツェへあいさつにうかがうこと、そこに自分も同行するだろうことを、トスカーナ大公への手紙に書いている。二人はピッティ宮殿の宴に呼ばれたかもしれないし、ソフォニスバはフランチェスコ一世がまもなくウフィツィの最上階の展示室へ飾ることになる美術コレクションを目にすることができたかもしれない。彼女はフィレンツェのルネサンスの至宝に囲まれて、私のように舞いあがったことだろう。もしくは、おなじ画家仲間の技術を興味津々と少なくともチェックしていただろう。それから二人はオラツィオの邸宅があるジェノヴァへ向かった。

ソフォニスバの選択は正しかったと私は思う。オラツィオが航海に出ているとき、ソフォニスバには絵を描く時間がたっぷりとあった。彼女のアトリエは、それから数十年にわたって、画家やジェノヴァの貴族たちの出会いの場となった。彼女はヨーロッパでもっとも有名な女性芸術家で、「美しく才能のあるソフォニスバ」だった。イタリア中の画家たちが模倣する（あのカラヴァッジオですら、ソフォニスバが二十代のときに描いたスケッチを手本にして描いている）[220]「神の御業」。彼女こそが手本だった。とりわけ彼女のあとに続いて活躍していたラヴィニア・フォンターナやそのほか数人の北イタリアの女性芸術家たちにとって。彼女は――物怖じせず、穏やかで、凛とした――そんな自分を八十歳間近の一六一〇年に描いている。

晩年、夫婦は南部のパレルモで過ごした。ここにソフォニスバを若いフランドルの画家アンソニー・ヴァン・ダイクが訪ねている。この「目の見えない老人からイタリアのどんな巨匠たちよ

220　ミケランジェロがソフォニスバに描かせたスケッチ『ザリガニに噛まれた少年』にカラヴァッジオは影響を受け、『トカゲに噛まれた少年』を描いた。

りもたくさんのことを」学んだ、と彼はのちにいっている。一六二四年、九十二歳のソフォニスバをヴァン・ダイクは自分のスケッチブックに素描した。これは現存するソフォニスバの最後の肖像画となった。

一六二五年十一月、ソフォニスバはパレルモで亡くなった。九十三歳だった。その年、町ではペストが猛威を振るい、人口が半減していた。ソフォニスバの生誕百年目の一六三二年に、彼女の恋しい夫――年下でイケメンときた――オラツィオは大理石の墓碑に銘を刻んだ。ソフォニスバには子どもはいなかったが、私たちに絵を残してくれた。

「クレモナ出身の乙女ソフォニスバ・アングイッソラが鏡を使って自分でこれを描きました」

夜にソフォニスバを思うとき、なによりも彼女の自画像を思う。自分と自分のスキルを申し分なくアピールした魅惑的な美しい名刺の数々を。それらを受け取った人びとは、創造的で、知的で、精力的な女性だと思っただろう。自立し、行動する女性だと。仕事をし、胸を張ってまっすぐ前を見つめる女性だと。（a）シンプルな黒い服を纏い、（b）乙女である自分をいつだって賢くアピールするソフォニスバの手腕を思う。当時、黒い服を身につけていたのはおもに貴族で、自画像のなかの彼女はしたいことを自由にする人のように堂々としている。ソフォニスバのなかでは、乙女であることは処女以外の意味もあったのだろう――乙女であることは、おそらく彼女にとってある意味、独立宣言だったのだ。

これらの黒服の自画像が今でもどれほどの力を持っていることか！　ステーファノの寝室で横

になって考える。アルノ川の橋の上で自撮り棒を買って、仕事用のソフォニスバ風プロフィール写真を撮っておくべきだっただろうか。客の評価を上げる服を着て、片手にペンか航空券か私の仕事の意義を象徴するようなものを持つ。知的で教養があって好奇心とどことなくかわいらしさを兼ね備えた人に見えるように。そして、写真の上端にこう書くのだ（当然、ラテン語で）。「ヘルシンキ出身の乙女M――K――が自撮り棒を使ってフィレンツェで二〇一四年に自分でこの写真を撮りました」（私は乙女ではなく天秤だが）

私は写真をインスタグラムかなにかに投稿して、助成金審査委員や見こみのありそうな客へ送る。私には世界中からお金と仕事が舞いこみはじめ、莫大な年金とラバの餌代がたんまりと入る。

残念なのは、ここフィレンツェには格好よく仕事ができる机がないこと。私は本の山に囲まれてステーファノのベッドで横になっている。「super dry」とロゴの入ったTシャツ姿で。

ソフォニスバに思いがけず再会する。二年経った十月のある日、私は日がな一日ヘルシンキで彼女について書いていた。夜になって国立博物館へいく。そこで友人が講演することになっていて、待っているあいだ博物館で開かれているルネサンス美術の展覧会をちらりとのぞく――日をあらためてまたこよう。私は展示室を進んだ。貴族たちの肖像画、聖母として描かれた女たち、キリストとして描かれたラファエロの自画像、ソフォニスバも持っていたようなフィレンツェ女性のチェスト各種、そして最後から二番目の部屋にたどり着く。

ガラスの陳列ケースに置かれた若い娘の肖像画がまず目に入る。キャプションにはルチア・アングイッソラとある。思考停止。作品タイトルに目を移す。エウロパ・アングイッソラ。ルチアとエウロパ。うそ、ここにソフォニスバの妹ルチアの描いた妹エウロパの肖像画がある。振り返ると、壁にドミニコ会修道士の肖像画が目に入った。ソフォニスバの作品だとすぐにわかった。優しそうな顔だが、髭面の男はどうでもいい。濃緑色の背景の右下端に目を凝らす。肩の上に二十四歳のソフォニスバの筆跡がかろうじて見てとれる。「乙女ソフォニスバ・アングイッソラが一五五六年に父アミルカーレの前で描きました」。彼女の直筆の署名がここにある。筆跡をなぞれるほど近くに。

ソフォニスバはヘルシンキにきてくれた。私に会いにきてくれたかのように思った。ソフォニスバ、ルチア、エウロパのアングイッソラの奇跡の娘たちは静かにここにやってきた。なんの前触れもなく。私が夜に、今この瞬間も彼女たちを思っていることを知らずに。彼女たちは飛行機に乗りこんだ。貨物室に入れられていなければ、ソフォニスバは窓際へ、ルチアは通路側へ、エウロパは中央へ。それぞれの手にCRE－HEL, DEP1556－ARR2016（飛行時間四百六十年）と書かれた航空券を持って。貴婦人が人目にさらされた状態で運ばれるのはよろしくないので貨物室だろうか。貨物室なら、スーツケースに囲まれて道中は窮屈な思いをしただろう。もしかしたら、三人はトラックのフルトレーラーに押しこめられ、ヨーロッパ中を走りまわっていたかもしれない。トラック運転手たちの休憩所で足はむくみながらもクレモナ産のチーズとパンをもぐもぐ食べていたかもしれない。三人はコンテナに詰めこまれ、貨物船に乗せられたかもしれない。私にはわからない。その場合、海賊を避けながら地中海を抜けてヨーロッパの海岸線に沿って進み、バルト海を渡ってこの町の港についに錨をおろしたのだ。
　こんにちは（チャオ）、夜の女たちよ。ようこそ（ベンアリバーテ）。

★

夜の女たちの助言

自分のしたいことがわかっているなら、それをせよ。
あなたの知る範囲でまだだれもしていないことなら、なおよし。
すべてに胸を張って「私がこれをしました」と大文字で記せ。
自分のスキルを売りこめ。自分の名刺を広めよ。
写真ではカメラをまっすぐ見よ。純粋で、穏やかで、自信を持ち、美しくあれ。

ラヴィニア

家庭とキャリアを両立させたい？
ノープロブレム。すべて思いのままに。

夜の女、その八：ラヴィニア・フォンターナ。
職業：芸術家の娘を経て、妻、母、キャリアウーマン。絵を描くことで大家族を養う。セルフブランディングで貴婦人たちのあいだで人気芸術家となり、男並みに稼いだ。

ソフォニスバは絵を描くことだけに専念したが、ボローニャのラヴィニア・フォンターナ（一五五二〜一六一四）の偉業は、四百年前に途方もない方法で仕事と家庭と子育てを同時に成り立たせたことである。ラヴィニアは、活動場所が宮廷でも修道院でもない、町の男性芸術家たちと対等に競った最初の女性職業画家だった。彼女は模範的な道を拓き、二百枚の絵を描いた――フィレンツェのメディチ家、ローマ教皇、スペイン宮廷からも依頼を受けた――と同時に「十一人」の子を出産した。

ラヴィニアはボローニャのフレスコ画家プロスペロ・フォンターナの二番目の娘として生まれた。家族には息子がいなかったため、年老いていくプロスペロは、家業をだれが継いでくれるだろうか、とそのうち考えるようになった――ラヴィニアだろうか？　この当時のボローニャは非常に開かれた町だった。一一五八年にヨーロッパで最古の大学が設立されたが、設立当初から女性もそこで学ぶことができた。それでも芸術では依然として男性が幅を利かせており、画家は手工業者として馬具屋や鍛冶屋とおなじギルドに属していた。プロスペロはしかし、考えた。ラヴィニアはだれもが憧れる貴婦人であり芸術家のソフォニスバ・アングイッソラのようになれるだろうか――教養を積み、世に知られ、成功した彼女のように？　アングイッソラの娘は実際にスペイン宮廷に招かれて絵を描き、聞けばそこから多額の仕送りを父親にしたという。

プロスペロは町いちばんの優れた画家ではなかったと思う。が、そのかわりにPR活動には長けていた。こと娘に関しては目標を高く掲げており、ラヴィニアは芸術家の娘にしては珍しくよい教育を受けた。彼女の手紙の美しい筆跡と洗練された言葉遣いから、それがよくわかる。おそらく彼女は数学や幾何学も学べただろう。若いラヴィニアがどこで絵を勉強したのかはわかっていないが、彼女が淑女（ジェンティルドンナ）として育てられたのなら、少なくとも肉屋の息子のいる父親の工房ではない。

ラヴィニアの署名の入った現存する最初の絵――貴族の息子の肖像画――は彼女が二十三歳だった一五七五年に描かれている。ラヴィニアは独身女性としてじつは危機的なまでに年を取っていた。芸術家として仕事をしていくのなら、すぐにでも彼女の縁談をまとめなければならない。評判を得たいなら、未婚のままでは思うように――男性の注文主たちの肖像画を描くといった――仕事はできないだろう。交渉、契約書のサイン、法的事項を扱えるのは男性のみ。六十七歳のプロスペロが娘にかわって永遠にできるわけもない。要するに、ラヴィニアが（a）評判を維持し、（b）事業を広げ、（c）キャリアで成功を収めるつもりなら、夫が要る。ふつうとは異なる立場を受け入れる器のある夫が。

ふつうなら花嫁は結婚とともに実家を出て、持参金を持って夫の家に入るが、プロスペロはラヴィニアにどこにもいってほしくなかった――ラヴィニアにはプロスペロ夫婦の老後の暮らしを保障してもらうことになっているのだから――とはいえ、それなりにハイレベルな婿を惹きつけるほどの持参金も用意できない。つまり、妻がキャリアウーマンであり画家であることを受け入れ、微々たる持参金に満足し、妻の実家で暮らし、ラヴィニアに立派なステータスを与えてくれる人を募集中というわけである。この奇跡の人がジャン・パオロ・ザッピだった。彼はイモラ出身の下級貴族の息子で、プロスペロは青年の父親セヴェロと縁談のとりまとめに入った。そして義父となるセヴェロが花嫁候補の顔を見にボローニャへやってきた。セヴェロは妻に、二十四歳のラヴィニアは「まじめで慎み深く、所作の美しい若い女性」と手紙に書いて送った。ラヴィニアは「美人でもなく不細工でもない、その中間」で、当時の理想でもあった。美しい妻がそうであるように見栄を張ったり浮ついたりしないだろうし、器量の悪さに見るに堪えないということもないだろう、と。義父は、ラヴィニアから持ち帰り用の小さな自画像を二枚もらったことも書き添えた。

一五七七年に描かれたこれらのラヴィニアの自画像を、私は夜に思う。義父のために描かれたPR画は、なんともすばらしい。片方の——現存しているほうの——ラヴィニアは慎み深い「淑女」にふさわしくクラヴィコードを弾いており、彼女の背後に立っている使用人が楽譜を差しだしている。ラヴィニアは美しく、穏やかで、凛としている——ボローニャの貴族の花嫁の華やかな服に身を包み、首もとにレースの襞襟と真珠と珊瑚をつけていた。絵の上端には、人文学者たちの言葉であるラテン語で、ソフォニスバにならって、プロスペロ・フォンターナの娘である乙女ラヴィニアが鏡を使って自分でこれを描きました、と書いてある——つまり絵は嘘偽りなく真実であることを証明しているのだ。そのとおりではない部分もあっただろうが——ラヴィニアは、絵から受ける印象のように実際には貴族ではなかったし、家に使用人ももちろんいなかった。ましてやクラヴィコードのような高価な楽器もなかった。彼女は平凡なフレスコ画家の娘にすぎなかった。しかし、ラヴィニアはソフォニスバの自画像を見て、この夜の女にならおうと決めていた。絵の背景にイーゼルと蓋の開いたチェストも描きこんだ。私は家族を養えるのだ、画家としてのキャリアが持参金なのだ、と伝えるために。いうなれば、ラヴィニアは貞節で教養のある貴族のように見えたうえ、よい投資先だったのだ。セヴェロが結婚契約書に署名することを即決したのもうなずける。

そんなわけで、ラヴィニアとジャン・パオロは結婚した。結婚契約書には、二人がボローニャのガリエラ通りにあるラヴィニアの父親の家に住み、絵で稼いだ収入は父親のプロスペロに渡し、そのかわりにプロスペロが二人の暮らしと着るものの面倒を看ることが条件として記載されていた（七十歳の養父はもう長くないとジャン・パオロが思っていたとしたら、それは見こみ違いであった。プロスペロはさらに二十年生きた）。これだけではジャン・パオロの置かれた立場はよくわからないが、彼自身も画家だった可能性がある。彼は芸術家として鳴かず飛ばずのキャリアを捨て、ラヴィニアの肖像画の背景や布の襞を描くことで彼女をサポートしたという人もいれば、まさに豪華な布の緻密な描写こそがラヴィニアの真骨頂で、だからこそあとから法外な金額を請求することがあったし、これほど重要な仕事をやる気のない夫に任せようとは絶対にしなかっただろうという人もいる。そもそもキャリアウーマンの主夫になるという、こんな結婚を承諾したことから考えて、ジャン・パオロは知能が低く、なんらかの知的障害を持っていたにちがいないと見ている人もいる。しかし、おいおいプロスペロの工房を引き継ぐことになる彼は、慧眼を持っていたのかもしれない。ジャン・パオロは成功を収める妻のかたわらで自分を卑下したかもしれないが、そういった記録は残っていない。二人はラヴィニアが死ぬまで一緒だった。

というわけで、二十四歳のラヴィニアは一家の大黒柱になった。彼女の肩には、夫、両親、生まれてくる子どもたちといった大勢の生活がかかっていた。描いた絵の支払いを女性が請求するのははしたないことだったので、契約や決済は彼女の父親とジャン・パオロがやってくれるだろうが、結局、全員の生活はラヴィニアの仕事の出来と、客をつかめるかどうかにかかっていた（ついでながら、仕事の対価としてお金を求めるのは、女性にはまだまだ難しいと感じる。作家生活における多くの交渉の場では、マネージャーをもつラヴィニアがうらやましいと思ってしまう）。

もちろん、ラヴィニアには可能だった。結婚当初は、おもにボローニャの学者、聖職者、詩人、銀行家を描いた——手ごろな価格で自分の肖像画をほしがる男たちを。ほどなくラヴィニアの美名は市外にも知れわたるようになった。珍奇な品物の収集が盛んに行われた時代、女性が描いた肖像画は珍品として求められた。とある収集家は、自身が集めた美しく才能のあるソフォニスバの隣に並べられるよう、ラヴィニアに小さな肖像画を注文している。ラヴィニアは一五七九年五月に約束の絵を送ったが、それはやがてフィレンツェへ渡り、私が冷や汗を掻きながら右往左往したガイドつきツアーの終盤でついに見つけたヴァザーリの回廊のミニアチュール自画像コレクションに行き着いた。「そこにラヴィニアがいる、すごく小さいけど！」。警備員の睨みをよそに、私は立ち止まって一心に絵をあらためた。葉書サイズの銅板に描かれた肖像画は写真のように精密だ。レースの襞襟は見事なほど軽やかで透け感があり、小粒の真珠と宝石はかすかに煌めいている（探検家の荷造りリストにルーペを加えるべし！）。教養を積んだ貴族として自分を描いたフレスコ画家の娘は、堂々と書斎の机に向かっている。それもそのはず。彼女にはセルフブランディング力が本当にあったのだ。

一五八四年、三十二歳のラヴィニアにイモラ市庁舎の礼拝堂に飾る祭壇画の注文が入った。これはかなり名誉なことでもあった。女性芸術家が公的な仕事を受注したのは、これがはじめてだったからだ。さらにボローニャの貴族の娘ラウドミア・ゴッツァディーニから有名な家族の肖像画の依頼が入ると、町の裕福な貴婦人たちから肖像画の注文が続々とくるようになった。このようなことはこれまでにボローニャでは見られなかった。皆が、個人的な口添えでしか注文を受けつけない、この「裕福で慎み深い貴婦人」（原文ママ！）のことを噂した。女性たちは競うようにラヴィニアにとりいって、一緒に過ごしたがった。彼女は押しも押されぬ有名人となり、彼女の姿を通りで見かけるだけでも話題になるほどだった。ラヴィニアが自分の仕事に天文学的な値段をつけるようになる日も遠くない――ヨーロッパの秀でた男性宮廷画家たちに支払われるような――貴族にしか手が出ないような。

だからラヴィニアは描いた。ボローニャのガリエラ通りから、反対側の貴族の邸宅のある町へ日々馬車を走らせてイーゼルを立てかけた。ラヴィニアは若い花嫁を一族の富を示す赤い花嫁衣装姿で描いた。腰に鎖でぶら下げた宝石のついた黒貂の毛皮や、金メッキした脚は子孫繁栄の象徴だ。彼女は、豪華な衣装を纏い、高貴なボロニーズ[221]を抱き、流行りのアクセサリーをつけ、婚姻における貞節を示した貴族の妻を描いた。ラヴィニアは未亡人も描いた。未亡人というと尼僧服に身を包んで祈禱書を手にし、人生を退いた歯のない無気力な老人が描かれることが多かったが、ラヴィニアは、光沢のあるベルベットやブロケードの服を纏い、真珠を散りばめたベールをつけ、涙の徴のハンカチを手にした魅惑的な女性として描いた。ラヴィニアは女性が身につける絹、サテン、ブロケード、タフタ、金糸刺繡、真珠とレース飾りを目の眩むような緻密さで描いた。アトリエで一つひとつの石の煌めきや光を丹念に描くために、宝石、真珠、金の鎖を家に持ち帰ることもあり、貴重品を安全に返却するためにさまざまな契約書に署名した。ラヴィニアは、生きている人だけではなく亡くなった人も描きこんだ家族の肖像画の依頼も受けた。豪華な揺り籠に入っている生まれたばかりの赤ん坊や、かたくるしい晴れ着を纏う子ども、顔が長い毛に覆われた「バケモノの子」と呼ばれた小さな女の子の肖像画もある。ラヴィニアは家族の個人的な礼拝堂に飾る祭壇画や、寝室用の小さな絵をつぎつぎと仕上げた——人気があったのは、眠る幼子キリストや眺めることで安産をうながすという美しい人びとの絵などだった（障害のある「バケモノの子」は、母親が妊娠中に醜いものを見たか、亀や三つ口の乞食のような奇形のものを見ることで生まれるとされていた一方、授精中に美しい絵を眺めることは胎児の好ましい成長をうながすとされていた）。

　ラヴィニアのビジネスは花開く。彼女は置かれた状況を社会的な地位向上のために賢く利用した。ラヴィニアは多くの客と友人関係になった。彼らに自分たちの子どもの名づけ親になってくれるよう頼んだことには舌を巻く。それぞれの名づけ親が上流社会における影響力とコネをもた

221　ボローニャ地方の犬。貴族のための愛玩犬だった。

らし、一五八八年にはラヴィニアはボローニャの反対側にあって新しい社交場である地域に近いデ・ラ・フォンダッツァ通りへ家族で引っ越せるまでになった。そこで教皇の招きによってローマへ渡る一六〇四年まで絵を描き続けた。五十二歳のラヴィニアは年老いた母親と夫と四人の子どもを連れてローマへ出向き、そこで教皇、ボルゲーゼ一家、そのほかの要人のために肖像画や祭壇画を描きながら晩年の十年を過ごした。ラヴィニアは旭日昇天の勢いでのぼりつめ、一六一四年にローマで亡くなった。六十二歳だった。

ラヴィニアから私はなにを学んだのか？　自分の目標を達成するために二十一世紀の処世術が助言していることが、少なくとも四百年前には実行されていたであろうということだ。繰り返し書かれていることは、ほしいものを手に入れるためには、あたかも手に入れたかのように振る舞わなければならないということ。成功とお金を手にするキャリアウーマンになりたいなら、成功とお金をすでに手に入れたキャリアウーマンらしい格好をしなければならない。裕福になりたいなら、百万ユーロの小切手の絵を財布に入れ、それが本物だと想像しなければならない。ものを書く探検家になりたいなら、職務経歴書に「文学的な探検&実地検証」と記さなければならない。たとえそれが恐ろしいほどバカげているように感じても。学者や貴族の肖像画家になりたいなら、教養を積んだ貴族として自分自身を描き、そのように演じなければならない。さすがね、大好きなラヴィニア。

とはいえ、それらの何百という絵画、肖像画、祭壇画、天文学的な報酬、成功、評判のなかでも私の頭を占めるのは、ラヴィニアの夫がつけていた出生記録だ。
一五七八年一月、娘エミリア誕生。
一五七八年十一月、息子ホラティオ誕生。
一五七九年十一月、息子ホラティオ二世誕生。
一五八一年一月、娘ラウラ誕生。
一五八三年五月、息子フラミーニオ誕生。
一五八五年一月、息子ホラティオ三世誕生。
一五八七年六月、息子セヴェロ誕生。
一五八八年十月、娘ラウドミア誕生。
一五八九年十二月、息子プロスペロ誕生。
一五九二年十二月、息子セヴェロ二世誕生。
一五九五年四月、娘コンスタンツァ誕生。

二十五歳から四十二歳まで——ラヴィニアが先に挙げたすばらしいキャリアを築いた時代を考えると——彼女はほぼ休みなく妊娠していた。彼女は十七年間で十一人の子どもを産んだ。そのうち成人したのは三人だけで、八人は亡くなった。たった数日で亡くなった子もいれば、もう少し大きくなってから亡くなった子もいた。ラヴィニアはつぎに生まれた子どもに先に亡くなった子どもの名前をつけることもあった。「この」ホラティオは、「この」セヴェロは生き延びてくれますようにと願って。

出産からひと月かふた月しか空けずにラヴィニアは妊娠した――絵の仕事に追われながら。たとえば、彼女は一五七八年一月に第一子を産んでいるが、不安に駆られた夫が妻の命が危ないことを手紙で両親に知らせた――「ここ数ヶ月は用心を怠っていた」と。おそらくラヴィニアは根を詰めて働いていたのだろう。出産からひと月余り経った一五七八年三月に、ラヴィニアはまたも妊娠。と同時に、個人の礼拝堂に飾る大きめの祭壇画を手がけはじめている――少なくともそのうち三点は一五七八年に署名されている。十一月の終わりに息子ホラティオ一世が生まれた。一五七九年一月はじめの手紙には、ラヴィニアがひと月前に出産し、もう仕事をしていると書かれていた。彼女は仕事中毒になっていたか、はたまた悠長に休んでいる暇はなかったか。

こんなことがどうして可能だったのだろう。どんな気持ちだったのだろう。つねに妊娠し、ホルモンバランスの乱れや吐き気に襲われていた。あるいは、大きなお腹を抱え、腰痛と足のむくみと不眠でふらふらとよろめいていた。そして出産、産後の回復――乳母たちがべつにいたから、授乳する必要はなかったと思うが。そうやってラヴィニアは間を置かずに妊娠を繰り返した。彼女の子どもの多さは、当時はいつも妊娠しているのがふつうだという理由で看過されている気がする――ラヴィニアの状態だと足場に登るのは困難だっただろうからフレスコ画を描いたのだろうとついでのように述べている美術史家がいた。たしかに、当時の女性は十二人とか十三人とか産んでいた――労働力や跡継ぎが必要だったのだ（男子のみ、プリーズ（ペルファボーレ））。それに乳幼児の死亡率が高かったせいもある。だから、せめてだれかひとりでも成人するまで生きられるよう、産み続けなければならなかった。しかし、この「ふつうであること」は個人のレベルでは大変なことだった。十六世紀の女性にとって、赤ん坊はベルトコンベアや早送りしたアニメーション映画のように、きまりきったように簡単に生まれてくるものではなかった――一人目、ポン、二人目、ポン、赤ん坊が亡くなった、「あらあら大変、つぎのパンをオーブンに入れましょう」、ポン、ポン、ポン。そうじゃない。どの女性の体もしっかりと過程を踏んだ。妊娠、出産、ホルモン――これらは今とおなじだが、昔はもっとひどかった。医学の助けはわずかだったからだ。たとえば、安産を確実にする方法は、出産の守護聖人マルガリタの本をお腹の上に置くことだった――もちろん、マンドレイクの根、コリアンダーシード、粉末にした蛇の皮、ウサギの乳、ザリガニを入れたスープにも効果が期待されたが。妊娠するたびに、女性はこれから起こりうる死刑を宣告されたのだ。この出産を乗りきれるだろうか？　つぎは？　そのつぎは？（多くが乗りきれなかった）。妊娠中、ホルモンバランスは乱れ、幼い娘たちや息子たちが亡くなったさなかでも「ラヴィニアは描き続けた」。

これはラヴィニアの本意だったのだろうかと考えずにはいられない。結局のところ、彼女は芸術家として深部から湧きおこる自らの使命を果たした模範的な夜の女だったのか？　それとも、一族を養い、存続させる責務を負わされた父親と夫の奴隷労働者だったのか？　私にはわからない。だが、ラヴィニアを夜に思うとき、彼女は少なくとも惨めな奴隷ではなかったと思う。彼女は強い女性だった。彼女は馬のようにパワーがあって、とてつもなく芯の強い、肝の据わった、非常に才能のある、まじめで、気高くて、物怖じしない人で「なければならなかった」――そうでなければ、二百点もの絵は描けなかっただろう。たぶんラヴィニアは仕事を愛していたのだ。愛さなかったわけがない。たぶん、描きたいという彼女の欲求はあまりに大きくて、動けるようになったら、一も二もなくイーゼルのもとへ産後の体をおして向かわ「ねばならなかった」だけなのだ。たぶん、彼女は父親や夫ですら手に負えないほど重度の仕事中毒だったのだ！「ジャン・パオロ！ ねえ、お願い！ 今、手いっぱいなの。私は絵を描いてるから」

もしくは、ラヴィニアは現代の多くの女性とさして変わらないのかもしれない。情熱があって、とんでもなくまじめで、すべての——仕事、子どもたち、夫、老いてゆく両親の——面倒を看る、デキるキャリアウーマンと。ただ、ほかの人よりも子どもが多いというだけで。


二年後に私はボローニャを訪ね、ゴッツァディーニ邸の鍵穴から見える広い中庭をのぞきみる。この門の向こうのどこかにいた三十代の貴婦人ラウドミア・ゴッツァディーニが、二人姉妹の出産競争という痛ましい身の上話をラヴィニアに打ち明けている様子を思う。彼女は競争に敗れ、そのせいで遺産も結婚も失ってしまった。ラヴィニアはラウドミアの望みどおりに彼女の話を絵に描いた。その絵はラヴィニアの有名な作品のひとつになった。

傑作『ゴッツァディーニ家の肖像』を目にするには、夜の女たちを追う探検家はまずボローニャの町を渡り歩き、中世の迷路のような路地、朱色に煌めく邸宅、高くそびえる今にも倒れそうな二つの斜塔[222]を通り過ぎ、屋根のついた柱廊の光と影を縫い、往時の繁栄と教養が立ちあがる、いかつく雄々しい町を抜けなければならない。町の門の向こう側は柱廊に閉ざされた私的な庭、黒い服を着た学生、酔っ払い、ホームレス、有力な一族の子孫であふれている。そのあと、絵画館でまずは部屋中に飾られた男たちの手になる絵を見なければならない。磔刑図や見あげるほど大きな絵のなかのありとあらゆる聖なる人びとを延々と見てまわり、偉大な巨匠たちや名画が載った美術館のパンフレットに、なぜラヴィニアの名前が記載すらされていないのか考えなければならない。しかし、ついに館内でほぼ唯一といっていい（a）女性が描いた絵と（b）世俗的な絵を見つける。それらは大きなホールの奥の一段高いところにあって、澄んだ小川の水のように清らかに光を放っているように見えるだろう。

ラヴィニアの大きな家族の肖像画に巧妙に隠されたメッセージ——すでに亡くなった妹の見苦しい顔、好意を示す父親の身ぶり、裏切りを匂わせる夫たち、背後を横ぎる黒い犬——を、あるいは、優雅に座るラウドミアの絹のように滑らかなヤマネコの毛皮、愛玩犬の耳飾り、姉妹のドレスの絹、吐息のように軽やかなレース、金の首飾り、折り目をしっかりつけたレースの袖口といった緻密なディテールを、もしくは、隣の壁に掛けられた絵の煌びやかな揺り籠のなかで休んでいる貴族の赤ん坊のレースの飾りのついた高級な毛布を見ていると、ひたひたと気づきが忍びよってくる。

ラヴィニアはやると心に決めたのだ。この仕事をやってやると。だって、彼女にはできるのだから。そう、ラヴィニアはこの仕事が心底したかった。これらのディテールを描くことが「大好きだった」。だってほら、すべてが完璧で、すばらしくて、おかしいくらい見事。この刺繡だってそう。細部にいたるまで情熱と完璧主義が声をあげている。

父親や夫に強いられてこんなことをする人はいないと思う。「こんなこと」は。

この町でラヴィニアにちなんで名づけられた場所は、フォンダッツァ通りの突きあたりにあるみすぼらしいドッグパークくらいだが、ここで私が目にしているものの足もとにも及ばない。彼女は情熱で描いていた。

⋆

夜の女たちの助言

ものすごいキャリアがほしいなら、それをせよ。

と同時に十一人の子どもを産むつもりなら、融通のきく夫を持て。

あなたの夜の女たちを追え。自分をブランディングせよ。こうありたいと思う自分を描け。

女たちと心の絆を結び、男並みに稼げ。

くそまじめであれ。

情熱で働け。

痛ましい喪失に見舞われても、手を止めるな。

アルテミジア

自分のトラウマを扱え。
自分のホロフェルネスを殺せ。
すべてが素材だ。

夜の女、その九：アルテミジア・ジェンティレスキ。
職業：画家の娘を経て、画家。レイプ裁判で汚名を着せられるも、その後、フィレンツェ、ローマ、ヴェネツィア、ナポリで華々しい活躍を見せる。ひとり親で一人ないし二人の娘を育てる。裸婦や自分のしたいことをする強い女を描く。

ウフィツィ美術館の壁に掛かっていた血が飛び散る男性殺害の絵を描いたアルテミジアに戻る。アルテミジア・ジェンティレスキ（一五九三〜一六五四頃）はフィレンツェの私の夜の女たちのなかでもっとも有名であることがわかった。彼女は自由で強靭な戦う女性のシンボルであり、フェミニズム研究者たちのアイコンとなった。アルテミジアについては膨大な量の論文が書かれており、彼女についての小説や映画もある。彼女の絵に触発された官能的なスリラーもあれば、彼女の名前のついた香水や美術館や女性限定のホテルもある。正直いって、アルテミジアが描くバロック美学には近寄りがたいものがあるが、彼女の勇気と不屈の精神は尊敬せずにはいられない。この女性には根性がある。

　アルテミジアは画家オラツィオ・ジェンティレスキの長女としてローマで生まれた。父親のオラツィオはおもにフレスコ画家として働いており、アルテミジアは若いときから父親の助手を務めていた。母親は、アルテミジアが十二歳のときに出産後に死亡している。当時、女の子は結婚させられるか、修道院へ送られるはずだっただろうが、どういうわけか父親はそうしなかった——そのかわりに、彼はアルテミジアに絵を教えはじめた。十七世紀のローマにおいて、このオラツィオの行動に周りは眉をひそめた。芸術家のアトリエは男の領域だったからだ。そうでなくても、オラツィオは気難しくて変わった人だと世間では思われていた。まさか彼は娘に格の高い歴史画家[223]の道を歩ませるつもりはなかっただろう。そうなると町をめぐって、古代の彫刻をスケッチしたり、ルネサンスの巨匠たちの作品を模写したりしなければならなかったから。それはできることではなかった。しかし、アルテミジアは顔料を粉末にしながら、父親が受注した仕事を手伝い、家に生活費を入れることはできただろうし、巨匠たちの作品を模写して、大量生産したり、広場で安い肖像画や小さな宗教画を描いて生活費を稼いだ芸術家たちの一員にひそかになっていたかもしれない。それには教養も読み書きの能力すらもたいして必要なかった。父親はアルテミジアをモデルとして使うこともあっただろう。女性のヌードモデルはとにかく確保しづらく、禁じられてもいた。

そんなわけで、アルテミジアは狭い借家で父親に師事し、たゆまず励んだ。父親は一階で仕事をしていた。アルテミジアが外出できたのは日曜日のミサのみ。この界隈は物騒で危険だった。ポポロ広場とスペイン階段の区画には、僧侶や筏師から、高官、教会の建設作業員、芸術家、娼婦までさまざまな人びとが住んでいた。彼らはよく引っ越ししていたが、オラツィオも例外ではなかった。

この時期に父親はアルテミジアの驚くべき才能に気づく。娘は三人のどの息子よりも絵がうまいじゃないか。アルテミジアが十六歳のときに最初の傑作『スザンナと長老たち』を描ききったとき、オラツィオは娘には自分が継承してきた絵画の技巧のすべてを教えたと思った。そんなわけで、彼は同僚でフレスコ画家のアゴスティーノ・タッシのもとで遠近法を習わせようと娘を送りだした。これがまちがいだった。アルテミジアが十七歳のある日、タッシは教え子をレイプした。

223　古代の歴史や聖書の物語などを描いた歴史画は、よりメッセージ性が強く、ほかのジャンルより格が上だった。

このレイプの一件が今日のアルテミジアについて書かれているすべての中心にあると思う。事件の流れをかいつまんでいうと、つぎのようになる。アゴスティーノ・タッシはもう長いことアルテミジアに執心していた。一六一一年五月某日、彼はついに欲望の対象を捕らえることに成功した。レイプ後、タッシは結婚を約束。これは妥当な罪滅ぼしだった。なぜなら、処女を失った未婚女性は汚れたものとなり、強姦犯以外には適さない妻だったから（家族の名誉を毀損したことへの償いとして巨額の持参金を支払うという可能性もあった）。しかしながら、タッシから求婚がないことから、一六一二年はじめにオラツィオは娘の処女性が陵辱されたこと、それにともなって結婚の機会をふいにされたことで告訴した。忌まわしい裁判は七ヶ月におよび、アルテミジアにとってじつに屈辱的なものだった——処女を喪失したことを証明するために婦人科の検査が行われ、親指締めで拷問された。結果、タッシは有罪となったが、それでもアルテミジアには悪評が立った。父親はアルテミジアを不才の若手芸術家（結婚を受け入れた最初の人）に嫁がせ、一六一三年に夫婦は夫の故郷であるフィレンツェへ引っ越した。

信じられないのは、アルテミジアの裁判記録が残っていること。混沌として紆余曲折した記録は英語版で八十ページにおよび、読むのも一苦労だ。だが、そこにある、アルテミジアの声が。四百年前に聞こえた、まさにその声が。一六一二年三月の彼女の証言は一言一句今でも読める。

レイプに関して、アルテミジアは尋問で詳しく答えていた。一六一一年五月某日、アルテミジアはクロチェッラ通りの自宅にいて、アゴスティーノ・タッシが勝手に部屋に入りこんできたとき、「楽しんで」絵を描いていた。彼は、最初はちょっかいを出す程度だったが、彼女を寝室に押しこみ、ドアに鍵をかけ、ベッドに押し倒すと、アルテミジアの両脚を膝で割り、ハンカチで口を塞いで、挿入しはじめた。痛みが走った。アルテミジアは助けを求めて叫ぼうとし、タッシの顔を引っ掻いて、髪をむしり、ペニスの皮が剝けるほど強く引っ張った。が、タッシは怯まなかった。レイプのあと、アルテミジアは小箱に駆け寄り、ナイフを取って殺すと脅した。「どうぞ」とタッシはいって、上着の前を開けた。アルテミジアはナイフを刺したものの、胸にわずかな傷をつけただけだった。タッシは上着のボタンを留め、アルテミジアは泣いた。けじめをつけるためにもちろん結婚するよ、とタッシはアルテミジアを落ち着かせるためにいった。結婚の約束が得られると（こんなのプロポーズと呼べないだろう？）、アルテミジアの気持ちは少し楽になった。処女の証として出血があったかどうか知りたがった裁判官に、アルテミジアは生理中でどれがどの血だったのか判別しづらく、「血はいつもより少し赤かったと思います」と答えている。その後、アルテミジアは同意の上でタッシと何度もセックスをした。彼が結婚を約束してくれたからだ。

ああ、アルテミジア。強制性交、破瓜、ナイフによる失意の刺傷、涙、屈辱的な結婚の約束、それを盾に迫られたさらなるセックス、生理の血の色の分析、裁判でこうしたすべてのことを公に話すこと、権威ある美術史家たちの書物に微に入り細に入り記録され、何百年も経っているのに分析される――ここには、四百年前に生きた才能ある女性芸術家だけでなく、現代の女性の生涯について、私が知りたい以上にあからさまな記録がある。

アルテミジアの屈辱はこれで終わりではなかった。つぎはタッシとタッシに駆りだされた証人たちの尋問が待っていた。アゴスティーノ・タッシは、「このアルテミジアという女性に一度たりとも触れたことはない」し、知りもしない、と真摯に誓った。タッシは遠近法を娘に教えてほしいといわれて、同僚のオラツィオの家にいっただけで、今まで彼女と二人きりで話したことすらないと答えた。タッシによれば、オラツィオは「だらしない生活を送っている奔放な」娘のことで問題をたくさん抱えていた。タッシがアルテミジアに「きちんと」するよういいきかせると、アルテミジアは自分がここまで乱れたのは父親のせいで、父親からは「妻のように扱われた」と答えた。「私はアルテミジアという女性と関係を持ったことも、持とうとしたこともありません」とタッシはきっぱりいって、アルテミジアが多くの男性と性的関係を持っていたと主張した。「雌猫さえも近づかない」同居人の石工フランチェスコとも。「アルテミジアが娼婦であるのは周知の事実です」。「彼女が話すことはすべて嘘です」。アルテミジアの「母親やおばたちもよからぬ噂で知られていて」(……)「文書に穴が空いている」(……)「娼婦として世に知れわたっています」と、タッシはとどめを刺した。だれもかれも娼婦か!

アルテミジアとタッシの証言のあとには、裁判所に呼ばれた親戚、隣人、使用人、洗濯女、仕立屋、聖職者、宿の主人、画家仲間、ウルトラマリンブルーの精製人、オラツィオのモデルを務めた巡礼者、理容師——歯医者——瀉血師が[224]、だれがなにを聞いていたか、あるいは見ていたか、どこの部屋からだれが出てきてどんな様子だったか、どのミサで、馬車で、ぶどう園で、はたまたマルグッタ通りやクローチェ通りの芸術家街でなにがあったか、といったとりとめのない話をのべつ幕なしにしていた。四百年前の事件が私の目の前でちらちら揺れる。だが、なにが真実で、なにがそうでないのか、知るよしもない。裁判官の発言からタッシの嘘を信じていないことがわかるが、それでもアルテミジアの証言の信憑性を拷問にかけて試したがっている。「必要であればなんでも」とアルテミジアはいうと、自ら親指締めにのぞんだ。これからこの指で生計を立てようとしているのに。

では、アルテミジアという女性はいっさいの屈辱を受けたのち、なにをしたのか？　少なくとも塞ぎこんで臥せっていたわけではなかった。一六一二年十一月、裁判が終わるとすぐに十九歳のアルテミジアは自分よりも十歳近く年上のピエルアントニオ・スティアテッシと結婚した。札つきのペテン師だと露見した強姦犯は、その前日にローマから追放となり（刑が執行されたかどうかは不明）、アルテミジアの名誉は少なくとも一部は回復した。夫婦はフィレンツェへ移り、第一子となる息子が一六一三年九月に誕生する。アルテミジアは、裁判中に描いたユディトがホロフェルネスの首を斬る絵を名刺がわりに持っていった――これが彼女の運気を上げる一枚となった。

はからずも、芸術家としてのアルテミジアのキャリアはフィレンツェでたちまちのうちに軌道に乗った。父親のオラツィオは一六一二年七月には未亡人となったフィレンツェの大公妃に、

224　悪い血を抜きとり、体を浄化する治療法。中世ヨーロッパでは理髪外科医が瀉血していた。

「娘ほどの画力を持つ者はいないと公言してはばかりません」とアルテミジアを売りこむ手紙を送っていた。フィレンツェには当時、女性芸術家はひとりもいなかったため、アルテミジアは世間を驚かせた。ユディトを描いた彼女の絵は大きな旋風を巻き起こした。こんな絵が、これほどに力強くて凶暴な絵が、女性の手から生まれようとは。フィレンツェの美術専門家たちにはどうにも信じられなかった。かの有名なミケランジェロの甥が、さっそくブオナローティ邸宅に絵を依頼――「異色！　天才女性芸術家！」――すると、トスカーナ大公コジモ二世・デ・メディチなど、ほかからも依頼が入るようになった。メディチ家の宮廷で、アルテミジアは町の有力な詩人や劇作家と知りあった。ガリレオ・ガリレイとは、彼が亡くなるまで手紙でやりとりしている。ミケランジェロの甥とは家族ぐるみの友人となり、アルテミジアの息子の名づけ親にすらなったと思われる――少なくとも彼が気前よく画料を支払っていたことは確かで、ほかの芸術家より三倍も多かった。一六一六年、アルテミジアの名は轟いた。フィレンツェの栄えあるアカデミア・デル・ディセーニョ[225]の最初の女性会員として認められたのだ。これは前例のないことであっただけでなく、彼女のキャリアから見ても重大なことだった。美術アカデミーの会員になったことで、アルテミジアはギルドや家族の男性たちに頼らなくていい、どんな女性もまだ経験したことのない自立した立場になったのだ。これ以降、アルテミジアは夫や父親の許可がなくても顔料を手に入れ、契約書に署名し、ひとりで旅をし、できるときは男並みに仕事の交渉をしはじめた――ローマで経験したことに鑑みれば、別段おかしくはない。アルテミジアが美術アカデミーの講習に参加したかどうかはわからない――そこではヌードモデルの素描や解剖学に加えて、数学と自然科学もカリキュラムに組まれており、アルテミジアはかろうじて文字を読める程度だったからだ――が、女性のヌードモデルを使えるめったにない機会であることは確かで、彼女は女性を描くことに特化しはじめていた。

アルテミジアは仕事に精を出しながら、子どもたちももちろん産んでいた。一六一五年十一月に二番目の息子が、一六一七年八月に娘プルデンティアが生まれた。一六一八年十月に二番目の娘が生まれたが、八ヶ月で亡くなった。おそらく子どもはもっといただろうが、洗礼式まで生きられなかった。一六二〇年に生き残っていたのは、三歳になるプルデンティアだけだった。

一六二〇年はじめ、アルテミジアはローマへ戻る計画を立てはじめる。彼女は家庭や家族のあいだのありとあらゆる心配事を抱えており（四番目の子どもが亡くなったばかりだった）、そこから立ちなおるために二ヶ月ほど親戚のもとへいきたいと、コジモ二世に宛てて手紙を書いた。心配事はたしかにあった、とくに金銭面で。休むことなく仕事に励み、成功したにもかかわらず、お金は出ていくばかりで、大工、薬剤師、パン屋、仕立屋からの請求書が嵩んでいた。ヘラクレスの絵で手に入れた十五オンスのウルトラマリンは未払いのまま。いくつかの木枠やクルミのパネルもおなじく。支払いが滞り、債権者たちに家庭用品を差し押さえられたこともあった。とは

225　一五六三年にヴァザーリが創設した美術アカデミー。芸術家が職人たちの同業者組合（ギルド）から解放されるきっかけとなった美術学校。

いえ、アルテミジアはそんなに出来の悪いビジネスウーマンには思えない。とくにミケランジェロの甥がお金を融通していたようだが、おそらく元凶はいたらない夫だったのだろう。彼は絵を描いても金にならず、借金にまみれ、アルテミジアの持参金にまで勝手に手をつけた。一方、アルテミジアはここ七年間で少なくとも四度妊娠していた。そのために仕事を制限せざるをえなかったうえ、三人の子どもの葬儀代を支払わなくてはならなかった。

残された記録があまりにわずかなため、ごくごく小さな情報のかけらも巨大なスケールにまでなる。研究者たちは、たまたま残っていた数枚の領収書や請求書や督促状に基づいてアルテミジアの「金銭面」を再構築した。そこからかたちづくられる彼女の人生は、どことなく荒んでいて、いきおい歪んでいる。アルテミジアがたとえば結婚や絵を描くこと、子どもたちについてなにを考えていたのか、私には想像もつかないが、そのかわりに彼女がフィレンツェで妊娠中に浣腸やお菓子を買いすぎて代金を支払えなくなったことは知っている。この情報に接した私がすべきことはなにか？　これまでのことに加えて、体のことや個人的なささいなことまで知ろうとするのは、なんだか無神経ではないだろうか？　今から四百年後に斜に構えた研究者が、尋常ではない量のチーズや本や鎮痛剤や睡眠に効く自然食品を買いこんだ薬局やチェーン店のポイントカードの履歴を手にして、私の人生についてどんな結論を下すだろうか。

それでも、私はここにどっぷりはまっている。擦りきれた紙片を夢中になって調べたり、それに基づいてなにかを理解した気になったりしている。なるほど、アルテミジアは妊娠中、便秘に苦しんでいたのかもしれない！　ああ、フィレンツェの修道院の僧侶たちの化粧品事業で私のように破産に追いこまれたかも！（ちなみにサンタ・マリア・ノヴェッラ薬局[226]では最高にすばらしい樟脳の香りのフットクリームが天文学的な価格で売られている）。なんてこと、彼女は借金してまでウルトラマリンを買うことになった！　アルテミジアのウルトラマリン状況について私がほかに知っているのは、フランチェスコ・マリア・マリンギという名のフィレンツェの貴族が彼女の借金の肩がわりをし、顔料商人による差し押さえから救ったということ。それから、フィレンツェを発つときにアルテミジアはくだんのマリンギにすべての私財を百六十五ドゥカートで売ったことも知っている。一六二一年二月付の動産目録が残っているので、アルテミジアの家のなかをのぞき見ている気分になる——そう、「アルテミジアが私を家に呼んでくれた」みたいに、慌ただしい引っ越しのさなかの動産の在庫処分に呼んでくれたみたいに——私は壁際の小さな丸太椅子に腰かけて、ワインとパンを少々楽しむ。階段にしゃがんでいる三歳のプルデンティアが照れくさそうに私を見つめている……。アルテミジアは思うだろう。「これから私は町を去ろうとしているのだもの、二十一世紀のどこかの女に私の家を見られたってかまわない、お好きにどうぞ」と。そんなわけで、私はここフィレンツェのどこかの路地で、おそらくサンタ・マリア・ノヴェッラ修道院の近くか、騒々しいチョンピ広場のぽんこつ車のなかか、景色を一望できる丘の上の聖ミニアート教会のそばで、私はアルテミジアの家のなかへ足を踏み入れる。家にあった

226　フィレンツェにある世界最古の薬局。修道院に併設されている。

のは、

クルミ材の大きなチェスト二棹、

化粧貼りしたヴェネツィア製クルミ材のチェスト三棹、

棚のついた大きなクルミ材の戸棚一台、

クルミ材の肘掛け椅子十二脚、

色とりどりのダマスク柄の布が張られた椅子四脚、

羊毛絨毯四枚、

目の粗い麻絨毯四枚、

藁絨毯四枚、

金と緑の革のタペストリー、スペインサイズ七十六枚、

緑とピンクのタフタ生地で縁どりしたターコイズブルーの毛布一枚、

ターコイズブルーと白の木綿のトルコ風天蓋一張、

羽根枕二個、

小さな羽根枕四個、

刺繡を施した羽毛布団一枚、

木製湯たんぽ一個、

小さな木の机三台、

抽斗のついた木製タンス一棹、

大鍋一個、
厚手の鍋一個、
糊づけのための大きな平鍋一個、
大きな水入れ一個と真鍮のコップひと揃え、
取手のついた小さな真鍮の花瓶一本、
手桶一個、
銅の薬缶一個、
炉床の鎖一本と火ばさみ一丁、
三脚三台、
錫の丸皿三枚、
真鍮の燭台二台、
鉄の灯油ランタン三基、
真鍮の芯切りばさみ一丁、
鉄製の燭台のついた蠟燭立て一台、
ピストイア製腰掛け五脚、
木製腰掛け四脚、
イーゼル四台、
大きな画布（制作途中）一枚、

服を纏うマグダラのマリアの絵（二尋）一枚、
聖母像（二尋）一枚、
描きはじめのマグダラのマリア（二尋）一枚、
クルミ材の木枠で額装した女性の肖像画一枚、
銅板に描いた小さな絵三枚、
クルミ材のパレット四枚、
木枠に張られた画布、大小十五枚
十字架像一体、
乳鉢一個と乳棒一本、
大きな容器と泥を浚うザル各一個、
赤と金色のふつうの革のタペストリー百四十枚、ターコイズブルーと金色の木綿のタペストリー十三枚、上下に装飾あり、
マヨリカ焼の磁器、大小二十四個、
そのほか素焼きの食器類。

「でも、どうして、大好きなアルテミジア、自分の画材も、描きかけの女性像もすべて売り払うの？」私は片隅でそっと思う。それほどお金に困っているの？　それともすっぱり転職——自分の人生をルネサンスするつもり？

しかしながら、ローマへ発つ前に、アルテミジアはコジモ二世から依頼された『ホロフェルネスの首を斬るユディト』の大型版[227]を描いている――ウフィッツィの第九十室に飾られている絵を。その絵の前に立つと、息苦しくなる。アルテミジアは二十七歳だった。彼女はレイプされ、裁判で辱めを受けた。無能な男たちと暮らし、子どもたちを産んで葬った。フィレンツェでは自分の絵で評判を勝ちとり、芸術家として女性には不可能といってもいい自由な立場をつかんだ。そして今、彼女は一メートル五十センチ×二メートルの絵を描いた。女たちが夜の闇にまぎれて、冷静かつ決然たる表情で男を虐殺している、力の漲るカラヴァッジオ風の暗澹とした力作を。ウフィッツィでカラヴァッジオ派の隣に掛けられた絵を見ていると、凄まじいとしかいいようがない。十八世紀にアンナ・マリーア・ルイーザ・デ・メディチは、絵が凄惨すぎるとして美術館の奥の暗い片隅へ隠してしまった。ウフィッツィで日の目を見たのは二〇〇〇年になってからで、絵が描かれてから四百年近く経っていた。血、ベッド、暗い寝室、皺の寄ったシーツ、強要、暴力、剣――表象は完璧で、その出来栄えに唸らされる。絵の巧さと残酷さは世間を騒がせるとアルテミジアにはわかっていた。だから、彼女は念のため下端に「Ego Artemitia / Lomi fec.」[228]と書いたのだ。「そう、女である私がこれを描いた」といわんばかりに。描いているときは、屈辱のト

227　一六二〇年制作。最初の作品は、訴訟中の一六一二年に描かれた。
228　われアルテミジア・ロミがこれを制作した。

ラウマと復讐欲に駆られたことだろう。まちがいなく彼女はユディトを意図的に成熟した強い女として描いた。自分がなにをしているのかわかっている女として。カラヴァッジオが描いたような臆した内気な乙女としてではなく。自分の強みはなにか、優れた技巧とまちがった性別をいかに利用すべきか、彼女にはわかっていた。と同時に、観る人に女ができることとできないことを教えたかったのだろう。「どうだ、女はここまでできるんだ」

アルテミジアにはできた。ローマへ戻ったあと、娘のプルデンティアと使用人をひとり連れて昔住んでいたコルソ通りに落ち着いた――彼女は今や自立した芸術家であり、ひとり親だった。（残された住民票で明らかなように）そのころにはもう夫はいなかったからだ。しかし、フィレンツェではじまったアルテミジアの勢いはとどまるところを知らなかった。以後三十年にわたって、彼女はすばらしい国際的業績を成し遂げる。一六二〇年から三〇年には、スペイン王やヨーロッパ中の貴族たちから依頼を受け、ローマでも、ヴェネツィアでも、ナポリでも芸術家として成功を収めた。父親と仕えたロンドンの宮廷では、クイーンズ・ハウスの天井画を二人で描いている。アルテミジアの仕事は称賛され、彼女は肖像画が描かれるほどの憧れのカリスマ的人物となった。彼女を称えて横顔が彫られた粋な銅メダルまで製作されている。ヴェネツィアでは、彼女を褒めたたえる何十もの詩や手紙が――当時のだれよりも――詩人たちによって書かれた。のちのナポリの詩人たちの詩句を読めば、彼女の才能と知性と美しさがわかる。

一六二九年あたりに三十六歳のアルテミジアはナポリへ移る。そこで晩年を過ごし、婚外子の娘をひとり授かったと伝えられている。人口過多、不景気、流行病、飢餓、暴動に悩まされるナポリのような大都市での生活は楽ではなかった。アルテミジアには仕事の依頼はもちろんあるにはあったが、絶えず客にお金を請うことになった。アルテミジアの家計をもっとも苦しめたのは娘たちだった。一六三七年ごろ、四十四歳のアルテミジアはプルデンティアのために持参金を貯めながら、危うく破産しそうになっていた（そのころ、元夫がまだ生きているか、アルテミジアは人に尋ねている――持参金の支払いに協力してもらいたかったのだろう）。成功と不屈の精神と商才を持ちあわせていても、金欠状態からは抜けだせなかった。

ナポリ時代にアルテミジアが書いた手紙が二十七通残っている。これらの手紙ゆえに、私は夜に彼女を思う。性的暴力、スラット・シェイミング、わけもなく日々虐げられてきた女性たちにとってアルテミジアが絶対的存在ならば、生計費のやりくりに苦労しているどんな作家や芸術家にとってもそうだ。

アルテミジアの手紙の送り先は、おもに客と、モデナ公フランチェスコ一世・デステやメッシーナのアントニオ・ルッフォのようなパトロンだった。アルテミジアは少なくとも手紙を書けるようになっていた――ということだろうか。一六四九年の手紙には、受け取った人が驚くことのないように、「筆跡にばらつきがあるのは、絵を描きながら書き取らせているためです」とある。それでも手紙からアルテミジアの声が聞こえてくる。非の打ちどころのない夜の女の声が。彼女は率直で知的でユーモアがあり、仕事には厳しい――ときに声を荒らげ、ときに失望し、必要に応じて宮廷風に媚を売る。まわりくどいいい方はせず、絵の納品日や遅れを淡々と報告し、値段を交渉し、追加依頼を求め、新たな客への口添えを望んだ。アルテミジアには商才がある。彼女は仕事の対価を要求し、値引きはしない。作品が完成する前に値段を決めることに応じないし、依頼人が他所でより安く絵を依頼できないように（「私が男なら、こんなことは考えもしない」）苦労の末に描いた下絵を渡したりもしない。絵の値段は描かれた人物の数で決まった。女性のヌードモデルはお金がとてもかかるし、まさしく「頭痛の種」だと彼女は何度もいっている。アルテミジアは新しい客を取りこんだり、常連客をつかまえておいたりするために絵を贈ることもあった。値段や絵の内容に折りあいがつかなかった依頼主もいた。「彼女は若い女性ですので、どうか笑わないであげてくださいませ」とひと言添えて娘が描いた絵をパトロンに送ったこともあった。

一六三五年十月、アルテミジアはフェルディナンド二世・デ・メディチに送った二枚の絵について尋ねてほしいという依頼の手紙をガリレオ・ガリレイに書いている。大公が絵を受け取ったことは知っていたのだが、なんの反応もなく、悔しい思いをしていたのだ。ヨーロッパ中の王や統治者が礼状や贈り物で彼女を称えているというのに。この礼状というのはきわめて重要で——つねに持ち歩いたり、資金援助を申し込むときに添えて送ったり、受注を期待して新しい客に見せたりする推薦状のようなもので、大手新聞に掲載された書評に少し似ていた。なんの反応もないとアルテミジアは腹を立てた。「殿下にご満足いただけなかったなんて信じられません。私はあなたの口からひと言も漏らさずに真実を聞きたいです！」とガリレオに書いている。

一六四九年、アルテミジアは五十六歳になった。健康にも金銭にも問題を抱えていたが、運よくメッシーナでアントニオ・ルッフォという上客に出会う。一六四九年はじめに、アルテミジアは依頼された絵を送ったことをドン・ルッフォに手紙で知らせている。どこでも――フィレンツェでも、ヴェネツィアでも、ローマでも、まだお金に余裕があったナポリでさえも――人物ひとりにつき百スクードを請求していたため、値段を下げられなかったことを詫びた。ドン・ルッフォに尊大で生意気だと思われていても、絵を見れば考えが変わると願って。「女の名前に眉をひそめるでしょうが、まずは仕事をご覧ください。欲深い人間だと思わせてしまったのなら、お詫びいたします。（……）私の作品をお気に召していただけるなら、画廊に飾ることができるよう私の肖像画もお送りします。ほかの方々も飾っておられます」（一六四九年一月三十日）

ドン・ルッフォは顧客となり、一六四九年に白熱したやりとりが続いた。

「大至急、私の肖像画と娘が描いた小品をお送りいたします。娘は今日、聖ヤコブ騎士団の団員と結婚いたしました。この結婚で私はすっかり無一文です。ですから、あなたさまの町で仕事の機会がありました折には、仕事を切実に求めておりますため、ご連絡くださいますよう、なにとぞよろしくお願いいたします。（……）こんな女々しい泣き言にあなたさまをこれ以上わずらわせるわけにはまいりません。私の仕事をどうかご覧ください。謹んで筆を置かせていただきます」（一六四九年三月十三日）

「最近はめっきり減ってしまった仕事を、私のためにおとりはからいいただき、深く感謝いたします」（一六四九年六月五日）

「私は今、二つのことで悩んでおります。ひとつはあなたさまの絵をすぐにでも仕上げたいこと。もうひとつはそのための資金が足りないこと。どうか私に五十ドゥカートを送ってくださいませ。ヌードモデルは費用がかかります。アントニオ様、信じてくださいい、経費は天井知らずなのです。ヌードになる五十人のうち、よいと思えるのはせいぜいひとり。この絵の人物は八人いるので、モデルをひとりしか使わないというわけにはいきません。さまざまな美しい人物を描かなければならないのです」（一六四九年六月十二日）

「来月の十日までに絵を仕上げるということにつきましては、難しいといわざるをえません。『ガラテア』のときのように三回は見直しが必要です。倦まず作業をしておりますし、一刻もはやく仕上げようとしておりますが、急ぐことで仕事が雑になることは避けたいのです。八月末までには完成すると思います」（一六四九年七月二十四日）

「お返事をありがとうございます。早々に約束手形もお支払いくださり、感謝申し上げます。作業は順調に進んでおり、月末には完成します。人物が八人と犬が二匹。犬は人物よりもさらによい出来栄えだと思っております。女がどこまでできるか、ご覧くださいませ。お気に召していただけたら幸いです」（一六四九年八月七日）

「あなたさまにおかれましては、絵の完成にこれほど時間がかかることに首を傾げておられることでしょう。ですが、これもよりよいものをお届けしたいという私の責任感の表れなのです。風景を描いたり、遠近法の消失点を定めたりしていたら、二人の人物をどうしても描きなおさなければならなくなってしまいました。（……）申し訳ありません。とんでもない暑さのせいもあって体調を崩しておりますが、なんとか持ちなおして少しずつ作業を進めております。かえって遅れが生じたことが、絵に最大の利点をもたらすとお約束いたします」（一六四九年九月四日）

「アントニオ様（……）ただでさえ安い値段をさらに三分の一も安くされたいとうかがって、心を痛めております。それはできかねると申し上げざるをえません。値段を下げることは承知しかねます。絵の価値のためでもありますし、私自身お金に困っているからです。このような状況でなければ、絵を差し上げたいくらいです。またも自分が駆けだしのように扱われたことに納得がいきません（……）」（一六四九年十月二十三日）

「価格が四百ドゥカートを下回るなどありえません。ほかの方々のように先にお支払いくださいませ。（……）私の父にすら、このような安い値段では断じて売りません。（……）絵をご覧いただければ、私が生意気な口など利いていないことがおわかりになると思います。（……）重ねて申し上げますが、絵には人物が八名、犬が二匹、風景、水が描かれております。モデルにとんでもなく費用がかかったことをご了承ください。（……）私が申し上げたいのは（……）あなたさまの期待にお応えします。この女の魂にはカエサルの精神が宿っているとおわかりになりましょう」（一六四九年十一月十三日）

羽根ペンを走らせながらこれらの手紙を書いているアルテミジアを思うとき、怒りで激しさを増してゆく彼女の声が聞こえてくる。おかしいくらいにすべてがほとんど変わっていない。金銭問題、締め切り、仕事環境、客の確保、売りこみ、作業量と作業能力の維持と仕事の受け入れでつねにもたげる不安――なにも変わっていない。来る日も来る日も私は書いて、仕事の進み具合に青色吐息だ。なぜ今月もまた仕上げられなかったのか、終わらせるつもりだったのに。お金は足りるのだろうか、どこならもっとお金が手に入るのだろう。なぜ依頼される仕事のほとんどを無償で、もしくは申し訳程度の報酬でしなければならないのか。読者は結末についてどう思っているのか気に病む。私のために脱いでくれた女たちを私はしっかりと描ききっただろうか。頭痛でよく寝こみ、仕事ができなかった日を呪う。そして、アルテミジアのことを考えてみる。「あなたさまの期待にお応えします。この女の魂にはカエサルの精神が宿っているとおわかりになりましょう」

カエサルの精神のおかげでアルテミジアはさらに数年持ちこたえた。彼女について残っている最後の記録――銀行の領収書――は一六五四年のもの。アルテミジアが亡くなると、彼女は歴史の薄闇に沈んでしまった。しかし、忘れられた女性芸術家たちの作品が徐々に発見されるにつれ、一九七〇年代には正当な評価を得た。フェミニズム美術理論に端を発し、アルテミジアは絵を通して女性の鑑賞者たちに戦うメッセージを送った初期フェミニストと謳われた。彼女はフェミニストと女性芸術家が崇めるカリスマ的存在となった。

アルテミジアの絵をフェミニストの目で見たくなる気持ちは否めない。当時、女性芸術家は数えるほどしかおらず、その主題は肖像画か果物の静物画がほとんどだったため、大画面で壮大なバロック様式の絵を描いたアルテミジアは有名になった。彼女の絵には、聖書や神話の強い女主人公、殉教者、聖人、戦士、蠱惑的で自由なクレオパトラから悔いるマグダラのマリアまでが描かれた。アルテミジアは裸婦を専門に描き、「本物の女性の体」をモデルに使った（男性芸術家たちとは違って）。その結果、女性が主導する臨場感のある絵になった。アルテミジアの現存している約五十点の作品のうちユディトが七点、バトシェバが七点、マグダラのマリアが六点、スザンナが三点、聖母が三点、ルクレツィアが二点、クレオパトラが二点だ。ほかに、女性が主導しているか男性を掌握しようとする作品が十一点、女性が男性の支配下にあるか欲望の対象にある作品が十五点、性をほのめかす作品が二十九点、裸婦を描いた作品が十九点ある。主題は今の鑑賞者にとってもおもしろい。『スザンナと長老たち』は女性の視点によるセクハラ体験を描いている。『ルクレツィア』では貞操を守る失意のローマ人妻が強姦された恥辱から逃れるため短剣で自害しようとしている。『クレオパトラ』は権力を行使する女性の危険の象徴で、捕らえられてさらし者にされるのを回避するため、毒蛇を使って自殺を図っている。

アルテミジアがこれらの傑作を描いた時期を考えると、正直、背筋が凍りつく。『スザンナと長老たち』は、アルテミジアが十六歳になったばかりの一六一〇年に描かれた。一六一一年五月に起きたレイプ事件の少し前だ。この絵から、アゴスティーノ・タッシのいやがらせを彼女自身がどう受け止めていたかがわかる。強姦された女性が死のうとしている『ルクレツィア』は、タッシがアルテミジアをレイプした一六一一年に描かれた。一作目の『ホロフェルネスの首を斬るユディト』は一六一一年から一六一二年に描かれている。つまり、アルテミジアが受けた不当な扱いに対して訴訟を起こしていたときだ。女たちが斬ったホロフェルネスの首の入った籠を抱えている『ユディトとその侍女』[229]もそうだ。だが、結局のところ、これらの絵はどこまで個人的なものだったのか？　アルテミジアが絵のなかに女性としての経験に基づいたフェミニズム的な解釈を意図的にこめたと考える研究者もいれば、いつものように受注して制作したと考える人もいる——アルテミジアは字がほとんど読めなかったのだから！　こういった主題は、あの時代は非常に人気があったうえ、カラヴァッジオやアルテミジアの父親といった当時の男性画家たちによるおなじ場面のバリエーションが何十とある。アルテミジアが自分を癒すためにこれほど大きな作品を描いたとはどうしても思えない——画材は高かったのだ。それに、絵を売るには客の好みを考慮しなければならなかった。

　しかし、事実はこうだ。たとえ受注制作だったとしても、アルテミジアはこれまでに挙げた事実を描くと「同時に」経験していたということ。もし彼女が主題を選べなかったとしても、少なくとも女性をどんなふうに描くかは選べただろう。

　たとえばアルテミジアが描いたスザンナは、それまでの蠱惑的な乙女などではなく、男たちのじっとりとした視線を心底いやがっている。

　かわってユディトは成熟し、貫禄があり、男の殺害に没頭している——陥った状況に困惑し、物怖じする気弱な乙女なんかじゃない。彼女の侍女もそうだ。カラヴァッジオは頼りなく立ちつくす老婆として描いたが、アルテミジアのほうは思いきり関わっている。力を合わせれば、女たちにはできるということを示しているかのように。

　それ以降のアルテミジアの女たちも弱くも脆くもない。彼女たちは強くて、真剣で、毅然としている。彼女たちには人生経験がある。彼女たちは行動するのだ。たくましい腕で水桶をかつぎ、そのなかで赤子を洗う。あるいは、ホロフェルネスの首を入れた籠を運ぶ。彼女たちは理想の美女でも眠れるヴィーナスでもない。現実生活の女たちなのだ。十人並みの顔、頑丈な体つき、少々ゆるんだお腹周り。彼女たちには男に見つめられている暇はない。やることはほかにある。

アルテミジアが研究者たちのいうような論理的思考のフェミニストでもなんでもなかったとしても、実践面ではそうだった。そうよ、彼女は男性画家たちとおなじ待遇や評価や報酬を要求した。そうよ、彼女は強くて悲劇的な女たちを描き、どんなふうに描くか自分で決めた。

それに、アルテミジアはほかの女性画家たちのように作品に乙女として署名しなかった。なぜなら彼女はそうではないと知られていたから。彼女は勝負に出た。

私のアルテミジア像はこうだ。アルテミジアから学んだことがあるとすれば、世界中の美術史家たちがいまだに彼女のことで言い争っているということ。新しい絵はつぎつぎに見つかり、見つかった絵の作者や時期が論争の的になる。アルテミジアは父親のヌードモデルを務めたのか？　それはありえない話だったのか？　彼女は死ぬまで字が読めなかったのか？　それとも知識人たちと親交を結んでいたのか？　アルテミジアにとってレイプは、私たちが思っているような外傷

229　一六一四年から一六二〇年に制作。

体験だったのか？　十七世紀の人の自己像は今とは違うのだから、それほど個人的な意味はなかったのだろうか？　彼女のどの絵が自画像なのだろう──彼女の顔の特徴や体つきは、ユディトにも、スザンナにも、クレオパトラにも、リュート奏者にも、兜をかぶったアマゾーンにも見いだせる。しかし、その一方で、たとえば当時のイタリアで全裸を描けるほど大きな鏡を彼女は使うことができなかったといわれている。それに彼女の画風はなぜあれほど変化しているのだろう？　彼女は自分の揺るぎない見解を持たない出来の悪い芸術家だったのか？　それぞれの町の習慣に適応する能力は、まさに自らの芸術的才能と商才を示しているのか？　アルテミジアについての真実をひとかけらずつ再構築していく。ローマ、フィレンツェ、ヴェネツィア、ナポリで新たに見つかった督促状や領収書の一枚一枚を、アルテミジアの名を冠した詩を徹底的に分析する。夜の女を余すところなく照らしだすまで。

現存しているアルテミジアの自画像だと思われる一枚は、一六三〇年代に描かれている。彼女は三十八歳か、四十五歳だろう。二人娘のひとり親。ナポリにいないとすれば、ロンドンで父親の天井画制作を手伝っている。絵のなかの彼女は描くことに集中している。襞のついた膨らんだ袖の緑の服を纏い──作業着にしてはいささか上等すぎるが──金の鎖にぶら下がった仮面のペンダントを首につけ、筆とパレットを両手に持って。黒い髪は後ろでゆるくシニヨンにまとめている。はやくも髪は乱れているが、整える時間はない。アルテミジアは私を見ていない。そんな暇はない。彼女にはやることがほかにある。

＊

夜の女たちの助言

したいことがわかっているのなら、それをせよ。

辱めを受けても、不当に扱われても、苦痛を与えられても、そこで行き詰まるな。前へ進め。

フィレンツェへいけ。ローマへ、ヴェネツィアへ、ナポリへいけ。

傷を強みに変えろ。だれもが見えるように、とんでもなく大きな画布に描け。

字が読めないといったできないことがあるなら、それを身につけろ。

カエサルの精神を持ち続けろ。

男とおなじ対価を要求せよ。

安売りするな。

交渉することを学べ。

自分を卑下するな。

ときどき夜に思うのは、こういった女性芸術家たちの背景には、当時の慣習に逆らって娘に教育を受けさせようと決めた例外的な父親の影響があるのではないかということ。ソフォニスバ、ラヴィニア、アルテミジアの父親たちはすばらしい父親たちだったともちろん思いたい。女性解放を模範的に進めようとした、賢くて進んだ考えの平等主義者たち――だが、彼らの動機はもっとありきたりなもの――お金だったのかもしれない。このことをどう考えるべきだろう？　彼女ら女性芸術家たちは、自分たちの情熱を追いかけた真の模範的な女たちではなかったのか？　父親たちの野心的なアジェンダに従っただけだったのだろうか？

いずれでもあったと思いたい。そもそもだれの思いつきなのか、だれの言いなりになっていたのか、私たちにはわからないのだから。ソフォニスバの父親が娘たちに絵を習わせていたのは、持参金を稼ぐためだったとも、娘たち自身が望んでいたからだったともいわれていない。ソフォニスバが絵を習わせてもらえたのだから、ラヴィニアも絵の勉強をさせてもらえるよう父親をなんとか説得しなかったのだろうか。アルテミジアは自分も絵を描かせてもらうかわりに、父親のモデルになることを受け入れたのだろうか。

おそらくこれらの女たちはお父さんっ子だったか、少なくとも父親へのアピール方法を心得ていたのだろう。おそらく彼女たちは自分たちがしたい仕事にどうすればたどり着けるか、小さな賢い頭を働かせて考えていたのだ。おそらく彼女たちは父親に身を寄せることでしか抜けだせないとわかっていたからこそ、家父長的な窮屈な縛りから逃れられたのだ。

父親は女性芸術家の物語においてだけ重要なわけではない。カレン、イザベラ、イーダ、メアリー――ほとんどの成功した夜の女たちの背景には父親がいて、どういうかたちであれ、娘に女性らしくない行動をとるように後押ししたように感じる。手ばなしで賞賛される英雄的な父親（カレン）。息子のように娘を育てた厳しい父親（イーダ）。認めてもらいたい、仕事を受け継ぎたい、と思わせた不在の父親（メアリー）。

その陰に母親たちが見え隠れする。因習にとらわれ、台所で精を出し、病に臥せ、亡くなった母親たちが。

Ⅶ　カッリオ――マッツァーノ、冬――春

冬はおっかない。一月はカッリオの犬小屋のような部屋に閉じこもって書く。気が狂いそうだ。やる気はある。去年あれだけ材料を集め、三つの大陸で夜の女たちを追いかけ、日記を綴り、山積みの文献と格闘したのだ――そろそろ編集と執筆に本格的に着手しなければ。

食卓を壁につけて仕事机にする（この部屋でもはや食べたり夢みたりできないだろう、ここでは仕事をするのだ）。まともな仕事用の椅子（父のぼろぼろのオフィスチェア）と、私の夜の女たちの写真を貼る掲示板を手に入れる。分相応の黒い服に身を包んだ中年の女たち、シマウマにまたがるピンナップガール、ライオンの死骸に囲まれた若いカレンとマリリン・モンローと写る老いたカレン、ウフィツィの白い顔をしたルネサンスの女たち、ホロフェルネスの首を斬っているアルテミジア。仕事机の一角にムコマジの赤い砂に染まった木片を置く。ポスト・イットに、「自然進化」、「探検」、「ジャズ構造」、「詩的許容」、「軽やかさ」、「炎」、「よろこび」といった自分への激励の言葉を書く。自分にランチデート禁止令を出し、五月まで予定を入れないつもりだと周りに話しておく。来る日も来る日もひとりだけの世界に引きこもり、ひたすら書く。社交生活もない、訪問イベントもない、熱を上げて旅行を検索することもない、なにもない。ここでは、オルドヴァイの砂漠を越えたときのようにアクセルを踏みこむ。テロリストのつけるスカーフを

顔に巻いて突き進む。いけ！

　最初の一週間。まずまずの滑りだし。朝九時から夕方五時まで仕事机に向かう。だれにも会わず、話さない。二週目はだれかに自分をこのワンルームから連れだしてほしいと頼みたくなる。そうでないと私はおかしくなってしまう。せめてレジの女の子とひと言ふた言交わしたくて、用事をつくって近所の店に毎日通いはじめる。三週目に何十ものメモファイルを行きつ戻りつし、ひやりとした恐慌が胸に忍び寄る。果てはベッドからもはや起きあがれず、パソコンを開くことを考えるだけで吐き気をもよおす。ひとりで黒い洞窟にいるみたいだ。冬の闇が真っ黒な毛布のようにのしかかる。軽やかさ——炎——よろこび、「とんでもない」。書けなかったらどうしよう？　二作目症候群とはこのことか？

　冬のあいだ、この沼に私は足を取られている。この本をどう書くべきなのか、いまだにわからない。思うようにいかなくて叫んでしまいたい。友人の造形作家ユルキがいっていたことを考えてみる——いわゆる「スランプに陥る」のはつきもので、どんな職業でもこの段階をいかに耐えるかが大事だという。私はとうてい耐えられない。だって自ら進んで完全なる社会的空白に自分を追いこんでしまったから。毎晩、自己嫌悪に陥りながら横になってひとりでテレビを観る。ほとんど鬱になっている気がする。しかし、どうして私が鬱になどなろう。私はそれこそ「夢の生活」のまっただなかにいるのに！

「実地検証」を自分の仕事の高尚な方法論として、よくも私は定義づけたものだと思う。はぁ。もう少し違った実地検証を——未踏の大陸への自由に浮かれた冒険と、過去の文明へのタイムトリップを——思い描いていたのだが、孤独、孤立、胸の内に膨らんでゆくいらだち、行き詰まりにさいなまれ、しくじってしまったのかもしれない、こんなことをしていていいのかと思い悩む——多くの私の夜の女たちが私よりも先に経験したすべてを飲みこまなければならないのだろう。こうして昔の女たちはヒステリーの烙印を押されて精神科病院へ入れられたのだ。私はじきにそうなるかもしれない。これまでになく私には夜の女が必要だ。

ある夜、私は失望のあまりフリーダ・カーロへ電話する。フリーダの電話番号は、複製版として刊行されたアドレス帳にあった。このアドレス帳は、私の理想の女たちについての情報を集めていたときに蔵書に加えたものだ。フリーダは赤いペンでくねくねした筆跡でこう書いていた。「フリーダ・カーロ　一九五一一一。ディエゴ・リベラ　~~一三九一一一~~　一四七一一一」

人がついに狂ってしまったといえるのはいつだろうか。一月の冬の夜にカッリオの犬小屋で、股引きと保温シャツ姿で電話を手にし、フリーダ・カーロの番号を押しているときがそうなのか？

フリーダは出ない。「おかけになった電話番号は現在使われておりません」と女性の声が出た。ディエゴに用はない。

五月いっぱい、アーティスト・イン・レジデンスの許可が下りたことがわかった。滞在先はローマ近郊にあるマッツァーノの中世の村だ。表向きにはもちろんすごいことなのだが、黒い沼にはまっている私は恐れをなしている。待ち受けているのは、このうえなく孤独なサバイバルキャンプ。eメールで送られてきた案内によれば、村は蛇の群がる峡谷の縁にあり(「散歩に出かけるときは杖を持っていくように」)、周りにはなにもない。交通の便は悪く、電話は「テラスの左前の隅」でのみ繋がるらしい。忙しい日々を送る家庭の母親にはありがたく聞こえるだろう。私としてはもうこれ以上の孤立や孤独には耐えられない。

が、航空券を買うことで、ふたたび生き返って前へ進めるかもしれない。

人生なんてそんなもの。私は四月の終わりにローマに到着する。マッツァーノに埋もれる前に、ローマで両親と数日を過ごすつもりだ。カッリオの私の犬小屋をクアラルンプールからやってきた若者に貸して、私たちはパンテオンから歩いて二分のところにあるイタリア人男性の広々とした天井の高い古風な邸宅を借りた。立派な家の玄関の両側の壁には赤い文字でMIAと吹きつけてある。私は信じられない思いで目を凝らした。なんという確率。何十軒もある賃貸のなかから、自分の名前が玄関に書かれた物件に当たったなんて。

ああ、永遠なるローマよ！　朝はいらいらするほど遅々として身支度が進まない両親につきあう――これもひとりでは手が出ない極上の三品コースのランチにありつくためだ。背に腹は代えられない。それから私は自分の道をいく。通りや博物館をめぐり、歴史や文化を貪る。そのときだけ執筆のことはすっかり忘れて、すべてのことに酔いしれる。ローマの金色の光に、家の壁の美しい色に、何層にも重なった遺跡に。これらの遺跡を見ていると、町の地図に何百とおりもの地図を、全人類の考古学史を、点線で重ねなければならないような気がしてくる。青々と繁る夏に、ライラックに、花開くセイヨウトチノキに、裏通りの静かな佇まいに酔いしれる。屋上テラスから見わたす町の景色に、夜の朧な逆光のなかで壁の隙き間から幻想的に煌めくサン・ピエトロ寺院に、二千年前のパンテオンが忽然と姿を現すさまに息を呑む。むろん料理に酔いしれる――アーティチョークに、花ズッキーニのフリットに、トリュフ入りウサギのパテに、タコのグリルに、本場のサルティンボッカに、バターソテーしたほうれん草に、プンタレッラに、子牛のタンとサルサヴェルデに、松の実のタルトに、サルディーニャ産ワインに――それから黄昏のテベレ川に、オレンジ色に染まったコロッセオまでの夜の散歩に、そこへ連なる金色に輝くカサマツの長い影に。暗鬱としたカラヴァッジオに、ラファエロの間の宝に、ジェズ教会の金とラピスラズリのゴージャスで二つに折れるほど腰の曲がった老齢の尼僧たちに。彼女たちは私をがらんとした聖歌隊席へ案内すると、私が十三世紀に描かれたフレスコ画の残欠を――壁のなかで薄れつつある輝かしい色を、天使たちの虹のように煌めく翼を――見ているあいだ、ベンチで居眠りしながら待っている。

私の夜の女たちを思う。彼女たちの姿があちこちで影のようにちらちら揺れる。十七世紀の芸術家街のアルテミジア通りを歩く。アカデミア・ディ・サン・ルカの展示室にあるラヴィニアの自画像を見にいってみるが、見つからない――わかっていたことだ。どんな女性芸術家であれ、そう簡単にはお目にかかれない。

最後の夜のメーデーの前日に、もう一度パンテオンまで歩く。満月に近い月が、二千年を経た堂々たる姿の上で煌々と輝いている。まるで大きな動物かなにかのようで、守られている気がする。

フェイスブックに最後のメッセージを投稿する。「来月は中世の情報伝達で。伝書鳩と狼煙はOK。たまにネットか電話が繫がるかも。もっとも確実なのは以心伝心」

マッツァーノ、マッツァーノ・ロマーノ。さてなにから話そう？　中世、山腹の寂れた村。家は七百年前の城壁に囲まれ、鍵は郵便受けのなか。家の窓や屋上テラスから断崖の絶景が一望できる。猪や狐や亀や蛇やサソリの棲む青々と波打つ原始林と、それを分かつ峡谷が眼下に広がる。開け放たれた窓から滝の流れ落ちる音が聞こえる。ここからは見えないが、峡谷にある川からきているのだろう。鳥のさえずり、城壁の上空を飛ぶツバメやニシコクマルガラス。石畳の路地には毛の抜けた片目の猫。ごくごく細い路地、上や下へいく入り組んだ階段と暗い拱道。どこもかしこも馬小屋や地下牢にあるようなアーチ状の木の扉が見られ、閂をかけてある。ここにはお化けが出るらしい――さもありなん。ここでなければどこに出る？

この村に人が住みはじめたのは、清少納言時代の十世紀ごろで、最初の住人は僧侶だった。十四世紀に、この断崖の山腹に町を守る城壁と城壁が築かれ、守られた家が丘の上に建てられた。私の宿もしかり。教会の廃墟の隣にデル・ドラゴ領主の邸宅がある。窓からは村も谷も一望できる。城壁の門にはドラゴ領主の石の紋章――王笏に巻きついた蛇――がついており、門のすぐ後ろには、当時は堀と馬やラバのための小屋があった。昔の城壁の外にある家は後世に建てられたものので、それらはもうひとつの丘に向かって建っている。車道を登れば登るほど、家は現代的になってくる。丘の上の新しいマッツァーノは、車やバス停や雑貨店やATMもある、ごくふつうの世界だ。

でも、ここ旧村は装飾頭文字で描かれた昔の童話の時代のまま、時が止まってしまったように感じる。昔々あるところに、人里離れた王国がありました。その片隅の、交通の便の悪い森と丘と川と城壁の向こうに、とある小さな小さな村がありました。人びとは何百年ものあいだ忘れられ、ひっそりと暮らしていました。彼らがどんなふうにしてそこにたどり着いたのか、もう知っている人はいませんでした。古代の僧侶たちが持ってきたドラゴンの種から生まれたのかもしれません。その種が断崖の丘に根づいて、困難の尽きない環境のもと、小さいながらも成長しはじめました。

とまあ、こんな感じだ。人、家、動物。窓から擦りきれて破れた洗濯物が吊るされ、階段や屋上テラスでは、陽にさらされて勢いのない植物にあふれた鉢植えの庭が灰色の石から立ちあがる。どの灰色の家の壁にも妙な穴がたくさん空いていて、どこにも通じていない破損した階段、壊れた門、苔むした洞穴がある。中央広場にたまに車が迷いこんでくるが、ボンネットがない可能性が高い。小さな石壁の窪みという窪みに、色褪せた聖母の絵がある。小さな広場には小さな食料品店が一軒。地元の農産物を売るヴィットリオの八百屋（じつは店主は休みのときはここで「ヴィットリオ」という仮の名前で店を営むフランス人俳優ジャン・レノではないかと私は疑っている）。小さな礼拝堂もあって、そこでは男たちが中世のフレスコ画のそばで神父と夜を過ごしている。それから当然、バーもある。鷹バー「カフェ・デル・ファルコ」では、汚らしいひとつ目の猫たちの汚らしいひとつ目の飼い主たちが薄汚れたプラスチック製のテーブルについている。熱っぽく様子をうかがっている真っ黒に日焼けしたぼさぼさ頭のキース・リチャーズ似の飼い主とか。

私が到着した夜、「このぞっとするバー」へ、村に住んでいる八十四歳のフィンランド人のカイに連れられてきた。「ヴィットリオ」で買った材料でミネストローネをつくっていたら、「ここにフィンランド人の作家はいるかね？」とドアホンから大きな声が聞こえた。どうやらレジデンスにきた人たちにバーでカフェ・コレット――修正したコーヒー――を、つまりサンブーカで風味づけしたエスプレッソをご馳走するのがカイの恒例らしい。が、私はコーヒーを飲まないので、紅茶でつくったおなじ飲み物をご馳走になる。カウンターの向こうに立つシルヴィアにしてみれば、こんな飲み物に味の保証はできないようだ。ふつうのエスプレッソは八十セント、修正版は一ユーロ。飲みながらカイが町の歴史について話してくれる。さらに猫の尿と黴の臭いがするほぼ真っ暗な秘密の拱道を教えてくれた。お化けや村史についてのぞっとする物語のことを考えなければ、そこを通って宿に帰れるのだが。やがてカイはイタリアの頬を合わせる伝統的なキスをしてみせると、自宅へ向かった。彼の家はたった二軒先のごくごく細い救世主通りにあった。

数日経って書いたこと。

ここはなんという神に見捨てられた場所だろうと最初は思った。みすぼらしい家、倒壊した教会、潰れた車。ローマのタクシーもナビで村を探せなかった。一日か二日経ってようやく食べるものにありつき、よく眠り、持参した日本茶を飲み、勢いよく流れる川の音を聴きながら屋上テラスで陽にあたって本を読んだあと、夕方に忙しなく廃墟を飛びまわるツバメに目がいくようになって、くつろいだ温かい心地になる。そうして、壊れた門や壁で行き止まりの階段をじっくり眺めるようになる。石の城壁の上でのびている雑草、何百年にもわたってさらされたモルタルがさまざまな色の表面をかたちづくる凸凹した壁、細い道の傾いだ影、アーチ形の天井、色が弾けとんだように紐に吊るされている洗濯物を写真に収めたくなる。夕暮れのなかを飛んでいるツバメや清々しい朝の光、窓からあふれる甘美な朝の匂いやニシコクマルガラスにすっかり恋に落ち、三日目には残された日数を数えはじめる——二十四日。朝七時に発つ唯一のバスでローマへ日帰り旅行する気になれない。ここから六分で新しい村へ登ってもいけるが、どうしてどこかへいきたいなんて思えるだろう。この灰色の城壁の内側に、これらの家の小さな迷路のなかにただ留まっていたい。通りぬけできる三本の道を歩いていたい。この城壁の谷を流れる川の音の静かなざわめきをただ聴いていたい。この城壁の内側に、そこに潜む宇宙のなかに閉じこもっていたい。

残りの二十四日間のための指示を自分に出す。

日没前にツバメを見るために外に出よ。

城壁のざわめきを聴くために外に出よ。

気温二十七度の夏日。仕事をしなければと思うが、少しのあいだ屋上テラスで陽にあたりながらのんびりしたい。それから上の村の魚屋までいってタコを買って、帰りは鷹バーでグレープフルーツジュースを飲む。小暗い迷路のような路地を通って帰っていると、レジデンスの住人たちに出くわす。「あれ、きみはたしか」と男性がいう。彼は弟の幼友だちのマルクスで、一緒にいるのは芸術家の奥さんのアウラと三人の息子さんたちである。みんなものすごくいい人そうだ。夕食を一緒にどう？　一緒に森を散策しましょうよ、とアウラがいう。彼らははるばるフィンランドから車できて、ここに二ヶ月滞在するようだ。うらやましい。

夜にアウラが私のＵＳＢモデムで（やっとのことで繋がった！）ｅメールを読むためにやってきて、少しおしゃべりをする。アウラはおもに水彩画を描いていて、ここ最近はアグネスやチェチーリアといった初代教会時代の聖女を描いていたらしい。チェチーリアはわかる。ローマのサンタ・チェチーリア・イン・トラステヴェレ教会で大理石像を見た。チェチーリアが三世紀に純潔を守り、断食し、粗布を肌に着け、閨で夫を拒みすらし、四百人のローマ人をキリスト教に改宗させ、そのために首を斬られることになった話をアウラから聞く。死刑執行人がチェチーリアを刀で二度斬りつけても首は胴体から離れず、彼女はさらに三日間、血を流し続けたという。アグネスのトレードマークは地面につくほど長い髪だ。ちょっとアウラに似ている。四世紀のローマに生きたアグネスは求婚者たちをかわし続けていたが、彼らのひとりからキリスト教徒であることを告発された。その罪として、現在のナヴォーナ広場であるドミティアヌス競技場で人の目にさらすため裸になるよう命じられた。ところが、アグネスの髪が奇跡的に伸びて全身を覆い、純潔を保ったのだった。

アウラも彼女が描いたこれらの聖女たちのようだ。彼女には直感や予感といった感じる力があり、新たにだれかと出会ったり、強い気を感じたりすると目眩を覚えるらしい。私のことは、星座は自分とおなじ天秤座だとすぐにわかったというが、それにどんな意味があるのだろうか。絵を描くほかに、アウラはパフォーマンスアーティストでもあり、コンビを組んでいるリンダと一緒に行うパフォーマンスの多くが歴史的な女たちを扱っている——かつて二人は、マリー・アントワネット、アンナ・カレーニナ、スー・エレン、聖母マリアとデートができるコンパニオンサービスを催した。アウラもリンダも、おたがいの見わけがつかなくなるようにパフォーマンスのために髪を長く伸ばし、黒くしていた。

夜遅くに、アウラの描いた聖セレナをネットで探しあてる。それはまるで彼女のようだ。セレナよりも悲しみをわずかに帯びて、自分の運命を知っているようにも見える。水彩が目の下へ薄い影を落としていた。アウラ自身は晴れやかなエネルギーに満ちているのに。いつかセレナアウラを呼んで、屋上テラスでグラスワインを飲もう。聖女やそのほかの夜の女のことについて話しあい、目の前に広がるエトルリア人とファリスキ人の太古の墓が眠っている古代の森を眺めよう。

五月のマッツァーノでは夏日が数週間続いている。なにを考えながら私は荷造りしていたのだろう——きっと中世の石造りの家は寒いとでも思っていたのだ——スーツケースのなかにはカシミアのニットや竹布の下着は山ほどあるのに、必要なサンドレスは二着だけ。最後の最後に削ってしまった。

荷造り講座の項に追加すべし。「サンドレスは削るべからず」。重さは五グラム。ハンカチ程度の場所しかとらない。でしょ、ネリー・ブライ？

マッツァーノで村祭りがある日。朝は執筆時間にあてていたのだが、取りかかろうとしたときにドアホンが鳴った。カイだけど、うちの奥さんとそこまでお茶しにいかないかい、とのこと。こういったイベントにレジデンスの住人たちを連れていくのが彼らの決まりなのだ。「十五分後に上のアンティーザ広場で会おう」「どこにあるの？」と私。私は旧市街のウンベルト一世広場しか知らない。「それじゃあ迎えにくるよ」とカイが鼻息を荒くした。ドアホンの切り際に「おいおい、マッツァーノで迷子になる女かよ……」と聞こえた。アンティーザ広場は、ここから二十メートルほど先にある、われらが教会の廃墟の前庭のことだとわかった。

私たちはネーピ[230]の中世の村へ車で向かう。カイの奥さんのクリステルは知的で、ユーモアのセンスがあって、すこぶるデキる女性だ。彼女は長きにわたって国際的な一流の仕事に携わり、私が生まれた年からイタリアに住んでいる。車窓から見える景色を息つく暇もなく教えてくれる——遠くに霞んで見えるのはアペニン山脈（冬にスキーができる）、ヘーゼルナッツ畑（ぶどうやオリーブはここには向かない）、樫（七種）、セイヨウキヅタ（うっかり見惚れてしまうが、

230　ローマの北東四十キロにある町。

その本性は木を枯らし、村の塀を破壊する）、大きな廃屋（マカロニ・ウエスタンが撮られた元映画スタジオ）、湧水（ここからネーピのミネラルウォーターがボトリングされる）、ネーピの水道橋[231]（一メートルにつき、たった二センチの傾き）。ネーピでクリステルは運転手を務めるカイに駐車場所へ（あなたがイタリア人なら駐車するであろう場所へ）頼もしく案内する。ネーピには市が立っている。教会の前には、白いガウンに身を包んだ堅信式を受ける子どもたちが集まっていた。ほどなくして村の楽団が登場し、そのあとを子どもたちが列になって路地をめぐる。その光景はフェリーニの映画さながらだ。チーズ屋の売り場を見てまわり（私たちはペコリーノを選んだ）、私は保湿クリームを買う（エトルリア人のレシピによるもの。オリーブオイル配合）。クリステルは私に干からびた棒きれのような甘草の根をひとかけ買ってくれた。それをいわれるままにしゃぶりながら帰途につく。ようやく腰を落ち着けてコーヒー／紅茶にする（アイスティーはテ・フレッドと頼むらしい）。クリステルが心に残った仕事の話をしてくれた。ヘルシンキではいちいち頰を合わせてキスをするはめになる、とカイはいう。マッツァーノに関わっているということを除いては、だれとあいさつしているのか、皆目見当がつかないらしい。二十年のあいだに毎年二十人の作家や芸術家がここを訪れた——だれもがカイを覚えているが、さしものカイも全員は覚えていられまい。

　部屋でお昼を食べて、しばらく書いてみる。そろそろ村祭りへ急がなくては。廃墟となった教会の前庭に建てられたテント内で村を挙げて料理をつくっているらしい。古代エトルリア人のように見える色黒の女性は顔を粉まみれにしてピザを焼いている。ヴィットリオはエプロン姿で立ちまわっている。鷹バーにたいてい朝の七時から居座っているキース・リチャーズは、ハンバーガーのパテをグリルで焼いて、キース本人が満員の観客にギターを弾いているのとおなじような熱量で体を動かす。ゴムの入ったヘアバンドをつけ、くわえ煙草で揺れながら。広場には長いテーブルが運びこまれ、私はアウラたちと一緒に出されているものはなんでも食べる。揚げピザ、アーティチョークのフリッター、そら豆とペコリーノ、手づくりのレモンタルト。フィンランド人画家のマリも合流した。マリは十二年前にここのアーティスト・イン・レジデンスへやってきて、いい人に出会って娘を授かり、この村に住み着いた。夜が更けるにつれ、地元の若者たちのバンドが、ガンズ・アンド・ローゼズからメタリカ、ニルヴァーナの『スメルズ・ライク・ティーン・スピリット』までしかるべき曲を廃墟で演奏し、長髪のギタリストが控えめに髪をふり乱す。

私は、静かな執筆リトリートを行うために、この隔絶された村へきたと思っていた。交通の便は悪く電話もネットもなく身動きできなくなって、ひと月で少なくとも閉所性の情緒不安定に駆られると思っていた。でも、この人里離れた辺鄙な村は、ヘルシンキの冬のカッリオ地区よりも活動的で人の交流がある。執筆は進んでいないが、朝の身支度を九時までにすますことは身につけた。だれがドアホンを鳴らして、どんな予定が入るかわからないからだ。こういう連帯感のほ

231　長さは二百八十五メートル、最大の高さは二十メートル。

うが、一月の暗闇のなか、カッリオの犬小屋のような部屋で孤独な隠遁キャンプを送るより断然素敵だ。

マッツァーノ風料理。八百屋「ヴィットリオ」へいって、どうしたものかと立ちつくしていたら、外で様子をうかがっている老人のひとりがやってきて、彼の十八番レシピを話してくれた。「こういうのは調理できるかね?」と、ずる賢そうな顔のカラブリアの大将が驚くほど上手な英語で尋ね、長いえんどう豆の鞘を指さした。彼からシチリアの豆パスタの作り方を教わる。豆を十分間塩ゆでし、玉ねぎを透きとおるまで炒め、シチリアらしさを出したければ塩ゆでした豆と少量のゆで汁とベーコンを加え、ショートパスタといただく――「長いのじゃなくて、短いのだよ」と大将は指を立てて左右に振りながら念を押す。食材は一ユーロ四十セント。「どこからきたのかい?」と大将が訊く。彼自身は世界一周したらしい。「グアテマラで車が壊れてね、そこに十五年いたなあ」。「マッツァーノでも壊れたのですか?」と私。「まあ、そんなところ」らしい。

マッツァーノのレジデンスの実務を担当しているカルラが、有料で近隣地域へドライブに連れていってくれることになった。これで少しは外の世界を見ることができる。夏日一日目は近くのブラッツァーノ湖へ、二日目はローマまで足を延ばした(カルラの車は修理中のため、彼女のお隣の八十三歳のおじいさんが鼻に酸素チューブをつけたまま私たちの送り迎えをしてくれる)。三日目はマッツァーノに近い、中世の面影を残した比較的大きな町ヴィテルボへカルラと車で向から。ショッピング街を歩いているときだった。カルラが私のスポーツサンダル（いまだに手ばなせないでいる）に一瞥をくれると、そんな靴は「もう絶対に」履かないで、という。つぎに立ち寄る靴屋でカルラの勧めるイタリアらしい豹柄の革のサンダルを買うのがよさそうだ。彼女が私のせいでこれ以上恥ずかしい思いをしなくてすむように。

私たちは小さな広場の緑色の東屋でお昼を食べて、十三世紀に教皇が張りつめた状況のローマ[232]から逃れてきた宮殿へ向かう。宮殿の博物館のなかを歩く。戸棚は聖遺物であふれている。だれに由来するものなのか、もはや知る人すらいない。だが、装飾的なガラス張りの木箱のなかには、何十もの骨やもつれた髪、歯のかけら、指紋が遺されていた。展示ケースをじっくり見ていると、カルラがなんとはなしに教えてくれた。そういえば、カルカータの村近辺にキリストの切除された陰茎包皮が保管されていたんだけど、盗まれちゃったのよね、と。

私は信じられないという思いでカルラを見つめた。「キリストの包皮が」――「カルカータで」――「盗まれた」――この気違いじみた文の一言一句が、まったくもって解せない。まず、「そもそも」キリストの切除された包皮が保管されているなど、どこまで本当なのだろうか。もし本当だとして、どうやって、どこで？（私が知らないだけで、歯の妖精[233]よろしく一般的なしき

232　ローマ教皇につくか、神聖ローマ皇帝につくか、都市内部で派閥抗争が起きていた。
233　抜けた乳歯を枕もとに置いておくと、妖精が贈り物を持ってきてくれる。

たりなのだろうか。子どものへその緒を箱にしまっている母親もいるというし）。世界広しといえども、わざわざイタリアのカルカータに、アウラ一家と訪ねたばかりの丘の上に突っ立っている夢のような石の村にそれが落ち着いたなんて、どこまで本当なのだろう？ キリストの包皮はカトリック市場において、理論上、どれほど強い国際通貨となりうるのか？ 偽造包皮はたくさん出回っているのだろうか？

アウラとマルクスの家へ食事をしにいったとき、これらの疑問の答えが出た。ポレンタのフリッターとカントゥチーニのあいだくらいに、マルクスが謎めいた包皮の話を持ちだす。彼の聞き知ったところはこうだった。

話によると、八〇〇年にカール大帝がキリストの包皮を「クリスマスプレゼント」として教皇レオへ献上した。献上する以前にカール大帝自身は包皮を大天使から贈られていた――より信憑性のあるべつの話によると、カール大帝はビザンツ帝国の皇妃から結婚祝いに受け取った。ともあれ、教皇レオはクリスマスプレゼントをローマのサンクタ・サンクトルム礼拝堂に納めた――手にしているのは重要な遺物、キリストの残された唯一の肉片だった。実際にヨーロッパで「偽包皮」も競うように大量に出回ったほど重要で、それらを祀る礼拝堂や護衛のための会がつくられた。

しかしながら、この「オリジナル」の包皮は一五二七年に、カール五世の軍勢がローマに侵攻[234]したときの混乱で紛失の憂き目に遭う。このとき兵士のひとりが包皮を略奪したが、ローマ近郊で捕らえられ、カルカータで投獄された。彼はそこに聖遺物を隠したという。包皮はカルカータで三十年後に発見され、一五五七年から村の教会で保管されていた。教皇シクストゥスは包皮を崇める人びとに赦免を与え、カルカータは巡礼者たちの人気スポットになった。というわけで、ソフォニスバやラヴィニアは包皮に発奮したかもしれず、見にいったかもしれない――が、なぜだかそんな気はしない。

一六一〇年にガリレオ・ガリレイが望遠鏡で土星の輪を発見したとき、ヴァチカンの司書は聖なる包皮についての研究論文を発表した。いわくキリストが昇天したあとに、「この包皮が土星の輪になったと思う」（はたしてガリレイとアルテミジアはこのことについてフィレンツェのメディチ家の食堂で話しあうことはあったのだろうか）。十九世紀に入って、フランスの修道院の包皮に鑑定書をつけるよう求められることになった。何十年と続いた論争は、一九〇〇年にヴァチカンが聖なる包皮について話すことも書くことも罰則により禁止したことで収まりがついた。一九六二年にヴァチカンはついにキリストの割礼の崇拝を教会暦から取り除き、包皮騒動に決着をつけようとした。

一九六〇年代にカルカータへ移り住んだヒッピーたちにとっては、包皮の崇拝と包皮を新年の

234 サッコ・ディ・ローマ。教皇領は皇帝配下のドイツ傭兵たちに攻略され、強奪、殺戮、略奪に遭った。

パレードで運ぶことはすばらしい仕事のように思えて、その伝統は一九八〇年代まで盛りあがった。しかし、カルカータの司祭がわずらわしい問題に口を挟むことになった。年があらたまる少し前、彼は「包皮を靴箱に入れて自宅へ持ち帰ってクローゼットにしまった」と告白。それが今「盗まれた」。犯人は捕まっておらず、包皮は見つかっていない。だが、犯人の居場所はわかった。ヴァチカン秘密文書館[235]だ。

人間の情熱の道はなんと探りがたいものか、と夜にベッドに横になりながらまたも思う。聖包皮、夜の女、崇拝の対象。それに遺物をバカにしている私って何様？　もしソフォニスバの巻き毛やアルテミジアの本物の指紋が見つかろうものなら、私はどれほどの忘我の境地にいたるだろう。

気温は上がり、今日もまた夏日となる予想だ。だから、部屋でゆっくりしていようと思う。食器を洗い、洗濯し、お昼をつくったら、日記を更新し、なんとか最新状態にする。なにもシナイ砂漠をラクダで移動しているわけでもないのに時間がなくて何日も書けなかったことを罰当たりだと思う。パソコンにしまいこんだ山積みの調査メモファイルが文章になるのを今か今かと待っている。こんなことをしていたら、いつまで経っても本は完成しない。私の夜の女たちはなんと精力的で仕事がはやかったことか。彼女たちがうらやましい。イザベラやイーダはいうまでもないが、ラヴィニアやアルテミジアだったら、とっくに仕事は終わっているだろう！　なんの関係もないファリスキ人の太古の墓を丘の上で探しまわったりしないで、部屋でしっかりとまじめに取り組んでいればいいのに！

　それからこうも思う。もし気温が三十二度になったら、窓を閉めて、ひんやりとしたソファにしばし寝そべって、フェリーニの『甘い生活』を観てもいい、と。ここで観るから完璧なのだ。ここではフェリーニの映画がありふれた日常のシーンのようににわかにドキュメンタリー性を帯びてくる。

　ここここそ自分のいるべき場所なのだと感じる。それ以外はどこか遠くの、霞がかったベールの向こうにある。執筆を待つ本もしかり。


　レジデンスを提供している財団の代表が訪問するということで、それを記念して、私が滞在している建物の地下にあるカンティーナでカルラが夕食会を開く。カルラは朝の六時からずっと料理をしていた。テーブルはご馳走で撓んでいる——オムレツ、パスタサラダ、豆のシチュー、ナスの油漬け、グリルした鶏むね肉、チーズ、サラミ、オリーブ、ルパン豆、ティラミス——だれもがプロセッコをおたがいにせっせと注ぎあっている。心地よい賑やかさと騒がしさ。すべての言語が混ざりあい、重なりあう。フィンランド語、英語、イタリア語、エストニア語、スウェーデン語も。財団の代表者であるユルキとその彼女、二人の友人でつきあいはじめたばかりのカッ

235　現在は、ヴァチカン使徒文書館。

プル、息子たちの同伴なしのアウラ、エストニア人のレジデンスカメラマンのカレル、それからマリ、カイ、クリステル、昨日、夫と到着したカイの娘さん、カルラとご主人のパオロ。ユルキはおもしろくて声の大きな人だ。彼は上の市場で買った小さすぎる山吹色のTシャツを着ていた。Tシャツには「Beach life」と書いてある。彼のユーモアのセンスを反映しているにちがいない。でも、柄じゃない。カイは会話にはそれほど入ってこないが、目の前に並んで座っている若い女性たちを幸せそうに見つめている。カルラはいっこうに席につかない――座る椅子すら彼女にはないようだ――カルラは延々と料理をつくり続け、ほかの人たちが食べているのを満足げに微笑みながら見ている。まさにこのような騒がしい夕食をフィレンツェで望んでいた。思いがけずここで、ひとりぼっちのリトリート生活を送ると思っていたここで、望みが叶うなんて。席上では、昔のレジデンス客たちが話題に上っている――ひと月のあいだ閉じこもったきり出てこず、あとになってひどい場所だったと不満を漏らした人。村から出てもせいぜい森までだった人、ミラノの近くのマッツァーノにうっかりたどり着いた人、場所をまちがえてナッツァーノにいった人。ある人は、到着した初日の夜にパニックに陥ってカルラに電話をかけ、部屋にお化けが出るとクレームをつけた――幸いにもべつの部屋が空いていたので、そこへ移ってもらい、まずはカルラが超常現象を点検した。私はマッツァーノに首っ丈だというと、ユルキはたいそうよろこんだ。

深夜になって全員が帰途につき、テーブルが片づけられ、借りた椅子が戻される。私は、十メートル先の部屋まで歩いて帰り、なおも冷蔵庫からヴェルメンティーノ・ディ・サルディーニャを取り出してグラスに注いで、屋上テラスへ向かう。星空を見て、太古の森の静かなざわめきに耳を澄ます。

最終日にアウラが私を描く。

モデルになってくれないか、と前々からアウラにいわれていた。もちろん、なる。アウラはアトリエの床の上で描いている。光は高い窓からあふれている。私は彼女の前に座って、心を落ち着かせるために新聞なんかを読んでいる。アウラは墨に浸けた長い棒で水彩画用紙に下書きをしてから、青や黒の水彩で描く。何枚も何枚も、角度を変えて、離れたり近づいたりしながら。似顔絵じゃないからね、とアウラが念を押す。もちろん、わかっている。アトリエの机の上にある絵のなかの女たちの顔は一部が歪んでいるか、すっかり変わっている。多くが獣の体になっているか、人影が背後からのぞいている――違和感と存在感の強い作品だ。

アウラの作業を見ることができるなんて素敵だ。よくしゃべって陽気に口がまわるそばから、あの黒くて奇妙な絵が現れる。アウラは潔く塗っていく。たじろいだりしない。絵が気に入らなかったり、し損じたりすると、大きな筆で塗り重ねるか、黒く塗り潰す。水彩が湿った紙の上で広がってゆく。アウラが私の顔の一部を布きれで拭きとると、まるで水面下にいるような、黒い池に沈んだような不完全な歪んだ顔になる。私が三歳の子どものように見える絵もあれば、青年に見える絵もある。でも、私だとわかる絵も何枚かあった――結局のところ、芸術家はいつだって自分を描いているのよ、とアウラはいうけれど、他人の目で描かれた自分を見るのは妙にじんとくる。最後の大きな一枚にアウラはいくつもの顔を描く。並べたり、重ねたり、変形させたり、ゆらゆらと揺れるネガのように、あるいは考古学的発掘の跡のように。

私は素描を二枚もらって帰る。もっとも大きな一枚はアウラが手もとに残し、さらに手を加えて、作品に仕上げるのだろう。アウラは「砂漠を走る女たち」と題した展覧会の準備を進めているらしい——絵には動物も描きこむけれど、動物は外側から暗示や脅威を与えるにとどめるだけのこともある。女が動物と一緒に走るのか、動物から逃げるのか、まだはっきりしないけど、とアウラはいう。

なんのことか、私はすぐにわかった。

空の旅はかつてないほど美しい。私たちはローマから飛びたち、丸いブラッチャーノ湖の端を指して緑の丘の上空を旋回し、アングイッラーラ村の岬の先端とオルシーニ城を目にすると、雲のなかへダイブする。雲を突きぬけて、その柔らかい綿の上へ、太陽の青い王国へ漂う。

出発に先立つ日々の抑えきれないやるせなさは消え、はかりしれない幸せと感謝の気持ちしかない。このすべてを越えて飛んでいることがふしぎ。私の夜の女たちが夢にも思わなかった仕方で、こんなふうに旅をしている。これらすべての出会いを思う。この旅で出会った人びとを、思いがけない刺激的な一体感を。カルラとカルラの家族を思う。茶目っ気のあるパオロと黒服を纏う娘さんを——いつも笑っているカルラを。たまにだれかを「殺して」しまいそうなほど怒り、私とサルディーニャ島へ旅をしたがっているカルラを。つねになにかを感じとり、よろこびに満ちたアウラを。ほがらかなマルクスと息子さんたちを。大きな転換点に向かって進み、猛烈な創作意欲に燃えている謎めいた美しいマリを。私のことを自分の孫のように愛しい子と呼び続けたおかしいくらいに優しいカイを。だからこそ、ローマで買った裸のラ・フォルナリーナの肖像画のポストカードにお礼を書いて渡すことが、どうしてもできなかった。カイやとんでもなく有能なクリステルにどう思われるか考えると。村人たちを、森を、森の精霊たちを、エトルリアの女たちを、彼らの太古の墓を思う。私が心から好きになったローマを、何度も戻ってきたい永遠のローマを。この町とこの小さな村のおかげで、私と出会った人びとのおかげで、最後のひと月は幸せしか感じていなかったことを。せめてこれらすべてが、気持ちを前向きにしてくれるという緊張型頭痛のために処方された薬のせいでないことを願う。

フィンランド。ローマで買った帽子が、ヘルシンキ・ヴァンター空港のトイレではアンディ・マッコイ[236]のように見える。解せぬ。イタリアではとてもイケていたのに。

236　フィンランドのロックバンド「ハノイ・ロックス」のギタリスト。

Ⅷ　ローマ――ボローニャ――フィレンツェ再訪

二年後、私の夜の女たちのいるイタリアへふたたび戻る。なにかが変わった気がする――女たちがついに、少しずつ、閉ざされた広間から、忘れられた物置から、陽の光に向かってゆっくりと歩みだしたような気がする。

ローマの十七世紀の芸術家街に、アルテミジアがレイプされた通りのすぐそばに、私は宿をとる。部屋は白い漆喰が塗られ、天井が高くて美しい。ベッドに横になると、古い穀倉の黒ずんだ垂木が見える。二階の窓から身を乗りだして、細い路地に目をやる――これらの家の奥にクローチェ通りがあり、そこに一六一一年にアルテミジアが暮らしていた。窓を開けると、通りの騒音が部屋に流れこんでくる。夜はオペラと夕食を探している一行の喧騒が、朝はベスパのエンジン音、ゴミ収集車、路面清掃機、厳かに響く教会の鐘の音が聞こえる。アルテミジアの助けを求める叫び声も、ここまで聞こえるかもしれない。

このあたりの通りは、四百年前は脅迫されたり殺害されたりすることもあって危険で物騒だった。今でも安全とはいえない。ローマのニヤつくクソ野郎たちに地下鉄で移動中に二日分の旅費をスられた。でも、ここアルテミジアの寝室は素敵だ。溜め息のように軽いカーテンが窓辺でそっと揺れている。通りから聞こえてくる音に耳を澄ます。ルームメイドが朝食を部屋に運んでくれる。

アルテミジアの住所のあたりを歩いてまわる。バブイーノ通りの白い角屋敷で、現在はアトリエ兼カフェの二階にある迷路のような梁がめぐらされた部屋をまわっていると、自分が本当にアルテミジアの実家にいるような気がしてきた。いや、きっと私は本当にいるのだ。かわってマルグッタ通りでは、蔦に覆われた建物群が古いものすべてを押さえこんでいた。アルテミジアの時代は芸術家街だったコルソ通りは、今では観光客や何千というローマ市民であふれている。日曜日になると車両通行止めになり、ショッピング街や世界各地にあるありとあらゆるファストファッションブランド、スニーカーショップ、モバイルショップまで歩行者で混みあっている。アルテミジアが母親の葬式で見たカラヴァッジオの絵を私も見たくて、サンタ・マリア・デル・ポポロ教会へいく。市民の宝の前はテープでバリケードが張られ、警備員が礼拝堂への観光客の入場を制限していた。順番を待つあいだテープをなんの気なしに見ていたが、はたと気づく。「アルテミジア、アルテミジア、アルテミジア」とテープ全体に書かれていた。

それから町を抜けてナヴォーナ広場まで歩いていく。広場の端にある博物館の外壁に、ユディトがホロフェルネスを殺害している巨大な布が垂れ下がっている。館内で、ユディトはホロフェルネスをもう一度殺す。スザンナは長老たちのセクハラに苦しみ、ルクレツィアは自害、ダナエは黄金の雨を浴び、血の気の失せた唇のクレオパトラはまたも死ぬ。どの部屋にもアルテミジアの手による作品が展示されている。

それもそのはず。これは私がはじめて観る夜の女の個展なのだ。[237]

　ローマでの私の追跡リストには、ラヴィニアのもっとも有名な肖像画もある。義父のために一五七七年に描いた一枚で、現在はローマの美術学校の収蔵庫に隠されている。アカデミア・ディ・サン・ルカの展示室でラヴィニアにひと目会いたくて、これまでに何度も足を運んだが、まだ一度もまみえていない。だが、英語とイタリア語で数えきれないほどeメールを送り、徒労であれ通い続け、電話をかけ続けた結果、ついに会えることになった。興奮を抑えきれない一方で、後ろめたさも少しある。自分は「本物の」美術史の研究者でもなんでもなく、夜の女たちのただの追っかけだということを私は黙っていたからだ。

　が、ついに今、すべてがなんでもないように滑りだす。博物館職員のファブリツィオが収蔵庫の扉の向こうへ姿を消し、一分も経たずにラヴィニアを片手にぶら下げて姿を現した。彼は展示室のテーブルの上の発泡ゴムのかけらの上に垂直に置いて、合板でつくられた立方体にもたせかけると、ほかの用事をすませにその場を去ってゆく。思いもよらず、私はラヴィニアと二人きりになった。

　絵は小さくて、持ち運べる大きさだった。やはり、本やネットで見たのとはまるで違う色だ。ラヴィニアのボローニャの花嫁衣装は「薄紫色」で、蓋の開いたチェストもイーゼルもラヴィニア本人も、すべてがきわめて秀麗で精巧。私は監視カメラに目をやって、ラヴィニアの隣にさっとしゃがんで、私たち二人を自撮りする。写真の端に私のノートとペンとローマの地図が記録された。

まもなくしてファブリツィオが絵をさげるために戻ってくる。ラヴィニアのお蔵入りの理由を説明してほしかったのだが、彼は忙しそうで質問できそうにない。しかし、私の任務は果たされた。似非研究者は謀略をめぐらせて自ら思いついた調査対象に近づくことに成功した。暗闇で息を潜めているひとりの夜の女が、ほんの一瞬、日の目を見た。

フィレンツェでは旧市街のペンションに泊まる――それは私の予算をはるかに超えるが、部屋からアルノ川が見えるし、人は一生に一度はフィレンツェで眺めのいい部屋（a room with a view）を持つべきだと思う。斜めに差しこむ金色の朝の光に誘われながらも、足ははやくもウフィツィへ向かう。凄まじい人混みにくじけそうだ。どこもかしこも日本人観光客の群れができており、私が見たい絵の壁になっている。ベアトリーチェだけがだれもいない部屋で所在なげにぽつんといる――胸に一物ありそうな顔に出くわして笑いがこみあげそうになる。

夕方にはもう行列はなくなっていたので、もう一度ウフィツィの書店へいくことにする。展示室もささっと見てまわろう――閉館まであと三十分はゆうにある――あの女たちを、バッティスタを、貝殻のなかに立っているシモネッタを、人の壁に阻まれて朝は見ることができなかったほ

237　二〇一六年にローマ博物館で開催された「アルテミジア・ジェンティレスキと彼女の時代」展。

かの女たちをひと目見よう。二階へきて、ここでは今日、小規模な特別展が開かれていたことに気づく——まさか、嘘でしょ、プラウティッラ・ネッリの、シスター・プラウティッラの、「フィレンツェで最初の女性芸術家」の、現存する作品は数点といわれている十六世紀に活躍した尼僧の特別展だったなんて！　突き動かされるように私はつぎからつぎへと作品を見る。プラウティッラの絵はどうやらほかにもあったらしい。それらが見事に修復され、聖人画からはみずみずしい優しさが滲みでている——おそらくプラウティッラは修道院の作業部屋で連作として制作し、尼僧たちによる本格的な芸術工房を運営していたのだろう。サンタ・マリア・ノヴェッラ修道院の食堂で劣化していた、絵画史上唯一の女性による七メートルもの大作『最後の晩餐』がいよいよ修復作業に入り、修復後は修道院で永久に展示されることもわかった。

それだけではない。突如としてフィレンツェで女性芸術家たちのルネサンスが一斉に巻き起こったような気がする。ウフィツィの新館長は規範を書き改めることに着手し——ようやく——女性芸術家たちの作品を収蔵庫の奥から出して展示室の壁に掛けることにした。今後も、シスター・プラウティッラのようなほかの芸術家たちの展覧会も予定されており、ヴァザーリの回廊に隠された女たちの自画像はウフィツィのそれぞれの部屋で展示されることになっている。ソフォニスバ、ラヴィニア、アルテミジア——二年半前に私が必死になってここで探しまわったすべての作品が、もうすぐ世に知られる。キャプションボードに書かれた文が、夜の女たちのために苦悩した私の心を癒す。「新しい見解によれば、女性芸術家たちはルネサンスになくてはならない存在だった」

警備員たちに閉館するウフィツィから追い出された私は、サンタ・トリニータ教会へ向かった。考えをまとめるため、世にも驚くべき変化について、大きなお腹でフレスコ画から問いかけるような眼差しを私に注ぐサセッティの娘に語るために。それから、姉妹が営むごく小さなレストランへいって夕食をとる。窓際の席からアルノ川の黒い水と、そこに幾層にも重なって映しだされる建物の光が見えた。

帰る途中、ヴェッキオ橋でデモに遭遇する。玉石を敷いた細い道へ入って集団を眺める。一行の列はどこまでも続く。行進していたのはほとんどが女性だった。若い女性、中年の女性、年配の女性。これは女性たちのなにかのデモ行進なのかもしれない。そういえば今日は「国際女性デー」[238]だった。だから、プラウティッラの展覧会も今日開催していたのだろう。カーニバルさながらのすごい人出だ。女たちがひきもきらずやってくる。彼女たちはプラカードを掲げて、私は撮れるだけ写真に撮った。プラカードには卵巣の絵が描かれている。彼らは女性の自己決定権を、自分の体のことは自分で決める権利を、産む機械にならない権利を、サセッティの娘にならない権利を求めている。

これがなにを意味するのか、ついにわかった。「西暦」二〇一七年、フィレンツェの女たちはやっと外に出た。寝室から、台所から、地下室から、物置から外へ出たのだ。あまりに素敵で、

238　三月八日。女性の社会参加と地位向上を訴える日。

私はほとんど息ができない。

［口述筆記による助成金申請書］

拝啓

　私の本がいまだに完成していないことをお詫びしたく、ふたたび筆を執った次第です。業を煮やしておられますよね。少なくとも去年からお待ちいただいているのですから。思っていた以上に、作業に何倍もの時間をとられております。取りあげる女たちはあまりに多く、それぞれが違っており、一人ひとりを細かく調べあげなければなりませんでした。これに余分に時間をとられました。加えて、よくよく調べてみると、女たちの不十分さや不備が露見したり、考えさせられる端緒をつかんだりして、新たな調べものへ誘われるのです。膨大な数の女たちのなかから、もっともふさわしい女たちを厳選しなければなりません――なんと頭の痛いことでしょう！

　作業を進めるために幾度となく旅をしたことで、私は立ちゆかなくなりました。資金は底を突き、実のところ、しばらくのあいだ私は身ひとつでした。大変恐れ入りますが、本をかたちにできるよう、さらに五百ドゥカートを送っていただけないでしょうか。できるだけ急いで作業を進めておりますが、あいにく頭痛やほかの不調のため――ここでは詳しく申し上げませんが――往々にして寝こんでしまうのです。それに輪をかけて問題なのは、過度な脳疲労による吐き気です。これに襲われると、仕事をする気にもなれません。そうなると時間だけが救い――何週間かべつのことをすれば、あなたさまが今か今かと待っておられる目の前の仕事への意欲がふたたび湧いてくるのです。

なにとぞご理解賜りますようお願い申し上げます。どうか今しばらくお待ちくださいませ。この遅れが、本に最大の利点をもたらすことをお約束いたします。

敬具

M――K――

二〇一七年――月――日

アントニオ・ルッフォ様

［羽根ペンで書いた手紙、三通］

ソフォニスバ様、ラヴィニア様、アルテミジア様

これまでにいただいた数々の助言にお礼を申し上げたく、お便りを差し上げています。みなさまの勇気ある先例は多くの女性を惹きつけるものと確信しています。そこで、セミナーを催したく、恐縮ではありますが、みなさまにお話しいただきたいのです。みなさまは極度のあがり症ではありませんよね？　必要であれば、β遮断薬をご用意いたします。ご希望の謝礼をお知らせいただけますか？　早急にアントニオ・ルッフォ様に申し伝えます。

セミナーで取りあげるテーマは以下のようになります。

（一）こうしてプロフェッショナルに自分を演出しよう。
（二）こうして顧客を獲得しよう。
（三）こうして自分のスキルを売りこもう。
（四）こうして報酬について交渉し、裕福になろう。
（五）こうして男ばかりの業界で成功しよう。
（六）こうして家庭と仕事を両立しよう。
（七）こうして大きな逆境を乗りこえよう。
（八）夜の女らしさを武器に、こうして効率よく仕事をしよう。

次のようなテーマのセミナーも検討しています。

- 父親のための講座。娘のキャリアアップ方法とやってはいけない具体例。
- 夫のための講座。キャリアウーマンの夫としての体験談。
- パトロンのための講座。注文と支払いはきちんとしよう。
- 収蔵庫の宝をより身近に。美術館館長のための講座。

どうぞよろしくお願いします。

M——K——

IX　ノルマンディー、秋

ノルマンディー、ヴィレルヴィル村。ここ大西洋岸へ、古くて狭くて薄暗い家へ、バズと一緒に私はやってきた。私たちはここで二週間、二名の執筆キャンプをする予定だ。はやくも天才的な着想だと私は確信している。執筆が持続的な安定を要する隔離と、閉じこめられて情緒不安定に陥ることとの狭間にあるなら、完璧な解決策はまさにこれをおいてほかにない。つまりは仕事仲間との合宿だ。

ノルマンディー上陸は体に応える。出発前日はバズの家に泊まった。私の部屋の借り主が前日にきてしまったせいである。六時に起床、それからヘルシンキ――パリ――リジュー――トルーヴィル――ヴィレルヴィル、さらに餓死寸前の体で冷たくて湿った家へ旅行荷物を運びこむ（ああ、私はいまだにネリー・ブライの荷造り講座に受かっていない）。私たちは最後の力をふりしぼって夕食にピザを頼み、隆起海岸の階段で赤ワインとともに食べる。美しい日。引き潮で貝の漁場が姿を現していた。浜辺にはバケツを手に潮干狩りをするゴム長靴姿の人びとが群がっている。

翌日、私たちは隣村の市場へ食料の買い出しにいく。タコ、生ソーセージ、アーティチョーク、ケール、桃、イチジク、山のチーズ、フォアグラパテ、ポモー・ド・ノルマンディー、シードル、サンセールを買いこむ。トルーヴィルの砂浜を一望できる別荘通りでお昼に貝を食べる。デザートは角の黄色いクレープ屋で。夕方の空は雲列に刻まれた紫色。貝の浜辺の潮だまりは銀色にさえざえと煌めいて、息を呑むほど美しい。

冬の庭の魔法がかった光のなかで撮った私たちの写真をフェイスブックに載せて、こう書く。

「すべてをより素敵に感じさせるもの：仕事仲間」

そして私たちは仕事に取りかかる。

朝、私は狭い螺旋階段を上りきった先にある小さな寝室へ向かう。そこには書き物机に見たてた百年前の桜の鏡台がある。机に向かうと、自分と銀色のパソコンの天板が黒ずんだ鏡に映る。深呼吸する。ここに、この本を書ける女がいると思いたい。旅する物書きの女たちのひとりだと思いたい。カレン、イザベラ、イーダ、メアリー――それと、仕事道具が筆だった女たちの。

彼女たちの姿があと少しでわかる。黒服を纏う姿が、飾り縁のついた黒ずんだ鏡のなかで自分の鏡像と混じりあう。彼女たちの声があと少しで聞きとれる。この家で、この銅製の蔦に覆われたランプの脚と、何本もの腕木のあるシャンデリアと、銀製のティーポットと、大理石の水浴の女たちと、真鍮製のヘッドボードのついたベッドと、猫脚バスタブと、インクスタンドと、扉をしまえるライティングビューローに囲まれて。騎士がモチーフのゴブラン織、風景画の青々とした森の小道、銅版画の大きな帆船――フリースパーカー姿の私は、ここでは場違いに見えるかもしれない。でも、私の夜の女たちはここにしっくりなじんでいる。

書き物机から冬の庭が見える。窓にはレースのカーテンがかかっており、潮風と太陽にさらされた籐椅子は、埃と黴にうっすらと覆われている。華奢なつくりの鉄製ガーデンチェアは、ここにあるものがすべてそうであるように錆びていた。どの小さな棚にも、たらいにも、お盆にも、浜辺で拾った貝殻、巻貝、ヒトデが飾ってある。そう――自然史標本が。サイドテーブルに立っている一体の石膏の少年は、穏やかに微笑みながらヴァイオリンを弾いている。棚には本があり――『イギリスと北ヨーロッパ海岸』、『石と鉱物』、「アイウィットネス・ハンドブック」シリーズの『化石と貝の図鑑』、大型の美術書コレクション――これらはすべて色褪せて、白っぽく透けている。

夕日が沈むとき、ゴム長靴を履いて近くの潮だまりに立ち、足首まで浸かる。空はピンクから濃いアクアマリンへ、水彩画のように幻想的に滲んでゆく。私の姿が静まり返った水面に映しだされる。ル・アーブルの幾十億もの宝石が、夢のように細長いリボンとなって水平線に煌めいている。

一日は瞬く間に過ぎてゆく。朝食を終えたら部屋へ直行し、お昼をすませたらしばらく海岸を眺め、夕食まで仕事をする。夕焼けを見送ったら、就寝。パソコンに向きあっていると、いつのまにか何時間も過ぎている。お腹も空くはずだ。たまに私たちは昼間にデッキチェアを貝殻の破片が散らばっている砂浜へ運んで、穏やかな温もりをしばし楽しむ。ある日は近くのオンフルールの村で過ごした。骨董市をめぐり、牡蠣やエスカルゴやアヒルのコンフィを食べ、百年は超えている意匠を凝らした古風なメリーゴーラウンドに乗り、手まわしオルガンが鳴るなかでおたがいに写真を撮りあう。私はトラや象や白鳥を従えてキリンに乗る。勢いよく駆けながら。

バズは如才なくこなしているようだ。うらやましいほど書きあげている。昨日、主人公が熱気球でノルマンディーの引き潮の海岸の非現実的な月面風景に降りたつシーンを書いたらしい。今日はアマンダが氷上を渡ってセイリ島から逃げようとするところを。午後にバズは冬の墓のくだりを書くつもりだ。私自身は、終わりの見えない探検家メモにいつまでも足踏みし、それぞれのテーマをなんとかひとつにまとめあげようとしている。ここが正念場。わかっている。ここを乗りきらなければならない。

夜になると収拾がつかなくなり、ここにいること自体が苦しくなって、悲鳴をあげたくなる。夜の女たちの言葉が私の頭のなかでこんがらかって漂い、それらのリズムに乗って堂々めぐりする。私は夢をみているのか目を覚ましているのか、もはやわからない。

……たとえば、もしキトシがなにかたべていれば、生き抜く気力を保ちつづけたにちがいない。飢えは気力をそぐ働きをするものである……。[239]

239　イサク・ディネセン『アフリカの日々』（横山貞子訳、河出文庫）。

……一等［上等］車で旅をするのはまったく間違っている。そんなことをすると、耳に入ってくるのは外国人の会話だけであり、それも退屈でつまらない話が多いのである……[240]。

……特別に美しい寝巻きを持っていきなさい。そうすれば熱が出ても恥をかかずにすむ。非常時にそなえて、おいしいカレーの作り方を覚えなさい……。

……バスルームは恐ろしかった。夕食に気の抜けた瓶ビールを一本、精神安定剤を二錠、睡眠薬を一錠飲む。なるべく早く気を失いたかった……。

……ハリケーン・ランプの明かりで見た光景のほうが、別の明かりで見たものよりも深く記憶に残っている……[241]。

……旅人たちには不相応なことを行い、それでいて分相応である特権がある……。

……私は耕すことも覚えました。そのおかげでトルストイより写真写りが悪いと感じずにすんでいます……。

頭のなかがいっぱいいいっぱいだ。夜に思う女たちが多すぎる。それに加えて、ここ数週間で山積みになった助成金とレジデンスの申請書（「親愛なるアントニオ・ルッフォ様……」）、予期せぬ執筆依頼、続々と受信する招待講演、メールインタビュー、なにかの授賞式とおぼしきビデオあいさつに頭を抱える——どれもこの仕事と関係しているけれど、どれも私にはとても苦痛だ。どれにも冷たい恐怖がつきまとう。本が完成しなかったらどうしよう。本が書けなかったらどうしよう。パソコンのなかで待っている五十一の文書ファイルを、スムーズに原稿化できなかったらどうしよう。

それに私はこの「実地検証」という方法自体が不成功に終わったと思いはじめていた。最初は私の夜の女たちがしたことと「おなじこと」をしなければならないと思っていた。彼女たちの跡を実際に追って、ジャングルのなかをカヌーで進み、生死の境をさまよいながら砂漠を越え、地図にない場所を旅し、バター茶でしのいで、せめて三ヶ月は手提げ鞄ひとつだけで過ごさなければならないと。

ところが私はどうだ。メリーゴーラウンドのキリンに乗って、本当になにかを成し遂げた女たちを夜に思うだけ。

240　イザベラ・バード『完訳　日本奥地紀行4』（金坂清則訳、平凡社）。
241　イサク・ディネセン『アフリカの日々』（横山貞子訳、河出文庫）を基に、フィンランド語訳の語順に合わせて改訳。

私たちはパリへ発つ。そこで数日過ごして、バズは帰国する。私はノルマンディーの村へ引き返す。出発日の朝、私は下着と肌色の（助成金を入れた）マネーベルトをつけたとき、寝室の鏡台でうっかり自分の姿を見る。痛々しい光景だ。参考までに、旅する女が物理的に近寄られる状況を阻止するために「貞操帯」を必要としたなら、「肌色のマネーベルト」をかわりに使うといいでしょう。

パリは篠突く雨だった。私たちはタクシーでパサージュ・ジュフロワの突きあたりに隠れたホテルへ向かい、お昼を食べにおなじ街区にある丸天井のシャルティエへいく。ここは一八九六年以来、低価格で労働者たちの胃袋を満たしてきた食堂だ——その当時は、自前の皿とスプーンを持って列に並んでいた。空がふたたび燃える午後、私たちはサンジェルマン・デ・プレを歩く。食前酒を飲もうと、レ・ドゥ・マゴへいくことにする。ここははずせない。あの有名な文学カフェであり、実存主義が生まれた場所だ。隣のカフェ・ドゥ・フロールもしかり。どちらのカフェ[242]にも、それぞれの名を冠した文学賞がある——フロール賞は年一回発表され、六千ユーロとプイィフュメのグラスワインが一年間、受賞した作家に毎日贈られるらしい。というわけで、ヘルシンキのカフェの参考になれば幸いです。

あたりが薄暗くなって、私たちはポン・ヌフ橋を渡る。ブキニスト[243]たちが川沿いに広げた、夜は蓋が閉まっている本箱を見る。この世界に、中心街の大通りが夜も昼も古本に囲まれている町がほかにあるだろうか。本がこの町を統べている。本が川岸を堂々と守っている。本から滲みでる知が、酔いをもたらす刺激的なエキスのように宙を漂う。

最後のパリの夜を称えて、本当に高価なワインをグラス一杯頼もうとしたのだが、ウェイターに「そちらはたいへん手がかかりまして」と拒まれてしまった。「私もそうです」と答えればよかったかもしれない。が、ウェイターに勧められた安いほうのワインも大変結構な味だった。その名も「私はだれ」。

私は執筆村へ戻る。ひとりで。荒々しい満ち潮の海岸まで歩く。風が強くて、唇がしょっぱくなってきた。紫色の夕暮れが、引き潮の海岸の潮だまりに映しだされる。まるで燃えたつ月面を目にしているかのようだ。

あくる日、私は仕事に取りかかった。

「ムサブ、ほんとに本が書けると思ってる？」[244]。カマンテの言葉が私の頭のなかで木霊する。

「ムサブが書くものは（……）あっちこっちバラバラだ。だれかが戸を閉め忘れると風で吹きとばされて、床にちらばって、ムサブは腹をたてる。いい本になるわけない」[245]

242　レ・ドゥ・マゴでは、戦時中にブルトンやジッドなどの知識人たちが集って議論を交わし、カフェ・ドゥ・フロールには、戦中から戦後にかけてサルトルやピカソなどが集った。どちらも老舗のファッショナブルな文学カフェ。
243　セーヌ川沿いの露天商の古書店。
244　イサク・ディネセン『アフリカの日々』（横山貞子訳、河出文庫）。
245　同書を基に、フィンランド語訳の語順に合わせて改訳。

［ナイトテーブルに置いたメモ］

私はM。四十三歳。二冊目を書きはじめて六百日。

本音をいいます。夜に思う女たちが多すぎる。調べはじめたときは、彼女たちがこれほどいるとは思いもしなかった。彼女たちは私の寝室のドアの前にも、階段にも、屋根裏部屋にも、このノルマンディーの家の冬の庭にも、大西洋岸へ続く細い通りに吹きこむ潮風のなかにもいる。私は彼女たちを机の引き出しに押しこめる。なんとかしてこの本を完成させなければならないから。でも、引き出しの力では彼女たちを抑えられない。そこからだって彼女たちの声は霧のように、あるいは焙煎したコーヒーの芳しい香りのように漏れてくる。家の隅々まで入りこみながら、私の服に染みこみながら、呼気とともに私の内臓に吸いこまれながら。彼女たちに見られながら私は眠る。彼女たちで私のノートはずしりと重い。なかば眠りながら書きだそうとすると見失ってしまう彼女たちの言葉で、毎朝、目が覚める。引き出しが音を立てる。私はテープで封じるが、彼女たちは力づくで出てくる。彼女たちの声がいたるところで木霊する。

この夜の女たちの襲来に私はどうすればいい？

ヤヨイ

恐れているもののなかへ飛びこめ。
狂ったように働け。

夜の女、その十：草間彌生。
職業：前衛芸術家、稼ぐブランド、躁状態の模範的な働き手。
東京の精神科病院に住んでいる。

「ソフト・スカルプチュアの男根をいっぱい作って、その真ん中に寝ころんでみる。[246] そうすると、それほど怖いとは思わなくなる」

――自伝に基づいたヤヨイの生存戦略

「クサマのハプニングに必要とされる幸せな人びとよ、一月二十一日（日）午後六時にイースト十四丁目三階クサマスタジオ四〇四へ来たれ」

――二〇一七年一月にヘルシンキ市立美術館で開催された草間彌生展で展示された手書きのメモ

「一九五五年十一月十五日

親愛なるオキーフ様

お忙しいところ、お騒がせして申し訳ありません……。私は十三歳から十三年間、絵を描き続けている女流日本人画家です……。どうかこの道で生きてゆく術を教えてくだされば幸いです……。[247] 別便で私の水彩画を何点かお送りします。ご覧いただけるとありがたいです。（――）

どうぞよろしくお願いいたします。

草間彌生」

草間彌生のことをはじめて知ったのは、一九九八年の春、ロサンゼルスにいたときだった。私は二十六歳で、大学を卒業してすぐに入った小さな出版社に勤めていた――弟がハリウッドでベースを習っていて、顔を見てこようと旅に出たのだった。私はロサンゼルスに瞬く間に恋に落ちた。それまで滞在したなかでもっとも不条理な町。町の規模からして常軌を逸していた。たとえば、ハリウッドヒルズから町を抜けて海岸まで出るのに、渋滞のなかを何時間ものろのろと進まなければならなかった。きてみてすぐにわかったのは、ロサンゼルスではだれも歩かないこと。地下鉄はなく（一本あるにはあるが、賢い人はそこに足を踏み入れない）、バスで移動するのは狂人か、麻薬中毒者か、私くらいだった。弟が学校にいっているあいだ、私はバス停で何時間もぽんこつバスを待っていた。バスはがたがたと揺れながらもどかしいほどゆっくりと進み、ハリウッドからどこかべつの、ダウンタウンとか、サンタ・モニカといった地区へ変わり者の私たちを運んでいった。延々と続くおかしなバスの旅のあいだ、私は日記帳に一連の物語を書きあげた。題名は『ロサンゼルスのバスの狂人たち』。

ここにきて日を置かずに、私はこのような患者輸送バスでLACMA、ロサンゼルス・カウンティ美術館へ出かけた。開催中の展示についてはなにも知らなかった（インターネットはなかったので、調べようがなかった）。美術館に着いてから、聞いたことのない日本人女性の回顧展が行われていることがわかった。ホールには無限に続く水玉模様の絵、カラフルな抽象画、裸体に

246　草間彌生『無限の網』（作品社）。
247　同書を基に、フィンランド語訳の語順に合わせて改訳。

水玉模様が描かれた人びとが写っている六〇年代の白黒写真が展示されていた。もっとも感銘を受けたのは、かたちの異なるマカロニで覆われたハンドバッグやワンピースだった。ソフト・スカルプチュアの男根であふれる靴や肘掛け椅子も見ていたと思うが、覚えていない。ひどい時差ボケで頭はぼんやりしていたが、それでも強く揺さぶられた。こういうものを今までに見たことがなかったからだ。それにあとから思えば、すべての刺激を和らげる二日酔いに似た時差ボケの状態で、なおかつ変わり者たちと同行しているときにヤヨイを知ることほど、うってつけな方法はない。

展覧会の記念にポストカードを一枚買った。赤みを帯びた写真には、「love forever」と書いてあるバッジで両目を隠した着物姿の若いヤヨイが写っている。自分でもよくわからないが、ポストカードは私のトーテムのようなものになった――額装して壁に飾った写真はこれまでの人生でこの一枚だけ。かれこれ二十年になる。引っ越すたびに、人生の転機が訪れるたびに、いつも私と一緒に今日まで歩んできた。うまく説明できないのだが、写真を見ていると、液状の刺激が直接、静脈に打たれるような気がするのだ。人生はみずみずしく、うずうずするほど魅力的で驚きに満ちている、と。

ポストカードのヤヨイは、私の最初の夜の女のひとりになった。

草間彌生は、松本市で種苗業を営む裕福で格式高い家柄の末娘として一九二九年に生まれた。日本アルプスの中央に位置する松本市はのどかで小さな町だが、ヤヨイの幼少時代はそれとはほど遠いものだった。父親は家政婦たちに手を出し、芸者や女郎と遊びまわっていた。ヒステリー気味の母親は幼いヤヨイに父親の跡をつけさせ、あとで折檻した。十二歳のときにヤヨイは幻覚を見るようになり、植物や動物の話す言葉が聞こえるようになった――ヤヨイはこのことをだれにも話さなかったが、見えたものを素描したり、彩色したりしていた。母親は絵を描くことをよしとしなかった。当時の田舎の絵描きたちは、酒を飲むために金を無心したり、ついには首を括ったりして、どうにもならない生活をしていたからだ。だから、折檻してでも芽は摘んでおくのが一番だった。かわりに嫁いだほうがいいとされ、母親はヤヨイのために新しい着物をあつらえたり、美しいドレスを揃えたり、婿候補の写真を持ってきたりしたものの、ヤヨイの気を引くことは少しもなかった。彼女は画家になることしか頭になかった。

十九歳のときに、ヤヨイは母親を説得して絵を学ぶために京都の美術学校へ入学した。しかし、京都の古臭くてしがらみだらけの画壇に嫌気がさし、学校へいかなくなった――かわりにヤヨイは東山にある借間の畳部屋にこもって、狂ったようにかぼちゃを描いた。彼女の狂ったような働きぶりはこれ以降も続く。二十三歳で初の個展を松本市で開いたが、作品数は二百七十点だった。その半年後に開いた二回目の個展には二百八十点を出品している。一九五三年時点のヤヨイはノイローゼのためのなんらかの治療を受けていた。展覧会の絵を見た主治医の西丸博士は、彼女は天才だ、といった。一刻もはやく母親から離れたほうがいい、とも――ヤヨイは、いっそのこと日本から離れたほうがいいように思った。

ヤヨイはアメリカへ渡りたかったが、当時は簡単にはいかなかった。ビザに加えて、入国者の生活費を保障するスポンサーレターが必要だったからだ。アメリカへ渡るには、芸術家になるには、だれに助言を請えばいいのか？　ヤヨイは少し前に古書店でアメリカの有名な画家ジョージア・オキーフの画集に出会っていた。当時六十八歳のジョージア・オキーフはアメリカのもっとも重要なモダニストのひとりで、ニューメキシコの砂漠で型破りな隠者の生活を送っていた。ヤヨイは画集で見たバッファローの頭蓋骨や砂漠の花に惹かれ、この女性が自分のアメリカ行きを助けてくれる、と瞬時に判断した。それで、六時間かけて列車で東京まで出て、アメリカ大使館へ乗りこんだ。彼女は震える手で『WHO'S WHO』[248]からジョージアの住所を探しあて、彼女に手紙を書いた。「親愛なるオキーフ様、お忙しいところ、お騒がせして申し訳ありません……」。手紙はタイプライターで書かれており、ところどころ文字が列からはみ出してはいたが、驚くほど確かな英語だった。このときヤヨイは二十六歳。

信じられないことに、ジョージアから返事がきた——大きくて美しくカーブを描いた芸術的な筆跡で。

「ニューメキシコ州アビキュー、一九五五年十二月十四日
親愛なる草間彌生様
二通、受け取りました。水彩画も届いています（——）」

水彩画にはもちろん興味を持ったが、ジョージアは現在、田舎に住んでおり、ニューヨークの

美術界にもはやそれほど通じていない。しかし、ヤヨイが望むなら、絵を何人かの専門家へ送ってあげてもいいという。ヤヨイは絵を売りたいか？　だとしたらいくらで？

　ヤヨイとジョージアの手紙のやりとりは何年も続いた。ジョージアは本当にヤヨイの絵を画商に売りこんでおり、一枚が買いあげられた（数年後にわかったことだが、ジョージアは残った絵を日本に送り返している。ところが、絵を積んでいた船が沈没し、船もろとも海の藻屑と消えてしまった）。一九五七年、いよいよヤヨイがアメリカへ発つというとき、ジョージアから激励の言葉が手紙で届いた。のちにヤヨイがニューヨークで無一文の赤貧芸術家として苦しんでいたとき、この若い芸術家にジョージアは、ニューメキシコの自分の家にいつでもきなさい、作業場もあるし、食事も寝泊まりする場所もよろこんで提供しますよ、と手紙を書いてよこした（ヤヨイはいかなかった。田舎では話にならなかった）。

　何年か前に、私が日本で一作目を書いていたとき、東京のワタリウム美術館でヤヨイの展覧会に出会った。そこではじめて若いヤヨイがジョージアに送ったこれらの手紙をガラスの展示ケース越しに目にした。二人のやりとりには妙に興奮するものがあった。長いこと張りついて見ていたが、ようやく腑に落ちた。

　これらは「夜の女への手紙」であり、「夜の女からの返事」なのだ。

248　各分野で活躍している人の名前と略歴が掲載された著名人録。

すべてはこんなにもシンプルなのか？

「ほしいものがあるなら、あなたの夜の女に助言を請え。夜の女は答えてくれる」

ジョージアへのこれらの手紙がヤヨイを本当にアメリカへ導いた。一九五七年、ある親類のおかげで、シアトルで個展を開催するという名目でヤヨイにビザが下りた。ヤヨイは六十枚の着物と二千枚の素描や彩色画を詰めこんだ。当時は現金の持ちだしが限られていたので、これらを売って生活していくつもりだった。さらに違法に換金した百万円つまり二千ドルを、服に縫いこんだり、靴に詰めこんだりしてこっそりと持ちだした。残った素描と彩色画――今思えば何百万円もの価値のある作品――はすべて出発前に焼き捨てた。

一九五七年十一月、二十八歳のヤヨイはアメリカへやってきた。シアトルで個展を開催したあと、ニューヨークへ降りたった。ほどなくしてお金を使い果たし、赤貧芸術家になり下がってしまった。彼女の野望は――少なくとも――芸術の革命だったが、すべてが終わりのない戦いだった。アトリエの窓は破れ、ベッドは道で拾った古い戸板と毛布一枚。ヤヨイは寒さと飢えと幻覚に苦しんだ。一日の食事がひと握りの栗だけの日もあれば、魚屋の屑箱から魚の頭を集めたり、八百屋のゴミ箱から傷みかけたキャベツの葉を拾って煮てスープにしたりして、その日を食いつないだ。明けても暮れても彼女は描き続けた。手に入れたお金はすべて画材に注ぎこんで、スタジオはやがて網で埋めつくした画布であふれた。友人たちは不安になり、なぜ網点ばかり描いているのかしきりに尋ねた。最初は画布に網を描いていたのだが、それが机や床や自分の体にまで広がることもあった。おなじことをいつまでも繰り返し、とうとう網は無限に拡がった。網に囲まれてヤヨイは自分を忘れることができた。あとから彼女がいっていたように、網が彼女を「自己消滅」する手助けをしてくれたのだ。ところが、ある朝、網が動きだし、彼女の肌の上を這いはじめた。ヤヨイはパニックに陥って救急車を呼んだ。

ヤヨイは狂ったように描き続けた。何日も食べず、何日も眠らずに。一九五九年十月、ついに念願の夢が叶った。ニューヨークでの個展。ブラタ画廊で開かれた「オブセッショナル・モノクローム」展は成功を収めた。

十一月に私はヤヨイを追いかけて日本へいく。冬の致命的な闇が近づいてくる。私は黒い奈落の縁でぐらぐらと揺れ、夜の女たちのメリーゴーラウンドに乗ってぐるぐるまわる。極夜[249]に屈する兆しが見える。どんな環境で、どんな健康状態で、ヤヨイは描き続けることができたのか、そのことが頭から離れない——彼女にできたのなら、私にもできるはずだ！

彼女のｅメールアドレスをネットで見つけたので、手紙を書くことにした。私の夜の女たちの問題は、たいてい彼女たちが泉下の客であること。その点、八十六歳[250]のヤヨイだけは会おうと思

249　太陽が昇らない冬のこと。フィンランドの最北の町では二ヶ月間、闇が続く。
250　二〇一五年現在。

えば会えるのだ。「コンニチハ」と私はぎこちなくはじめる。ふと日本語で手紙はどう書きはじめるのかわからなくなったので、訊きたいことを書いた。

ヤヨイはけっして答えてくれない。

だから、私は京都から東京へ二日間の予定でいくことに決めた。東京に着いた私は、ヤヨイが住んでいる新宿の精神科病院近辺でぶらぶらすべきだろうかと考える。病院の隣にアトリエがあることは知っている。ヤヨイは毎朝そこへ通い、一日中こもって制作し、夕方に病院へ戻っているらしい。道路を渡っているときにでも、思いがけず彼女を目にすることはできるだろうか？もし目にすることができたら――私はどうしたらいいだろう？ ヤヨイにだれかと会う気はさらさらないとなにかで読んだことがある。病院は彼女の避難所で、ひとりで店にすらいけないのだ。道路で叫ぶ観光客を、彼女は死ぬほど怖がるにちがいない。が、ヤヨイのパフォーマンスに敬意を表して私も裸になり、体中に水玉をつけて病院の前で待つのはどうだろう？ 窓から私に手を振ってくれるだろうか？ もしかしたら、私自身もおなじ病院の患者になれるかもしれない。ヤヨイの隣の部屋に入れるかもしれない！「センセイ、オハヨウゴザイマス」と私は毎朝あいさつする。私たちは水色の病衣を着て、おぼつかない足どりで一緒に採血へ向かうのだ。

結局、グーグルアースを介してホテルの部屋から病院を眺めるだけにした。病院周辺はよくある閑静な住宅街だった。これらの細い道にある隣家のうちどれがヤヨイのスタジオなのか見当もつかない。玄関、郵便受け、植木鉢、庭に放置された自転車、ゴミ袋、洗濯物にすら目を凝らす――いやます興奮のなかで――グーグルアースの撮影者がたまたま記録したものすべてに。何本かの道には人の姿もあった。作業員、買い物袋を持った老人がひとり、交差点で立ち話をしている隣人、日傘を手に家を出ようとしている若い女性がひとり。ヤヨイの姿はない。

　恥ずかしい。おぞましい——ネットを介して道を調べることからして、ストーカー行為のように感じる。ヤヨイにこういったオブセッショナルな私の行為を知られたらと思うとぞっとする。東京のホテルの部屋で身をかがめ、彼女のものかもしれないゴミ袋を調べているようなもの。もしかしたら、ヤヨイもどこかの窓から私のことを見ているのではないか。私は見ているのか？　それとも見られているのか？　慌ててサイトを閉じる。穴があったら入りたい。私の本領は、少なくとも百年前に亡くなった女たちといるほうが断然発揮できる。


　ヤヨイとジョージアがついに出会ったのは一九六一年、たった一度のことだった。ある日いきなり七十四歳のジョージアがニューヨークにあるヤヨイのスタジオに現れた。「あなたがヤヨイね、うまくいってる？」そう訊いたジョージアの顔は信じられないほど皺だらけだった。溝のような深い皺が刻まれた人を、ヤヨイはこれまでに見たことがなかった。ヤヨイは一緒に写真を撮りたかったが、カメラのフィルムが切れており（よくある話）、買いにいく暇がなかった。そして、ジョージアは帰っていった。

　ヤヨイとジョージアの写真は一枚もない。夜の女たちの出会いは——こういうもの。計画どおりにいくことなんてない。

松本へ、日本アルプスの中央に位置するヤヨイの生まれ故郷へ、変な人だと思われることなく、少なくともやましい気持ちなど持たずに私はいける。

松本市美術館に入る前から、ヤヨイがいた証がある。庭を占拠しているのは巨大な水玉模様のチューリップで構成されたインスタレーション。入り口には赤い水玉模様の飲料自動販売機があり、水玉模様のコカ・コーラが売られている。館内の水玉模様の階段の手すりを伝っていくと、水玉熱がさらに続く展示室へたどり着く。私はヤヨイに水玉模様のコカ・コーラ自動販売機の上にメッセージを残す。

疏水のそばにある古びた安宿に泊まる。旅館で働いている年配の女性たちが朝食に川魚の塩焼きを豆腐と味噌汁と漬物とご飯と一緒に持ってきてくれる。宿の蓋つきの木の風呂に浸かる。お湯はとても熱くて、さっと浸かるだけで事足りた。古い町並みの路地をまわり、ヤヨイの生家はどこだろうかと思い、近くの松本城の月見櫓に腰を下ろす。この櫓は、詩的に月を三度眺められるようつくられている。空の月と、堀の水面に映る月と、盃に映る月を。夜は居酒屋に落ち着く。料理人がカウンターの向こうで私が注文したものを網で焼いている。焼き鳥、鶏皮、わさび菜、揚げ出し豆腐。

終日、土砂降りの雨だったが、夕食を終えて、思いたってもう一度堀に囲まれてそびえたつ城を見るために暗い町中を歩いていった。雨と霧が光景を非日常に変える。ライトアップされた松本城が闇のなかに白く輝いている。この白い姿が、鏡のように滑らかな黒い水にくっきりと映しだされる。黒い水面を二羽の白鳥が滑ってゆく。

白鳥は写真に写らなかった。白鳥がいたことをだれも信じてくれないだろう。

一月、私はコペンハーゲンでカレンの問題を片づけていた。と同時に、ヤヨイをもう一度探してみるつもりだ。土曜日。ルイジアナ現代美術館へいってすぐに、曜日の選択で恐ろしいミスをしたことに気づく。美術館の外には、開館前からすでに長い行列ができていた。館内はとんでもなく混んでおり、楽しそうに騒いで週末を過ごす子ども連れの家族でどこもいっぱいだ。彼らはこの日本人の女性芸術家の評判の展覧会を見にきていた。この展覧会は、このあとヘルシンキへも巡回されることになっていた。

この集団と一緒に自分をなかへ押しこむ。耳障りな喧騒のなか、列に並んで一点一点ゆっくりと進んでゆく。水玉模様の柔らかい男根に囲まれてはしゃいでいる子どもたちを避け、心を集中して、ヤヨイと私、ヤヨイと私のノートしかない、ある種の悟りの境地へ毅然と沈みこもうとつとめる。夜の女たちがやりとりした手紙がガラスの展示ケースに並んでいる。獲物を狙うカワカマスのように神経を集中させて前進する列に並んで近づいてゆく。特別室となっている鏡の部屋には赤い水玉模様のファルスの原野が果てしなく広がっていた。高揚感をもたらし、魅惑的に明滅する宇宙の部屋には、展示室をまたいで長蛇の列ができている。並んだあげく、部屋には十秒もいられない。一時間半のドキュメント映画『≒草間彌生　わたし大好き』[251]も観たくて、五時間

251　松本貴子監督によるドキュメンタリー映画。二〇〇八年公開。

を費やした。やっとのことで、すばらしいと称される美術館の海の見えるカフェにたどり着いたときには、あたりはもう暗くなっていた。私は飢え死にしそうだったし、なによりも腹の虫が治らない。まず、（a）ドキュメンタリー映画の監督がお粗末で愚かなタイトルをつけたから、（b）おいしそうなランチビュッフェが、十五分前に終了しました、とウェイターに無下に告げられたから。せめて残っている最後の小さなスモーボード[252]だけでも手に入れたくて二十分並んだのに。

それでも、ヤヨイはいつだって変わらずよろこびを与えてくれる。白い無限の網の絵（空腹を抱えながら描いた絵）、魔法がかかった鏡の部屋、かぼちゃオブセッション、据わった目、ピンクのコスプレウィッグ。私のお気に入りは、柔らかい男根の突起で覆われた生活用品の部屋だ。白いファルス肘かけ椅子、ファルスハイヒールの大群、ファルスアイロン、ファルスキッチンスツール、ファルス脚立、ファルススーツケース。ハイヒールに詰めこまれた男根は、歩行を不可能にする気持ちの悪い魚の目の腫れ物みたいだ。柔らかい男根を詰めたスーツケースは、詰めこみすぎて閉まらない――それを引きずっていくのは悪夢にちがいない！　いちばん広い男根の森はアイロンから成長し、キッチンスツールの上にある突起物は誕生日のためにつくった男根デコレーションケーキのよう。いったいなぜ、ありとあらゆるこれらのものに、生活を困難にする巨大な黴にも似た過剰な繁殖が現れたのだろう――家全体が、女性の昔ながらの生活空間全体が、これらのニョロニョロたちに牛耳られている。この家に暮らす女性の行動はすべて、男根の見ている前で行われる。これらはいつだって邪魔なのだ（アイロンがけなど、どんなに不便か）。男性的な力を象る突起物がいたるところに押し入っているように感じる。女性はいつもそれによって徴をつけられ、妨げられる。突き出ているもののせいで椅子にすら落ち着いて座っていられない。逃げようとして脚立を上ろうと考えても空頼み。脚立も成長のはやい突起物に覆われているのだから！（試した人がいたのだろう、ファルスに押し潰されたハイヒールサンダルが階段に取り残されていた）。もう身を任せるしかない。あそこに愉快な男根麦わら帽子姿の、それこそ額に一物（ふてくされた）がある「ファルス少女」がいる。ファルスドレス、ファルスハンドバッグ、前々から好きだったマカロニで覆われた金色のハンドバッグもある。どうやらこの女性は料理にもとらわれたらしい。

それにしても、なぜこうなる？　男根の作品のせいでセックス狂いだと思われている、とヤヨイ本人がいっていた。しかし、彼女にしてみればまったくの誤解だ。彼女自身、本当はセックスが「怖い」のだ。とくに、あの恐ろしく醜い男性器が。これらのいたるところへ突き出ている布でできた手縫いの柔らかいおかしな男根は、彼女なりの「恐怖克服法」だ。案の定、男根に覆われた手製のファルスソファに、水玉をつけて、ハイヒールだけ履いて、全裸で寝そべってポーズを取れば、恐怖克服プロジェクトはそれなりに成果を上げたことになる（と同時に、女性を虐げる象徴におどけた無害な感じを与えてしまったことになるが）。

むろん展覧会には、膨大な数のヤヨイのパフォーマンス写真やビデオもある。彼女がニュー

252　デンマークのオープンサンド。

ヨークの通りで裸の人びとに水玉模様を描いていたものもあった。アメリカに渡ってそろそろ十年になる一九六七年、ヤヨイは三十七歳で、造形作家として名を上げていた。そして今度はフリーセックスを宣言し、戦争に反対するヒッピーの流れに身を投じた。一九六七年一月、「ボディペイントの祭典」と題した最初のハプニングをヤヨイは演出した。全裸のヒッピーたちに、日曜日のミサが執り行われているマンハッタンの教会の前で星条旗を焼かせ——ヤヨイ自身も聖書と徴兵カードを火のなかへ投げこんだ。それが終わると、ヒッピーたちはキスしあい、なかにはセックスまでしはじめる者もいた。このことでヤヨイは一躍有名になった。彼女の表向きの使命はセックス・レボリューションを進め、それを通じて世界平和と幸せをうながす、というものだった。その使命に基づいて、セックスを解放する数々のイベントを開催しはじめた。ヤヨイはこれらのハプニングの「女司祭長」を務め、参加者たちの体に水玉模様を描いた。しかし、彼女自身はセックスにまるで興味がなかった。ヤヨイは、若いヌーディストのホモセクシャル舞踏家たちで構成された「クサマ・ダンシング・チーム」も結成していた。彼らはイーストビレッジにあるヤヨイのスタジオに住んでいた。ヤヨイはホモセクシャルの結婚式や、水玉模様のボディ・ペインティングをした裸の人びとによる乱交パーティーを主催。公園のハプニングでは、警官が駆けつけてくるまで裸になって水玉模様のボディ・ペインティングをしようと呼びかけた。

ヤヨイのことはもう崇めるほかない。彼女は本当にメディアの注目の集め方を心得ていた。ヤヨイは「クサマ・エンタープライズ」という名の企業を設立し、プロジェクトを統括し、どうすれば処罰も投獄もされずにパブリック・パフォーマンスを実行できるか相談するために弁護士を雇った。プレスリリースは――ある種のマーケティングとアートマニフェストと社会風刺の複合物のようなもの――ベルトコンベアに載せられているみたいに送りだされていった。テーマはファッションからセックス、政治と多岐にわたった。ヤヨイは反戦の名においてリチャード・ニクソン大統領に公開質問状を送っている。そのなかで、彼女は「自己の存在を忘れ[253]」、水玉模様を描きあうことを提案した(「親愛なるリチャード様、あなたの男らしい闘志を鎮めましょう!」)。ヤヨイは週刊新聞「クサマ・オージー」を発刊しはじめた。テーマは「裸、愛、セックス、美」。この週刊新聞は全米で販売された。戦略的な部分の見えるユートピア的な穴のあいた服(オージー・ウエア)を企画することに決めると、「クサマ・ファッション・インスティテュート」の設立についてのプレスリリースを発表。インスティテュート!「ヌードの女司祭長、ヤヨイ・クサマがファッション・ブティックをオープン」は、店を六番街にオープンしたときの宣伝文句のひとつだ(服はブルーミングデールズ[254]にすら並んだ)。ここから生みだされたのは、お尻の部分に穴があいたホモセクシャル・ドレス、胸や性器の部分に穴があいた女性のイブニングドレス、二十五人が入るパーティードレス、ラグジュアリーなシースルー・ドレスやウェイアウト・ドレスは、上流階級の女性たちがラグジュアリーな値段でこぞって注文した(ヤヨイの商才は今でも

253　草間彌生、前掲書。
254　ニューヨークに本店を構える老舗高級デパート。

健在だ――二〇〇〇年代にはルイ・ヴィトン、イッセイ・ミヤケ、コカ・コーラなどとコラボレーションしている）。

一九七二年、ヤヨイの名前がアメリカ版『WHO'S WHO』にはじめて登録された。ニューヨークに住んで十六年、彼女は前衛芸術の恒星となった。しかし、日本ではヤヨイの裸騒ぎはまるで理解されておらず、彼女は国辱ものだった。父親からの仕送りは停止。母親からは、ヤヨイが子どものときに喉の病気で死んでいたらよかったのに、という手紙がきた。

一九七三年、それでも四十四歳のヤヨイは日本へ帰ることに決めた。一時帰国が最終帰国に突如としてなったのだが。東京で彼女は体調を崩してしまう。ふたたび幻覚を見るようになり、パニックに陥り、鬱になり、何度も（人身事故路線で有名な）中央線のホームに立ち、線路に飛びこむことを考えた。ヤヨイは新宿の病院に入院する。一九七七年、神経心理学とアートセラピーを専門とする開放病棟へ結果的に移り、それ以降ずっとそこで暮らしている。

病気や病院での暮らしは、しかし、ヤヨイの芸術家としてのキャリアを止めることも、作品の制作を減らすこともなかった――むしろ、その逆だ。ヤヨイは病院の隣にスタジオを構え、今でも毎日そこで制作している。かつてないほど生産的に。何千もの絵、彫刻、インスタレーションに加えて、ヤヨイは本を二十冊書き、歌を作曲し、とどまるところを知らない。ルイジアナ現代美術館の展覧会には巨大な絵が並べられていたが、これらは二年前の、彼女が八十五歳のときの作品だ。この絵画シリーズに取り組みはじめたのは七十九歳のときだったらしい。当初は百点を目標に制作していたが、それをゆうに超えたため目標を千点に引きあげた。ヤヨイの仕事ぶりは、あいかわらず仕事中毒のようにも躁病のようにもとれる。一九七八年に上梓した処女小説『マンハッタン自殺未遂常習犯』を書いていたときなどは、一日に百ページを書いた日もあった。小説はものの三週間で仕上げ、手を加えることなく刊行にいたった。

日本へ帰国したあと、ヤヨイのことは美術界では二十年間忘れられていた。しかし、彼女は見事に復活を果たす。私の人生にヤヨイが歩いてきたのは、一九九八年の春。ロサンゼルスにいるときだった。回顧展「Love Forever: Yayoi Kusama 1958-1968」で、筋金入りのクサマ狂いになったのは私だけではなかったと思う。ヤヨイは美術界に確固たる地位を築き、今や初期作品では一点あたり二百万ユーロにおよぶものすらある。

ルイジアナ現代美術館でとうとうヤヨイと対面する。スクリーン越しに。ドキュメンタリー映画『≒草間彌生　わたし大好き』は一年半にわたるヤヨイの日常を記録している。私は無関係な部分を細かく観察する——へぇ、ヤヨイの事務所には安藤忠雄風のコンクリート壁があって、スタジオは白いのね——グーグルアースでのぞき見するのに重要な手がかりではある。それになんということだろう——私はてっきりヤヨイは孤独な隠遁生活を送っているものと思っていたのだが、そこでは大勢の従業員と助手が彼女の身の回りの世話をしている。これこそまさにクサマ工房！　私の愚昧な「コンニチワ」メールに返信できる人は本当にだれもいなかったのか？

とはいえ、ヤヨイはもちろん社交的ではない。ヤヨイを撮り続けて一年経ってようやく、監督を人として——耳障りなカメラではなく、名前のある人として——彼女は認識しはじめた、となにかで読んだ。映しだされた八十歳のヤヨイは偏屈で、ときどき彼女は「機嫌が悪くなる」。むっつりと前を見すえ、具合の悪い年寄り（実際そうだが）のようによたよた歩いて、だれにも邪魔されずにただ輪っかを描きたがっている。「話しかけないでくれる」とヤヨイが監督にいう。「仕事がしづらいのよ。あなたがいると」。ヤヨイは机に向かって黙々と機械的に模様を描いている。考えこむことも作品を評価することもなく、毎日毎日。膨大な数の作品が完成し、それらを鑑賞できるように立てかけ、新しい作品に取りかかる。ヤヨイは自分の作品に見惚れている。耳障りなカメラを持っている生き物に出来栄えを尋ねられ、「天才的だね」と彼女はいう。

たしかにヤヨイは自己中心的だ。彼女が集中するのは自分の仕事にだけ。それ以外に彼女の心は動かない。彼女は自分が生みだしたものに満足している、いや、もっとだ。彼女は「愛している」。それくらい作品はすばらしい。「先生の神さまはだれですか?」との監督の問いには、「わたしよ。わたし、自分がとっても好きなの。大好きなの」と答えている（ヤヨイは彼女の夜の女であるジョージアの名前を挙げなかった）。自分の写真が載っていたり作品について書かれていたりする記事や本をうっとりしながら捲ることもある（自己嫌悪に陥らずにやってのける彼女が、ただただうらやましい）。あるイベントで、執筆にさいして影響を受けた作家について訊かれたヤヨイは質問を理解できず、「自分の書いた本以外に興味がないんです」と答えた（実際には彼女の散らかった小さな病室は本であふれていて、彼女はいつも本を読んでいる）。作品のほかに、ヤヨイは自分が写った写真も大好きだ。彼女はいつだって自分の作品と一緒に芸術作品の一部として写っている。ピンクの髪に据わった目をしたキャラクターは、日本の国民的英雄であり、マスコットであり、稼ぐブランドである。このブランドは今際のきわまで描き続けるのだ。たしかにヤヨイは自己中心的で自己充足的だ。でも、――八十六歳の――彼女がそうであってもいいじゃないか。彼女を苦しめ続けてきた恐怖、強迫性障害、不安障害、神経疾患、鬱、多種多様な病歴のすべてを、彼女自身だけではなく、ほかのかなり多くの人をも養う「成功したキャリア」へうまく変貌させた。「あっぱれ」と私。みなさん、あとに続きましょう。

夜にヤヨイを思うとき、頭に浮かぶのは隅々まで広がってゆく水玉模様の絵でも、柔らかい男根でも、パフォーマンスの裸のヒッピーでも、彼らの終わりなき乱交パーティーでもない。私が思うのは、この二つ。（一）ジョージア・オキーフと、（二）精神科病院。

私は思う。少女時代にヤヨイは芸術家になろうと決意し、ジョージア・オキーフへ助言を請うために手紙を書いたことを――一通の手紙を書くことで、自分の夜の女に向かって手を伸ばし、ついには夢を叶えたことを。

私は思う。六〇年代のニューヨーク美術界を揺さぶったあと、東京へ戻って、精神科病院に住めるよう頼んだことを。自分の弱さや診断に屈せず、それらを逆手にとって自分の芸術の尽きせぬ源泉として生かしたことを。

私は思う。精神科病院で「四十年以上」暮らし、一途に制作してきたことを。毎朝、病院の長い廊下で車椅子を押され、看護師から薬を受け取り、血液検査を受け、着替え、仕事へいく。千点の絵画シリーズを描くために。

［タイプライターで書かれた手紙］

親愛なるクサマ様

お忙しいところ申し訳ありません……。毎朝、看護師から受け取っている薬の名前を教えていただけませんか？

愛はとこしえに、M

＊

夜の女たちの助言

手に入れたカードで勝負しろ。病気や弱点は素材だ。

恐れていたもので自分を包囲し、笑いとばせ。

夜の女たちに助言を請え。彼女たちは答えてくれる。

自分の生活環境は自分でつくれ――たとえそれが精神科病院だとしても。

手を休めるな。

前進。

あるのみ。

［夜の女たちの助言あれこれ］
　完璧な仕事環境は……
病院で暮らせ。
食事の世話をしてくれる身内と暮らせ。
チベットの僧院で暮らせ。
三食つきのドイツの城へ引っ越せ。

X　魔の山

冬も終わりの霧に包まれた薄ら寒い日に、私は魔の山へ、というか旧東ドイツの田舎にある荘園へやってきた。周りにはなにもない。ここのアーティスト・イン・レジデンスで私の人生のうち四ヶ月を過ごす。タクシーの車窓から、地平線まで続く起伏のない灰色の畑が見える。ときおり風力発電所や廃れた工業用建物、窓ガラスの割れた石造りの空き家が現れる。殺風景な小さな村の家の扉や窓は金属の門で閉められており、どこを見ても東ドイツを感じる。貧しくて倹しくて厳しい。

城では女性所長が待っていた。所長は銀白色のポニーテールに妙なユーモアのセンスの持ち主だった。彼女の案内で私の部屋へいく。通された部屋は昔の馬屋にあり、窓からは美しい母屋と城の庭が一望できる。自分の魔の山に到着したハンス・カストルプを思う。アルプスの山頂にある国際サナトリウム「ベルクホーフ」に。三週間の予定だったが、ここの世俗から隔離された妙な雰囲気のなかに七年間沈みこんだ。「よくいらっしゃいました、ミス・カストルプ」という声が聞こえる。「失礼なことをおききしますが、こちらへは患者としておいでになったんですよね。滞在予定は？　ああ、いや、ここでは時間の概念が変わることになりますよ……」

ここでの今年の春の患者、もとい芸術家と作家は二十名。あちらの庭へ、巨大な樫と高くそびえたつ栗の下へ、私たちはそれぞれの安楽椅子を運んで、毛布にくるまってつぎの食事を寝て待つだろう。看護スタッフは静かに立ちまわり、魔の山の霧に包まれた現実のなかで時間が滲み、残りの世界の存在はますますとらえがたくなるだろう。なぜなら、すべてがどういうわけか、とても遠くに、遠くにあるからだ――。

「緑の非常口看板の醜いこと――ここから出たがる人なんていないのに」という女性所長の声が聞こえる。「冬になると死骸を二連橇でおろさなきゃならない……」[255]

一日のスケジュールは早々に定まった。日中は執筆。昼食と夕食の時間に執筆酔いからしばし離れ、患者仲間たちと城の食堂へ流れこむ。夜はヨガをするか、森を散歩する。たまに村から外へ通じる道を、黒い畑や地平線へ続く樫に縁どられたまっすぐな道が見えてくるまで歩く。ある週末に、自転車で二十七キロ走る。五つの村を調べた結果、最大の見どころは羊が四頭に斑模様の馬が一頭だと判明する。

ここにも社会生活はある。毎週の芸術家紹介で、女性所長の監視のもと、それぞれが順番に精神分析をしなければならない。東ベルリン出身の五十代のローラースケーターであるイネスは、

255　トーマス・マン『魔の山（上）』（高橋義孝訳、新潮文庫）を基に、著者のフィンランド語訳に合わせて改訳。

ブルガリア語に訳された自分の本を朗読。ステファン・Sは、くわえ煙草で自動車補修用塗料を使って巨大なアルミニウム地に描いた不穏なほど奇妙な絵を紹介。リーッタは、水彩を施した白樺の樹皮一箱分をテーブルの上に並べている。白樺の樹皮はフィンランドから前もって送っておいたものだ。ピーターは、自転車ラックとプラスチック管と石と紙と壁を奏でるという、このうえなく素敵なコンサートを開催。何時間にもおよぶ朗読会で、アニクとマーティンとマルクスとマルテとステファン・Pの歌うようなドイツ語の文章に私は座って耳を傾ける。ナタリーは、画家ホイッスラーの赤毛のアイルランド人モデル[256]について発表。十九世紀芸術の黄金時代も、パリの美術界も、芸術家の目にさらされながらも臆せずに立ち、見る者を堂々と見つめ返す女たちなしにいかに成立しようか。

夜はアトリエで卓球もすれば、一緒に映画も観る。マルテとステファンの詩にあわせて制作されたビデオ作品を観ることもあれば、村で唯一のバーへいくこともある。そこでは、足を引きずって歩く小鬼のような老女が気の抜けたビールをジョッキに注いでいる。そんな夜は私とアヌで自分たちの本をフィンランド語で朗読することもある。アニクが私たちに演技指導をしてくれるときもあり、私はカレンを演じてみる（おかしなことだが、顔の右半分がのっぺりとして麻痺しはじめたように感じる。まるでンゴング丘陵を眺めながらずいぶん長いこと横向きで寝ていたみたいに）。ピーターのサウンド・アート・プロジェクトに参加することもある。私はマイクに向かって清少納言の言葉をフィンランド語で読む――お返しにピーターから六百歳になるベトナムの亀のインタビューを録音したレコード盤をもらう。

私のドイツ語の勘が断片的に戻る——長いこと海外で暮らし、単語をすっかり忘れてしまったドイツ人のように聞こえるらしい。

ときどき魔の山で妙な気配を感じる。おとぎ話に出てくる人物が深い森から手を伸ばし、村の狂人はひとけのない森の道で自転車を漕いでいる。迷いこんだ鹿が城の庭で逃げまどい、猫の命が尽きてしまった、そんな気配を。そんなとき、私は赤ずきんの森へ、おばあさんの小屋へ、忘れられた雰囲気が漂う荒れた森の空き地へ歩いていく。森の小道という小道を歩き、小暗い樅林と目の回るような松林を抜ける。引き返す勇気がないのは、木の迷宮に迷ってしまうのが怖いから。クマゲラがドラミングしている。どこかで白鳥と鶴が鳴いている——帰り道がわかるように白い小石が必要かもしれない。

でも、私はいつだって夕食までには帰りつく。ライスプディング、クヌーデル、マウルタッシェンといったドイツの郷土料理や、じゃがいも、クワルクを食べる。アスパラガスが旬のときは白アスパラガスを、たまにブラードブルストとザワークラウトを、日曜日はローストビーフを。飲みこみづらい白い卵スープもたまに。

256　ホイッスラーはイギリスで活躍したアメリカ人画家。モデルの女性は「白のシンフォニー」シリーズなどに登場。この女性はフランス人画家クールベの『ジョーの肖像』などでもモデルを務めた。

魔の山は携帯電話が圏外なので、インターネットはきれぎれにしか繋がらない。毎週月曜日と金曜日に責任者の車で出られるほかは外出できない。考えが奇妙に堂々めぐりをしはじめると、数週間おきにベルリンへ旅に出る。列車に乗りこんだ途端、霧が晴れたみたいに頭がすっきりする。博物館、画廊、演劇祭、書店、カフェを訪ね、騒々しい通りをうろうろして、ベトナム料理を食べる。二日後に城へ戻ると、大きな旅を終えたあとのように感覚過敏になって寝こむ。

ときどき地元の村の人たちがやってきて、ふしぎなものでも見るようにまじまじと私たちを見る。記者の取材を受け、ここの暮らしがどんなに素敵か地元の新聞に語ったことが掲載される。城のアトリエでブラームスのピアノ三重奏が演奏されることもある。それはこの世のものとは思えないほど美しくて、泣きたくなる。

ある日、冬のあいだ木の板で囲われていたフランス式庭園のバロック彫刻が日の目を見る。何体もの古代ギリシャ・ローマの伝説の生き物やゼウスやアフロディテや小人が城をぐるりと取り囲む。木が青く色づき、にわかに庭園の小道が伴侶を探しに池から上がってきた何百匹もの蛙でいっぱいになる。あたりを覆っていた灰色が、緑、黄、赤、白、青、薄紫に変わる。やがて見わたすかぎりの畑が、麦と菜の花ととうもろこしとケシの花と矢車菊で波打ち、自転車の旅がバラ色になる。私たちはデッキチェア――伝統的な結核療養所の寝椅子(リーゲシュトゥール)を運びだし、巨大な一本の樫の木の下で横になり、『魔の山』のラストシーンを読む。木がざわめいている。暖かい日。シラーという名の耳の遠い城の猫が陽だまりで寝そべっている。

りんごの木が白い花で埋もれ、満開を迎える菩提樹が音を奏でている。これらの深奥から立ちのぼるひと群れのざわめきが何十メートルも先まで聞こえてくる。夜は蛙たちのチェーンソーのようなコンサートが池から私の部屋までけたたましく木霊する。

ついに冬の庭のオランジェリーが開く。私は、三メートルある鉢植えのヤシの木陰が広がるガラス張りの果てしない空のなかへ移動して書く。

そこで私の夜の女たちを思う。

プロペルツィアに敬意を表して小ぶりのプルーンを食べて、種を並べる。

アレクサンドラの紅茶を淹れて、飲む。

どんな情熱であれ意味があるということを忘れないために、メアリーの魚を調べる。

つねに乗船券を手にして奮い立っていたイザベラを思う。

ままならぬ人生を受け入れ、ままならぬことでもって稼いだヤヨイを思う。

帆船の甲板の下の狭い船室で、画材を詰めこんだチェストとともにスペイン宮廷へ向かったソフォニスバを思う。

結婚よりも、酒を飲んで詩を書くために手形を携えて京都へ向かった江馬細香を思う。

分娩台の上で筆を持ちたいと渇望するラヴィニアを、町を移るたびに仕事をつかみとるアルテミジアを思う。

偏頭痛で横になっているときは、カレンと彼女が百年前にアフリカでひとり耐えしのんだありとあらゆる苦しみを思う。

財政難に陥ったときは、イーダを思う。

荷造りするときが近づいてきたら、ネリーのことを心から思うようにする。


私は地球儀を思う。この球体に、これらすべての女たちの足跡が光の糸の集合体のように描かれてゆく。はじめはゆっくりと、それから加速しながら——巨大な球体の表面で光は増し、やがて薄れてゆく。一日が過ぎ、一週間が過ぎ、一年が過ぎ、百年が過ぎ、人の人生が過ぎてゆくと、たちまちただの白い輝く点になる。そうなったら、私は時間を遅らせて、地球儀の表面を苦労して進んだ女たちの交通手段を思う。牛車を、馬車を、ラバを、ラクダを、木船を、蒸気船を、一本の木の幹をくり抜いたカヌーを、昔の車を、小型機を、汽笛を鳴らす蒸気機関車を、それらに乗っている女たちを。女たちの荷物を、黒いスカートを、コルセットを、帽子を、髪形を、女たちの頭のなかの思考を、恐怖を、勇気を、私は思う。女たちが時を超えて混ざりあう。女たちの筆記用具、日記、便箋、推薦状、資金援助を依頼する手紙、服に縫いこんだ紙幣、通行手形、名刺がわりの絵、画材、カメラ、ノートパソコン、食料（缶詰、エナジーバー、お茶）、スーツケース、鞍、テント、身代金、交易品、偽装道具、シークレットパンツ、お守り……。

彼女たち（私たち）を、時を超えて私は思う。旅をする私たちのだれも、もうひとりじゃない。

五月のある日、私は花の重みで撓むライラックの茂みを愛でにいく。アトリエの裏でクリストフにばったり会う。彼は廃屋から盗んだオーブンで器を焼こうと、ドライヤーで火を熾そうとしている。クリストフにマシュマロを差しだされ、私は串の先に刺して焼く。

六月にマルテが本を書きあげる。私たちは羨望の眼差しを向けながらマルテに心境を問う――「大丈夫そう（エスゲート）」とマルテははにかんだ。またもだれかの送別会。私たちはテラスでワインを飲み、ペタンクでひと試合する。マルテがノートを見せてくれたが、信じられないほど小さくて整った字で隙き間なく埋められていた。おなじようなノートはいくつもあるのか、軽い気持ちで尋ねる。その数、五十七。すべてに通し番号を振って、どのノートにも最後に索引をつけているらしい。私は立つ瀬がなく無印良品のノートを見せる。手のひらに収まる小さなリングノートで、買い物リストを書くためのようなものだ。

ついに最終週になる。一般公開イベントである夏祭りが山場だ。ここで私たちは調教された猿のように自分たちの成果を見せるのだ。夏祭りのために、私とアヌの文章までドイツ語に訳されていた。訳者がマイクで私の分を読む。これほど滑稽な人生はないと思う。私はドイツの城のテラスに座り、観客に向かって私の日記がドイツ語で読みあげられるのを聴いているのだから。

暖かい日が続いて、私たちは毎晩、焚き火を囲んでワインを飲んでいる。帰国が迫る。送別会が途切れない。はやくも彼らとの別れが私は寂しい。アニクとの自転車遠足での会話が、イネスの温かい結束力が、ピーターの世界のもっとも細部に宿る美を見抜くまっすぐな力が。ステファン・Pの幸せな気持ちにさせる思いやりと落ち着いた声が、ステファン・Sのひねくれたユーモアのセンスが、ナタリーの高潔な奥深さが。ハンナの煌めく骸骨部屋が、アヌの度肝を抜くみずみずしいLGBT——ヴィーガン——テクノ——ロココ世界が、リーッタのアトリエの宇宙が、窓際に置かれた枯れた茎が、自然の祭壇のようにさざなみだつ木の葉が。

なんだか自分が魔の山で回復したような気がする。こんなふうに生きていける、こんなふうに作家と芸術家は暮らせる、とわかったような気がする。こんなふうに仕事をし、それぞれがそれぞれのやり方で、それぞれがそれぞれの仕事部屋で、世界の片隅で、歴史的なタイムスライスのなかで、それぞれの悪魔と格闘しながら。けれども、考えようによっては一緒に仕事をしているのだ。あらゆる文字の、筆跡の、正誤の声の、ともに向上しあうことの、夢のような下書きの、思いがけない着想から開かれてゆく深みの、何十もの几帳面なあるいは大雑把なノートの、暗中模索の、見当はずれの、絶望で眠れない夜々の菌糸体が、雲のように、夢のように、轟きながら岸に押し寄せる流氷の塊のように、私たちの日々を容赦なく動いてゆく。それぞれの仕事を迷うことなく前へ押し出しながら。

⋆

夜の女たちの助言

なにをするにしろ、自分にとっての魔の山を探せ。

来たれ女神たちよ

黄金（の館）をあとにして

イ　★　エマ

★　ヴァージニア　オーサ

ンドラ／アレキサンドリーヌ

ヘレン　★　サッフォー

アリー／メイ　★　アンヌ・ルイーズ

モナリザ★

★　ムラサキ★　マーサ

ミチツナノハハ

ロペルツィア

イ　★　イズミ★

キュッリッキ

カーレット　★　シモーヌ

★　ヒルデガルド★

★　リトク

フリーダ★ヤヨ
カレン★セイ★エティ
ジョージア★イザベラ★アレクサ
イーダ★ラヴィニア★ジェーン★
アーロ★アルテミジア★メ
レニ★
マリーナ★ソフォニスバ
マリー★P夫人★
スガワラノタカスエノムスメ★プ
アメリア★ジョ
ネリー★ビリー★
ミンナ★ペッピ★ス
エロイーズ★ダイアン★ティナ
エディト★ジーン

謝辞

アルフレッド・コルデリン財団
イェンニ&アンッティ・ヴィフリ財団
報道文化振興財団
コネ財団
オタヴァ出版財団
フィンランド文化財団およびヴィーパースドルフ城のアーティストハウス
ローマのフィンランドセンター、ヴィラ・ランテ
芸術振興センター
ヴァイノ・タンネル財団

ヴィヒティの屋根裏と充実した食事を提供してくれた母と父に感謝します。弟のO-P、義妹のハンナ、二人の小さな姪っ子たち、そばにいてくれてありがとう。十九世紀の服飾史に関する分析をしてくれたハンナ、助かりました。友人であり同僚であるバズ、あなたがいなければこの本は完成しなかったでしょう。温かいもてなし、タンザニアでの大いなるすばらしい体験、この

本に書く許可を与えてくれたオッリとフロテアに感謝します。ガイドをしてくれたファサル、トニー・フィッツジョン、ヒルッカ&ハッリ・ヒュルッコ、二〇一七年五月のヘルシンキ国際文芸フェスティバルでアフリカのことを書いていい(「アフリカへきて、謙虚な姿勢でノンフィクションを書いてください」)といってくれたジンバブエの作家ペティナ・ガッパ、ありがとう。フィレンツェで自分の寝室を貸してくれるという、いまだ私の理解を超えるステーファノの気配りに感謝します。アンジェラ、ベネデット、ニノ、アウラと子どもたち、カルラ、マリ、クリステル、カイ、あなたたちのおかげでマッツァーノ滞在がとてもすばらしいものになりました。マリカ・ラサネン博士には、イタリア史に関してご意見をいただきました(たしかにフィレンツェの女たちについては誇張しすぎたきらいがあります)。アヌ、リーッタ、ハンナ、イネス、ナタリー、アニク、インソク、ソギョン、ステファン・S、ステファン・P、クリストフ、ピーター、マルクス、マルテ、アンドレア、ベッティーナほか、たくさんの魔の山の仲間たちと友人たちに感謝。京都の友人のセブ、レイナ、イーリス、ニコル、京都とベルリンのベアトリースにもありがとう。ライサ・ポッラスマーには日本語の正しい書き方のことで助けていただきました。海の見える部屋で執筆リトリートができたのは、アンナとレオのおかげです。実生活の夜の女である生け花のリーサ先生、この本でもお世話になりました。花崗岩城のたくさんの友人と専門家のみなさんにも感謝。とくにロッタ、ピーア、マリ、ウッラ、ありがとう。それから、いつ終わるともしれない引きこもり生活、無慈悲な電話の受け答え、心ここにあらずの私との面会に耐えてくれたすべての大切な友人に感謝します。

夜の女たちよ――夜空の星となって煌めく光点たちよ、あなたたちのおかげで、凡人で小心者の女は眠れない夜に方向を見失いませんでした。ありがとうございます。

とくに記載のない引用文は私がフィンランド語に訳しました。サッフォーの詩はペンッティ・サーリコスキの、カレン・ブリクセンの『アフリカの日々』はヴェルネル・アンッティラのフィンランド語訳を引用しています。カレンに関しては、適宜、私が現代語に訳しなおしました。カレン・ブリクセンの『草原に落ちる影』とジュディス・サーマンのカレン・ブリクセンの伝記の文はミッコ・キルピのフィンランド語訳を、スタンダールの文はアンナ・コルテライネンのフィンランド語訳を引用しています。トーマス・マンの『魔の山』の引用文は、カイ・カイラのフィンランド語訳に手を加えました。

カレン・ブリクセン、イザベラ・バード、イーダ・プファイファー、メアリー・キングスリー、アレクサンドラ・ダヴィッド＝ネールを取りあげた箇所は、それぞれの女たちの作品に加えて、ジュディス・サーマン、イヴリー・カイエ、ガブリエル・ハービンジャー、キャサリン・フランク、バーバラ・M、マイケル・フォスターによる伝記本に助けられました。ソフォニスバ・アングイッソラ、ラヴィニア・フォンターナ、アルテミジア・ジェンティレスキの章は、イリヤ・サンドラ・ペルリンジェリ、キャロライン・P・マーフィー、R・ウォード・ビッセル、メアリー・D・ガラルド、ジェシー・M・ロッカーの研究書に基づいています。草間彌生の軌跡に関しては、その多くが彼女自身による自伝に依拠しています。

親愛なるカンキマキさん――訳者あとがき

訳書の完成をお待ちいただいて、三年近くが経ってしまいました。業を煮やしておられましたよね。思っていた以上に、何倍もの時間をとられました。取りあげる女たちはあまりに多く、勉強や下調べに一年半、訳に一年かかってしまいました。一日に進む距離はほんの数ページ。ときおり頭痛と疲労に呑みこまれそうになりましたが、あなたの足跡を、あなたの言葉を、毎日（ただし休暇を除く）追っていました。

この本がフィンランドで出版されたのは、デビュー作『清少納言を求めて、フィンランドから京都へ』から五年後の二〇一八年でした。二作目となる本書でも、セイのように自立して生きてきた、歴史の本では見過ごされがちな女たちを、あなたは追いかけました。カレン・ブリクセンやイザベラ・バードといった十九世紀から二十世紀のものを書く女性探検家たちを追って百年前のサバンナやロッキー山脈へ、ルネサンス期に活躍した女性芸術家たちを追ってフィレンツェやローマへ、草間彌生を追って現代の東京へ。人数も舞台も世界規模になり、セイよりもさらに反響を呼んで、欧米を中心に二十ヶ国語に翻訳されました。

フィンランドでは数々の賞に恵まれました。出版界からも（オタヴァ書籍財団ノンフィクション賞）、ブログやインスタグラムやYouTubeなどのSNSユーザーからも（ブロギスタニア・ノンフィクション賞）、批評家からも（全国紙「ヘルシンギン・サノマット」の二〇一八年批評家が選ぶおすすめ本）、とても好意的に受け入れられました。これから変わろう、なにかを新しくはじめようとする勇気をもらった、という読者の声が多かったですね。

ノンフィクションにおける主体的な一人称の語り手が新鮮ですばらしくよい、という声も多くありました。私もそう思います。「私」という一人称の語り手のおかげで、感情移入しやすくなります。「私」が、勇敢なだけではなく、人間臭くて、弱くて、落ちこんで、いじけたりするような共感を呼ぶ人物ならなおのこと（私はおおいに共感しました）。この「私」が夜の女たちに血肉を与え、読者におもしろいといわしめたのだと思います。事実と空想をなんども行き来しますが、これも私には好都合でした。物語仕立てになると、（私にとってはとっつきづらい）歴史もするすると頭に入ってきますから。

私は、共感と新しい発見が得られる本が好きです。カンキマキさん、あなたの本にはそのふたつがある。あなたの本には質においても量においても圧倒されますが（入念な下調べと推しに寄せる情熱ゆえに）、私にとって幸運だったのは感情移入できる物語のようなノンフィクションだったこと。実体験にもとづいた言葉には実感がこもっているので読むのも訳すのもおもしろいですし、軽やかで知的でちょっぴり自虐的なユーモアがあったのもよかった。

本を読んでなにが心に残るかは人それぞれ違いますが、あなたの本を読んで私の心に残ったのは、言葉の力です。あなたを含めた夜の女たちは、経験したこと、考えたこと、気づいたことを自分のものにして書／描いた（ルネサンスの女たちや草間彌生の言葉は絵でしたね）。自分の目でものごとを見て書／描いたものには、読む人や観る人を納得させる力がある、と思いました。書／描くだけにとどまらず、他者に伝えたいという熱い思いがあったから心に残る作品へ結ばれたのだと思います。

それから、前回の手紙（『清少納言を求めて、フィンランドから京都へ』訳者解説）でも触れましたが、難しい現実を受け入れるには自分の物語があると生きやすいということ。華やかで栄えていた定子サロン時代のことだけを書いたセイ、強くて自立したクールを装ったカレン、気弱な乙女ではなく成熟して貫禄のある強いユディトを描いたアルテミジア、どんなふうに生きるか／書くか／描くかが大事だと見抜いて新しい人生のチャプターを開いたカンキマキさん。どの夜の女たちも、自分を変えたくて旅に出て、自分のことは自分で決めて行動しました。人をしあわせにするのは幻影ではなく行動だ、とカレンはデニスとアフリカの空を飛びながら思っていましたね。

私は自分の目で見て理解しないとなかなか言葉にできません。自分のものになっていない言葉は、正しく解釈できないし、正しく使えないからです。自分の目で見たものは信じられますし、説得力が生まれます。この二作目はセイよりも難儀しました。アフリカには行けないし（「見て理解」したメアリーは、ほんとうに勇気があります）、百年前には戻れないし、体験できたことが少なかったからです。それでも、自分の目で見て理解できたことはたくさんありました。身近なところでいうと、飼っている犬（ただし小型犬。わが家の〝小さな自然〟）の唸り声はライオンの咆哮とはほど遠いですが、それでも耳よりも先に体の深部にびりびりと痺れるように響くこいます。

とがわかりました。経験したことが、選んだ言葉に正しく反映されているといいとほんとうに思

訳すこともひとつの旅です。艱難辛苦の旅でしたが、目的地に着くまでに見た景色が忘れられ
ません。夜の女たちは、大航海時代のように利権を求めて旅に出たのではなく、純粋な探究心か
らでした。そういった探検家精神は人生の限界を押し広げるのですね。世界はたったひとつでは
なく、たくさんあって、とても広い。これまでに私が読んだ歴史は女の顔をしていなかったこと
に、あらためて気づかされました。あなたの跡を追いながら、私の無知の穴が一つひとつ埋まっ
ていきました。雨が大地を潤すみたいに。

カンキマキさん、たくさんの質問に答えてくださり、ありがとうございました。遊びにきてく
ださったおかげで、意欲がふたたび湧きました。辛抱強く待ってくださった、草思社の渡邉大介
さん、感謝しています。

末延弘子

二〇二四年四月一日

Bollingen Series XXXV, 12. Princeton University Press.

Robinson, Jane, 1990, *Wayward Women. A Guide to Women Travellers.* Oxford University Press.

Sapfo, 1969, *Iltatähti, häälaulu.* Pentti Saarikoski (trans.), Otava.

Setälä, Päivi, 2000, *Renessanssin nainen. Naisten elämää 1400- ja 1500-luvun Italiassa.* Otava.

Shiba, Keiko, 2012, *Literary Creations on the Road. Women's Travel Diaries in Early Modern Japan.* Motoko Ezaki (trans. n.), University Press of America.

Siljeholm, Ulla, *Bärstol & damsadel. Kvinnor som reste.* (出版社、発行年不明).

Siljeholm, Ulla & Olof, 1996, *Resenärer i långkjol.* Carssons.

Stevenson, Catherine Barnes, 1982, *Victorian Women Travel Writers in Africa.* Twayne Publishers.

Strohmeyr, Armin, 2012, *Abenteuer reisender Frauen. 15 Porträts.* Piper.

Sutherland Harris, Ann & Linda Nochlin, 1984 (1976), *Women Artists: 1550-1950.* Los Angeles County Museum of Art.

Thurman, Judith, 1985, *Karen Blixen – Tarinankertojan elämä (Isak Dinesen, The Life of a Storyteller).* Mikko Kilpi (trans.), WSOY.

Trzebinski, Errol, 1977, *Silence Will Speak. A Study of Denys Finch Hatton and his relationship with Karen Blixen.* Heinemann.

Vasari, Giorgio, 2001, *Taiteilijaelämäkertoja – Giottosta Michelangeloon (Le vite de' più eccellenti pittori, scultori e architettori nelle redazioni del 1550 e 1558).* Pia Mänttäri (trans.), Altti Kuusamo & Raija Petäjäinen (ed.), Kustannusosakeyhtiö Taide.

Von Fischer-Defoy, Christine (ed. n.), 2009, *Frida Kahlo – Das Private Addressbuch.* Koehler & Amelang.

Weaver, Elissa B. (ed.), 2006, *Arcangela Tarabotti. A Literary Nun in Baroque Venice.* Longo Editore Ravenna.

Willink, Robert Joost, 2011, *The Fateful Journey. The expedition of Alexine Tinne and Theodor von Heuglin in Sudan (1863-1864). A study of their travel accounts and ethnographic collections.* Amsterdam University Press.

Winspeare, Massimo, 2000, *The Medici. The Golden Age of Collecting* (原書不明). Richard Fowler (trans.), Sillabe.

Mouchard, Christel, 2007, *Women Travelers. A Century of Trailblazing Adventures 1850-1950.* Alexandra Lapierre (pref. intro.) & Deke Dusinberre (trans.), Flammarion.

Murphy, Caroline P., 2003, *Lavinia Fontana. A Painter and her Patrons in Sixteenth Century Bologna.* Yale University Press.

Navarro, Fausta (ed.), 2017, *Plautilla Nelli. Art and Devotion in Savonarola's Footsteps.* Sillabe.

Netzley, Patricia D., 2001, *The Encyclopedia of Women's Travel and Exploration.* Oryx Press.

Pelensky, Olga Anastasia, 1991, *Isak Dinesen. The Life and Imagination of a Seducer.* Ohio University Press.

Perlingieri, Ilya Sandra, 1992, *Sofonisba Anguissola. The First Great Woman Artist of the Renaissance.* Rizzoli.

Petäistö, Helena, 2014, *Pariisi, Versailles, Giverny. À la Helena Petäistö.* Otava.

Pfeiffer, Ida, 1852, *A Visit to Iceland and the Scandinavian North (Reisen nach dem skandinavischen Norden).* Ingram, Cooke, and Co.

Pfeiffer, Ida, 2004, *A Visit to the Holy Land, Egypt, and Italy (Reise einer Wienerin in das heilige Land).* H. W. Dulcken (trans.), The Project Gutenberg eBook (www.gutenberg.org).

Pfeiffer, Ida, 2004, *A Lady's Voyage Round the World / Woman's Journey Round the World. (Eine Frauenfahrt um die Welt).* The Project Gutenberg eBook (www.gutenberg.org).

Pfeiffer, Ida, 1855, *A Lady's Second Journey Round the World. From London to the Cape of Good Hope, Borneo, Java, Sumatra, Celebes, Ceram, The Moluccas, Etc., California, Panama, Peru, Ecuador, and the United States. Vol I-II.* Longman, Brown, Green, and Longmans.

Pfeiffer, Ida, 1856, *Meine zweite Weltreise. Volumes 1-4.* Carl Gerold's Sohn (www.gutenberg.org).

Pfeiffer, Ida, 1991, *Nordlandfahrt. Eine Reise nach Skandinavien und Island im Jahre 1845.* Gabriele Habinger (ed. pref.), Promedia.

Pfeiffer, Ida, 1861, *The Last Travels of Ida Pfeiffer: Inclusive of a Visit to Madagascar, with an Autobiographical Memoir of the Author (Reise nach Madagaskar).* H. W. Dulcken (trans.), Harper & Brothers Publishers.

Pfeiffer, Ida, 1861, *Reise nach Madagaskar.* Carl Gerold's Sohn.

Pope-Hennessy, John, 1979, *The Portrait in the Renaissance.* The A. W. Mellon Lectures in the Fine Arts. The National Gallery of Art, Washington, D. C.

2015, *Yayoi Kusama – In Infinity*. Louisiana Museum of Modern Art.

Kaye, Evelyn, 1999, *Amazing Traveler Isabella Bird. The biography of a Victorian adventurer*. Blue Panda Publications.

Kingsley, Mary H., n.d., *Travels in West Africa (Congo Francais, Corisco and Cameroons)*. Dodo Press.

Kingsley Mary H., 1899, *West African Studies*. MacMillan and Co.

Kortelainen, Anna, 2009, *Hurmio – Oireet, hoito, ennaltaehkäisy*. Tammi.

Kortelainen, Anna, 2003, *Levoton nainen. Hysterian kulttuurihistoriaa*. Tammi.

Kusama, Yayoi, 2011, *Infinity Net: The Autobiography of Yayoi Kusama* (『無限の網　草間彌生自伝』) Ralph MacCarthy (trans.), Tate Publishing.

Lapierre, Alexandra, 2000, *Artemisia. A Novel*. Liz Heron (trans.), Grove Press.

Lasson, Frans (ed.) & Clara Selborn, 2009 (1970), *Isak Dinesen – Her Life in Pictures (Karen Blixen. En digterskæbne i billeder)*. The Karen Blixen Museum (Random House).

Locker, Jesse M., 2015, *Artemisia Gentileschi – The Language of Painting*. Yale University Press.

Mahon, Elizabeth Kerri, 2011, *Scandalous Women. The Lives and Loves of History's Most Notorious Women*. A Perigree Book (Penguin Group).

Mann, Judith W. (ed.), 2005, *Artemisia Gentileschi: Taking Stock*. Brepols.

Mann, Thomas, 1957 (1990), *Taikavuori (Der Zauberberg)*. Kai Kaila (trans.), WSOY.

Marttila, Olli, 2002, *Norsuja tiellä. Vuosi Tansaniassa*. Tammi.

Marttila, Olli, 2008, *Safaripassi. Pohjois-Tansania*. Auris.

Marttila, Olli, 2003, *Suuri savanni. Tansanian kansallispuistot ja muut avainsuojelualueet*. Auris.

McEwan, Cheryl, 2000, *Gender, Geography and Empire. Victorian Women Travellers in West Africa*. Ashgate Publishing Ltd.

McVicker, Mary F., 2008, *Women Adventureres 1750-1900. A Biographical Dictionary, with Excerpts from Selected Travel Writings*. McFarland & Company, Inc.

Middleton, Dorothy, 1965, *Victorian Lady Travellers*. Routledge & Kegan Paul.

Middleton, Ruth, 1989, *Alexandra David-Neel. Portrait of an Adventurer*. Shambhala.

Fortunati, Vera, Jordana Pomeroy & Claudio Strinati (exhibition curators), 2007, *Italian Women Artists. From Renaissance to Baroque.* Skira & Rizzoli.

Fortune, Jane, 2014 (2009), *Invisible Women. Forgotten Artists of Florence.* The Florentine Press.

Foster, Barbara M. & Michael Foster, 1987, *Forbidden Journey. The Life of Alexandra David-Neel.* Harper & Row.

Foster, Shirley & Sara Mills (ed.), 2002, *An Anthology of Women's Travel Writing.* Manchester University Press.

Frank, Katherine, 1986, *A Voyager Out: The Life of Mary Kingsley.* Houghton Mifflin Company.

French-Sheldon, May, 1999 (1892), *Sultan To Sultan. Adventures Among the Masai and Other Tribes of East Africa. By M. French-Sheldon, (Bébé Bwana).* Tracy Jean Boisseau (intro.), Manchester University Press.

Gallen-Kallela, Akseli, 1931, *Afrikka-kirja. Kallela-kirja II.* WSOY.

Garrard, Mary D., 1989, *Artemisia Gentileschi. The Image of Female Hero in Italian Baroque Art.* Princeton University Press.

Gellhorn, Martha, 1982 (1978), *Travels with Myself and Another – Five Journeys from Hell.* Eland (初版は Allen Lane).

Habinger, Gabriele, 1997, *Eine Wiener Biedermeierdame erobert die Welt. Die Lebensgeschichte der Ida Pfeiffer (1797-1858).* Promedia.

Hayden, Deborah, 2003, *Pox. Genius, Madness, and the Mysteries of Syphilis.* Basic Books.

Hemingway, Ernest, 1960, *Afrikan vihreät kunnaat (Green Hills of Africa).* Tauno Tainio (trans.), Tammi.

Hibbert, Christopher, 1994, *Florence. The Biography of a City.* Penguin Books.

Hoptman, Laura et al, 2000, *Yayoi Kusama.* Phaidon Press Limited.

Ireland, Deborah (ed.), 2015, *Isabella Bird. A Photographic Journal of Travels Through China 1894-1896.* In Association with the Royal Geographic Society. Ammonite Press.

Johnson, Geraldine A. & Sara F. Matthews Grieco (ed.), 1997, *Picturing Women in Renaissance and Baroque Italy.* Cambridge University Press.

Johnson, Osa, 1944, *Elämästäni tuli suuri seikkailu (I Married Adventure. The Lives of Martin and Osa Johnson).* Irma Andersin (trans.), WSOY.

Johnson, Osa, 1948, *Neljä vuotta paratiisissa (Four Years in Paradise).* T. J. Kivilahti (trans.), WSOY.

Jørgensen, Lærke Rydal et al (ed.),

Broude, Norma & Mary D. Garrard (ed.), 2005, *Reclaiming Female Agency. Feminist Art History After Postmodernism.* University of California Press.

Castiglione, Baldesar, 1957, *Hovimies (Il libro del cortegiano).* J. A. Hollo (trans. Intro. n.), WSOY.

Christiansen, Keith & Judith W. Mann, 2001, *Orazio and Artemisia Gentileschi.* The Metropolitan Museum of Art, New York & Yale University Press.

Chubbuck, Kay (ed.), 2003 (2002), *Isabella Bird: Letters to Henrietta.* Northeastertn University Press (John Murray Ltd).

Cohen, Elizabeth S., 2000, "The Trials of Artemisia Gentileschi: A Rapes as History". *The Sixteenth Century Journal.* vol. 31, no. 1, special edition: Gender in Early Modern Europe, spring/2000, 47-75.

David-Neel, Alexandra, 1984, *Magic and Mystery in Tibet. (Mystiques et magiciens du Tibet).* Aaron Sussman (intro.), Unwin Paperbacks.

David-Neel, Alexandra, 1983 (1927), *My Journey to Lhasa.* Peter Hopkirk (intro.), Virago Press.

Dinesen, Isak, 1981, *Letters from Africa 1914-1931 (Breve fra Africa 1914-24, Breve fra Africa 1925-1931).* Frans Lasson (ed. for the Rungstedlund Foundation) & Anne Born (trans.), Weidenfeld and Nicolson.

Donelson, Linda, 1998, *Out of Isak Dinesen in Africa: Karen Blixen's untold story.* Don Mowatt (pref.) & Anne Born (afterword), Coulsong.

Ema, Saikoo, 2009, *Tunteeni eivät ole tuhkaa* (『湘夢遺稿（上・下）』). Kai Nieminen (trans.), Basam Books.

Ferino-Pagden, Sylvia & Maria Kusche, 1995, *Sofonisba Anguissola. A Renaissance Woman.* The National Museum of Women in the Arts.

Finlay, Victoria, 2004, *Värimatka (Colour. Travels through the Paintbox).* Jaana Iso-Markku (trans.), Otava.

Fister, Patricia, 1991, "Female *Bunjin*: The Life of Poet-Painter Ema Saikō". *In Recreating Japanese Women, 1600-1945.* Gail Lee Bernstein (ed. intro.), University of California Press.

Fitzjohn, Tony & Miles Bredin, 2010, *Born Wild. The Extraordinary Story of One Man's Passion for Lions and for Africa.* Viking.

FitsRoy, Charles, 2010, *Renaissance Florence on Five Florins a Day.* Thames & Hudson.

Fornaciai, Valentina, 2007, *'Toilette', Perfumes and Make-up at the Medici Court* (原書不明). Catherine Burnett (trans.), Sillabe.

参考文献

Adichie, Chimamanda Ngozi, 2011, *Huominen on liian kaukana (The Thing Around Your Neck).* Sari Karhulahti (trans.), Otava.

Amoia, Alba & Bettina L. Knapp (ed.), 2005, *Great Women Travel Writers. From 1750 to the Present*. Continuum.

Anderson, Monica, 2006, *Women and the Politics of Travel, 1870-1914.* Farleigh Dickinson University Press.

Bal, Mieke (ed.), 2005, *The Artemisia Files. Artemisia Gentileschi for Feminists and Other Thinking People*. The University of Chicago Press.

Barker, Sheila (ed.), 2016, *Women Artists in Early Modern Italy. Careers, Fame, and Collectors.* Harvey Miller Publishers.

Beard, Peter (ed.) & Isak Dinesen (photographs and captions), 1975, *Longing for Darkness. Kamante's Tales from Out of Africa*. Harcourt Brace Jovanovich.

Bird, Isabella L., 1879, *A Lady's Life in the Rocky Mountains.* Project Gutenberg eBook (www.gutenberg.org).

Bird, Isabella L., 1875, *The Hawaiian Archipelago. Six Months Among the Palm Groves, Coral Reefs, and Volcanoes of the Sandwich Islands.* Project Gutenberg eBook (www.gutenberg.org).

Bird, Isabella L. (Mrs. J. F. Bishop, F. R. G. S.),1900, *Unbeaten Tracks in Japan. A Record of Travels in the Interior, Including Visits to the Aborigines of Yezo and the Shrines of Nikkō and Ise.* George Newnes, Limited.

Bissell, R. Ward, 1999, *Artemisia Gentileschi and the Authority of Art.* The Pennsylvania State University Press.

Blixen, Karen, 2009 (1938), *Eurooppalaisena Afrikassa (Den afrikanske farm).* Werner Anttila (trans.), Karisto.

Blixen, Karen, 1997, *Suuret tarinat. Seitsemän salaperäistä tarinaa. Talvisia tarinoita. Syv fantastiske fortællinger (1956) & Vintereventyr (1961).* Eija Palsbo & Juho Tervonen (trans.), Sirkka Heiskanen-Mäkelä (intro.), WSOY.

Blixen Karen, 1986 (1961), *Varjoja ruohikolla. (Shadows on the Grass).* Mikko Kilpi (trans.), WSOY.

Bly, Nellie, 1890, *Around the World in Seventy-Two Days.* The Pictorial Weeklies Company.

Bly, Nellie, 1887, *Ten Days in a Mad-House.* Ian L. Munro.

Borzello, Frances, 2016 (1998), *Seeing Ourselves. Women's Self-Portraits.* Thames & Hudson.

著者略歴

ミア・カンキマキ（Mia Kankimäki）

1971年、フィンランドのヘルシンキ生まれ。国立ヘルシンキ大学比較文学専攻卒業。編集者、コピーライターとして活動した後、『清少納言を求めて、フィンランドから京都へ』でデビュー。日本文化に精通していて、生け花の師範でもある。これまでにフィンランド旅行誌「モンド」旅の本賞、ヘルシンキ首都圏図書館文学賞、オタヴァ書籍財団ノンフィクション賞を受賞。

訳者略歴

末延弘子（すえのぶ ひろこ）

東海大学文学部北欧文学科卒業。フィンランド国立タンペレ大学フィンランド文学専攻修士課程修了。白百合女子大学非常勤講師。フィンランド現代文学、児童書の訳書多数。2007年度フィンランド政府外国人翻訳家賞受賞。

眠れない夜に思う、憧れの女たち

2024年 6月 6日　第1刷発行

著者	ミア・カンキマキ
訳者	末延弘子
装幀者	名久井直子
装画	網中いづる
発行者	碇高明
発行所	株式会社草思社 〒160-0022 東京都新宿区新宿1-10-1 電話　営業03(4580)7676　編集03(4580)7680
本文組版	株式会社アジュール
本文印刷	株式会社三陽社
付物印刷	株式会社平河工業社
製本所	加藤製本株式会社

造本には十分注意しておりますが、万一、乱丁、落丁、印刷不良などがございましたら、ご面倒ですが、小社営業部宛にお送りください。
送料小社負担にてお取替えさせていただきます。

ISBN978-4-7942-2719-5　Printed in Japan　検印省略

草思社刊

死にたいのに死ねないので本を読む
絶望するあなたのための読書案内

吉田隼人 著

十六歳で自殺未遂を犯してから、文学書、思想書は唯一の心の拠り所であった。角川短歌賞・現代歌人協会賞受賞の歌人・研究者が古今東西の文学、哲学の深淵に迫る。

本体 1,600円

霊体の蝶

吉田隼人 著

霊魂(プシケエ)と称ばれてあをき鱗粉の蝶ただよへり世界の涯の——衝撃の第二歌集。荒涼たる世界に生きる苦悩を、厳しい内省による研ぎ澄まされた文体で歌う。

本体 2,200円

菊地成孔の粋な夜電波
シーズン13-16 ラストランと♂ティアラ通信篇

菊地成孔 著
TBSラジオ 著

伝説的ラジオ番組の書籍化、完結篇。番組名物「前口上」をはじめ、コントやラジオドラマ、感動的な最終回エンディングまで、台本&トーク・ベストセレクション。

本体 2,200円

戒厳令下の新宿
菊地成孔のコロナ日記 2020.6-2023.1

菊地成孔 著

神田沙也加、瀬川昌久、上島竜兵各氏への追悼、村上春樹氏との邂逅、コロナ感染記……。音楽業界を壊滅的状況に陥れたコロナ禍、その抑鬱と祝祭の二年半の記録。

本体 2,000円

＊定価は本体価格に消費税を加えた金額になります。